Nora Roberts

Nie mehr allein

Roman

Aus dem Amerikanischen von
Eva von der Gönna

MIRA®

1. KAPITEL

In zehn Jahren kann sich viel verändern. Jason Langley war darauf vorbereitet. Während des Fluges von London nach Boston und der anschließenden langen Fahrt nach Quiet Valley, New Hampshire, hatte er Zeit gehabt, sich darauf einzustellen. Selbst eine Kleinstadt in Neuengland mit 32000 Einwohnern – das war bei seinem Weggang etwa die Einwohnerzahl gewesen – musste sich im Laufe eines Jahrzehnts weiterentwickelt haben. Menschen würden gestorben und andere zur Welt gekommen sein. Geschäfte und Wohnhäuser würden den Besitzer gewechselt haben. Einige gab es vielleicht überhaupt nicht mehr.

Nicht zum ersten Mal seit seinem Entschluss, seine Heimatstadt zu besuchen, kam sich Jason ziemlich töricht vor. Wahrscheinlich würde man ihn überhaupt nicht erkennen. Als er fortging, war er ein schmales, trotziges Bürschchen von zweiundzwanzig Jahren in abgetragenen Jeans gewesen. Und nun kehrte er als Mann zurück, der gelernt hatte, Trotz durch Arroganz zu ersetzen – und er hatte damit Erfolg. Inzwischen trug er Anzüge, die in der Saville Row in London oder der Seventh Avenue in New York angefertigt worden waren. Sie brachten seine sportliche Figur unauffällig zur Geltung. In zehn Jahren war aus dem verzweifelten Jungen, der entschlossen gewesen war, der Welt seinen Stempel aufzudrücken, ein äußerlich gelassener Mann geworden, der sich auf seine Leistungen etwas zugute halten konnte. Nicht verändert hatte sich sein nach innen gerichtetes Wesen. Er suchte immer noch nach Wurzeln, nach einem Ort, wo er hingehörte. Deshalb fuhr er jetzt zurück nach Quiet Valley.

Die Straße wand und schlängelte sich noch genauso durch Wälder und über Hügel wie damals, als er mit dem Greyhound-Bus in umgekehrter Richtung gefahren war. Die dichte Schneedecke am Boden wölbte sich nur an den Stellen, wo sich Felsbrocken darunter verbargen. Einzelne Kristalle an Zweigen glitzerten im Sonnenlicht. Hatte er die Winter Neuenglands vermisst?

Einmal hatte er den Dezember in den Anden verbracht, wo ihm der Schnee bis zu den Hüften reichte. Ein andermal war er nach Afrika geflogen. Die Jahre liefen ineinander, aber seltsamerweise konnte sich Jason genau daran erinnern, wo er zu Weihnachten jeweils gewesen war, obwohl er das Fest nicht feierte. Die Straße verengte sich, machte einen weiten Bogen und gab den Blick auf die verschneite Bergkette frei. Ja, das hatte ihm gefehlt.

Aus einem Impuls heraus hielt Jason an und stieg aus. Sein Atem wurde wie Rauch vom Wind davongeweht. Die Kälte ließ seine Haut prickeln, aber er knöpfte seine Jacke nicht zu. Auch die Handschuhe ließ er in der Tasche stecken. Er hatte das Bedürfnis, die eisige Luft an sich heranzulassen. Wie schon als Kind hatte er das Gefühl, Tausende kleiner spitzer Nadeln einzuatmen. Jason stieg ein Stück den Berg hoch, bis er auf Quiet Valley hinuntersehen konnte. Hier war er geboren und aufgewachsen. Hier hatte er Freude und Leid kennen gelernt – und hier hatte er auch zum ersten Mal geliebt. Selbst aus dieser Entfernung konnte er ihr Haus sehen. Nein, das Haus ihrer Eltern, verbesserte Jason sich selbst. Erstaunt stellte er fest, dass der Zorn immer noch nicht verflogen war. Sie würde jetzt woanders wohnen mit ihrem Mann und ihren Kindern.

Unwillkürlich hatte er die Hände zu Fäusten geballt, nun zwang er sich dazu, seine Muskeln zu entspannen. Seine Gefühle nicht preiszugeben, sich zu beherrschen, das war eine Fähigkeit, die er im Laufe des vergangenen Jahrzehnts zu vervollkommnen lernte. Die Arbeit war dabei sein Lehrmeister, wenn er über Hungersnot, Krieg und menschliches Leiden berichten musste. Er hatte festgestellt, dass ihm das alles im Privatleben half. Seine Gefühle für Leonie waren die Sehnsüchte eines Jungen gewesen. Jetzt war er ein Mann, und sie war ebenso wie Quiet Valley ein Teil seiner Kindheit. Er war über fünftausend Meilen gereist, um sich genau das zu beweisen. Jason Langley drehte der Stadt den Rücken und kehrte zum Auto zurück.

Aus der Entfernung hatte Quiet Valley ausgesehen wie ein Bild von Grandma Moses. Als Jason näher kam, wirkte es weniger idyllisch, und er war insgeheim erleichtert. Hier und da blätterte die Farbe von einer Fassade ab. Zäune waren unter der Last des Schnees umgeknickt. An Stellen, wo früher Felder gewesen waren, standen jetzt Häuser. Veränderungen. Er rief sich ins Gedächtnis, dass er nichts anderes erwartet hatte.

Aus den Schornsteinen stieg Rauch auf. Kinder und

Hunde rannten durch den Schnee um die Wette. Jason schaute auf die Uhr. Halb vier. Die Schule war aus, und er war jetzt seit fünfzehn Stunden unterwegs. Es wäre jetzt das Klügste, festzustellen, ob es das Gasthaus noch gab und, wenn ja, sich dort ein Zimmer zu nehmen. Ein Lächeln spielte um seinen Mund, als er sich fragte, ob der alte Mr. Beantree noch hinter der Theke stehen würde. Er konnte gar nicht mehr zählen, wie oft ihm dieser nachgerufen hatte, dass aus ihm nie etwas Rechtes werden würde. Inzwischen konnte er das Gegenteil mit einem Pulitzerpreis und der Medaille des internationalen Journalistenverbandes beweisen.

Die Häuser standen jetzt enger zusammen, und Jason erkannte sie wieder. Dort wohnten die Bedfords und daneben Tim Hawkins. Das einstöckige Holzhaus der Witwe Marchant war immer noch himmelblau gestrichen, und Jason freute sich, dass wenigstens hier alles beim Alten geblieben war. Wie früher flatterten rote Bänder an der Fichte im Vorgarten. Die Witwe Marchant war gut zu ihm gewesen. Jason hatte nicht vergessen, wie sie ihm Kakao gekocht und stundenlang zugehört hatte, wenn er ihr von den Reisen in ferne Länder erzählte, die er machen wollte. Als er fortging, war sie bereits über siebzig gewesen, aber kerngesund. Vielleicht war sie auch jetzt noch dort hinter den Fenstern und hörte ihre geliebten Rachmaninow-Platten.

Die Gehsteige waren vom Schnee gereinigt. Neuengländer waren praktisch veranlagt und – nach Jasons Überzeugung – ebenso widerstandsfähig wie der Boden, auf dem sie sich angesiedelt hatten. Die Stadt hatte sich nicht so verändert, wie er es erwartet hatte. Das Eisenwarengeschäft der Railings befand sich immer noch an der Ecke zur Churchstreet, und auch die Post war nach wie vor in einem Ziegelbau von der Größe einer Garage untergebracht. Wie seit jeher in der Adventszeit hingen rote Girlanden zwischen den Laternenpfosten entlang der Straße. Vor dem Grundstück der Lintners bauten Kinder einen Schneemann.

Wessen Kinder es wohl sind? fragte sich Jason. Ihre Gesichter waren hinter Schals und dicken Pudelmützen verborgen. Jedes von ihnen konnte Leonies Kind sein. Wieder stieg ohnmächtige Wut in ihm auf, und er wandte sich ab.

Das Schild am Eingang des Valley-Inn war neu, aber ansonsten war auch hier alles so wie früher. Auch hier hatte man den Schnee vor dem Eingang weggeschaufelt. Aus beiden Schornsteinen quoll Rauch. Jason fuhr daran vorbei. Zuerst musste er etwas anderes erledigen, etwas, von dem er gewusst hatte, dass es unvermeidlich war. Er hätte an der nächsten Ecke abbiegen können, um zu dem Haus zu kommen, wo er aufgewachsen war, aber er tat es nicht.

Am Ende der Hauptstraße würde ein gepflegtes weißes Haus stehen, größer als die meisten anderen, mit zwei Erkerfenstern und einer Veranda. Dieses Haus hatte Tom Monroe für sich und seine Braut gekauft. Ein Reporter von Jasons Kaliber wusste, wie man sich solche Informationen beschafft. Vielleicht hatte Leonie die Spitzenvorhänge aufgehängt, von denen sie als junges Mädchen schon geträumt hatte. Bestimmt hatte Tom ihr auch das Teeservice aus zartem Porzellan gekauft, das im Schaufenster des Haushaltswarengeschäfts ausgestellt gewesen war. Er würde ihr alles das gegeben haben, was sie sich wünschte. Ein Leben mit Jason dagegen hätte unzählige Motelzimmer an ständig wechselnden Orten bedeutet. Leonie hatte ihre Wahl getroffen.

Wieder stellte er fest, dass er sich auch nach zehn Jahren nicht damit abgefunden hatte. Er zwang sich zur Ruhe, als er am Straßenrand anhielt. Leonie und er waren einmal Freunde gewesen und – für ganz kurze Zeit – Liebende. Seitdem hatte er andere Frauen gehabt, und sie war verheiratet. Trotzdem konnte er sich noch genau daran erinnern, wie sie mit achtzehn gewesen war – lieb, sanft und neugierig auf das Leben. Sie hatte mit ihm gehen wollen, aber er hatte es nicht zugelassen. Sie hatte versprochen zu warten, doch ihr Versprechen nicht gehalten. Jason atmete tief ein und stieg aus.

Das Haus war sehr hübsch. Am Fenster zur Straße stand ein geschmückter Christbaum. Jetzt bei Tageslicht sah er überwiegend grün aus. Nachts jedoch würde er glitzern wie ein Zauberding. Dessen konnte er sicher sein, Leonie glaubte an Zauberei, und ihr würde es gelingen, auch diesen Baum zu verzaubern.

Jason stand auf dem Fußweg und hatte Angst. Er war daran gewöhnt, von Kriegsschauplätzen zu berichten und Interviews mit Terroristen zu machen. Doch dabei hatte er nie solche Furcht verspürt wie jetzt. Ich brauche ja nicht hineinzugehen, sagte er sich. Wenn ich will, kann ich umkehren und die Stadt verlassen. Es war nicht erforderlich, dass er sie wiedersah. Sie gehörte nicht mehr zu seinem Leben. Dann bemerkte er die Spitzenvorhänge, und wieder stieg der alte Groll in ihm auf. Groll, der stärker war als seine Angst.

Als er auf das Haus zuging, kam plötzlich ein Mädchen um die Ecke gerannt, auf der Flucht vor einem genau gezielten Schneeball. Sie warf sich zu Boden und kam damit aus der Schusslinie. Im nächsten Augenblick war sie aber bereits wieder auf den Beinen und ging zum Gegenangriff über.

„Volltreffer, Jimmy Harding!" Mit einem Triumphschrei wirbelte sie herum und stieß mit Jason zusammen. „Entschuldigung." Von Kopf bis Fuß schneebedeckt, schaute sie auf und grinste ihn fröhlich an. Jason hatte das Gefühl, dass die Zeit rückwärts gegangen war.

Sie war das Ebenbild ihrer Mutter. Das dunkelbraune Haar war aus der Mütze gerutscht und fiel ihr in wirren Locken auf die Schultern. Das kleine, zierliche Gesicht wurde von großen blauen Augen beherrscht, die lustig funkelten. Doch was ihm ans Herz ging, war das Lächeln, dieses unwiderstehliche Lächeln, das auch Leonie gehabt hatte. Unwillkürlich trat er einen Schritt zurück. Das kleine Mädchen klopfte sich den Schnee ab und betrachtete ihn interessiert.

„Sie habe ich noch nie gesehen."

Er schob die Hände in die Hosentaschen. Aber ich dich, dachte er. „Nein. Wohnst du hier?"

„Ja, aber der Eingang zum Laden ist auf der anderen Seite.“ Ein Schneeball landete mit einem Plumps vor ihren Füßen. Sie verdrehte die Augen. „Das ist Jimmy“, erklärte sie im Tonfall einer Frau, die von einem lästigen Verehrer verfolgt wird. „Er kann überhaupt nicht richtig zielen. Wie gesagt, zum Laden müssen Sie andersrum.“ Sie bückte sich und formte das nächste Geschoss. „Gehen Sie ruhig hinein; die Tür ist offen.“

Mit einem Schneeball in jeder Hand rannte sie davon. Jason stellte fest, dass er beinahe Mitleid mit Jimmy Harding empfand.

Leonies Tochter. Er hatte ganz vergessen, sie nach ihrem Namen zu fragen, und um ein Haar rief er sie zurück. Dann aber verzichtete er darauf. Es ist nicht wichtig, redete er sich ein. Er würde nur für einige Tage in der Stadt sein, ehe er zu seiner nächsten Reportage aufbrach. Quiet Valley war nur eine Station auf der Durchreise.

Langsam ging Jason ums Haus herum. Obwohl er sich nicht vorstellen konnte, was für eine Art Laden Tom betrieb, hielt er es für besser, ihn zuerst aufzusuchen. Er freute sich beinahe darauf.

Die kleine Werkstatt, die er erwartet hatte, entpuppte sich als Miniaturausgabe eines viktorianischen Hauses. Auf dem Schlitten vor der Tür saßen zwei lebensgroße Puppen in Zylinder, Rüschenhaube, Capes und Stiefeln. „Puppenhaus“ stand auf dem handgemalten Schild über dem Eingang. Als Jason die Klinke herunterdrückte, erklangen Glöckchen von drinnen.

„Ich komme gleich!“

Als er ihre Stimme hörte, hatte er das Gefühl, den Boden unter den Füßen zu verlieren. Aber er würde damit fertig werden. Er würde das Wiedersehen durchstehen, weil er es musste.

Jason nahm die Sonnenbrille ab, schob sie in die Tasche und schaute sich um. Der Raum war wie ein gemütliches Wohnzimmer eingerichtet, aber die Möbel waren alle auf die Maße von Kindern zugeschnitten. Puppen in allen Größen und Formen saßen auf Sesseln, Stühlen, Regalen und Schränken. Vor einem kleinen Kamin hatte sich eine Puppengroßmutter mit Spitzenhaube und Schürze im Schaukelstuhl niedergelassen. Die Puppe war so lebensecht, dass Jason unwillkürlich darauf wartete, dass sie zu schaukeln anfing.

„Es tut mir Leid, dass Sie warten mussten.“ Mit einer Porzellanpuppe in der einen und einem Brautschleier in der anderen Hand kam Leonie zur Tür herein. „Ich war gerade damit beschäftigt ...“

Sie brach ab, und der Schleier glitt ihr aus der Hand. Wie schwerelos schwebte er langsam zu Boden. Alle Farbe wich aus ihrem Gesicht, und im Gegensatz dazu wirkten die dunkelblauen Augen beinahe schwarz. Wie zur Verteidigung drückte sie die Puppe an die Brust. „Jason.“

2. KAPITEL

Wie Leonie da im schwachen Winterlicht in der Tür stand, erschien sie Jason noch viel schöner, als er sie in Erinnerung hatte. Seine Hoffnung, dass es nicht so sein würde, erfüllte sich nicht. Er hatte geglaubt, dass seine Traumvorstellung von ihr sich als übertrieben herausstellen würde, wie es bei Träumen oft der Fall ist, doch sie stand vor ihm in Fleisch und Blut, und so schön, dass ihm der Atem stockte. Vielleicht lag es daran, dass sein Lächeln etwas zynisch wirkte. „Hallo, Leonie."

Sie war unfähig, sich zu rühren. Wie schon vor vielen Jahren hatte sie das Gefühl, in der Falle zu sitzen. Damals hatte er es nicht gewusst, und heute durfte er erst recht nichts davon erfahren.

Lange verdrängte und geheim gehaltene Gefühle kämpften gegen ihre Willenskraft an und wurden unterdrückt. „Wie geht es dir?" brachte sie heraus. Noch immer hielt sie die Puppe fest umklammert.

„Gut." Er ging auf sie zu. Die Nervosität in ihren Augen bereitete ihm eine wahre Genugtuung. Dabei quälte es ihn, dass sie noch genauso gut roch wie früher. Sanft, jung, unschuldig. „Du siehst wunderbar aus", sagte er beiläufig und gab seiner Stimme einen eher gelangweilten Ton.

„Du bist der letzte Mensch, den ich hier erwartet hätte." Denn, fügte sie im Stillen hinzu, ich habe lernen müssen, mir das Warten abzugewöhnen. Entschlossen, ihren inneren Aufruhr nicht zu verraten, lockerte Leonie Monroe ihren Griff um die Puppe. „Wie lange wirst du in Quiet Valley bleiben?“

„Nur ein paar Tage. Ich hatte plötzlich das Bedürfnis nach Abwechslung.“

Sie lachte und hoffte, dass es nicht hysterisch klang. „Das war bei dir schon immer so. Wir haben deine Reportagen gelesen. Es ist dir also gelungen, all die Länder zu besuchen, von denen du geträumt hast.“

„Und noch einige dazu.“

Sie wandte sich ab und schloss kurz die Augen. „Es hat Schlagzeilen gemacht, als du den Pulitzerpreis gewannst. Mr. Beantree stolzierte durch die Stadt, als wäre er persönlich für deinen Erfolg verantwortlich. ‚Ein guter Junge, dieser Jason Langley‘, sagte er immer wieder. ‚Ich habe von Anfang an gewusst, dass aus dem mal was wird.‘“

„Ich habe deine Tochter gesehen.“

Das war ihre größte Angst, die größte Hoffnung, der Traum, den sie schon vor Jahren begraben hatte. Sie bückte sich, um den Schleier aufzuheben. „Clara?“

„Draußen vor dem Haus. Sie war mit Schneebällen hinter Jimmy, einem Jungen, her.“

„Ja, das klingt nach Clara.“ Auch jetzt leuchtete ihr Gesicht, wenn sie lächelte. Hätte er einen Wunsch frei gehabt, dann den, die Hand auszustrecken und sie anzufassen. Sie nur einmal zu berühren und sich daran zu erinnern, wie es gewesen war.

„Wie ich sehe, hast du deine Spitzenvorhänge bekommen."

Dabei, dachte sie bitter, wäre ich mit Fenstern ohne Gardinen und kahlen Wänden zufrieden gewesen, wenn ich nur bei dir hätte sein können. „Ja", wiederholte sie. „Ich habe meine Spitzenvorhänge. Und du deine Abenteuer."

„Du hast auch das hier." Er wies auf die Puppen. „Wann hast du denn damit angefangen?"

Ich kann diese entsetzlich beiläufige Unterhaltung ertragen, sagte sie sich. „Ich habe den Laden vor fast acht Jahren eröffnet."

Er nahm eine Stoffpuppe aus der Wiege. „Du verkaufst also Puppen. Ein Hobby?"

Leonie hob stolz den Kopf. „Nein, mein Geschäft. Ich verkaufe sie, repariere sie, und manchmal fertige ich sie auch an."

„Geschäft?" Jason hatte die Puppe wieder weggelegt. In seinem Lächeln lag keine Spur von Humor. „Ich hätte nicht gedacht, dass Tom damit einverstanden ist. Mir kam er immer vor wie ein Mann, der nicht will, dass seine Frau arbeitet."

„So?" Mechanisch begann sie, den Brautschleier am Kopf der Porzellanpuppe zu befestigen. „Du warst immer stolz darauf, dass dir nichts entgeht, aber du bist lange weg gewesen." Sie sah ihn über die Schulter an, und diesmal lagen nicht Nervosität oder Stolz in ihrem Blick, sondern nur Kälte. „Sehr lange. Tom und ich haben uns schon vor acht Jahren scheiden lassen. Zuletzt hörte ich, dass er jetzt in Los Angeles wohnt. Du siehst, er hielt auch nichts von Kleinstädten. Oder den Mädchen, die in Kleinstädten leben."

Jason konnte mit den Gefühlen, die auf ihn einstürmten, nichts anfangen, und etwas verlegen schob er sie deshalb beiseite.

Bitterkeit war einfacher. „Offensichtlich hast du keine kluge Wahl getroffen, Leonie."

Sie lachte und zerknüllte den Schleier. „So sieht es aus."

„Du hast nicht gewartet." Die Worte waren heraus, ehe er sie zurückhalten konnte.

Er hasste sich deshalb und sie auch.

„Du warst fort." Sie drehte sich langsam wieder um und verschränkte die Hände.

„Ich habe dir gesagt, dass ich wiederkommen würde. Habe ich nicht versprochen, dich so bald wie möglich nachzuholen?"

„Du hast niemals angerufen oder geschrieben. Drei lange Monate habe ich ..."

„Drei Monate?" Wütend packte er sie an den Armen. „Nach allem, worüber wir gesprochen und für unser gemeinsames Leben geplant hatten, konntest du mir nicht mehr als drei Monate geben?"

Sie hätte ihm noch viel mehr Zeit eingeräumt, aber sie hatte keine andere Wahl gehabt. Bemüht, ruhig zu bleiben, hielt sie seinem Blick stand. Auch dieser Blick war immer noch der gleiche – eindringlich und ungeduldig.

„Ich wusste nicht, wo du warst. Nicht einmal eine Adresse hast du mir hinterlassen.“ Sie trat zurück, weil das Verlangen, ihm nahe zu sein, noch genauso heftig war wie früher. „Ich war achtzehn, und du warst nicht aufzufinden.“

„Und Tom war da.“

Sie streckte das Kinn vor. „Richtig, Tom war da. Jason, das alles ist jetzt zehn Jahre her, und du hast nicht einmal versucht, Kontakt mit mir aufzunehmen. Warum also jetzt?“

„Das habe ich mich auch gefragt“, antwortete er und ging ohne ein weiteres Wort.

Ihre Träume waren schon immer unrealistisch gewesen. Als Kind hatte sich Leonie eine von weißen Pferden gezogene Kutsche und Tanzschuhe aus Glas ausgemalt. Die Wirklichkeit war etwas, mit dem man sich Tag für Tag auseinander setzen musste in einer Familie, wo das Geld, aber nicht der Stolz knapp war. Doch Träume waren keineswegs nur auf die Nacht beschränkt.

Sie hatte sich in Jason verliebt, als sie acht und er zehn gewesen war. Er war mutig auf drei Jungen losgegangen, die sie in den Schnee geworfen hatten. Leonie erinnerte sich mit Genugtuung daran, dass mehrere nötig gewesen waren, um sie überhaupt zu überwältigen. Doch dann war Jason ihr zu Hilfe gekommen und hatte ihre Angreifer vertrieben. Das haftete ihr unauslöschlich im Gedächtnis. Er war für seine Größe viel zu schmal gewesen, und sein Mantel zu groß und oft geflickt. Mit zusammengezogenen

Brauen hatte er unmutig auf sie heruntergeblickt. Schnee klebte ihm an den blonden Haarsträhnen, und seine Haut war vor Kälte gerötet. Sie hatte ihm in die Augen gesehen und sich in ihn verliebt. Er hatte irgendetwas gemurmelt, ihr aufgeholfen und sie ausgeschimpft, weil sie die drei Jungs provoziert hatte.

Und dann war er davongestapft, die Hände in den Taschen seines Mantels vergraben.

Während der Kindheit und später als Teenager schaute Leonie keinen anderen Jungen an. Natürlich tat sie hin und wieder so, als würde sie sich für jemanden interessieren, weil sie hoffte, dass Jason Langley dann Notiz von ihr nehmen würde.

Das tat er erst, als sie sechzehn war. In der Turnhalle fand ein Ball statt, und ihre Mutter hatte ihr zum ersten Mal ein langes Kleid genäht. Auch anderen fiel sie auf, und sie flirtete hemmungslos.

Ihr Ziel jedoch blieb das gleiche – Jason. Missmutig sah er zu, wie sie für jeden Tanz den Partner wechselte. Das hatte sie sorgfältig geplant, ebenso wie den bedeutsamen Blick, den sie ihm zuwarf, als sie in der Pause hinausging, um frische Luft zu schöpfen. Wie erhofft, folgte er ihr. Sie stellte sich gleichgültig. Er benahm sich besitzergreifend. Und dann brachte er sie nach Hause. Es war Vollmond.

Viele gemeinsame Spaziergänge folgten – im Frühling, im Sommer, im Herbst und im Winter. Sie waren verliebt, wie es nur ganz junge Menschen sein können, bedenkenlos und unschuldig. Sie erzählte ihm, dass sie sich ein Haus und Kinder wünschte. Er sprach von seiner Sehnsucht zu reisen, alles zu sehen und es aufzuschreiben. Leonie wusste, dass er sich in der Kleinstadt wie in der Falle fühlte, zurückgehalten von einem Vater, der ihm keine Liebe und wenig Hoffnung gab. Jason wusste, dass sie von wohnlichen Zimmern und Blumen in Kristallvasen träumte. Gegensätze, die sich anzogen, und ihre Träume vermischten sich.

Dann, als in einer Sommernacht der Duft frischen Heus in der Luft hing, überschritten sie die Grenze zwischen Kindheit und Erwachsensein, und ihre Liebe war nicht mehr unschuldig.

„Mom, du träumst ja schon wieder!"

„Wie?"

Die Arme bis zu den Ellbogen im Seifenwasser, drehte Leonie sich um. Ihre Tochter stand in der Küchentür. Sie trug einen warmen Bademantel, der bis auf den Boden reichte. Mit ihrem frisch gebürsteten Haar und den roten Wangen sah sie wie ein Engel aus.

Leonie wusste es allerdings besser. „Hast du deine Schularbeiten fertig?"

„Ja. So kurz vor den Ferien finde ich es doof, dass uns die Lehrerin noch etwas aufgibt."

„Das sagtest du bereits gestern. Und vorgestern."

„Mom, du bist schlecht gelaunt." Clara beäugte die Keksdose. „Du solltest mal einen schönen langen Spaziergang machen."

Leonie hatte erraten, worauf ihre Tochter hinauswollte. „Nur einen", mahnte sie. „Und vergiss nicht, dir die Zähne zu putzen." Sie schaute zu, wie Clara sich sorgfältig das größte Plätzchen heraussuchte. „Hast du heute Nachmittag einen Mann gesehen? Eine großen Mann mit blonden Haaren?"

„Hm." Clara hatte den Mund voll und es dauerte eine Weile, ehe sie antwortete. „Er wollte zum Haus. Ich habe ihn in den Laden geschickt."

„Hat er irgendetwas zu dir gesagt?"

„Eigentlich nicht. Zuerst hat er mich ein bisschen komisch angeschaut, so als hätte er mich schon mal gesehen. Kennst du ihn?"

Leonies Herz pochte schmerzhaft.

Sie trocknete sich sorgfältig die Hände ab. „Ja. Er hat vor langer Zeit einmal hier gewohnt."

„Jimmy war sehr beeindruckt von seinem Auto." Clara fragte sich, ob sich ihre Mutter noch einen Keks abluchsen ließe.

„Ich glaube, ich werde wirklich noch ein Stück spazieren gehen, Clara, aber ich möchte, dass du dich schon hinlegst."

Clara kannte den Ton und verzichtete klugerweise auf ein zweites Plätzchen. „Kann ich die Geschenke unter dem Baum noch mal zählen?"

„Das hast du doch schon zehn Mal getan."

„Aber vielleicht liegt inzwischen noch was da."

Leonie hob ihre Tochter hoch. „Darauf bestehen nicht die geringsten Aussichten." Dann lachte sie und trug sie ins Wohnzimmer. „Aber eine zusätzliche Zählung wird nicht schaden."

Die Luft roch nach Schnee, als sie ins Freie trat. Die Tür abzuschließen war in einer Stadt, wo jeder jeden kannte, nicht nötig. Sie schlug den Mantelkragen hoch und drehte sich noch einmal um zu dem Fenster im ersten Stock, wo ihre Tochter im Bett lag.

Clara war der Grund dafür, dass das Haus nicht kalt und ihr Leben nicht leer war. Dabei hätte beides sehr leicht sein können.

Leonie hatte die elektrischen Christbaumkerzen brennen lassen, und der Lichtschein malte Kringel in den Schnee. Nur noch vier Tage bis Weihnachten, dachte sie. Von dort, wo sie stand, sah die Stadt wie eine Postkarte aus. Lichterketten säumten die Straßen, und der große Weihnachtsbaum auf dem Marktplatz war deutlich zu erkennen. Manche Straßenlaternen waren mit buntem Papier verkleidet. Sie konnte den Rauch von Holzfeuern riechen. Hier und da duftete es stark nach Harz, wenn Tannen- und Kiefernzapfen verbrannt wurden.

Manche Leute hätten das Dasein in einer Kleinstadt wie Quiet Valley als beengt und eintönig empfunden. Leonie Monroe hatte jedoch hier ein Heim für sich und ihre Tochter geschaffen. Sie hatte sich ihr Leben nach eigenen Vorstellungen eingerichtet und fühlte sich wohl dabei.

„Ich bedaure nichts", sagte sie laut und schaute noch einmal zum Kinderzimmer hinauf. Sie vermutete, dass

Clara wie immer gehorsam die Nachttischlampe ausgelöscht hatte und jetzt mit der Taschenlampe unter der Bettdecke las. Hatte sie es nicht in ihrem Alter genauso gemacht? „Nein", wiederholte sie. „Ich bedaure nichts."

Während sie die Straße entlangging, frischte der Wind auf. Vor Weihnachten würde es noch mehr Schnee geben, das fühlte sie. Darauf würde sie sich jetzt konzentrieren, anstatt zurückzuschauen.

„Du gehst also immer noch gern spazieren."

3. KAPITEL

Hatte Leonie gewusst, dass Jason sie finden würde? Vielleicht war es tatsächlich so. „Manche Dinge ändern sich nicht", sagte sie einfach. Jason ging neben ihr her.

„Das habe ich heute Nachmittag herausgefunden." Er dachte an die Stadt, die noch genauso war wie früher. Und an seine Gefühle für die Frau an seiner Seite. „Wo ist denn deine Tochter?"

„Sie schläft schon."

Er war jetzt gelassener als am Nachmittag und entschlossen, es auch zu bleiben. „Ich habe dich gar nicht gefragt, ob du noch andere Kinder hast."

„Nein." In ihrer Stimme lag ein Unterton, den er schlecht deuten konnte. „Clara ist das einzige."

„Wie bist du denn auf den Namen gekommen?"

Sie lächelte. Es war typisch für Jason, Fragen zu stellen, die niemand anderem in den Sinn kommen würden. „Erinnerst du dich an das Märchen vom Nussknacker? Ich wollte, dass meine Tochter auch die Fähigkeit zu träumen hat." Genauso wie sie selbst. Leonie schob die Hände tiefer in die Taschen und versuchte sich einzureden, dass sie und Jason zwei alte Freunde waren, die miteinander durch die stillen Straßen spazieren gingen. „Wohnst du im Gasthaus?"

„Ja." Jason rieb sich belustigt das Kinn. „Der alte Beantree brachte höchstpersönlich mein Gepäck nach oben in mein Zimmer."

„Einheimischer wird zur Berühmtheit." Leonie wandte den Kopf und betrachtete ihn. Seltsam, dachte sie. Als sie ihn das erste Mal angeschaut hatte, hatte sie den Jungen gesehen. Jetzt sah sie den Mann. Sein Haar war etwas nachgedunkelt, aber immer noch blond. Es war nicht mehr ungepflegt, aber so geschnitten, dass es ihm immer noch in die Stirn fiel. Das Gesicht war nach wie vor schmal mit den ausgeprägten Backenknochen, die sie schon damals so fasziniert hatten. Um den Mund hatten sich tiefe Falten eingegraben. „Du hast doch erreicht, was du wolltest?"

„So ungefähr." Als ihre Blicke sich trafen, spürte sie wieder das alte schmerzliche Verlangen in sich aufsteigen.

„Und was ist mit dir, Leonie?"

Sie schüttelte den Kopf. „Ich habe nie so viel gewollt wie du, Jason."

„Bist du glücklich?"

„Wer das nicht ist, muss die Schuld bei sich selbst suchen."

„Das ist zu einfach."

„Ich habe nicht das gesehen, was du gesehen hast. Ich habe nicht die Aufgaben lösen müssen, die du lösen musstest. Ich bin mit einfachen Dingen zufrieden, Jason. Das war doch das Problem, nicht wahr?"

„Nein." Er drehte sie zu sich herum und legte ihr die Hand auf die Wange. Er trug keine Handschuhe, und sie spürte, wie ihre Haut sich bei der Berührung erwärmte. „Du hast dich überhaupt nicht verändert." Sie blieb ganz still stehen, als er die Finger durch ihr Haar gleiten ließ und schließlich ihre Schultern umfasste. „Ich habe oft daran gedacht, wie du im Mondlicht aussiehst. Die Erinnerung hat mich nicht getrogen."

„Ich habe mich verändert, Jason." Doch sie klang atemlos. „Und du auch."

„Manche Dinge bleiben dieselben", sagte er heiser und kapitulierte vor dem übermächtigen Verlangen, sie zu küssen.

Als ihre Lippen sich berührten, wusste er, dass er nach Hause gekommen war. Alles, woran er sich erinnerte und was er verloren zu haben glaubte, war wieder sein. Sie war so zart und duftete nach Frühling, obwohl ringsherum Schnee lag. Willig überließ sie ihm ihren Mund, wie immer, wenn sie sich geküsst hatten.

Er konnte sich nicht erklären, weshalb jede andere Frau, die er seitdem in den Armen gehalten hatte, nur ein Schatten war, verglichen mit seiner Erinnerung an Leonie.

Jetzt aber war sie es, die sich an ihn drängte und ihm alles das gab, was er für unerreichbar gehalten hatte.

Nur dieses eine Mal, sagte sie sich. Obwohl sie versucht hatte, den Teil ihres Lebens, zu dem Jason gehörte, aus ihrem Gedächtnis zu verbannen, ahnte sie, dass das nicht möglich war. Sie hatte sich eingeredet, dass es sich nur um eine Jungmädchenschwärmerei handelte, aber sie wusste selbst, dass es eine Lüge war. Es hatte keine anderen Männer gegeben, sondern nur die Erinnerungen an den einen und an Wünsche. Wünsche und schon fast vergessene Träume.

Jetzt aber war es kein Traum, sondern Jason, so lebendig und drängend, wie er seit jeher gewesen war. Alles an ihm war ihr so vertraut – der Geschmack seiner Lippen, das Gefühl seines Haares, als sie mit den Fingern darüber fuhr, und der männliche Geruch, der ihm bereits als Junge eigen gewesen war. Er flüsterte ihren Namen und zog sie enger an sich, als habe er Angst, sie wieder zu verlieren.

Sie schlang ihm die Arme um den Hals, ebenso bereitwillig, leidenschaftlich und verliebt wie beim letzten Mal, als er sie geküsst hatte. Beide bemerkten nicht, dass ein scharfer Wind den Schnee um sie herum aufwirbelte.

Aber jetzt war nicht gestern, rief sie sich ins Gedächtnis, als sie sich endlich voneinander lösten, sondern heute. Und diesem Heute musste man sich stellen. Sie war kein junges Mädchen mehr, das in seiner blinden Verliebtheit alles um sich herum vergaß, sondern eine Frau, die die Verantwortung für ein Kind trug. Jason dagegen war ein Zigeuner. Er hatte nie gewünscht, etwas anderes zu sein.

„Es ist vorbei mit uns, Jason." Doch sie ließ seine Hand nicht los. „Es ist schon lange vorbei."

„Nein." Er hielt sie fest, als sie sich abwenden wollte. „Das stimmt nicht. Ich habe mir das selbst vorgemacht und bin zurückgekommen, um es mir zu beweisen. Stattdessen habe ich einsehen müssen, dass du immer noch der wichtigste Teil meines Lebens bist. Es wird nie vorbei sein, Leonie."

„Du hast mich verlassen." Sie hatte nicht weinen wollen, aber nun rannen ihr Tränen über die Wangen. „Und du hast mir das Herz gebrochen. Es hat Jahre gedauert, bis es wieder heilte. Noch einmal werde ich dieses Risiko nicht eingehen."

„Du wusstest, dass ich fort musste. Wenn du gewartet hättest ..."

„Das ist jetzt nicht mehr wichtig." Sie schüttelte den Kopf und machte einen Schritt zurück. Niemals würde sie ihm erklären können, warum es ihr unmöglich gewesen war zu warten. „Es ist nicht wichtig, weil du in wenigen Tagen wieder weggehen wirst. Ich werde es nicht zulassen, dass du wie ein Wirbelwind in mein Leben eindringst, nur um dann ebenso schnell wieder zu verschwinden und mich in einem Aufruhr der Gefühle zurückzulassen. Wir haben beide unsere Wahl getroffen, Jason."

„Verdammt, du hast mir gefehlt!"

Sie schloss die Augen. Als sie sie wieder öffnete, waren sie trocken. „Ich musste aufhören, dich zu vermissen. Bitte lass mich in Frieden, Jason. Wenn ich glauben könnte, dass wir Freunde werden ..."

„Das waren wir doch immer."

„Immer ist schon vorüber." Trotzdem streckte sie beide Hände aus und ergriff seine. „Ach, Jason, du warst mein bester Freund, aber ich kann mich nicht darüber freuen, dass du wieder da bist, weil ich schreckliche Angst vor dir habe."

„Leonie." Er schloss die Finger um ihre Hand. „Wir brauchen Zeit. Vor allem aber müssen wir miteinander reden."

Sie schaute ihn unverwandt an. „Du weißt, wo du mich findest, Jason. Das hast du immer schon gewusst."

„Ich bringe dich nach Hause."

„Nein." Sie war jetzt ein wenig ruhiger und lächelte ihn an. „Heute nicht."

Von seinem Fenster aus überblickte Jason die ganze Hauptstraße. Wenn er wollte, konnte er zuschauen, wie die Kunden in Porterfields Kaufhaus strömten und einige Müßiggänger sich auf dem Marktplatz zu einem gemütlichen Schwatz trafen. Doch immer wieder wurde seine Aufmerksamkeit von dem weißen Haus am Ende der Straße angezogen.

Er war schon zeitig aufgestanden und hatte auch am Fenster gestanden, als Leonie mit Clara aus dem Haus trat. Die Zeit für den Schulgang war da. Er hatte gesehen, wie Leonie in die Hocke ging, um den Kragen am Mantel ihrer Tochter glatt zu zupfen. Und er hatte beobachtet, wie sie lange dastand und dem Mädchen nachschaute. Mit äußerster Willenskraft hatte er versucht, sie dazu zu bringen, sich zu ihm umzudrehen. Doch sie war ohne einen Blick in seine Richtung in ihrem Laden verschwunden.

Inzwischen waren Stunden vergangen, und er stand immer noch am Fenster. Nach der Anzahl der Leute zu schließen, die das „Puppenhaus“ betraten, lief Leonies Geschäft gut. Sie war beschäftigt, während er seine Reiseschreibmaschine noch nicht einmal ausgepackt hatte.

Er hatte vorgehabt, für eine Weile an seinem Roman zu arbeiten. Ein Roman, den er nur für sich selbst schreiben wollte. Auch das war ein Versprechen, das wegen seiner Arbeitsüberlastung noch nicht eingelöst war. Er hatte erwartet, dass er hier in seiner verschlafenen Heimatstadt – fernab von dem hektischen Leben als Auslandskorrespondent – Muße dazu finden würde. Das Wiedersehen mit Leonie und die Erkenntnis, dass er sie noch ebenso sehr liebte wie mit zwanzig, hatten jedoch jeden Gedanken an das Buch weit in den Hintergrund gedrängt.

Jason wandte sich vom Fenster ab und ging zum Tisch. Alles, was er brauchte, war da. Seine Notizen füllten zahllose Umschläge, er müsste sich nur hinsetzen und anfangen. Dass er genügend Selbstdisziplin besaß, um notfalls die ganze Nacht durchzuarbeiten, hatte er in der Vergangenheit schon des Öfteren bewiesen. Doch in seinem Leben gab es mehr als ein Buch, das angefangen und noch nicht beendet war. Erst jetzt war ihm das so richtig klar geworden.

Bis er sich rasiert und angezogen hatte, war es schon früh am Nachmittag. Zuerst erwog er, über die Straße in Min-dys Cafe zu gehen und festzustellen, ob sie immer noch so köstliche Kartoffelsuppe machte, aber ihm war nicht nach unverfänglichem Geplauder zu Mute. In voller Absicht wandte er sich nach rechts, weg von Leonies Haus. Er würde sich nicht dadurch zum Narren machen, dass er ihr nachlief.

Unterwegs begegnete er mehreren Leuten, die er kannte. Man begrüßte ihn mit Schulterklopfen, Händeschütteln und unverhohlener Neugier. Er schlenderte am Fluss entlang und kehrte dann zur Hauptstraße zurück, um sich die Auslagen in den Schaufenstern anzusehen.

In einem Laden entdeckte er Weihnachtssterne. Er ging hinein und kaufte den schönsten, den er finden konnte. Die Verkäuferin war mit ihm in der Schule gewesen, und es dauerte fast zehn Minuten, bis er wieder draußen war. Auf Fragen war er gefasst gewesen, aber er hatte nicht damit gerechnet, dass er zum Stadtgespräch werden könnte. Ein belustigtes Lächeln spielte um seine Lippen, als er weiterging. Vor dem Haus der Witwe Marchant angekommen, machte er sich gar nicht erst die Mühe, an der Vordertür anzuklopfen, sondern ging aus alter Gewohnheit gleich zum Hintereingang.

Als die alte Dame öffnete und versuchte, durch die üppigen roten Blumen sein Gesicht zu erkennen, grinste er wie ein Schuljunge.

„Das wurde aber auch Zeit“, begrüßte sie ihn. „Komm rein und wisch dir die Füße gut ab.“

„Jawohl, Ma'am.“ Gehorsam säuberte Jason seine Stiefel, ehe er die Pflanze auf den Küchentisch stellte.

Die Witwe Marchant war höchstens einen Meter fünfzig groß. Ihr Rücken war vom Alter gebeugt, und unzählige Runzeln zogen sich durch ihr Gesicht. Die große Schürze, die sie umgebunden hatte, war mit Mehl bestäubt.

Jason konnte riechen, dass das erste Blech Plätzchen bereits im Ofen war. Aus dem Nebenraum drang klassische Musik.

Die alte Dame deutete auf die Blumen. „Du hattest immer schon eine Schwäche für großartige Gesten." Während sie ihn einer eingehenden Musterung unterzog, nahm er automatisch die Schultern zurück. „Wie ich sehe, hast du ein paar Pfunde zugelegt, aber ein bisschen mehr Fleisch auf den Rippen könntest du trotzdem noch vertragen. Nun komm schon, gib mir einen Kuss."

Er beugte sich hinunter, um ihre Wange mit den Lippen zu berühren, doch dann schloss er sie kurz entschlossen in die Arme. Sie fühlte sich schmal und zerbrechlich an, und sie roch noch immer nach Seife, Puder und Zucker.

„Sie scheinen nicht überrascht, mich zu sehen", stellte er fest.

„Ich hörte, dass du da bist", erwiderte sie. Sie hatte sich abgewandt, damit er nicht sehen konnte, dass ihr die Augen feucht geworden waren. „Um genau zu sein, wusste ich es schon, ehe die Tinte auf deinem Anmeldeformular im Gasthaus trocken war. Nimm dir einen Stuhl und zieh den Mantel aus. Ich muss die Plätzchen aus dem Rohr nehmen."

Er blieb still sitzen und genoss das Gefühl, sich zu Hause zu fühlen.

Hierher hatte er als Kind kommen können in der Gewissheit, dass Mrs. Marchant ihn niemals fortschicken würde. Während er interessiert zusah, schmolz sie Blockschokolade in einem alten Emailtopf.

„Wie lange bleibst du denn?"

„Ich weiß noch nicht. In zwei Wochen muss ich in Hongkong sein."

„Hongkong." Die alte Dame presste die Lippen zusammen. „Du hast also alle deine Traumziele angelaufen, Jason. Waren sie so aufregend, wie du gehofft hast?"

„Einige ja." Genüsslich streckte er die Beine aus. Er hatte ganz vergessen, wie schön es war, sich völlig zu entspannen. „Andere nicht."

„Und jetzt bist du nach Hause gekommen." Sie stellte das Blech auf den Tisch. „Warum?"

Bei jedem anderen wäre er der Frage ausgewichen. Manchmal belog er sogar sich selbst.

Mrs. Marchant jedoch würde nicht ruhen, bis sie die Wahrheit erfuhr. „Leonie."

„Es war immer schon Leonie." Er war ein unglücklicher Junge gewesen, und nun war er ein unglücklicher Mann. „Du weißt sicher, dass sie Tom geheiratet hat."

Vor Mrs. Marchant brauchte Jason seine Bitterkeit nicht zu verstecken. „Ein halbes Jahr nachdem ich fortgegangen bin, habe ich angerufen. Ich hatte eine Stelle bei ‚Today's News' in Chicago bekommen. Es war nichts Großartiges, aber zumindest ein Anfang. Leonies Mutter nahm das Telefon ab. Sie teilte mir sehr freundlich mit, dass Leonie verheiratet war und ein Baby erwartete. Ich legte den Hörer auf und betrank mich, so gut es ging. Am nächsten Morgen fuhr ich nach Chicago." Er nahm sich einen Keks und zuckte mit den Schultern. „Das Leben geht weiter."

„Das stimmt, ob es uns nun mitzieht oder uns einfach überrollt. Und jetzt hast du erfahren, dass sie inzwischen wieder geschieden ist."

„Wir hatten uns gegenseitig etwas versprochen. Und sie hat einen anderen geheiratet."

Sie gab ein abfälliges Geräusch von sich. „Dem Aussehen nach bist du ein Mann, kein sturer Junge mehr. Leonie Kirkpatrick ..."

„Leonie Monroe", stellte er richtig.

„Wie du meinst."

Mrs. Marchant goss Kakao in große Henkeltassen und setzte sich ihm dann gegenüber. „Leonie ist eine starke, mutige Frau, deren Schönheit nicht nur äußerlich ist. Sie zieht ihr kleines Mädchen allein auf und macht es sehr gut. Außerdem hat sie ein Geschäft aufgebaut und verdient Geld damit. Allein. Und ich weiß, wie schwer es sein kann, wenn man allein ist."

„Wenn sie gewartet hätte ..."

„Das hat sie nun einmal nicht."

„Und warum hat sie sich dann eigentlich wieder von Tom scheiden lassen?"

Die alte Frau lehnte sich zurück. „Er hat sie verlassen, als Clara ein halbes Jahr alt war."

Er fasste seine Tasse fester. „Was soll das heißen – er hat sie verlassen?"

„Das solltest du doch wissen. Du hast es ja genauso gemacht. Er hat seine Sachen gepackt und ist gegangen. Ihr blieben das Haus – und die Rechnungen. Tom räumte das Bankkonto ab und zog an die Westküste."

„Aber er hat eine Tochter."

„Die hat er seitdem nicht mehr gesehen. Leonie hat es trotzdem geschafft. Schließlich war sie für das Kind verantwortlich. Sie hat einen Kredit aufgenommen und den Laden eröffnet. Wir sind stolz auf sie."

Er starrte aus dem Fenster auf einen kahlen Baum. „Zuerst bin ich gegangen, und sie hat Tom geheiratet. Dann hat Tom sie sitzen lassen. Es scheint, dass Leonie das Talent hat, sich die falschen Männer auszusuchen."

„Glaubst du das?"

Er hatte vergessen, wie bissig Mrs. Marchant sein konnte, und unterdrückte ein Lächeln. „Clara sieht aus wie Leonie."

„Hm. Sie hat viel von ihrer Mutter." Sie rührte selbstvergessen in ihrer Tasse. „Aber ich entdecke auch Züge ihres Vaters an ihr. Dein Kakao wird kalt, Jason."

Er trank einen Schluck. Der Geschmack löste eine Flut von Erinnerungen an früher aus.

„Ich hatte nicht geglaubt, dass ich mich hier so schnell wieder zu Hause fühlen würde."

„Warst du schon bei eurem früheren Haus?"

„Nein."

„Nette Leute wohnen jetzt dort. Sie haben hinten eine Veranda angebaut."

„Mich verbindet nichts mit dem Haus." Er nahm ihre Hand. „Nur bei Ihnen habe ich mich immer geborgen gefühlt. Sie sind die einzige Mutter, die ich je gekannt habe."

„Dein Vater war ein sehr strenger und harter Mann. Vielleicht ist er aber auch nur dazu geworden, weil deine Mutter so jung gestorben ist."

„Ich verspürte nur Erleichterung, als er starb. Vielleicht ist das der Grund, warum ich unmittelbar danach fortgegangen bin. Die Zeit schien dafür reif zu sein."

„Vielleicht war sie das wirklich, zumindest für dich. Und möglicherweise ist jetzt der richtige Zeitpunkt, um wieder nach Hause zu kommen. Du warst wirklich kein braver Junge, Jason, aber schlecht warst du auch nicht. Gönn dir doch eine Pause zum Nachdenken."

„Und Leonie?"

„Wenn ich mich recht erinnere, hast du ihr nie richtig den Hof gemacht. Das Mädchen ist dir ja damals regelrecht nachgelaufen. Und als weit gereister Mann solltest du doch wissen, wie man um eine Frau wirbt. Hast du dir denn keinen der vielen kleinen Tricks angeeignet, zu denen man üblicherweise greift?"

Jason nahm sich noch einen Keks und biss hinein. „Na ja, vielleicht den einen oder auch zwei."

„Ich glaube kaum, dass eine Frau dir lange widerstehen kann, wenn du es richtig anfängst."

Er beugte sich vor und küsste ihre Hände. „Ich habe Sie wirklich schrecklich vermisst."

„Ich wusste, dass du eines Tages zurückkommen würdest. In meinem Alter hat man gelernt zu warten. Und jetzt geh zu deinem Mädchen."

„Das werde ich tun." Er stand auf und zog seinen Mantel über. „Darf ich wiederkommen?"

„Ich wäre dir sehr böse, wenn du es nicht tätest." Sie wartete, bis er die Tür geöffnet hatte. „Jason, knöpf dir den Mantel zu." Ihr Taschentuch zog sie erst heraus, als sie seine Schritte auf dem Plattenweg im Vorgarten hörte.

4. KAPITEL

Draußen schien die Sonne, und der Schneemann auf der anderen Straßenseite hatte zu tun, standhaft zu bleiben. Wie gestern bei Jasons Ankunft in der Stadt waren auch jetzt wieder viele Kinder auf der Straße. Plötzlich löste sich eines aus der Gruppe und kam auf ihn zu. Trotz der warmen Verpackung erkannte er Clara sofort.

„Entschuldigung. Haben Sie wirklich mal hier gewohnt?"

„Ja." Am liebsten hätte er ihr das Haar wieder unter die Mütze geschoben, aber er hielt sich noch rechtzeitig zurück.

„Meine Mutter hat es mir erzählt. Und heute in der Schule hat der Lehrer gesagt, dass Sie weggegangen und berühmt geworden sind."

Seine Mundwinkel zuckten. „Na ja, sagen wir einfach, ich bin fortgezogen."

„Und Sie haben einen Preis gewonnen. Das hat Marcies Bruder auch. Beim Kegeln."

Er dachte an seine Pulitzer-Auszeichnung und hielt mühsam das Lachen zurück. „Ja, so etwas Ähnliches."

Clara kam er eigentlich wie ein ganz normaler Mensch vor und nicht wie jemand, der auf der Suche nach Abenteuern um die ganze Welt reist. Sie musterte ihn skeptisch. „Waren Sie wirklich schon in all den Ländern, von denen die Leute reden?"

„Das hängt davon ab, was sie gesagt haben." In schweigendem Einvernehmen gingen sie nebeneinander her. „Ich bin schon ziemlich weit herumgekommen."

„Auch nach Tokio? Tokio ist die Hauptstadt von Japan. Das haben wir in der Schule gelernt."

„Ja, dorthin auch."

„Haben Sie rohen Fisch gegessen?"

„Hin und wieder."

„Wie ekelhaft!" Trotzdem schien sie fasziniert zu sein. Ohne stehen zu bleiben, bückte sie sich und machte einen Schneeball. „Zermatschen sie in Frankreich die Weintrauben wirklich mit den Füßen?"

„Ich habe es zwar nicht mit eigenen Augen gesehen, aber man erzählt so etwas."

„Dann kann man den Saft doch nicht mehr trinken! Sind Sie schon einmal auf einem Kamel geritten?"

„Ziemlich unbequem."

Diese Aussage akzeptierte sie sofort, weil sie sich

schon so etwas gedacht hatte. „Der Lehrer hat uns heute eine von Ihren Geschichten vorgelesen. Die eine über das Grab, das man in China gefunden hat. Haben Sie die Statuen wirklich gesehen?“

„Ja.“

„War das wie bei den Jägern des verlorenen Schatzes?“

„Was?“

„Na, Sie wissen schon. Indiana Jones.“

Jason brauchte eine Minute, bis er begriffen hatte, dass sie von einem Film sprach. Dann lachte er und schob Clara die Mütze ins Gesicht. „Ja, so ähnlich.“

„Sie schreiben gut.“

„Vielen Dank.“

Sie standen vor ihrem Haus. Überrascht schaute Jason auf. Er hatte gar nicht gemerkt, dass sie schon da waren.

Jetzt tat es ihm Leid, dass er nicht ein wenig langsamer gegangen war.

„Wir müssen einen Bericht über Afrika schreiben.“ Clara zog die Nase kraus. „Fünf ganze Seiten lang. Miss Jenkins hat gesagt, dass wir ihn gleich nach den Weihnachtsferien abgeben müssen.“

„Und wie lange ist es schon her, dass sie euch die Aufgabe gestellt hat?“ fragte er misstrauisch, Böses ahnend. Denn so weit lag es auch noch nicht zurück, dass er selbst in die Schule gegangen war.

Clara zeichnete mit ihrem Absatz einen Kreis in den Schnee. „Ein paar Wochen.“

Seine Mundwinkel zuckten. Seine Vermutung hatte

ihn also nicht getrogen. „Und? Hast du schon angefangen?"

„Na ja, ein bisschen." Sie schaute zu ihm auf und lächelte ihn strahlend an. „Sie waren doch schon mal in Afrika, oder nicht?"

„Ja."

„Dann wissen Sie bestimmt gut über Klima, Kultur und solche Sachen Bescheid."

Er schmunzelte. „Einigermaßen."

„Haben Sie nicht Lust, heute Abend bei uns zu essen?" Ohne ihm Gelegenheit zu geben, etwas darauf zu erwidern, hatte sie ihn bei der Hand genommen und führte ihn in den Laden.

Leonie war gerade dabei, eine Puppe in eine Schachtel zu packen, als sie hereinkamen. Sie hatte das Haar im Nacken zusammengebunden und trug Jeans und ein weites Sweatshirt. Irgendeine Bemerkung ihrer Kundin hatte sie zum Lachen gebracht. „Lorna, Sie wissen doch so gut wie ich, dass Sie es beim nächsten Mal wieder ganz genauso machen würden."

Die Frau seufzte und legte die Hand auf ihren riesigen Bauch. „Trotzdem hatte ich mir gewünscht, dass das Baby noch vor Weihnachten kommen würde."

„Tag, Mom."

Leonie drehte sich lächelnd zu ihrer Tochter um. Als sie jedoch Jason bemerkte, fiel ihr die Rolle mit dem roten Geschenkband aus der Hand. „Clara, du hast dir die Schuhe nicht abgewischt", brachte sie heraus.

„Jason! Jason Langley." Leonies Kundin lief auf ihn zu und fasste ihn am Arm. „Ich bin Lorna – Lorna McBee."

Er schaute in das Gesicht der jungen Frau, die früher mit ihren Eltern im Nachbarhaus gewohnt hatte. „Hallo, Lorna." Mit einem Blick auf ihren Bauch fügte er hinzu. „Herzlichen Glückwunsch."

Sie lachte. „Vielen Dank, es ist schon das Dritte."

„Drei? Alle Achtung, dann wart ihr ja schnell."

„Das findet Bill auch. Du erinnerst dich doch an Bill Easterday?"

„Das ist dein Mann?"

Der Junge, der meistens am Marktplatz herumlungerte und nichts als Unfug im Sinn hatte, war ihm noch sehr gut im Gedächtnis. Mehr als ein Mal hatten sie gemeinsam etwas ausgeheckt.

„Ich habe ihn gebessert. Er leitet jetzt die Bank." Als sie Jasons ungläubigen Gesichtsausdruck sah, kicherte sie. „Komm doch mal bei uns vorbei. Jetzt muss ich mich nämlich beeilen und diese Schachtel verstecken, ehe meine älteste Tochter nach Hause kommt. Vielen Dank, Leonie. Die Puppe ist wirklich wieder wie neu."

„Hoffentlich gefällt sie Mary."

Lorna ging, und um sich zu beschäftigen, begann Leonie, das Band wieder aufzurollen.

„War das die Puppe im Brautkleid?" wollte Clara wissen.

„Ja."

„Zu aufgedonnert für meinen Geschmack. Kann ich rüber zu Marcie?"

„Und deine Hausaufgaben?"

„Außer diesem blöden Aufsatz über Afrika habe ich keine. Er wird mir dabei helfen." Sie schenkte Jason ein Lächeln, das einen Stein zum Erweichen gebracht hätte. „Nicht wahr?"

„Ja."

„Clara", begann Leonie, „du kannst doch nicht ..."

„Keine Angst, ich habe ihn dafür zum Essen eingeladen." Sie war sehr mit sich zufrieden. Schließlich predigte ihr ihre Mutter unentwegt, wie wichtig gute Manieren waren. Eine einmal ausgesprochene Einladung rückgängig zu machen wäre undenkbar. „Da die Schule erst in zehn Tagen wieder anfängt, kann ich den Aufsatz doch nach dem Abendessen machen, oder?"

Jason hielt es für angebracht, auch seinerseits ein wenig Druck anzuwenden. „Ich bin mehrmals in Afrika gewesen. Vielleicht bekommt Clara eine Eins."

„Schaden würde es ihr nicht", gab Leonie zu. Sie betrachtete zärtlich die beiden Menschen, die ihr mehr bedeuteten als alles andere auf der Welt. „Dann fange ich am besten an zu kochen."

Clara rannte bereits zum Tor hinaus, als Leonie die Tür zum „Puppenhaus" zusperrte.

„Ich hoffe, Clara ist dir nicht auf die Nerven gegangen", sagte sie mit abgewandtem Gesicht. „Sie hat die Angewohnheit, den Leuten Löcher in den Bauch zu fragen."

„Ich mag sie", erwiderte er einfach.

„Nett, dass du das sagst, aber du brauchst dich wirklich nicht verpflichtet zu fühlen."

„Ich habe versprochen, ihr bei dem Aufsatz zu helfen, und ich halte mein Wort." Er berührte die Schleife, die ihr Haar zusammenhielt. „Früher oder später."

Es half alles nichts, sie musste seinen Blick erwidern. „Du kannst natürlich gern zum Essen bleiben." Um das Zittern ihrer Finger zu verbergen, spielte sie mit ihren Mantelknöpfen. „Ich wollte Brathühnchen machen."

„Ich helfe dir."

„Nein, das ist nicht ..."

Er hielt sie an der Hand fest. „Früher habe ich dich nicht so nervös gemacht."

Nimm dich zusammen, befahl sie sich. In einigen Tagen würde er wieder fort sein, fort aus ihrem Leben. Warum sollte sie die Gelegenheit, mit ihm zusammen zu sein, nicht wahrnehmen? „Na gut", gab sie nach. „Du kannst den Salat machen."

Als sie durch den Vorgarten gingen, nahm Jason ihren Arm. Er spürte, wie Leonie sich unwillkürlich versteifte, doch er ließ sie nicht los. „Vorhin war ich bei der Witwe Marchant und habe ofenfrische Plätzchen und eine Tasse Kakao bekommen."

Jetzt hatte sie die Küche erreicht, und Leonies Herzklopfen ließ etwas nach. „Sie hat jeden Bericht aufgehoben, der jemals von dir gedruckt worden ist."

Jason wartete, bis sie ihren Mantel an den Haken hinter der Tür gehängt und den Wasserkessel aufgesetzt hatte. „Du hast mir nicht gesagt, dass Tom dich verlassen hat."

Sie hatte gewusst, dass er es über kurz oder lang erfahren würde. „Ich denke nicht mehr daran. Kaffee?“

So leicht ließ er sich aber nicht abspeisen. „Was ist geschehen, Leonie?“

„Wir hatten einen Fehler gemacht.“ Sie sprach ruhig, beinahe kühl. In einem solchen Ton hatte Jason sie noch nie reden hören.

„Aber Clara ...“

„Nicht!“ Zorn blitzte aus ihren Augen. „Lass das Thema ruhen, Jason. Ich meine es ernst. Clara ist meine Angelegenheit. Meine Ehe und meine Scheidung gehen ebenfalls ausschließlich mich etwas an. Du kannst nicht einfach nach zehn Jahren zurückkommen und Fragen stellen.“

Einen Augenblick lang standen sie sich schweigend gegenüber. Dann begann der Kessel zu pfeifen, und Leonies Erstarrung löste sich. „Wenn du willst, kannst du schon einmal Kartoffeln schälen. Sie sind in der Speisekammer da drüben.“

Dass sie ein hitziges Temperament hatte, war Jason nicht neu. Doch er wusste auch, wie er sie wieder beruhigen konnte. Er begann zu reden, anfangs wie zu sich selbst, und von einigen Orten zu erzählen, die er besucht hatte. Als er berichtete, wie er auf einer Campingreise in Südamerika eines Morgens mit einer Schlange neben sich auf dem Kopfkissen aufgewacht war, lachte sie.

„Damals fand ich das gar nicht so komisch. Innerhalb von zwei Sekunden hatte ich das Zelt fluchtartig verlassen – und zwar splitternackt. Mein Fotograf hat sich ausgeschüttet vor Lachen und prompt zur Kamera gegriffen. Ich musste ihm fünfzig Dollar für die Negative bezahlen."

„Bestimmt waren sie mehr wert. Von der Schlange hast du in deiner Serie über San Salvador aber nichts erwähnt."

„Nein." Er ließ das Schälmesser sinken. „Du hast sie gelesen?"

Leonie legte die panierten Hühnerteile in die Pfanne. „Natürlich. Ich kenne alle deine Reportagen."

Jason ging mit den geschälten Kartoffeln zum Spülbecken, um sie zu waschen. „Wirklich alle?"

Sie lächelte, doch sie wandte ihm den Rücken zu. „Nun bilde dir nur nichts ein, Jason. Das war schon immer dein Problem. Ich schätze, dass neunzig Prozent der Einwohner von Quiet Valley zu deinen Lesern zählen. Man könnte sagen, dass wir alle einen gewissen Anspruch auf dich erheben." Sie stellte die Flamme kleiner. „Schließlich bist du der Einzige aus dem Ort, der bereits im Weißen Haus zum Abendessen war."

„Die Suppe war fad."

Leonie lachte und setzte die Kartoffeln auf. „Man kann sich eben nicht nur die Rosinen aus dem Kuchen picken. Vor einigen Jahren habe ich ein Bild von dir gesehen." Ihr Ton war freundlich. „Ich glaube, es war bei irgendeiner Wohltätigkeitsgala aufgenommen worden. Du hattest eine halb nackte Frau am Arm."

Er machte ein interessiertes Gesicht. „Tatsächlich?"

„Na ja, halb nackt ist vielleicht übertrieben. Mir kam es wahrscheinlich so vor, weil man vor lauter Haaren ihr Kleid kaum sehen konnte. Wenn ich mich recht erinnere, war sie blond – ausnehmend blond. Mit beachtlicher Oberweite."

Jason fuhr sich mit der Zunge über die Lippen. „Ja, in meinem Beruf lernt man viele interessante Leute kennen."

„Das kann ich mir denken." Geschickt wendete sie das Fleisch in der Pfanne. „Das muss sehr anregend für dich sein."

„Nicht halb so anregend wie diese Unterhaltung. Übrigens, es wird schon dunkel. Sollte Clara nicht längst zu Hause sein?"

„Sie ist nur nebenan. Außerdem weiß sie, dass sie um Punkt halb sechs da sein muss."

Jason ging trotzdem zum Fenster und schaute zum Nachbarhaus. Leonie betrachtete sein Profil. Es war ausgeprägter, härter als früher. Das war er wahrscheinlich zwangsläufig auch. Wie viel war noch von dem Jungen geblieben, den sie so verzweifelt geliebt hatte? Vielleicht war das etwas, dessen sich keiner von ihnen sicher sein konnte.

„Ich habe viel an dich gedacht, Leonie." Obwohl er ihr den Rücken kehrte, hatte sie das Gefühl, als stünde er neben ihr und streichelte zart über ihre Haut. „Besonders um diese Zeit. Während des Jahres, wenn ich viel Arbeit hatte und mich an Abgabetermine halten musste, gelang es mir meistens, die Gedanken an dich zu verdrängen, aber wenn Weihnachten nahte, warst du allgegenwärtig. Ich erinnere mich noch genau an alles. Weißt du noch, wie du mich durch die Geschäfte geschleift hast? Die Feste mit dir haben mich für all die Jahre entschädigt, als ich mit der Gewissheit am Weihnachtsmorgen aufwachte, dass es weder einen Baum noch Geschenke geben würde."

„Dein Vater konnte ein Weihnachtsfest ohne deine Mutter nicht ertragen, Jason", sagte sie mitfühlend. „Also hat er den Gedanken daran einfach zur Seite geschoben."

„Jetzt verstehe ich das besser. Nachdem ich dich verloren habe." Er drehte sich um. Leonie war über den Herd gebeugt. „Du bist Weihnachten auch allein gewesen."

„Nein. Ich habe Clara."

Ihr Körper spannte sich an, als er auf sie zukam.

„Niemand, der die Päckchen mit dir füllt oder dem du verraten kannst, was du unter den Baum gelegt hast."

„Ich komme schon zurecht. Man muss sich sein Leben eben so einrichten, wie es die Umstände erfordern."

„Ja." Er legte ihr die Hand unters Kinn. „Allmählich glaube ich das auch."

Die Tür flog auf, und Clara stürmte herein. Von ihrem Anorak tropfte Wasser auf den Boden. „Wir haben Engel in den Schnee gemacht."

Leonie hob die Augenbrauen. „Das sehe ich. Du hast eine Viertelstunde Zeit, dir etwas Trockenes anzuziehen und den Tisch zu decken."

„Darf ich vorher den Weihnachtsbaum im Garten anschalten?"

„Wenn du möchtest."

„Kommen Sie mit?" Clara streckte die Hand nach Jason aus. „Unserer ist der Schönste in der ganzen Straße."

Von widersprüchlichen Gefühlen erfüllt, schaute Leonie den beiden nach.

5. KAPITEL

Auch während des Essens war Leonie in ihre Gedanken vertieft. Sie kannte ihre Tochter als zutrauliches, oftmals überschwängliches Kind, aber so wie sie auf Jason reagierte, das war ihr mit keinem anderen Menschen passiert. Sie schwatzte mit ihm, als würde sie ihn schon seit Jahren kennen.

Es ist so offenkundig, dachte Leonie, als sie beim Geschirrspülen Clara beobachtete. Von den beiden anderen hatte keiner bislang etwas bemerkt. Sie atmete erleichtert auf. Was würde sie tun, wenn ihnen die Ähnlichkeit doch auffiel? Sie hielt nichts von Unwahrheiten und lebte doch seit zehn Jahren mit einer Lüge.

Jason und Clara, die in Landkarten und Geographiebücher vertieft waren, beachteten sie kaum. In dem flüssigen, anschaulichen Stil, der ihm angeboren war, erzählte Jason von Afrika – der Wüste, den Bergen und dem dichten Dschungel mit seinen Gefahren.

Als die beiden die Köpfe über einem Bild in Claras Buch zusammensteckten, verspürte Leonie plötzlich einen Anflug von Panik. „Ich gehe noch einmal in die Werkstatt. Zu den Feiertagen muss ich noch eine Menge Aufträge erledigen."

„Hm." Jason schaute überhaupt nicht auf, und Leonie musste gegen einen plötzlichen Lachreiz ankämpfen. Rasch zog sie sich eine warme Jacke über und schlüpfte hinaus.

Die Puppen waren für sie mehr als Spielzeug, und mit Sicherheit mehr als ein Geschäft, mit dem sie ihren Lebensunterhalt verdiente. Für Leonie stellten sie Symbole von Jugend, Unschuld und dem Glauben an Wunder dar. Schon kurz nach Claras Geburt hatte sie den Laden eröffnen wollen, aber Tom war strikt dagegen gewesen. Weil sie sich in seiner Schuld fühlte, hatte sie nicht darauf bestanden. So erging es ihr auch mit vielen anderen Dingen. Dann, als sie plötzlich wieder allein war und für sich und ihr Kind sorgen musste, hatte sie den Gedanken wieder aufgegriffen.

Sie verbrachte viel Zeit in der Werkstatt, um die Leere zu bekämpfen, die selbst die Liebe ihrer Tochter nicht ganz ausfüllen konnte.

In dem kleinen Raum hinter dem Laden waren ganze Regale mit Puppen oder Teilen davon angefüllt. Es gab Porzellanköpfe, Plastikbeine und Perücken. In einer anderen Abteilung lagen die Kranken oder Verletzten, wie Leonie sie bezeichnete. Vor allem um diese Jahreszeit wurden Puppen mit gebrochenen Armen oder beschädigten Körpern zum Reparieren gebracht. Obwohl sie gern verkaufte und große Freude dabei empfand, ihre eigenen Schöpfungen herzustellen, befriedigte es sie am meisten, ein geliebtes Spielzeug wieder ganz zu machen. Sie schaltete das Licht ein, suchte einen Sender mit sanfter Musik im Radio und machte sich ans Werk.

Wie immer fand sie Entspannung bei ihrer Arbeit. Mit einer Häkelnadel und Gummifäden befestigte sie lose Arme und Beine. Ein wenig Farbe und viel Geduld zauberten ein Lächeln in abgeschabte Gesichter. Einige Puppen erhielten neue Kleider oder eine andere Frisur und manche mussten sorgfältig ausgestopft und wieder zusammengenäht werden.

Sie merkte nicht, dass sie vor sich hin summte, als sie nach einer ramponierten Stoffpuppe griff.

„Kannst du die reparieren?"

Vor Schreck ließ sie die Nadel fallen. Jason stand in der Tür, die Hände in den Hosentaschen, und beobachtete sie.

„Ich hoffe es. Wo ist denn Clara?"

„Nachdem sie über ihren Büchern fast eingeschlafen ist, habe ich sie ins Bett gebracht."

Leonie wollte aufstehen. „Dann werde ich ..."

„Sie schläft schon, Leonie. Mit einem haarigen grünen Monster im Arm, das sie Bernardo nennt."

„Ja, das ist ihr Kuscheltier. Mit normalen Puppen kann sie nichts anfangen."

„Im Gegensatz zu ihrer Mutter." Neugierig ging Jason durch die Werkstatt. „Ich glaubte immer, altes oder zerbrochenes Spielzeug würde man wegwerfen."

„Leider ist das auch oft der Fall. Ich bin dagegen der Meinung, dass man etwas, das einem viel Freude gemacht hat, mit mehr Respekt behandeln sollte."

Er nahm einen kahlen Plastikkopf in die Hand. „Vielleicht hast du Recht, aber es ist mir ein Rätsel, was man an diesem Bündel Lumpen vor dir auf dem Tisch noch retten kann."

„Eine ganze Menge."

„Du glaubst also immer noch an Zauberei, Leonie?"

Sie schaute auf, und zum ersten Mal war ihr Lächeln warm und ungezwungen. „Ja, natürlich. Besonders um die Weihnachtszeit."

Obwohl er wusste, dass es unklug war, beugte er sich vor und berührte ihre Wange. Er konnte einfach nicht anders. „Dass ich dich vermisst habe, habe ich dir ja schon gesagt. Wie sehr in Wirklichkeit, das war mir bis heute nicht bewusst."

Sie spürte, wie die Sehnsucht in ihr aufstieg, doch sie war entschlossen, ihr nicht nachzugeben. Stattdessen konzentrierte sie sich auf die Puppe. „Es ist sehr nett von dir, dass du Clara geholfen hast, Jason. Ich möchte dich nicht länger aufhalten."

„Stört es dich, Leonie, wenn man dir bei der Arbeit zusieht?"

„Absolut nicht, Jason." Sie stopfte den Körper sorgfältig aus. „Manchmal weichen besorgte Puppenmütter so lange nicht von meiner Seite, bis ich die Patientin wieder heil gemacht habe."

Er lehnte sich gegen ein Regal. „Ich habe meine Rückkehr nach Quiet Valley oft in Gedanken vollzogen. So etwas habe ich mir allerdings nicht vorgestellt."

„Was?"

„Dass ich dabeistehen und zusehen würde, wie du versuchst, Stofffetzen Leben einzuhauchen. Dieses Ding hat doch gar kein Gesicht."

„Wart's nur ab. Wie seid ihr mit dem Aufsatz vorangekommen?"

„Sie muss nur noch den letzten Entwurf schreiben."

Leonie hob den Kopf und schaute ihn lachend an. „Clara?“

„Sie hat genauso reagiert.“ Er lächelte versonnen. Ob Leonie wohl wusste, dass der Raum nach ihr roch? „Sie ist ein schlaues Kind.“

„Manchmal zu schlau.“

„Du kannst dich glücklich schätzen.“

„Ich weiß.“ Geschickt verteilte sie die Füllung so, dass man Gliedmaßen erkennen konnte.

„Kinder lieben einen bedingungslos, nicht wahr?“

„Nein, das stimmt nicht.“ Sie sah zu ihm auf. „Man muss sich ihre Liebe verdienen.“

Mit Nadel und Faden machte sie sich daran, die Nähte zu schließen.

„Weißt du, obwohl sie sich vor Müdigkeit kaum auf den Beinen halten konnte, bestand sie darauf, die Geschenke unter dem Weihnachtsbaum noch einmal zu zählen. Wie sie sagt, hat sie das Gefühl, dass noch eins dazukommt.“

„Ich fürchte, da steht ihr eine Enttäuschung bevor. Ihr Wunschzettel sah aus wie eine Armeebestellliste. Schließlich musste ich eine Grenze ziehen. Meine Eltern verwöhnen sie sowieso schon viel zu sehr.“

„Leben sie noch hier?“

„Hm.“ Während sie noch an den Gliedmaßen der Puppe arbeitete, hatte sie sich bereits vorgestellt, wie ihr Gesicht aussehen müsste. Jetzt malte sie es sorgfältig auf. „Hin und wieder reden sie davon, nach Florida zu ziehen, aber ich weiß nicht, ob sie es jemals tun werden. Clara hält sie hier. Sie sind ganz vernarrt in sie. Wenn du Lust hast, schau doch mal bei ihnen vorbei. Du weißt, dass meine Mutter dich immer sehr gern gehabt hat."

Jason untersuchte ein rotes Kleid, das kaum größer als sein Finger war. „Dein Vater weniger."

Sie musste lachen. „Das liegt daran, dass er dir nicht getraut hat. Welcher Vater würde das wohl?"

„Sein Verdacht war ja auch gerechtfertigt." Er ging auf sie zu und sah die Puppe, die sie in der Hand hielt. „Das darf doch nicht wahr sein!" Vorsichtig nahm er sie und hielt sie ans Licht.

Ein unförmiges Stoffbündel hatte sich in ein rundliches verschmitztes Puppenkind verwandelt. Abgerissene Locken waren wieder fest angenäht und fielen über die Stirn. Selbst ein erwachsener Mann konnte sehen, dass ein kleines Mädchen dieses Spielzeug lieb haben würde.

Leonie freute sich über seine Reaktion. „Nun bist du also einverstanden?"

„Mehr als das – ich bin beeindruckt. Wie viel nimmst du für so etwas?"

„Die hier ist nicht zu verkaufen." Leonie legte sie in eine große Kiste. „Hier in der Stadt gibt es ein gutes Dutzend Kinder, deren Eltern kein Geld für Weihnachtsgeschenke haben. Vor einigen Jahren habe ich mit Jake vom Kaufhaus eine Abmachung getroffen. Ich liefere die Puppen für die Mädchen, und er stiftet Bälle oder Spielzeugautos für die Jungs. Am Heiligabend stellen wir die Geschenke dann bei den Kindern vor die Tür."

So etwas war typisch für Leonie. „Den Nikolaus gibt es also wirklich."

Sie lächelte ihn an. „Zumindest hier in Quiet Valley."

Dieses Lächeln war so warm, so vertraut, dass er unwillkürlich einen Schritt auf sie zuging. „Und was ist mit dir? Bekommst du auch, was du dir zu Weihnachten wünschst?"

„Ich habe alles, was ich brauche."

„Alles?" Er legte ihr die Hände ums Gesicht. „Bist du es nicht, die immer geträumt und an Wünsche geglaubt hat?"

„Ich bin erwachsen geworden. Jason, du solltest jetzt gehen."

„Das nehme ich dir nicht ab. Ich glaube nicht, dass du aufgehört hast zu träumen, Leonie. Allein dadurch, dass ich mit dir zusammen bin, fange ich ja selbst wieder damit an."

„Jason." Sie stemmte die Hände gegen seine Brust. „Du weißt, dass wir nicht immer haben können, wonach wir uns sehnen. In einigen Tagen wirst du wieder fortgehen. Du wirst Quiet Valley hinter dir lassen und hundert andere Dinge an hundert anderen Orten tun."

„Was hat das mit der Gegenwart zu tun?" Er zog ihr die Schleife aus dem Haar, und tiefbraune seidige Strähnen fielen über seine Finger. Er hatte es schon immer geliebt, ihr Haar zu berühren und seinen Duft einzuatmen. „Du bist die einzige Frau, die ich je geliebt habe", flüsterte er.

Sie schloss die Augen, ehe er sie an sich ziehen konnte. „Du wirst abreisen. Ich muss hier bleiben. Schon einmal habe ich dir nachgesehen, wie du fortgefahren bist. Einen solchen Abschied könnte ich nicht noch einmal ertragen. Verstehst du das denn nicht?"

„Ich weiß nicht. Eins allerdings ist mir ganz klar: Ich begehre dich mehr als je zuvor. Und ich bin nicht sicher, dass du mich fern halten kannst, Leonie." Trotzdem ließ er sie los. „Zumindest nicht für lange. Du hast vorhin in der Küche gesagt, dass ich kein Recht habe, dir Fragen zu stellen. Vielleicht stimmt das. Eine Antwort jedoch brauche ich unbedingt."

Wenigstens würde sie dadurch Zeit gewinnen. Zeit zum Nachdenken.

Sie atmete langsam aus und nickte. „Na gut. Aber du versprichst zu gehen, wenn du diese Antwort hast?"

„Ja. Hast du ihn geliebt?"

Leonie konnte nicht lügen. Sie hob stolz den Kopf und sah ihm in die Augen. „Ich habe nie einen anderen als dich geliebt."

In seinen Augen blitzte Triumph auf – und Zorn. Er wollte sie wieder an sich ziehen, aber sie machte sich los. „Du hast gesagt, dass du gehen würdest, Jason. Ich habe auf dein Versprechen vertraut."

Der Schmerz schnürte ihm fast die Kehle zu. „Das hättest du vor zehn Jahren schon tun sollen." Jason machte auf dem Absatz kehrt und verließ die Werkstatt. Als er die Tür öffnete, wehte ein eisiger Luftzug herein.

6. KAPITEL

In Quiet Valley war das bevorstehende Fest allgegenwärtig. Auf dem Dach des Kaufhauses war ein Lautsprecher montiert, der die Umwelt mit Weihnachtsliedern berieselte. Ein geschäftstüchtiger junger Mann von einer der umliegenden Farmen erschien mit seinem Zweispänner und kutschierte Passagiere durch das Städtchen und die Hauptstraße hinauf und hinunter. Die Kinder, der Schule entronnen, drückten sich die Nasen an den Auslagen der Geschäfte platt. Der Himmel war stark bewölkt, aber es hatte noch nicht zu schneien angefangen.

Jason saß im Café, eine heiße Tasse Tee vor sich. Hingebungsvoll lauschte er dem Stadtklatsch. Da hatte sich beispielsweise der Älteste der drei Hennesey-Jungs mit Windpocken angesteckt und die Ferien über im Haus bleiben müssen. Carlotta Miller verkaufte die Christbäume zum halben Preis, und im Kaufhaus gab es Fünfgangfahrräder im Sonderangebot.

Vor zehn Jahren hätte Jason über solche Gespräche die Nase gerümpft. Jetzt saß er zufrieden mitten unter den Einheimischen und hörte zu. Vielleicht war es das, was dem Roman, den er schon seit Jahren schreiben wollte, noch fehlte. Er hatte die ganze Welt gesehen, aber alles war immer so schnell gegangen, war so hektisch gewesen. Mehr als ein Mal stand nicht nur eine Reportage, sondern auch sein Leben auf dem Spiel, doch daran dachte man nicht, ehe nicht alles vorbei war.

Jetzt aber hatte er Zeit, auf seine Erlebnisse zurückzublicken.

Er hatte fast alle Aufträge angenommen, manches Mal sogar gefährliche, weil ihm im Grunde alles gleichgültig war. Den Teil seiner selbst, der ihm am liebsten war, hatte er bereits verloren. Es stimmte, dass er im Laufe der Jahre wieder etwas aufgebaut hatte, mühsam und Stück für Stück, aber es war ihm nicht gelungen, das Ganze wiederzufinden. Das hatte er hier zurückgelassen, wo er aufgewachsen war. Nun musste er darüber nachdenken, wie es weitergehen sollte.

„Hier wird wohl jeder bedient."

Jason schaute auf und grinste fröhlich. „Paul. Paul Tydings." Seine Hand verschwand fast völlig in der riesigen Pranke des Neuankömmlings.

„Verflixt, Jason, du bist noch genauso schlank und attraktiv wie früher."

Jason betrachtete seinen ältesten Freund eingehend. Pauls dunkles Haar lockte sich wie früher um seinen mächtigen Kopf, und der Schnurrbart unterstrich die männliche Note. Sein massiver Körperbau hatte ihm im Footballteam den unbestrittenen Platz im Sturm verschafft. Im Laufe der Jahre hatte sich seine Figur allerdings zu etwas verdichtet, das höflich mit der Bezeichnung „gestanden" umschrieben wurde. „Und du", sagte er schließlich schmunzelnd, „ bist noch immer ein toller Bursche."

Mit dröhnendem Lachen schlug ihm Paul auf die

Schulter. „Ich habe nicht damit gerechnet, dich hier zu treffen."

„Und ich dachte, du wärst in Boston."

„Da war ich auch. Ich habe Geld verdient und eine Familie gegründet."

„Du bist verheiratet?"

„Oh ja, und zwar schon seit sieben Jahren. Wir haben fünf Kinder."

Jason verschluckte sich an seinem Tee. „Fünf?"

„Drei und dann ein Zwillingspärchen. Übrigens, als ich vor sechs Jahren mit meiner Frau zu Besuch hierhergefahren bin, hat sie sich auf den ersten Blick in die Gegend verliebt. Früher haben wir in Manchester ein Schmuckgeschäft gehabt und dann hier eins aufgemacht. Es läuft nicht schlecht. In gewisser Weise habe ich das alles dir zu verdanken."

„Wieso mir?"

„Du hast mir immer neue Ideen in den Kopf gesetzt. Und dann warst du auf einmal fort. Das hat mich auf den Gedanken gebracht, dass ich mir vielleicht auch ein Stück von der Welt anschauen sollte. Ich reiste ein Jahr herum und fand dann Arbeit bei einem Juwelier in Boston. Wie ich eines Tages im Laden stehe, kommt das hübscheste Mädchen, das ich je gesehen habe, zur Tür herein. Ich war so durcheinander, dass ich ihre Kreditkarte falsch herum in die Maschine gelegt hatte. Am nächsten Morgen kam sie mit der Blanko-Quittung zurück und hat mir die Stelle gerettet. Dann rettete sie mir das Leben und wurde meine Frau. Ohne deine Erzählungen über die weite Welt hätte ich sie nie kennen gelernt. Ich nehme an, du hast Leonie schon getroffen?"

„Ja."

„Mit uns macht sie ein gutes Geschäft, weil drei unserer Kinder Mädchen sind." Paul tat vier Stücke Zucker in seinen Kaffee. „Sie ist noch genauso hübsch wie mit sechzehn. Denkst du daran, sesshaft zu werden, Jason?"

Er lachte verlegen. „Vielleicht."

„Komm doch mal bei uns vorbei, damit du meine Frau und die Kinder kennen lernst. Wir wohnen am Ende der Church Street." Er schaute auf die Uhr. „Du weißt wahrscheinlich, dass Leonie um diese Zeit Mittagspause macht. Ich muss auch wieder los. Also dann, bis bald."

Nachdenklich lehnte Jason sich zurück. Obwohl er so lange weggewesen war, ging jeder, den er in der Stadt traf, davon aus, dass er und Leonie immer noch ein Paar waren. Die Einzigen, denen es nicht so leicht fiel, zehn Jahre einfach zu überbrücken, waren Leonie und er.

Er begehrte sie immer noch. Daran hatte sich nichts geändert. Ihr Verrat schmerzte ihn nach wie vor. Was aber empfand sie? Sie hatte ihm am Vorabend gesagt, sie hätte nie einen anderen geliebt. Bedeutete das, dass ihr Herz noch ihm gehörte?

Jason stand auf und legte Geld auf die Theke. Es gab nur einen Weg, das herauszufinden. Er würde sie fragen.

Das „Puppenhaus" war voller Kinder. Als Jason hereinkam, hallte fröhliches Gekreisch von den Wänden. Unter der Decke schwebten Luftballons, und auf dem Fußboden lagen Kekskrümel. In der Tür zur Werkstatt stand ein großes Schloss aus Pappe. Vor einem weißen Spitzenvorhang waren zwei als Nikolaus und Knecht Ruprecht verkleidete Kasperpuppen damit beschäftigt, einen goldenen Schlitten mit bunten Paketen zu beladen. Knecht Ruprecht fiel immer wieder auf die Nase, was von den Kindern mit lautem Gelächter aufgenommen wurde.

Jason merkte gar nicht, dass er im Rhythmus mitklatschte, als Leonie hinter dem Vorhang zum Vorschein kam, um sich zu verbeugen.

Doch sie sah ihn. Plötzlich verlegen, ging sie auf ihre kleinen Gäste zu und lotste sie mit der Leichtigkeit langjähriger Erfahrung nach nebenan, wo eine Mutter Kakao ausgeschenkt und die Plätzchenteller neu aufgefüllt hatte.

„Sehr beeindruckend", flüsterte Jason ihr ins Ohr. „Es tut mir Leid, dass ich den Großteil der Vorstellung verpasst habe."

„Es ist nichts Besonderes." Leonie strich sich das Haar glatt. „Ich mache das jetzt schon seit Jahren, ohne dass sich jemals viel ändert. Es scheint ihnen nichts auszumachen", stellte sie mit einem Blick auf die Kinderschar fest.

Ein sommersprossiger Rotschopf zupfte sie am Ärmel. „Mrs. Monroe, wann kommt denn der Nikolaus?"

Leonie ging in die Hocke. „Weißt du, Bobby, er hat dieses Jahr schrecklich viel zu tun."

Der kleine Junge schob die Unterlippe vor. „Aber er kommt doch immer."

„Ich bin überzeugt davon, dass er hierher findet, um die Geschenke herzubringen. Wenn du hier wartest, werde ich mal nachsehen. Hab' noch ein wenig Geduld, sehr lange kann es bestimmt nicht mehr dauern."

„Aber ich muss mit ihm reden!"

„Wenn er es nicht schaffen sollte, dann könntest du ihm einen Brief schreiben. Ich werde dafür sorgen, dass er ihn bekommt", schlug sie vor.

„Gibt es ein Problem?" fragte Jason leise, als sie sich wieder aufrichtete.

„Jake spielt immer den Nikolaus nach dem Puppentheater. Wir verteilen nur Kleinigkeiten, aber die Kinder verlassen sich darauf."

„Und Jake kann nicht kommen?"

„Er hat sich bei dem kleinen Hennesey mit Windpocken angesteckt."

„Ich verstehe." Jason hatte Weihnachten nicht mehr gefeiert seit ... seit er von Quiet Valley weggegangen war. Er war wohl am meisten überrascht, als er sich plötzlich sagen hörte: „Ich werde Jake vertreten."

„Du?"

Etwas in ihrer Miene bestärkte seinen Entschluss, der beste Nikolaus zu sein, den sie je erlebt hatte. „Jawohl, ich. Wo ist das Kostüm?"

„In der hinteren Kammer, aber ..."

„Ich hoffe, du hast auch an ein Kissen für den Bauch gedacht", erklärte er.

Doch ehe sie darauf antworten konnte, war er bereits gegangen.

Leonie hatte nicht erwartet, dass er es wagen würde. Als er nach zehn Minuten immer noch nicht zurückgekehrt war, war sie davon überzeugt, dass er es sich anders überlegt hatte. Deswegen war sie ebenso begeistert wie die Kinder, als er plötzlich als Nikolaus verkleidet mit einem Sack über der Schulter zur Tür hereinkam.

Er konnte gerade noch laut „Frohe Weihnachten!“ rufen, dann hatten ihn die Kinder für sich vereinnahmt.

„Der Nikolaus braucht einen Stuhl“, erklärte er und bedachte sie mit einem Blick, der ihr Herz schneller schlagen ließ. Rasch holte sie das Gewünschte.

„Jetzt müsst ihr euch alle in einer Reihe aufstellen“, wies sie die Kinder an. „Jeder kommt dran, also drängelt nicht.“

Eins nach dem anderen kletterte auf seinen Schoß. Leonie hatte befürchtet, dass er im Überschwang vielleicht Versprechungen machen würde, die die Eltern nicht einhalten konnten, doch sie hatte sich umsonst gesorgt. Jason war einfach wunderbar.

Und er hatte einen Riesenspaß dabei, so viel war sicher. Er hatte das Angebot gemacht, um ihr aus der Klemme zu helfen, und vielleicht sogar, um sie zu beeindrucken, aber er bekam mehr, als er erwartet hatte. Noch nie hatte ein Kind auf seinen Knien gesessen, das ihn voll Vertrauen anschaute. Er hörte ihre Wünsche, ihre Geständnisse und ihre Klagen. Am Schluss durfte jedes Kind in seinen Sack fassen und sich ein Geschenk herausnehmen.

Er wurde umarmt, betastet und von klebrigen Mündern geküsst.

Ein besonders neugieriger Vierjähriger hatte seinen Bart gepackt, und Jason hatte seine liebe Not, ihn abzulenken. Schließlich waren auch die letzten Päckchen verteilt. Nach und nach erschienen die Eltern, um ihre Sprösslinge nach Hause zu bringen.

„Du warst wunderbar!“ Leonie wartete, bis auch der letzte Besucher den Laden verlassen hatte, und hängte dann das Schild „Geschlossen“ an die Tür.

„Möchtest du auch auf meinem Schoß sitzen?“ fragte Jason scherzend Leonie.

Lachend ging sie auf ihn zu. „Jason. Du weißt gar nicht, wie dankbar ich dir bin.“

„Dann zeig es mir.“ Er zog sie auf seine Knie, wo sie in das Kissen vor seinem Bauch sank. Sie lachte und küsste ihn auf die Nase. „Ich hatte immer schon eine Schwäche für Männer in roten Anzügen. Schade, dass Clara das nicht erlebt hat.“

„Warum war sie denn nicht dabei?“

Mit einem kleinen Seufzer lehnte sich Leonie an ihn. „Sie ist zu alt für solche Kindereien, zumindest behauptet sie das. Ihre Freundin Marcie hat sie abgeholt, und die beiden sind zum Einkaufen gegangen.“

„Zu alt? Mit neun Jahren?“

Leonie schwieg eine Weile, dann zuckte sie mit den Schultern. „Die Kinder werden schnell größer.“ Dann lehnte sie den Kopf zurück, damit sie ihn ansehen konnte. „Du hast heute viele von ihnen glücklich gemacht.“

„Dich würde ich auch gern glücklich machen.“ Sanft

strich er ihr mit den Fingern übers Haar. „Es hat einmal eine Zeit gegeben, wo ich das konnte."

„Wünschst du dir auch manchmal, dass wir die Uhr zurückdrehen könnten?" Leonie wehrte sich nicht, als er die Arme um sie legte. „Als wir noch Teenager waren, schien alles so einfach zu sein. Dann waren wir plötzlich erwachsen. Ach, Jason! Damals wünschte ich mir, du würdest angeritten kommen und mich auf dein Schloss bringen oder auf einen Berggipfel. Ich bestand eigentlich nur aus romantischen Vorstellungen."

Er hatte nicht aufgehört, ihr Haar zu streicheln. „Und ich hatte nicht genug davon, nicht wahr?"

„Du standest auf dem Boden der Tatsachen, während ich den Kopf in den Wolken hatte."

„Und nun?"

„Jetzt muss ich meine Tochter großziehen. Manchmal ist es beängstigend, wenn einem bewusst wird, dass man für einen anderen Menschen verantwortlich ist. Hast du ..." Sie zögerte. „Hast du dir nie Kinder gewünscht?"

„Darüber konnte ich mir eigentlich noch keine Gedanken machen. Manchmal führt mich meine Arbeit an Orte, wo man alle Hände voll zu tun hat, auf sich selbst aufzupassen."

Daran hatte sie oft gedacht, manchmal sogar Albträume deswegen gehabt. „Trotzdem findest du es aufregend."

Jason erinnerte sich an viel Unglück und manche Grausamkeiten, mit denen er beruflich in Berührung gekommen war. „Nein, schon lange nicht mehr. Aber ich bin ein guter Reporter."

„Das habe ich schon immer gewusst, Jason." Leonie setzte sich so, dass ihre Augen auf gleicher Höhe waren. „Ich bin froh, dass du wieder da bist."

Er fasste sie fester, als sich ihre Wangen berührten. „Und um mir das zu sagen, musstest du warten, bis ich ausgestopft bin wie ein Walross?"

Lachend legte sie ihm die Arme um den Hals. „Das erschien mir am sichersten."

„An deiner Stelle würde ich mich nicht darauf verlassen." Er beugte sich vor, und als ihre Lippen sich trafen, spürte er, wie sie am ganzen Körper bebte. „Was ist denn so komisch?" fragte er entrüstet.

Schnell befreite sie sich. „Ach nichts. Ich habe nur immer schon davon geträumt, von einem Mann mit Vollbart und einer glockenbesetzten roten Mütze geküsst zu werden. Und jetzt muss ich dieses Chaos in einen Laden zurückverwandeln."

Jason stand ebenfalls auf. „Irgendwann einmal wird der richtige Zeitpunkt kommen, du wirst sehen."

Leonie antwortete nicht. Er hob den Sack hoch und schüttelte ihn. „Hier ist ja noch ein Päckchen drin."

„Das war für Luke Hennesey gedacht, den Jungen mit Windpocken." Sie kniete am Boden und versuchte, eine Zuckerstange vom Teppich zu lösen."

„Wo wohnt er denn?"

Langsam richtete sie sich auf. Manche Leute würden vermutlich behaupten, dass er albern aussah mit seinem Bauch aus Kissen und einem falschen weißen Bart, der sein Gesicht halb bedeckte. Für Leonie jedoch war er nie attraktiver gewesen. Sie stellte sich auf die Zehenspitzen, schlang die Arme um seinen Hals und küsste ihn.

Ihre Berührung war wie immer warm. „Danke." „Er wohnt an der Elm Street, Ecke Sweetbriar."

„Bekomme ich nachher eine Tasse Kaffee?"

Sie rückte seinen Bart gerade. „Auch zwei, wenn du willst."

7. KAPITEL

Jason musste zugeben, dass es ihm Spaß machte, als Nikolaus durch die Stadt zu laufen. Die Kinder rannten ihm in Scharen nach. Erwachsene winkten ihm zu. Zahllose Plätzchen wurden ihm angeboten. Die größte Freude bereitete ihm jedoch das Gesicht des kleinen Luke. Das übertraf sogar noch die Miene seiner Mutter, als sie auf sein Klopfen öffnete und plötzlich dem Nikolaus gegenüberstand.

Auf dem Rückweg ging Jason über den Marktplatz. Seltsam, wie einfach es war, mit einem Kostüm auch in eine andere Rolle zu schlüpfen. Wenn einer seiner Kollegen ihn jetzt gesehen hätte, wäre er mit Sicherheit ohnmächtig in den Schnee gesunken. Jason Langley ging der Ruf voraus, ungeduldig, schonungslos ehrlich und kurz angebunden zu sein. Wegen seiner Verbindlichkeit hatte er den Pulitzer-Preis nicht gewonnen. Trotzdem fühlte er sich jetzt mit einem Bart aus Kunsthaar und Glocken am Mantel wohler als bei der Preisverleihung.

Er tätschelte gerade einem Baby im Kinderwagen den Kopf, als Clara aus dem Kaufhaus kam. Sie und das kleine Mädchen in ihrer Begleitung fingen an zu kichern.

„Aber du bist doch ..."

Ein strenger Blick von Jason ließ sie verstummen. Clara schluckte und reichte ihm die Hand. „Guten Tag, Nikolaus. Wie geht's dir?"

„Danke, sehr gut, Clara."

„Das ist nicht Jake", ließ sich Claras Freundin Marcie vernehmen. Sie trat einen Schritt vor und versuchte, das Gesicht hinter dem Bart zu erkennen.

Jason zwinkerte ihr zu. „Guten Tag, Marcie."

Ihre Augen weiteten sich. „Woher weiß er denn meinen Namen?" flüsterte sie Clara zu.

Clara hielt die Hand vor den Mund, um nicht laut herauszuplatzen. „Der Nikolaus ist allwissend. Das stimmt doch, oder nicht?"

„Ich habe meine Quellen."

„Aber es gibt doch gar keinen Nikolaus!" Marcies Ton besagte, dass sie selbst ins Zweifeln gekommen war.

Jason lehnte sich vor und stupste die Bommel an ihrer Pudelmütze an. „Hier in Quiet Valley schon." Fast glaubte er es selbst, als er sah, wie Marcie aufhörte, nach vertrauten Merkmalen in seinem Gesicht zu suchen.

Es ist nicht leicht für einen Mann im roten Kostüm, unauffällig ein Haus zu betreten. Doch Jason hatte einige Erfahrung in solchen Dingen.

In der Werkstatt hinter Leonies Laden legte er die Verkleidung ab. Schon jetzt wusste er, dass dies nicht seine einzige Vorstellung bleiben würde.

So viel Spaß habe ich seit Jahren nicht gehabt, dachte er, als er wieder in seine eigenen Sachen schlüpfte. Zum Teil hatte das etwas mit dem Ausdruck in Leonies Augen zu tun, zum Teil auch mit der Erfahrung, wie einfach es war, anderen eine Freude zu machen. Wie lange war es jetzt her, seit er etwas ohne jede Berechnung getan hatte? Bei seiner Arbeit als Auslandskorrespondent wurde sorgfältig registriert, wer wem welchen Gefallen schuldete. Wenn du mir das gibst, bekommst du von mir jenes. Um die Wahrheit aufzudecken und darüber berichten zu können, hatte er sein Herz gegen Gefühle jeder Art verhärtet. Wenn sein Stil manchmal brüsk war, dann deshalb, weil sich die Themen, die er behandelte, nicht beschönigen ließen. Es hatte ihm geholfen zu vergessen. Doch jetzt, wo er wieder zu Hause war, wurde es ihm unmöglich, die Erinnerungen zurückzudrängen.

Was für ein Mensch war er eigentlich? Er war sich dessen selbst nicht sicher, nur eines wusste er genau: Was aus ihm wurde, hing von der Entscheidung einer Frau ab.

Jason hängte das Nikolauskostüm in den Schrank und machte sich auf die Suche nach Leonie.

Sie hatte auf ihn gewartet. Jetzt war sie auch bereit zuzugeben, dass sie seit zehn Jahren nichts anderes getan hatte. Während er in der Stadt unterwegs war, hatte sie ihre eigenen Entscheidungen getroffen. Sie hatte ihr Leben erfolgreich gemeistert. Und obwohl es nicht immer einfach gewesen war, war sie zufrieden damit. Im Laufe der Jahre wuchs ihr Selbstvertrauen, und sie wusste, dass sie stark genug war, ihren Weg allein zu gehen. Es war Zeit, sich nicht mehr davor zu ängstigen, was aus ihr werden würde, wenn Jason wieder fortging, und stattdessen das Geschenk, das er ihr bot, anzunehmen. Er war hier, jetzt gerade, und sie liebte ihn.

Als Jason ins Zimmer kam, fand er Leonie zusammengerollt in einem Sessel vor dem Kamin. Sie wartete, bis er bei ihr war. „Nachts, wenn Clara schläft und das Haus ganz still ist, sitze ich manchmal hier. Ich denke über wichtige und unwichtige Dinge nach, wie ich es schon als Kind gemacht habe."

Jason hob sie hoch und setzte sich mit ihr auf dem Schoß in den Sessel. „Ich kann mich noch erinnern, wie ich Weihnachten bei euch zu Hause immer so mit dir vor dem Christbaum gesessen habe. Dein Vater sah es gar nicht gern."

Sie kuschelte sich enger an ihn. Jetzt waren sie nicht mehr durch unförmige Polster voneinander getrennt, und sie spürte seinen schlanken, muskulösen Körper. „Meine Mutter hat ihn immer unter einem Vorwand in die Küche gelockt, damit wir allein sein konnten. Sie wusste, dass ihr keinen Christbaum hattet."

„Oder sonst etwas."

„Ich habe dich nie gefragt, wo du jetzt lebst, Jason. Hast du eine Wohnung oder irgendwo ein schönes Zuhause?"

„Ich bin viel unterwegs, aber meine Basis ist New York."

„Basis?"

„Ein Apartment."

„Das klingt nicht nach einem richtigen Heim. Stellst du Weihnachten auch einen Baum ins Fenster? Wenigstens einen ganz kleinen?"

„Ich bin über die Feiertage meistens unterwegs."

Leonie spürte, dass er sehr einsam war, aber sie brachte das Thema nicht zur Sprache. „Meine Mutter sagte immer, du hättest die Wanderlust. Einige Menschen werden damit geboren."

„Ich musste mich beweisen, Leonie."

„Wem?"

„Mir selbst." Er legte seine Wange an ihr Haar. „Und, wenn du es genau wissen willst, auch dir."

Sie atmete den Duft der Kiefer ein. So hatten sie schon oft gesessen, vor so langer Zeit. Die Erinnerung daran war fast so süß wie die Wirklichkeit. „Mir hast du nie etwas beweisen müssen, Jason."

„Vielleicht ist das der Grund, warum ich es unbedingt wollte. Du warst zu gut für mich."

„Das ist doch lächerlich!" Sie wollte sich umdrehen, aber er hielt sie fest.

„Das warst du und bist es immer noch." Er schaute abwesend auf den Baum. Im Kerzenschein schimmerte das Lametta wie die Zauberdinge, die er ihr immer hatte schenken wollen. „Das ist der Grund, warum ich damals fortgehen musste, und vielleicht bin ich deshalb jetzt zurückgekommen. Du bist alles, was mir lieb und wert ist, Leonie. Wenn ich mit dir zusammen bin, kommen meine guten Seiten zum Vorschein. Es sind leider nicht viele."

„Du warst schon immer zu hart gegen dich selbst. Das gefällt mir nicht." Diesmal gelang es ihr, sich herumzudrehen und ihm die Hände auf die Schultern zu legen. „Ich habe mich in dich verliebt, und ich weiß genau, warum. Du warst warmherzig, obwohl du den Menschen gern das Gegenteil vormachtest. Dir war es lieber, als harter Bursche und Unruhestifter zu gelten, weil du dich so sicherer fühltest."

Er schmunzelte und fuhr mit dem Finger über ihre Wange. „Ich habe wirklich viel Unruhe gestiftet."

„Vielleicht hat mir das auch an dir gefallen. Du akzeptiertest nicht alles, was man dir erzählte oder vormachte, sondern hast Fragen gestellt."

„Deswegen bin ich zwei Mal fast von der Schule geflogen."

Wie schon früher so oft, stieg Zorn in Leonie auf. Hatte ihn denn niemand außer ihr verstanden? War sie die Einzige, die gesehen hatte, was in ihm steckte? „Du warst schlauer als alle anderen. Wenn es nötig war, stelltest du es auch unter Beweis."

„Und du hast ziemlich viel Zeit damit verbracht, mich vor anderen zu verteidigen, nicht wahr?"

„Ich habe an dich geglaubt, weil ich dich liebte."

„Und jetzt?"

Es gab so viel, was sie ihm sagen wollte, doch sie wusste nicht wie. „Erinnerst du dich an die Nacht nach meinem Abschlussball? Wir sind ein Stück hinausgefahren. Es war Juni, und die Luft war lau wie im Sommer."

„Du hattest ein blaues Kleid an, das deine Augen wie Saphire leuchten ließ. Und du warst so schön, dass ich Angst hatte, dich anzufassen."

„Also habe ich dich verführt?"

Sie sah so selbstzufrieden aus, dass er lachen musste. „Das hast du nicht."

„Oh doch. Von allein hättest du dich nie getraut, mich zu lieben."

Sie küsste ihn leicht auf die Lippen. „Muss ich es noch einmal tun?"

„Leonie ..."

„Clara übernachtet heute bei Marcie. Jason, komm mit mir ins Bett."

Beim weichen Klang von Leonies Stimme begann Jasons Haut zu prickeln. Sie streichelte zart seine Wange, und allein diese Berührung schien ihn zu versengen. Doch stärker als sein Begehren war die Liebe, die nie schwächer werden würde. „Du weißt, dass ich dich haben will, Leonie, aber wir sind keine Kinder mehr."

„Nein, jetzt sind wir erwachsen." Sie presste den Mund in seine Handfläche. „Und ich will dich auch. Keine Versprechen, keine Fragen. Liebe mich so wie in der einen wunderbaren Nacht, die wir hatten." Sie stand auf und zog ihn vom Sessel hoch. „Ich will etwas haben, an das ich mich in den nächsten zehn Jahren erinnern kann."

Die Finger ineinander verflochten, gingen sie die Treppe hinauf. Jason verdrängte jeden Gedanken an den anderen Mann, den sie ihm vorgezogen, und das andere Leben, das sie geführt hatte. Auch er würde zehn Jahre schmerzlicher Leere vergessen und die Chance wahrnehmen, die sich ihm bot.

Es war schon fast dunkel draußen. Schweigend zündete Leonie die Kerzen an, die einen goldenen Schein im Zimmer verbreiteten. Als sie sich ihm zuwandte, lächelte sie mit all dem Selbstvertrauen und dem Wissen einer Frau. Wortlos ging sie auf ihn zu, bog den Kopf nach hinten und bot sich ihm dar. Mit sicheren Bewegungen öffnete sie seine Hemdknöpfe. Seine Finger dagegen zitterten, als er ihr die Bluse abstreifte. Als er ihre bloße Haut berührte, seufzte sie selig auf. Langsam zogen sie einander aus, in der ruhigen Gewissheit, dass jeder Augenblick sie der köstlichen Vereinigung näher brachte.

Als er sie sah, so schlank, so schön, so unerklärlich unschuldig wie damals, bestürmten ihn Zweifel. Da war sie es, die auf ihn zuging, sich an ihn presste und ihn einfach nahm. Sie war die Stärkere, das fühlte er. Vielleicht hatte sie sich verändert, aber die Welle des Begehrens, die ihn durchflutete, war die gleiche wie damals. Wie Kinder ließen sie sich aufs Bett fallen.

Sie versuchten nicht, das Erlebnis von damals nachzuvollziehen. Es war etwas Neues und doch ebenso erregend wie beim ersten Mal. Aber jetzt waren sie ein Mann und eine Frau, fordernder, hungriger. Sie zog ihn enger an sich und ließ die Finger über seinen Körper gleiten. Sie hatte so lange gewartet, so schrecklich lange, und nun hielt sie es keinen Augenblick länger aus. Jason führte ihre Hand an seine Lippen. Mit dem Mund stillte er ihre Ungeduld.

„Beim ersten Mal wusste ich kaum, was ich mit dir machen sollte." Er streichelte ihren Hals mit Zunge und Lippen, bis sie leise aufstöhnte. „Jetzt ist das anders."

Er führte sie zu Höhen, die sie bislang nicht kannte. Dann riss er sie plötzlich mit sich hinab wie in einen Strudel, und ihr blieb nichts anderes übrig, als sich noch fester an ihm zu klammern. Sie wollte ihm alles geben, aber er ließ ihr keine Gelegenheit dazu. Zärtlich, liebevoll und wissend streichelte er sie, bis sie erschauerte. Die so lange verschütteten Gefühle ließen keinen Raum für vernünftiges, rationelles Denken oder gar für Erinnerungen.

Als sie sich vereinigten, war es für beide die Erfüllung. Die Zeit lief nicht rückwärts, sondern blieb in der Gegenwart gebannt stehen.

Jason hielt Leonie fest umschlungen. Mit geschlossenen Augen genoss sie das Gefühl, eins mit ihm zu sein. Sie liebte, und daneben existierte sonst nichts. Für ihn jedoch waren sowohl die Ekstase als auch die darauf folgende Entspannung von Fragen überschattet. Sie war so warmherzig, so freigiebig und gefühlsbetont. Dass sie ihn liebte, wusste er auch ohne Worte. Doch die Treue, die er immer für einen wichtigen Wesenszug von ihr gehalten hatte, war gebrochen worden. Er fand keine Ruhe, solange er den Grund dafür nicht kannte.

„Ich muss wissen, warum wir zehn Jahre verloren haben, Leonie." Als sie nicht antwortete, drehte er ihren Kopf zu sich herum. Im Kerzenschein schimmerten ihre Augen feucht, aber die Tränen blieben ungeweint. „Die Antwort darauf ist jetzt wichtiger denn je."

„Keine Fragen, Jason. Nicht heute Nacht."

„Ich habe lange genug gewartet. Das haben wir beide." Sie atmete tief ein und setzte sich auf. Dann zog sie die Knie an und schlang die Arme darum. Das Haar fiel ihr in weichen Wellen über den Rücken. Er konnte nicht widerstehen und wickelte eine Strähne um den Finger. Einmal hatte sie gänzlich ihm gehört. Niemand hatte sie so berührt wie er. Er wusste, dass sie geheiratet hatte und dass ihr Kind einem anderen Mann gehörte. Warum sie sich schon so bald nach seiner Abreise einem anderen zugewandt hatte, das konnte er nicht verstehen, und das zu wissen, war für ihn im Augenblick das Wichtigste.

„Sag etwas, Leonie. Irgendetwas."

„Wir liebten einander, Jason, aber wir wollten nicht dasselbe." Sie sah ihm in die Augen. „Und so ist es immer noch. Wenn du mich damals gelassen hättest, wäre ich mit dir bis ans Ende der Welt gegangen. Ich hätte mein Zuhause, meine Familie und meine Freunde ohne Zögern verlassen. Du aber musstest allein gehen."

„Ich konnte dir doch nichts bieten", begann er, aber sie brachte ihn mit einem Blick zum Schweigen.

„Du hast mir keine Gelegenheit gegeben zu wählen."

Er streckte die Hände nach ihr aus. „Und wenn ich das jetzt täte?"

Sie schloss die Augen und lehnte ihre Stirn gegen seine.

„Jetzt habe ich ein Kind, das ein Zuhause braucht. Meine Wünsche kommen nicht mehr an erster Stelle. Das gleiche gilt für das, was du willst. Damals habe ich eigentlich nicht daran geglaubt, dass du gehen würdest. Jetzt aber weiß ich es. Lass uns mit dem zufrieden sein, was wir haben. Lass uns gegenseitig dieses Weihnachtsgeschenk machen."

Ehe er weitere Fragen stellen konnte, verschloss sie seinen Mund mit Küssen.

8. KAPITEL

Der Tag des Heiligabends war für Leonie immer etwas ganz Besonderes, etwas Verzaubertes gewesen. Als sie jetzt aufwachte und Jason neben sich liegen sah, empfand sie das mehr denn je. So hatte sie es sich vorgestellt, schon als Mädchen und später als Frau, aber nun brauchte sie die Träume nicht mehr. Er war da. Draußen schneite es. Leise schlüpfte Leonie aus dem Bett.

Als Jason sich auf die Seite rollte, atmete er den Frühlingsduft, den ihr Haar auf dem Kopfkissen zurückgelassen hatte. Einige Augenblicke lang lag er still und genoss ihn. Dann öffnete er die Augen und schaute sich in dem Zimmer um.

Die Tapeten waren elfenbeinfarben mit kleinen Veilchen. Auf dem Fensterbrett standen Grünpflanzen. Ein alter Rosenholzsekretär diente als Ablage für farbige

Glasflaschen und bunt gemusterte Schachteln. Ihren Frisiertisch hatte Leonie so aufgestellt, dass das Licht darauf fiel. Jason nahm ihre Parfumflakons in die Hand und roch daran. Das Zimmer war wie Leonie – reizend, frisch und sehr weiblich. Hier konnte ein Mann sich entspannen, selbst wenn Strümpfe über der Stuhllehne hängen sollten. Hier konnte er, Jason Langley, sich entspannen. Und er würde diese Frau unter keinen Umständen wieder verlassen.

Schon auf der Treppe roch es nach frischem Kaffee. Leonie stand am Herd und briet Speck. Aus dem Radio erklangen Weihnachtslieder. Jason hatte nicht gewusst, was für ein wunderbares Gefühl es war, einfach eine Küche zu betreten und der geliebten Frau dabei zuzusehen, wie sie das Frühstück machte.

„Du bist ja schon auf." Sie trug einen hellblauen flauschigen Bademantel, der ihr bis zu den Knöcheln reichte. „Ich habe gerade Kaffee gekocht."

„Das habe ich gerochen." Er ging zu ihr. „Schon beim Aufwachen ist mir dieser köstliche Duft in die Nase gestiegen."

Sie legte den Kopf an seine Schulter und versuchte, nicht daran zu denken, wie es hätte sein können, wenn ... „Du sahst aus, als würdest du noch stundenlang weiterschlafen. Aber jetzt hast du wenigstens etwas von dem Speck, solange er noch frisch und knusprig ist."

„Wenn du noch einige Minuten im Bett geblieben wärst, hätten wir ..."

„Mom! Mom! Es schneit!“ Clara stürmte herein und tanzte in der Küche herum. „Wir fahren heute Abend mit dem Heuwagen zum Weihnachtsliedersingen. Wird es nicht toll sein, wenn es bis dahin weiterschneit?“ Vor Jason blieb sie stehen und grinste ihn spitzbübisch an. „Tag.“

„Selber Tag.“

„Mom und ich bauen nachher einen Schneemann. Sie sagt, dass sie Weihnachten immer am besten werden. Wenn du willst, kannst du uns helfen.“

Leonie hatte nicht gewusst, wie Clara darauf reagieren würde, Jason am Frühstückstisch vorzufinden, doch sie hatte sich umsonst Sorgen gemacht. Wie die vertrauliche Anrede bewies, betrachtete ihre Tochter ihn offenbar bereits als festen Bestandteil ihres Lebens. „Vorher musst du aber etwas essen.“

„Ich habe bei Marcie schon Cornflakes bekommen.“

„Hast du dich auch bei ihrer Mutter bedankt, dass du dort übernachten durftest?“

„Hm, ich glaube schon. Jedenfalls werden wir zwei Stück bauen und dann eine große Hochzeit mit allem Drum und Dran feiern. Das war Marcies Idee“, teilte sie Jason mit.

„Clara wäre eine Schneeballschlacht vermutlich lieber gewesen“, warf Leonie ein.

„Die können wir nachher immer noch machen. Vielleicht sollte ich doch eine Tasse Kakao trinken.“ Sie heftete den Blick auf die Keksdose und rechnete ihre Chancen aus, die nicht allzu groß waren.

„Ich mache dir welchen. Und Plätzchen bekommst du, wenn wir mit dem Schneemann fertig sind", sagte ihre Mutter, ohne sich umzudrehen. „Jetzt häng zuerst deinen Mantel auf."

Clara tat wie geheißen und setzte sich Jason gegenüber. „Du gehst doch nicht wieder nach Afrika, oder? Ich kann mir nicht vorstellen, dass man dort Weihnachten viel Spaß hat. Marcies Mutter sagt, du würdest wahrscheinlich woanders hinfahren."

„Ich werde in einigen Wochen in Hongkong erwartet." Er schaute zu Leonie, doch sie drehte sich nicht um. „Aber über die Feiertage werde ich hier bleiben."

„Hast du einen Christbaum in deinem Zimmer?"

„Nein."

Sie sah ihn ungläubig an. „Aber wo legst du denn dann deine Geschenke hin? Ohne Baum ist doch gar nicht richtig Weihnachten, stimmt's, Mom?"

Leonie dachte an Jasons Kindheit zurück, in der es weder das eine noch das andere gegeben hatte. Er hatte sich solche Mühe gegeben, so zu tun, als würde es ihm nichts ausmachen. „Ein Baum ist nur dazu da, anderen Leuten zu zeigen, dass Weihnachten ist, Clara."

„Na ja, vielleicht." Doch es klang nicht überzeugt.

„Zu mir hat deine Mutter früher dasselbe gesagt", erklärte Jason. „Außerdem wäre Mr. Beantree bestimmt nicht erfreut, wenn ich Tannennadeln auf seinen Teppich streuen würde."

„Unser Baum ist groß genug", sagte Clara großmütig. „Warum kommst du nicht einfach zu uns? Mom macht einen riesigen Truthahn, und Grandma und Grandpa kommen zu Besuch. Grandma bringt Kuchen mit, und dann essen wir alle, bis uns schlecht wird."

„Das klingt verlockend." Jason schmunzelte. „Ich war schon früher oft bei deinen Großeltern zum Truthahnessen."

„Echt wahr?" Clara betrachtete ihn interessiert. „Irgendwo habe ich gehört, dass du Moms Freund warst. Wieso habt ihr nicht geheiratet?"

„Hier ist dein Kakao, Clara." Leonie stellte die Tasse auf den Tisch. „Beeil dich lieber, Marcie wartet bestimmt schon."

„Und du?"

„Ich komme nach." Erleichtert, wie einfach ihre Tochter sich ablenken ließ, setzte sich Leonie an den Frühstückstisch. Jasons amüsiertes Gesicht ignorierte sie.

„Wir brauchen Karotten und einen Schal und Kohle und ..."

„Ich bringe alles mit."

„Und einen Hut?" beharrte Clara.

„Einen Hut auch."

Ein Schneeball zerbarst am Küchenfenster, und Clara sprang auf. „Da ist sie schon. Jetzt muss ich mich aber beeilen. Lass dir nicht zu viel Zeit mit dem Frühstück, Mom. Deine Schneemänner sind die besten."

„Knöpf dir den Mantel richtig zu."

An der Tür blieb Clara noch einmal stehen. „In meinem Zimmer ist noch ein Bäumchen im Topf", sagte sie zu Jason. „Wenn du willst, kannst du das haben."

Gerührt schaute er sie an. Sie ist genau wie ihre Mutter, dachte er, und verliebte sich zum zweiten Mal in seinem Leben. „Danke."

„Schon gut, tschüss!"

„Ein bemerkenswertes Kind", meinte Jason, als die Tür krachend ins Schloss gefallen war.

„Ich mag sie."

„Sobald wir aufgegessen haben, werde ich ihr bei ihrem Schneemann helfen."

„Du bist nicht dazu verpflichtet, Jason."

„Ich möchte es aber gern. Anschließend habe ich noch einiges zu erledigen." Er schaute auf die Uhr. Am Heiligabend schlossen die Geschäfte eher, und wenn ein Mann eine zweite Chance erhielt, durfte er keine Zeit vergeuden. „Darf ich heute Abend wiederkommen?"

„Du weißt doch, dass du keine Einladung brauchst."

„Bereite nichts vor, ich bringe das Essen mit."

„Ich ..."

„Nichts kochen", schärfte er ihr ein. Er stand auf und küsste sie. „Bis später."

Er nahm seinen Mantel vom Haken und verschwand durch die Tür.

Als er fort war, zerkrümelte Leonie nachdenklich ein Stück Toast. Hongkong. Wenigstens wusste sie diesmal, wo er hinging.

Jason war so mit Paketen beladen, dass er mit dem Fuß an die Hintertür klopfen musste. Es schneite immer noch unaufhörlich.

„Jason!" Leonie war fassungslos. „Was um alles in der Welt ..."

„Wo ist Clara?"

„Clara?" Sie strich sich das Haar aus dem Gesicht. „In ihrem Zimmer. Sie zieht sich an für die Fahrt auf dem Heuwagen."

„Sehr schön. Nimmst du mal die oberste Schachtel?"

„Jason, was hast du da?"

„Ganz oben ist Pizza drin, und wenn du nicht alles auf dem Fußboden haben möchtest, dann unternimm etwas!"

Lachend kam sie der Aufforderung nach und sah zu, wie er ein unförmiges Paket ins Wohnzimmer trug. „Was ist denn da drin?"

„Ein Geschenk", erwiderte er geheimnisvoll. So wohl hatte er sich noch nie gefühlt. „Frohe Weihnachten."

„Dir auch. Jason, was ist das?"

„Draußen ist es vielleicht kalt." Er rieb sich die Hände. „Hast du noch eine Tasse Kaffee für mich?"

„Jason!"

„Es ist für Clara."

„Du brauchst ihr doch nichts zu schenken", begann Leonie, aber dann gewann ihre Neugier die Oberhand. „Was hast du ihr denn gekauft?"

„Du meinst das hier?" Jason deutete auf die riesige Schachtel. „Ach, nichts Besonderes."

„Wenn du es mir nicht sagst, bekommst du keinen Kaffee. Und Pizza auch nicht."

„Spielverderberin. Es ist ein Schlitten." Er nahm sie am Arm und führte sie hinaus. „Als wir den Schneemann bauten, erwähnte sie, dass ein Junge aus ihrer Klasse einen solchen hat und damit wie eine Rakete den Berg hinunterschießt."

„Wie eine Rakete", wiederholte Leonie.

„Und wozu wäre so herrlicher Neuschnee sonst da?"

„Du hast dich um den Finger wickeln lassen!" rief Leonie und küsste ihn.

„Stell die Pizza ab und sag das noch mal", drohte er. Sie lachte und benützte die Schachtel als Schild.

„Waaahnsinn!" schallte es plötzlich aus dem Wohnzimmer.

Leonie hob die Augenbrauen. „Ich glaube, sie hat die Schachtel entdeckt."

Clara kam hereingerannt. „Habt ihr das gesehen? Ich wusste doch, dass noch eins dazukommt. Das Paket ist fast so groß wie du, Jason." Sie packte ihn bei der Hand und zog ihn mit sich. „Und es hängt ein Zettel mit meinem Namen dran."

„Tatsächlich." Jason Langley hob sie hoch und küsste sie auf beide Wangen. „Frohe Weihnachten."

Sie schlang ihm die Arme um den Hals. „Ich kann es kaum noch erwarten."

Leonie sah sie zusammen, und alles in ihr verkrampfte sich. Was sollte sie nur tun? Was konnte sie tun?

Jason drehte sich zu ihr um und stockte. Er bedurfte keiner Worte, um Kummer und inneren Aufruhr zu erkennen. „Leonie, was ist denn?"

Sie hielt die Pizzaschachtel so fest umklammert, dass ihre Nägel sich in die Pappe bohrten. „Nichts, gar nichts.

Ich würde vorschlagen, dass wir jetzt essen, sonst wird alles kalt."

„Es gibt Pizza?" Aufgeregt hopste Clara auf und ab. „Kann ich zwei Stück haben? Weil Weihnachten ist?"

„Vielfraß", schalt Leonie liebevoll und zerzauste ihr das Haar. „Du darfst schon einmal den Tisch decken."

Ehe sie ihrer Tochter in die Küche folgen konnte, hielt Jason sie fest. „Leonie, du hast doch etwas."

„Nein." Sie musste sich unter Kontrolle bekommen. Für so lange war sie jetzt damit fertig geworden. „Du hast mich eben überwältigt." Lächelnd berührte sie seine Wange. „Das ist nicht das erste Mal. Komm, wir wollen essen."

Jason wusste, dass es zwecklos wäre weiterzufragen. Beeindruckt schaute er zu, wie Clara sich auf die Pizza stürzte. Einen solchen Appetit hätte er einem kleinen Mädchen nie zugetraut.

Clara schluckte den letzten Bissen hinunter. „Wenn ich heute schon ein Geschenk aufmachen würde, wäre morgen früh nicht so ein Durcheinander", schlug sie vor.

Leonie schien zu überlegen. „Ich mag Durcheinander", verkündete sie schließlich, und Jason begriff, dass auch diese Unterhaltung eine Tradition zwischen Mutter und Tochter war.

„Aber vielleicht könnte ich gleich einschlafen, wenn ich wenigstens ein kleines Päckchen geöffnet habe. Dann bräuchtest du nicht so lange zu warten, bis du die Strümpfe füllen kannst."

„Hm." Leonie trank noch einen Schluck von dem

Wein, den Jason mitgebracht hatte. „Mir macht es aber Spaß, mitten in der Nacht durchs Haus zu schleichen."

„Und wenn ich nun ..."

„Kommt gar nicht in Frage."

„Es dauert doch noch Stunden und Stunden, bis endlich Weihnachten ist!"

„Schlimm, ich weiß." Lächelnd betrachtete Leonie ihre Tochter. „Und in fünf Minuten wirst du abgeholt zum Weihnachtsliedersingen. Du solltest lieber schon deinen Mantel holen."

Clara brachte ihre Stiefel aus dem Vorraum. „Wenn ich zurückkomme, ist euch vielleicht ein Geschenk eingefallen, das wirklich nicht so wichtig ist, dass man bis morgen damit warten müsste", erklärte sie Leonie und Jason.

„Alle Geschenke unter dem Baum sind ungeheuer wichtig." Leonie stand auf, um ihr beim Anziehen zu helfen. „Ebenso wie die Anweisungen, die ich dir jetzt gebe. Bleib bei der Gruppe. Behalte unbedingt deine Handschuhe an, weil ich nicht möchte, dass du dir die Finger erfrierst. Verlier deine Mütze nicht. Und tu genau das, was Mr. und Mrs. Easterday sagen."

„Mom!" Clara trat von einem Fuß auf den anderen. „Du behandelst mich wie ein Baby."

„Du bist auch mein Baby." Sie gab ihrer Tochter einen dicken Kuss auf die Wange.

„Ich werde doch im Februar schon zehn. Das ist so gut wie morgen."

„Auch im Februar wirst du noch mein Baby sein. Viel Spaß, Schatz."

Clara seufzte. Niemand verstand sie. „Okay."

„Okay", äffte Leonie sie nach. „Sag schön Gutenacht."

„Bleibst du auf, bis ich wiederkomme?"

„Natürlich."

Zufrieden trollte sie sich. „Also dann, bis später."

„Ungeheuer", bemerkte ihre Mutter und begann, den Tisch abzuräumen.

„Ich finde sie großartig." Jason half ihr dabei. „Vielleicht ein wenig klein für ihr Alter. Ich hatte ja keine Ahnung, dass sie schon fast zehn ist. Es ist schwer, sich vorzustellen ..." Er brach ab, als Leonie einen Teller fallen ließ. „Sie wird also im Februar zehn?"

„Hm. Ich kann es selbst kaum glauben. Manchmal kommt es mir so vor, als wäre es erst gestern gewesen, und dann wieder ..." Sie kehrte die Scherben zusammen und ließ Wasser in das Spülbecken ein. „Der Abwasch wird schnell erledigt sein. Wenn du willst, kannst du die Gläser schon einmal mit nach nebenan nehmen."

„Im Februar?" Jason fasste sie am Arm. Als er sie zu sich herumdrehte, sah er, dass alle Farbe aus ihrem Gesicht gewichen war. „Sie wird im Februar zehn. Wir haben im Juni miteinander geschlafen. Ich weiß nicht mehr, wie oft es in jener Nacht geschehen ist. Vor meiner Abreise. Ein paar Wochen später hatten wir keine Gelegenheit mehr, allein miteinander zu sein. Und du musst Tom im September geheiratet haben."

Leonie brachte keinen Ton hervor.

„Sie ist von mir", flüsterte er. „Clara ist meine Tochter."

Sie öffnete den Mund, um etwas zu sagen, doch die

Stimme gehorchte ihr nicht. Schließlich nickte sie. Ihre Augen schwammen in Tränen.

„Großer Gott!“ Er hielt ihre beiden Arme umklammert und drückte sie gegen die Wand. Sein Gesicht war wutverzerrt. „Wie konntest du nur! Verdammt, sie ist unser Kind, und du hast mir nie etwas gesagt. Du hast einen anderen Mann geheiratet und unser Baby bekommen. Hast du ihn auch belogen? Hast du ihn glauben lassen, Clara wäre sein Kind, damit du zu deinem gemütlichen Haus mit den Spitzenvorhängen kamst?“

„Jason, bitte ...“

„Ich hatte ein Recht darauf, es zu erfahren.“ Er schob sie von sich, weil er Angst hatte, er würde die Beherrschung verlieren und sie schlagen. „Du hast mir zehn Jahre mit meiner Tochter gestohlen!“

„Nein, so war es nicht! Jason, bitte! Du musst mir zuhören.“

„Geh zum Teufel.“ Er sprach ganz ruhig, aber sie fuhr zurück, als habe er sie geohrfeigt. Mit seinem Zornausbruch konnte sie fertig werden. Gegen die kalte Wut in seinen Augen war sie jedoch machtlos.

„Bitte, lass dir doch erklären ...“

„Nichts, was du sagst, könnte das entschuldigen, was du getan hast. Gar nichts.“ Er nahm seinen Mantel von der Garderobe und verließ das Haus.

„Jason Langley, du bist ein verdammter Narr.“ Die Witwe Marchant saß in ihrem Schaukelstuhl und betrachtete ihn mit finsterem Gesicht.

„Sie hat mich angelogen. Jahrelang."

„Quatsch." Klänge aus der Nussknackersuite erfüllten den kleinen Raum. „Sie hat getan, was sie tun musste. Nicht mehr und nicht weniger."

Jason lief unruhig auf und ab. Er war immer noch nicht sicher, warum er hierher gekommen war, anstatt sich wie geplant in Clancys Bar zu betrinken. Über eine Stunde war er durch die Dunkelheit gelaufen, ehe er sich plötzlich vor Mrs. Marchants Haus wieder fand. „Sie haben es gewusst, nicht wahr? Sie wussten, dass ich Claras Vater bin."

„Ich habe mir so meine Gedanken gemacht." Der Schaukelstuhl knarrte leise. „Sie sieht aus wie du."

Ihre Worte ließen sein Herz schneller schlagen. „Aber sie ist das Abbild von Leonie", wandte er ein.

„Nur wenn man nicht genau hinsieht. Die Augenbrauen hat sie von dir und den Mund. Und – der Himmel steh uns bei! – das Temperament. Jason, wenn du vor zehn Jahren gewusst hättest, dass du Vater wirst, was hättest du dann gemacht?"

„Ich hätte Leonie zu mir geholt." Er drehte sich um und fuhr sich mit der Hand durchs Haar. „Vermutlich wäre ich in Panik geraten, aber ich hätte sie nicht im Stich gelassen."

„Das habe ich mir gedacht. Aber es ... Doch diese Geschichte muss Leonie dir erzählen. Am besten gehst du zu ihr und hörst sie dir an."

„Es ist nicht mehr wichtig."

„Ich konnte Märtyrer noch nie ausstehen."

Er wollte eine patzige Antwort geben, doch dann ließ er den Kopf sinken. „Es tut weh. Sie ahnen ja nicht wie sehr."

„So ist das Leben nun einmal. Willst du sie beide noch einmal verlieren?"

„Nein, das nicht. Aber ich weiß nicht, ob ich ihr vergeben kann."

Die alte Frau hob die Augenbrauen. „Zumindest solltest du Leonie eine Chance geben."

Ehe er antworten konnte, flog die Küchentür auf und Leonie kam hereingerannt. Ihr Gesicht war tränenüberströmt.

„Clara ..."

Jason Langley fror plötzlich. Er ergriff ihre Hände. „Was ist mit Clara?"

„Sie wird vermisst."

9. KAPITEL

„Man wird sie finden." Jason führte Leonie, als sie sich durch den tiefen Schnee den Weg zurück zu ihrem Auto bahnten. „Bis wir da sind, ist sie wahrscheinlich schon wieder aufgetaucht."

„Einer der Jungen sagte, sie und Marcie wären hinter den Bauernhof gegangen, um sich die Pferde auf der Koppel anzusehen. Doch als sie nachschauten, waren die beiden verschwunden. Es ist schon ganz dunkel." Leonie ließ vor Nervosität die Autoschlüssel fallen.

„Lass mich fahren."

Widerspruchslos stieg sie auf der Beifahrerseite ein. „Lorna und Bill haben von der Farm aus die Polizei benachrichtigt. Inzwischen sucht schon die halbe Stadt nach den beiden. Aber es schneit unaufhörlich, und sie sind doch noch so klein. Jason ..."

Er drehte sich zu ihr um und legte ihr die Hände ums Gesicht. „Wir werden sie finden."

„Ja." Sie wischte sich die Tränen mit dem Handrücken ab. „Wir müssen uns beeilen."

Die Straße war nicht geräumt, und Jason konnte nur langsam fahren. Als sie in die Nähe der Farm kamen, setzte er die Geschwindigkeit noch weiter herunter, um keine Spuren zu übersehen. Doch die Schneedecke war unberührt.

Um die Farm herum war alles hell erleuchtet. Auf jedem Feldweg standen Autos mit aufgeblendeten Scheinwerfern, und freiwillige Helfer durchkämmten die Äcker in einer langen Kette.

Leonie lief auf den Sheriff zu.

„Wir haben sie noch nicht entdeckt, Leonie, aber das werden wir. Weit können sie nicht gekommen sein."

„Haben Sie auch Scheune und Stallungen durchsucht?"

Der Sheriff nickte auf Jasons Frage. „Jeden Zentimeter."

„Und die Felder in der anderen Richtung?"

„Sobald der nächste Trupp eintrifft, werde ich die Suche dorthin ausdehnen."

„Wir fahren schon einmal voraus."

Langsam bahnte Jason sich einen Weg durch die anderen Wagen. Er merkte nicht, dass er betete. Vor Jahren hatte er sich einmal an einer Suche in den Rocky Mountains beteiligt. Er hatte nicht vergessen, was Wind und Kälte anrichten konnten.

„Wenn ich nur darauf bestanden hätte, dass sie noch einen Pullover überzieht!" Leonie hatte die Hände im Schoß verkrampft. In der Eile hatte sie ihre Handschuhe vergessen, aber sie nahm ihre klammen Finger überhaupt nicht wahr. „Sie mag es nicht, wenn ich überfürsorglich bin, und ich wollte ihr den Abend nicht verderben. Weihnachten bedeutete ihr so viel." Ihre Stimme brach. „Ich hätte ... Halt an!"

Der Wagen rutschte weg, als Jason heftig auf die Bremse trat.

Leonie hatte die Tür aufgestoßen und war ausgestiegen. „Dort drüben!"

„Es ist ein Hund." Er hielt sie fest. „Es ist wirklich nur ein Hund."

„Wie entsetzlich, Jason!" Sie ließ sich gegen ihn sinken. „Sie ist doch noch so klein. Wo kann sie nur sein? Jason, wo ist sie? Ich hätte mitfahren müssen. Wenn ich dabei gewesen wäre ..."

„Hör auf!"

„Sie wird frieren, und bestimmt hat sie Angst."

„Und sie braucht dich." Er schüttelte sie. „Hörst du? Sie braucht dich!"

Leonie bot alle Kräfte auf, um sich wieder unter Kontrolle zu bekommen. Sie presste beide Hände gegen den Mund. „Lass uns weiterfahren."

„Warte im Auto, Leonie. Ich gehe noch ein Stück in das Feld hinein. Vielleicht entdecke ich etwas."

„Ich gehe mit, Jason."

„Allein komme ich schneller voran. Ich bin gleich wieder da." Er wollte ihr gerade wieder in den Wagen helfen, als er am anderen Ende des Ackers etwas bemerkte. „Warte mal. Siehst du dort drüben den roten Fleck?"

Leonie war bereits losgelaufen. „Das ist Clara. Sie hat einen roten Mantel an." Der Wind trieb ihr den Schnee in die Augen, aber sie achtete nicht darauf. „Clara! Clara!" Noch vor Jason hatte sie die beiden Mädchen erreicht und sie in die Arme geschlossen. „Clara, Marcie, ich hatte solche Angst. Ihr seid ja völlig durchgefroren! Kommt schnell, wir gehen zusammen zum Auto und fahren nach Hause. Wie glücklich ich bin. Jetzt ist alles wieder gut."

„Ist meine Mom böse auf mich?" Schluchzend verbarg Marcie den Kopf an Leonies Schulter.

„Nein, aber sie macht sich schreckliche Sorgen. Wie wir alle."

„Hinauf mit dir." Jason hob Clara hoch. Für einen kurzen Augenblick gab er sich dem berauschenden Gefühl hin, seine Tochter in den Armen zu halten. Er drehte sich um und sah Leonie, die den Arm um Marcie gelegt hatte. „Kommt ihr zurecht?"

Sie lächelte. „Natürlich."

„Dann auf, nach Hause."

„Wir wollten uns nicht verlaufen!" Claras Tränen liefen in seinen Kragen.

„Natürlich nicht."

„Wir wollten uns nur die Pferde anschauen, und auf einmal waren die anderen weg. Wir konnten niemanden finden. Ich hatte keine Angst." Sie presste ihr Gesicht gegen seines. „Aber Marcie."

Mein Kind. Jason wischte sich verstohlen die Augen und fasste sie fester. „Jetzt seid ihr sicher."

„Mom hat geweint."

„Ihr geht es wieder gut." Am Auto angekommen, fragte er Leonie: „Kannst du sie alle beide auf den Schoß nehmen? So ist es wärmer für sie."

„Selbstverständlich." Leonie setzte sich mit Marcie hinein, dann reichte Jason ihr Clara. Einen Augenblick lang trafen sich ihre Blicke.

„Vor lauter Schnee konnten wir die Lichter der Farm nicht sehen", murmelte Clara und kuschelte sich an ihre Mutter. „Und die Straße haben wir auch nicht gefunden. Es war schrecklich kalt. Aber meine Mütze habe ich nicht verloren."

„Ich weiß, Schatz. Komm, zieh deine nassen Handschuhe aus. Du auch, Marcie. Jason hat die Heizung voll aufgedreht, und ehe ihr es euch verseht, werdet ihr euch fühlen wie ein Puter im Bratrohr." Sie küsste die beiden eisigen Gesichter und kämpfte dagegen an, vor Erleichterung wieder in Tränen auszubrechen. „Welche Weihnachtslieder habt ihr denn gesungen?"

Marcie schluchzte auf. „Jingle Bells."

„Fein, das ist eins von denen, die ich am liebsten mag."

„Und ‚Joy to the World'", warf Clara ein. Die Heizung blies ihr warme Luft über Gesicht und Hände. „Das gefällt dir doch noch besser, oder?"

„Das stimmt, aber ich habe den Anfang vergessen. Wie geht es noch einmal, Marcie?" Leonie Monroe lächelte Clara zu und zog sie fester an sich.

Mit ziemlich wackeliger Stimme begann Marcie zu singen. Sie war gerade mit der ersten Strophe fertig, als sie auf den Suchtrupp stießen.

„Da ist mein Dad!" Aufgeregt hopste Marcie auf Leonies Schoß herum. „Er sieht überhaupt nicht sauer aus."

Leonie lachte und küsste sie. „Frohe Weihnachten, Marcie."

„Ihnen auch frohe Weihnachten, Mrs. Monroe. Bis morgen, Clara." Marcie warf sich in die Arme ihres Vaters.

„Was für eine Nacht!" Jason steuerte den Wagen vorsichtig durch die Schar der Helfer, die ihnen zuwinkten.

„Heute ist Heiligabend", meldete sich Clara. Für sie war die Welt wieder in Ordnung. „Vielleicht sollte ich das große Geschenk doch schon heute aufmachen."

„Kommt überhaupt nicht in Frage", erklärte Jason und zupfte sie am Haar.

Leonie drehte Clara zu sich herum und drückte sie fest.

„Nicht weinen, Mom."

„Das muss ich aber. Es wird nicht lange dauern." Sie hielt Wort, denn als sie zu Hause ankamen, waren ihre Augen trocken. Clara döste schon an Jasons Schulter, als er sie ins Haus trug.

„Ich bringe sie ins Bett, Jason."

„Wir bringen sie beide ins Bett."

Leonie erhob keinen Einwand. Zusammen streiften sie Clara die nassen Sachen ab und wickelten sie in eine Decke. Obwohl sie krampfhaft versuchte, sich wach zu halten, fielen ihr immer wieder die Augen zu. „Heute ist Heiligabend", murmelte sie schläfrig. „Kann ich morgen ganz zeitig aufstehen?"

„So früh du willst", versprach ihre Mutter.

„Und zum Frühstück bekomme ich Kekse?"

„Ein halbes Dutzend." Vor Erleichterung schlug Leonie sämtliche Erziehungsgrundsätze in den Wind.

Clara strahlte und war im nächsten Augenblick fest eingeschlafen. Sorgsam deckte Leonie sie zu.

„Ich hatte Angst." Sie ließ die Hand auf der Wange ihrer Tochter ruhen. „Ich hatte Angst, dass ich sie nie wieder so sehen würde. Sicher und warm. Jason, ich weiß nicht, wie ich dir danken soll. Wenn ich allein gewesen wäre ..." Sie verstummte.

„Ich glaube, wir sollten nach unten gehen, Leonie."

Bei seinem Ton wusste sie, dass eine Aussprache unumgänglich war. Ich werde mich seinen Vorwürfen und Anschuldigungen stellen, nahm sie sich vor, ebenso wie seiner Bitterkeit und seinem Zorn.

„Ich würde gern etwas trinken", meinte sie, als sie im

Wohnzimmer waren. „Am liebsten einen Cognac. Das Feuer scheint ausgegangen zu sein."

„Ich kümmere mich darum. Schenk du inzwischen ein. Wir müssen miteinander reden."

„Ja, ich weiß." Sie ging in die Küche und füllte zwei Gläser. Als sie zurückkam, brannte das Feuer wieder. Jason richtete sich auf und nahm das Glas, das sie ihm reichte. „Möchtest du dich nicht setzen?"

„Nein." Sie trank einen Schluck, aber sie wusste, dass ihre Nervosität mit Cognac nicht zu bekämpfen war. „Also, Jason – sag, was du zu sagen hast."

10. KAPITEL

Leonie stand hochaufgerichtet da und sah Jason ins Gesicht. Nur die Art, wie sie den Cognac-Schwenker umklammert hielt, verriet ihren inneren Aufruhr. Am liebsten wäre er zu ihr gegangen, hätte sie in die Arme geschlossen und nie wieder losgelassen. In einer Nacht hatte er ein Kind gefunden und dessen Mutter beinahe verloren. War darüber hinaus sonst noch etwas wichtig? Die Leere in seinem Inneren verlangte danach, ausgefüllt zu werden. Fragen mussten beantwortet werden, hinter denen sich Vorwürfe versteckten. Vertrauen und Verständnis mussten wieder zusammenfinden, denn ohne sie war auch keine Vergebung möglich. Doch wo anfangen?

Er ging zum Christbaum, an dessen Spitze ein silberner Stern befestigt war. „Ich weiß nicht recht, was ich sagen soll. Nicht viele Männer werden plötzlich mit der Tatsache überrascht, dass sie eine zehnjährige Tochter haben. Ich fühle mich um die Zeit betrogen, als sie laufen und sprechen lernte. Ganz gleich, was du sagst, diese Zeit kann mir niemand zurückgeben."

„Nein." Sie war sehr blass, wirkte aber gefasst. Es war ihr nicht anzusehen, welche Gefühle in ihr tobten. Dies war nicht mehr dieselbe Leonie, die er damals zurückgelassen hatte. Dieses Mädchen hätte niemals so viel Selbstbeherrschung aufgebracht wie die Frau jetzt.

„Keine Ausreden, Leonie?"

„Ich dachte, ich könnte genügend Gründe für mein Verhalten anführen, aber als ich heute Abend glaubte, ihr wäre etwas zugestoßen ..." Sie verstummte und schüttelte den Kopf. „Nein, Jason. Keine Ausreden."

„Sie denkt, Tom ist ihr Vater."

„Nein!" Ihre Augen funkelten. „Meinst du, ich würde sie glauben lassen, ihr Vater hätte sie versetzt? Dass er sich nicht um sie kümmert und ihr nicht schreibt? Was sie weiß, ist im Grunde die Wahrheit. Ich habe sie nie angelogen."

„Und was ist die Wahrheit?"

Sie atmete tief ein. „Dass ich ihren Vater geliebt habe und er mich auch. Aber dass er fortgehen musste, ehe er etwas von ihr wusste, und nicht zurückkommen konnte."

„Er wäre zurückgekommen."

Sie wandte sich ab. „Das habe ich ihr auch gesagt."

„Warum?" Die alte Wut stieg wieder in ihm auf, aber

er bezähmte sich. „Ich muss wissen, warum du so gehandelt hast. Ich habe so viele Jahre verloren."

„Du?" Ihr Temperament ließ sich nicht so leicht unter Kontrolle bringen wie ihr Schmerz. Sie wirbelte herum. „Du hast etwas verloren? Vergiss nicht, du warst fort. Und ich war erst achtzehn und erwartete ein Kind."

Schuld stieg in ihm auf. Damit hatte er nicht gerechnet. „Ich hätte dich doch nie verlassen, wenn du es mir gesagt hättest."

„Als du gingst, wusste ich es selbst noch nicht. Erst eine Woche nach deiner Abreise stellte ich fest, dass ich unser Kind erwartete. Ich war überglücklich." Sie schlang die Arme um ihren Körper und wirkte plötzlich jung und verletzlich. „Tag und Nacht habe ich darauf gewartet, dass du anrufst, damit ich es dir sagen konnte. Aber du hast nicht angerufen, Jason."

„Ich brauchte Zeit, um alles vorzubereiten – eine feste Arbeit und eine Wohnung, die ich dir zumuten konnte."

„Du hast niemals begriffen, dass es mir gleichgültig war, wo wir wohnten, solange wir nur zusammen sein konnten." Ehe er darauf antworten konnte, schüttelte sie den Kopf. „Das ist jetzt nicht mehr wichtig. Eine Woche verging, dann zwei, schließlich ein ganzer Monat. Allmählich wurde mir klar, dass du nicht wiederkommen würdest. Eine Zeit lang war ich sehr böse, weil mir klar geworden war, dass du mich nicht genug liebtest. Mich, das Mädchen aus der Kleinstadt."

„Das stimmt nicht!"

Sie betrachtete ihn fast teilnahmslos. Im Kerzenlicht

schimmerte sein Haar golden, doch die Augen blieben im Dunkel, Augen, die seit jeher ihre Geheimnisse bewahrt hatten. „Nein? Es stimmt doch, dass du unbedingt weg wolltest. Ich gehörte zu Quiet Valley, und es zog dich fort von hier."

„Aber ich wollte dich bei mir haben!"

„Nicht genug, um mich mitzunehmen. Nicht genug, um mich nachzuholen, ehe du das bewiesen hattest, was du beweisen wolltest. Ich habe das damals nicht verstanden, Jason. Erst als du wieder zurückkamst, wurde es mir klar."

„Du hattest nicht die Absicht, mir jemals von Clara zu erzählen, nicht wahr?"

Sie hörte die Bitterkeit in seinem Ton und schloss die Augen. „Ich weiß es nicht, Jason. Ich kann es dir wirklich nicht sagen."

Er trank einen Schluck Cognac in der Hoffnung, der Alkohol würde ihm helfen, die Barrieren niederzureißen, die er sich selber aufgebaut hatte. „Erzähl mir den Rest."

„Ich wollte das Baby haben, aber ich hatte solche Angst, dass ich nicht einmal wagte, meiner Mutter davon zu erzählen. Inzwischen habe ich begriffen, dass ich es hätte tun müssen, damals aber war ich viel zu sehr durcheinander."

„Warum hast du Tom geheiratet?" Als Jason die Frage stellte, wurde ihm bewusst, dass seine Eifersucht verflogen war, er wollte nur noch verstehen, was Leonie dazu getrieben hatte.

„Tom hat mich fast jeden Abend besucht. Wir haben uns unterhalten. Es schien ihn nicht zu stören, dass ich von dir sprach, und ich musste einfach mit jemandem reden. Eines Abends saßen wir auf der Veranda, als ich einen Nervenzusammenbruch hatte. Ich war im dritten Monat schwanger, und mein Körper veränderte sich bereits. An jenem Morgen war es mir nicht gelungen, den Reißverschluss an meinen Jeans hochzuziehen. Dieser banale Vorfall machte mir klar, dass es kein Zurück mehr gab. Ich berichtete ihm alles, und er machte mir einen Heiratsantrag. Natürlich lehnte ich ab, aber er zählte einfach die Tatsachen auf. Ich war schwanger, und du würdest nicht wiederkommen. Er sagte, dass er mich liebte und mich heiraten wollte. Das Baby würde einen Namen haben, ein Zuhause und eine Familie. Es klang so plausibel, wie er es sagte, und ich wollte, dass das Baby in Sicherheit ist. Das Baby und ich auch." Sie schenkte sich nach. „Es ist von Anfang an nicht gut gegangen. Er wusste, dass ich ihn nicht liebte, aber er wollte mich trotzdem haben. Zumindest glaubte er das. In den ersten Monaten haben wir uns beide wirklich Mühe gegeben. Doch nachdem Clara zur Welt gekommen war, wurde er mit der Situation nicht mehr fertig. Ich konnte sehen, dass er jedes Mal, wenn er sie anblickte, an dich dachte. Die Tatsache, dass sie dein Kind war, ließ sich durch nichts ändern. Selbst wenn es möglich gewesen wäre, hätte ich es nicht gewollt. Solange ich Clara hatte, blieb mir auch ein Teil von dir. Tom wusste das, obwohl ich wirklich versuchte, so zu sein, wie er sich seine Frau vorstellte. Er fing an zu trinken, wurde streitsüchtig und kam nächtelang nicht nach Hause. Es schien, als legte er es darauf an, dass ich die Scheidung einreichte."

„Aber du hast es nicht getan."

„Nein. Ich hatte das Gefühl, ihm verpflichtet zu sein. Eines Tages kam ich dann von einem Spaziergang mit Clara zurück, und er war fort. Die Scheidungspapiere schickte er mit der Post, und seitdem habe ich nie wieder etwas von ihm gehört."

„Leonie, warum hast du denn nicht versucht, Kontakt mit mir aufzunehmen? Die Zeitungsredaktion hätte dir mitteilen können, wo ich bin."

„Was hätte ich denn sagen sollen? Jason, erinnerst du dich an mich? Übrigens, du hast eine Tochter. Komm doch bei Gelegenheit mal vorbei."

„Ein Wort von dir, und ich hätte alles stehen- und liegen lassen und wäre zurückgekehrt. Ich habe niemals aufgehört dich zu lieben."

Sie schloss die Augen.

„Ich sah zu, wie du fortgingst. Ich stand daneben, wie du in den Bus stiegst. Weißt du, dass ich stundenlang an der Bushaltestelle gewartet habe, weil ich hoffte, du würdest unterwegs aussteigen und wiederkommen? Ich war diejenige, die zurückbleiben musste, Jason."

„Ich habe dich angerufen. Verdammt, Leonie, es hat doch nur ein halbes Jahr gedauert, bis ich eine Basis für uns geschaffen hatte."

Sie lächelte. „Und als du anriefst, war ich im achten Monat schwanger. Meine Mutter hat mir erst davon erzählt, als Tom mich verlassen hatte. Sie sagte, du hättest ihr das Versprechen abgenommen, mir nichts zu sagen."

„Ich hatte meinen Stolz."

„Das weiß ich."

„Du musst mich gehasst haben."

„Niemals! Wie hätte ich dich hassen können? Du warst nicht mehr da, aber du hattest mir ein unendlich wertvolles Geschenk zurückgelassen. Manchmal hatte ich Angst vor der Zukunft, aber jedes Mal, wenn ich Clara ansah, erinnerte ich mich daran, wie sehr ich dich liebte, und schöpfte neuen Mut."

„Und wie fühlst du dich jetzt?"

„Ziemlich durcheinander." Sie legte die Hände aneinander. „Ich muss es Clara sagen. Sie soll es von mir erfahren."

Bei dem Gedanken daran griff Jason wieder nach der Cognac-Flasche. „Was meinst du, wie sie es aufnehmen wird?"

„Clara hat gelernt, ohne einen Vater zurechtzukommen. Das bedeutet nicht, dass sie keinen gebraucht hätte." Sie sah ihm ins Gesicht. „Du hast natürlich das Recht, sie zu besuchen, wann immer du willst, aber ich will nicht, dass sie von einem Extrem ins andere gestoßen wird. Mir ist klar, dass du wegen deiner Arbeit nicht immer hier sein kannst. Du brauchst jedoch nicht zu glauben, dass es genügt, nur hin und wieder eine Postkarte oder ein Geschenk zu schicken. Du wirst dir Mühe geben müssen, den Kontakt mit ihr aufrechtzuerhalten."

Das war also noch ein Teil ihrer Angst, mit der sie lebte. Vielleicht hatte er es nicht anders verdient. „Du hast kein Vertrauen zu mir, nicht wahr?"

„Dafür ist Clara zu wichtig." Sie hielt inne. „Und", fuhr sie nach einer Pause fort, „du auch."

„Wenn ich dir sage, dass sie mein Herz erobert hat, ehe ich wusste, dass sie meine Tochter ist, würde das etwas ändern?"

Leonie dachte an den Schlitten und an den Ausdruck auf Jasons Gesicht, als Clara ihm die Arme um den Hals geschlungen hatte. „Sie braucht all die Liebe, die sie bekommen kann. Das tun wir alle. Sie ist dir so ähnlich, dass ..." Sie brach ab, als ihr die Tränen über die Wangen rollten. „Verdammt, ich will nicht weinen." Ungeduldig fuhr sie sich mit der Hand über die Augen. „Ich werde es ihr morgen sagen, Jason. Zu Weihnachten. Ich weiß, dass du bald wieder fort musst, aber wenn du noch einige Tage länger bleiben könntest, wäre das für uns alle einfacher."

Jason massierte seine verkrampften Nackenmuskeln. „Du hast nie etwas von mir verlangt, Leonie, weißt du das?"

Sie lächelte versonnen. „Ich habe alles von dir verlangt. Wir waren nur damals beide zu jung, um es zu begreifen."

„Du hast immer schon an Zauberei geglaubt, Leonie." Er zog eine Schachtel aus seiner Tasche. „Es ist gleich Mitternacht. Mach sie auf."

„Jason." Sie fuhr sich mit der Hand durchs Haar. Wie konnte er jetzt an Geschenke denken? „Dafür ist wohl nicht die richtige Zeit."

„Ich hätte dir das schon vor zehn Jahren geben sollen."

„Und ich habe nichts für dich."

Er berührte ihre Wange. „Hast du vergessen, dass du mir heute eine Tochter geschenkt hast?"

Ihr wurde ganz schwach vor Erleichterung. Statt Bitterkeit schwang Dankbarkeit in seinem Ton mit. Aus ihren Augen strahlte Liebe. „Jason ..."

„Bitte, mach dein Päckchen auf."

Sie streifte das rote Glanzpapier ab und zog eine schwarze Samtschachtel heraus. Ihre Finger zitterten ein wenig, als sie sie öffnete. Darin lag ein Platinring mit einer tropfenförmigen Perle.

„Du hast das gekauft, ehe ..."

„Jawohl, ehe ich wusste, dass ich die Mutter meines Kindes um ihre Hand bitten würde. Wir könnten eine richtige Familie werden, wir drei." Er nahm ihre Hand. „Gibst du mir eine zweite Chance, Leonie? Ich werde dich nicht noch einmal enttäuschen."

„Das hast du nie." Sie drückte seine Finger an ihre Wange. „Es war weder deine Schuld noch meine, sondern einfach das Leben. Jason, wie sehr ich mich danach gesehnt habe! Alles, was ich mir von Herzen wünschte, war, deine Frau zu werden und mit dir eine Familie zu gründen."

„Dann lass mich dir den Ring anstecken."

„Warte, Jason. Hier geht es nicht nur um dich oder mich. Wenn es so wäre, würde ich sofort mit dir gehen, sei es nach China, Sibirien oder an den Nordpol. Aber ich bin nicht allein, und deshalb kann ich nicht weg."

„Du bist nicht allein", wiederholte er und warf die

Schachtel achtlos zur Seite. „Und deshalb muss ich hier bleiben. Glaubst du, ich würde dich noch einmal verlassen? Glaubst du, ich könnte meiner Tochter den Rücken kehren und ihren Geschwistern, die wir hoffentlich haben werden?"

„Aber du hast doch einen Auftrag in Hongkong erwähnt."

„Ich habe bei der Zeitung gekündigt." Er grinste jungenhaft, und plötzlich schien es, als fiele die Last vieler Jahre von ihm ab. „Heute Nachmittag. Das war eincs der Dinge, die ich zu erledigen hatte. Ich werde ein Buch schreiben." Er legte ihr die Hände auf die Schultern. „Ich bin arbeitslos, wohne im Gasthaus und bitte dich, meine Frau zu werden."

Leonies Herz klopfte zum Zerspringen. Ja, sie hatte stets an Zauberei geglaubt. „Vor zehn Jahren war ich davon überzeugt, ich könnte dich auf keinen Fall mehr lieben, als ich es schon tat. Du warst ein Junge. In den letzten Tagen habe ich gelernt, dass es etwas ganz anderes ist, einen Mann zu lieben." Sie hielt inne. „Wenn du mich vor zehn Jahren gebeten hättest, dich zu heiraten, hätte ich bedingungslos Ja gesagt."

„Leonie ..."

Lachend schlang sie ihm die Arme um den Hals. „Und heute lautet die Antwort genauso. Ich liebe dich, Jason, mehr denn je."

„Wir haben Jahre nachzuholen."

„Ja." Sie erwiderte seinen Kuss hungrig. „Das werden wir. Alle drei."

„Einstweilen wir drei. Ich hoffe allerdings, dass es nicht dabei bleibt."

„Wir haben genügend Zeit, um für nächstes Jahr zu Weihnachten ein Brüderchen oder Schwesterchen für Clara in Auftrag zu geben."

Die Kirchturmuhr schlug Mitternacht.

„Frohe Weihnachten, Leonie."

Sie spürte, wie Jason ihr feierlich den Ring an den Finger steckte. All ihre Wünsche hatten sich erfüllt. „Willkommen zu Hause, Jason."

– ENDE –

Heather Graham

Wie ein Stern in dunkler Nacht

Roman

Aus dem Amerikanischen von
M. R. Heinze

MIRA®

1. KAPITEL

„Und was möchtest du zu Weihnachten haben, du kleines Mädchen?“ fragte Cary Adams. Sie beugte sich über den Tisch und stützte ihr Kinn vergnügt in die Hände, während sie ihre Freundin June Harrison ansah. Carys Haare – glatt, schimmernd und dunkel – umrahmten ihre zart geschnittenen Züge, und ihre lustigen kaffeebraunen Augen waren so groß und unschuldig wie die eines Kindes. Nun ja, es war immerhin Weihnachten. Beinahe.

„Es geht nicht darum, was ich mir wünsche, sondern wen“, erwiderte June lachend. „Sein Name spielt keine Rolle. Er muss nur groß, dunkel und attraktiv sein. Und reich“, fügte sie nach kurzem Überlegen hinzu und verzog das Gesicht. „Ich bin ja kein materiell eingestelltes Mädchen, aber wir leben nun einmal in einer Welt, in der nur das Geld zählt.“

Cary lehnte sich lächelnd zurück und drohte ihr mit erhobenem Zeigefinger. „Das ist nicht fair. Ich kann dir zu Weihnachten keinen Mann schenken.“

„Nein? Na ja, ich habe ohnedies keinen erwartet. Du aber, Kleine, verdienst einen. Und er sollte auch groß, dunkel und attraktiv sein. Und reich.“

„Was ist, wenn mir ein Blonder lieber ist?“

June schüttelte den Kopf. „Nein, tut mir Leid. Es heißt allgemein ‚groß, dunkel und attraktiv‘. Entweder nimmst du den, oder du bekommst keinen.“

Cary lachte und sah sich in dem großen Saal um.

Abgesehen davon, dass die jährliche Verlagsparty stets unpassend früh abgehalten wurde – knapp eine Woche nach Thanksgiving –, mochte Cary diese Feier. Sie liebte die Musik, die bunten Lichter, den Duft von Mistelzweigen, Tannennadeln und Kerzen. Dazu passte auch der Schnee, der sich heute auf Bürgersteige und Straßen herabsenkte.

Im Büro von „Elegance“ fand jedes Jahr noch eine andere Weihnachtsparty statt, und zwar immer einen Tag vor Heiligabend. Cary bevorzugte jedoch die heutige Feier. Sie wurde für die Familien der Angestellten abgehalten. Ehemänner, Ehefrauen, Kinder, Großeltern und sogar Cousins und Cousinen konnten Einladungen ergattern.

Alljährlich mietete Jason McCready, der Herausgeber von „Elegance“, den Ballsaal eines der besten Hotels von Boston. Es war immer eine reine Freude zu beobachten, wie Kleinkinder und Teenager zwischen Kellnern im Smoking Amok liefen.

Kostenlose Getränke wie Champagner, Eierpunsch, Bier und Wein flossen reichlich für die Erwachsenen. Alkoholfreie Weihnachtsbowle – natürlich in Anbetracht des bevorstehenden Festes leuchtend rot – fand bei der minderjährigen Meute reißenden Absatz. Gewaltige Truthähne und ganze Schinken wurden verlost, und es gab auch einen Hauptgewinn, meistens einen Mikrowellenherd, einen Fernseher oder Videorecorder. Immer das Neueste, immer etwas, das jeder gut gebrauchen konnte.

Trotz seiner exzentrischen Art plante Jason McCready Weihnachten für seine Angestellten sehr umsichtig. Bei der Tombola bekam jeder etwas, niemand ging leer aus. Diese Ziehung nannte er „Festtagsbescherung". Sämtliche Verlagsangestellte und viele ihrer Familien nahmen an dieser Party teil, völlig ungeachtet ihres religiösen Bekenntnisses. Alles lief mit unglaublicher Wärme und sehr viel gutem Willen ab. Zwar gab es einen riesigen geschmückten Weihnachtsbaum, und ein Santa Claus überreichte den Kindern Spielzeug, aber McCready sorgte auch dafür, dass die schönen alten jüdischen Lieder gespielt wurden, so dass sich niemand benachteiligt fühlte.

„Hey, Kleine, du bist aber schrecklich still! Das ist hier eine Party, eine Feier! Schon vergessen?"

Cary sah verblüfft hoch und lächelte. June, ihre Freundin aus der Anzeigenabteilung, betrachtete sie eingehend. June war fünf Jahre älter als sie. Anfangs hatte es Cary geärgert, ständig „Kleine" genannt zu werden, doch sie hatte schnell herausgefunden, dass June mit der Bezeichnung nur ihre Zuneigung zum Ausdruck brachte. Nach einem stürmischen Anfang waren sie beide die besten Freundinnen geworden.

„Ich habe nachgedacht", erklärte Cary.

„Wie grauenhaft!" murmelte June gespielt entsetzt. Sie war eine attraktive Frau mit wildem, platinblondem Haar und sanften grauen Augen. Ihr Körper hätte für ein Foto der Rubrik „Girl des Monats" herhalten können. Sie besaß einen messerscharfen Verstand und kannte ihr Geschäft in- und auswendig. „Worüber hast du nachgedacht? Männer?" fragte sie und rührte ihren Irish Coffee mit einem Löffel um.

„Nein. Das heißt, ja. Über einen Mann. Ich finde, dass McCready immer sagenhafte Partys veranstaltet – vor allem, wo er doch ... McCready ist", endete Cary ein wenig lahm.

June lächelte und hob die Schultern. Cary wusste, dass ihre Freundin sie völlig verstand. Jason McCready war ein gut aussehender Mann – eindeutig als „groß, dunkel und attraktiv" einzuordnen – und sehr jung für seine Position, erst neununddreißig. Gerüchten zufolge sollte er mit Anfang zwanzig wie ein Dynamo gewesen sein – klug, energiegeladen und voller Ideen. Dank dieser Eigenschaften hatte er aus einer sterbenden vierzehntägigen Zeitschrift eine auflagenstarke, geachtete Illustrierte gemacht.

„Elegance" brachte Artikel über die schönsten Wohnungen Amerikas, besaß eine Unterhaltungsrubrik, einen Spezialteil über aktuelle Politik und Tagesereignisse. Außerdem gab es die Sparte „American World", Carys eigene Kolumne, angefüllt mit Informationen über interessante, meist prominente Leute und deren Privatleben. Das Magazin hatte eine moderne Aufmachung, der Inhalt jedoch bestand aus traditionellem, gehobenem Journalismus. Und das alles war Jason McCreadys Werk.

Er war der Herausgeber und Vorstandsvorsitzender des Verlages. McCreadys Karriere stellte eine amerikanische Erfolgsgeschichte dar. Vor Jahren, lange bevor Cary in dieses Geschäft eingestiegen war, hatte er oft die Covers verschiedener Glamourmagazine geziert. Sie erinnerte sich ganz besonders an ein Foto, das von ihm und seiner

Frau auf der New Yorker Rockefeller Plaza gemacht worden war.

Seltsamer Zufall – es war ein Weihnachtsfoto gewesen. Der gewaltige Tannenbaum, der jedes Jahr den Platz zierte, ragte hinter den beiden auf. Vor ihnen erstreckte sich die Eisbahn und fantasievoll geschmückte Straßenzüge. McCready trug einen langen schwarzen Mantel, der sein gutes Aussehen, die dunklen Haare sowie sein starkes, männliches Profil betonte.

Seine in einen weißen Nerz gehüllte Frau Sara bildete mit ihrem weißblonden Haar und den unwahrscheinlich blauen Augen einen totalen Kontrast zu ihrem Mann. Die beiden lächelten einander auf dem Foto zu. Saras schönes Gesicht drückte hingebungsvolle Liebe aus, während er sie mit einer Zärtlichkeit betrachtete, die jeden Beobachter in seinen Bann zog. Die beiden waren einmalig gewesen. Ein richtiges Traumpaar!

Sara hatte das nächste Weihnachtsfest nicht mehr erlebt.

Seitdem hatte Jason McCready nie wieder ein Interview gegeben. Cary hatte eines für ihre eigene Kolumne machen wollen. Es war eine der wenigen Gelegenheiten gewesen, bei denen sie mit ihm persönlich gesprochen hatte.

Und er war ihr beinahe an die Gurgel gesprungen!

Sie erinnerte sich noch immer lebhaft an den Vorfall in seinem Büro. Sie hatte mit seiner Sekretärin einen Termin vereinbart und war gut vorbereitet und mit einer wirklich intelligenten Präsentation hingegangen.

Cary hatte sein riesiges, doch karg eingerichtetes Büro betreten. Weiße Wände mit zwei Grafikdrucken, pfirsichfarbener Teppich, ein massiver Eichenschreibtisch, ein Ledersofa, zwei Sessel.

Das war alles.

McCready hatte ihr nicht einmal einen Platz angeboten!

Er blieb hinter seinem Schreibtisch sitzen, und seine hellgrünen Augen richteten sich so scharf, kalt und gezielt auf sie, dass sie das Gefühl hatte, von Stahlklingen durchbohrt zu werden. Er hörte ihr ungefähr eine Minute zu, bevor der Bleistift, den er bis dahin lässig zwischen den Fingern gehalten hatte, plötzlich zerbrach. Dann stand er auf, erhob sich zu seiner imposanten Größe von einsneunzig, kam um den Schreibtisch herum und baute sich vor Cary auf. Sie duckte sich beinahe, als seine Hände ihre Schultern berührten. Hart. Kraftvoll, aber nicht gewalttätig.

Und er stieß nur ein einziges Wort hervor: „Nein!"

Er stand da und starrte sie an. Eine Strähne seines für gewöhnlich makellos gekämmten dunklen Haares fiel über eine seiner pechschwarzen Augenbrauen. Sein gebräuntes Gesicht hatte plötzlich alle Farbe verloren, und er presste seinen vollen Mund zu einer grimmigen, schmalen Linie zusammen. Er starrte Cary immer noch an, als wäre sie ein alter Feind. In diesem Moment wollte sie nur eines: weglaufen!

Nicht Mut brachte sie dazu, stehen zu bleiben – sie war einfach zu überrascht, um sich zu bewegen. Endlich nahm er seine Hände von ihren Schultern und wandte sich ab. „Ich sagte nein, Miss Adams ..."

„Ich bin Mrs. Adams", unterbrach sie ihn, drängte die aufsteigenden Tränen zurück und fragte sich, warum es ihr in diesem Moment so wichtig war, auf ihre richtige Anrede hinzuweisen.

„Mrs. Adams. Entschuldigen Sie", sagte McCready kalt. Er ging um den Schreibtisch herum und setzte sich wieder, wobei er in seinem maßgeschneiderten Anzug geradezu aristokratisch wirkte. „Könnten Sie jetzt bitte gehen? Ich bin beschäftigt, und diese Unterredung ist beendet."

Sie straffte die Schultern, überzeugt, dass er nicht nur ihren Vorschlag abgelehnt, sondern auch sie selbst entlassen hatte. „Ich räume meinen Schreibtisch bis siebzehn Uhr", erklärte sie tonlos. „Und ich erwarte meinen Abfindungsscheck genauso pünktlich."

Erst jetzt hob er die dunklen Augenbrauen, und für einen Moment zeigte sich Überraschung in seinen harten, markanten Zügen. „Warum, um alles in der Welt, wollen Sie Ihren Schreibtisch räumen, Mrs. Adams?"

Cary versuchte nicht zu stottern, aber sie tat es. Außerdem wusste sie, dass ihre Wangen flammend rot wurden. „Mr. McCready, es hat sich eindeutig so angehört, als wären Sie verärgert und wollten mich nicht länger beschäftigen."

„Ich bin tatsächlich verärgert, Mrs. Adams, aber ich feuere niemanden, nur weil er oder sie mich gelegentlich einmal wütend macht. Ich finde Ihre Arbeit ausgezeichnet. Ich wünsche lediglich, dass Sie mein Büro verlassen und mir in Zukunft keinen solchen Artikel mehr vorschlagen."

Sie sah ihn noch immer ausdruckslos an. Sie hatte sich oft gefragt, ob dieser Mann überhaupt noch las, was in seiner Illustrierten gedruckt wurde. Offenbar tat er es.

„Ist noch etwas, Mrs. Adams?"

„Nein!" Sie rührte sich jedoch nicht von der Stelle und hörte sich zu ihrer eigenen Überraschung weitersprechen. „Mr. McCready, es geht um Ihr eigenes Magazin! Warum wollen Sie nicht ..."

Er stand wieder auf, und Cary hatte das Gefühl, als habe sie diesmal wirklich seine ungeteilte Aufmerksamkeit erregt. Und zwar nicht nur seinen Ärger, sondern sein ehrliches Interesse.

„Weil ich nicht über mein Privatleben sprechen kann, und damit ist die Sache erledigt! Haben Sie mich verstanden?"

„In Ordnung", lenkte Cary ein. Er starrte sie unverändert an. Heiße und kalte Schauer jagten über ihren Rücken.

Für einen ganz kurzen Moment glaubte sie, Schmerz in seinen Augen schimmern zu sehen, und intuitiv wusste sie, dass er an seine tote Frau dachte. Seit Sara in seinem Leben fehlte, wollte er der Öffentlichkeit nichts mehr über sich sagen.

„Es tut mir Leid ...", setzte Cary an.

„Nicht nötig!" unterbrach er sie.

Die Worte waren leise, das Gefühl hinter ihnen heftig.

Cary sprach trotzdem weiter. „Mr. McCready, Sie haben sie sehr geliebt. Das verstehe ich. Es tut mir Leid, sehr sogar. Doch Sie sind nicht der einzige Mensch, der jemanden verloren hat, den er liebte. Vielleicht ist der Artikel keine gute Idee, aber Sie sollten mit jemandem sprechen. Sie sollten ..."

Ihre Stimme verklang, als er sie mit eisigem Zorn betrachtete.

„Sind Sie jetzt fertig, Mrs. Adams?"

Sie nickte. Sein Leben ging sie nichts an.

„Möchten Sie dann vielleicht wieder an Ihre Arbeit zurückkehren?" fragte er leise.

Cary wirbelte herum. Sie bedankte sich nicht für seine Zeit. Er hatte sie ihr nicht bereitwillig gegeben. Und sie brauchte sich auch nicht dafür zu bedanken, dass er ihr nicht kündigte. Ihre Arbeit war gut. Nur das zählte. Doch jetzt wollte er sie einfach nicht mehr in seinem Büro haben.

„Mrs. Adams!"

Sie sah ihn an.

„Entschuldigen Sie", fuhr er fort. „Ich bitte Sie aufrichtig um Verzeihung." Seine Stimme klang sanft. Und wie er mit verschränkten Armen hinter seinem Schreibtisch saß, mit diesen dunklen Haaren und diesen unglaublich grünen Augen, fand Cary ihn umwerfend – und noch mehr: Er war ihr sympathisch! Sie biss die Zähne zusammen und erschrak, weil die Versuchung so groß war, zu ihm zu laufen, die Arme um ihn zu legen und ihm ein wenig Trost zu bieten.

Doch das waren Hirngespinste. McCready wollte nichts von ihr. Und es gab keine Schwachstellen in seinem Panzer. Er wollte nur, dass sie sein Büro verließ.

Cary gehorchte.

Und sie hatte sich nie wieder zu ihm gewagt ...

„McCready veranstaltet wirklich sehr hübsche Feiern", bemerkte Cary beiläufig und lächelte ihrer Freundin zu. „Fast so, als würde er noch an den Geist von Weihnachten glauben. Ho, ho, ho!"

„Du redest, als würdest du selbst noch daran glauben", meinte June weise und betrachtete ihre Freundin über den Tisch hinweg.

Carys Herz schlug plötzlich heftig in ihrer Brust, und das Atmen fiel ihr schwer. Das tat weh! Nun, sie bemühte sich. Jedes Jahr um diese Zeit bemühte sie sich sehr. Sie hatte wieder gelernt, fröhlich zu sein und viel zu lachen. Um ihrer Familie willen, wenn schon nicht um ihrer selbst willen. Das war ihr auch gut gelungen ... Zumindest hatte sie das immer gedacht.

Sie hatte den Schock, den Schmerz und das Gefühl von Wut und Hilflosigkeit überwunden. Sie hatte ein eigenes Apartment gefunden, sie war unabhängig geworden, und sie hatte es geschafft, sich ein neues Leben aufzubauen. Es war angefüllt mit den schulischen Aktivitäten ihres Sohnes, mit ihrer Arbeit und mit Besuchen bei den Schwiegereltern und bei ihrer eigenen Familie. Es war überhaupt nicht fair, dass June sie wegen des Geistes von Weihnachten angriff.

Doch die Freundin griff sie im Grunde gar nicht wirklich an. June ließ das Thema sofort wieder fallen. Sie schüttelte ihre wilde Mähne, leckte ihren Löffel ab und deutete damit auf das große, kunstvoll geschmückte Papphaus auf der Bühne, in dem Santa Claus jetzt die Kleinen empfing. „Jeremy spielt dieses Jahr den Weihnachtsmann, nicht wahr?"

Cary nickte. „Unter dem Mantel ist er bis zur Halskrause ausgestopft. Er erzählt den Kindern das Blaue vom Himmel herunter und amüsiert sich blendend. Danny sollte jetzt bald an der Reihe sein. Bin gespannt, ob er Jeremy erkennt."

„Gehen wir doch hin", schlug June vor.

Sie standen auf, drängten sich durch die fröhliche Menschenmenge und hielten ein paar Mal an, um jemanden zu begrüßen. Als sie die Schlange vor dem Häuschen erreichten, blieb Cary lächelnd stehen. Danny war der nächste, der mit dem Weihnachtsmann sprechen durfte. Das kleine Mädchen vor ihm war soeben hinter die leuchtend roten Vorhänge geführt worden. Durch einen Spalt sah Cary, wie Jeremy seine langbeinige, schöne Gehilfin da kniff, wo der kurze Rock ihres Engelkostüms ihren Schenkel entblößte.

„Der Weihnachtsmann ist ein Lüstling", erklärte Cary seufzend.

„Und Isabelle genießt garantiert jede Sekunde", versicherte June.

Die Gehilfin des Weihnachtsmanns war eine Collegestudentin, die seit einigen Wochen im Postzimmer jobbte.

Isabelles Lächeln zeigte eindeutig, dass sie sich blendend amüsierte.

Danny, Carys achtjähriger Sohn, drehte sich plötzlich um. Auf seinem sommersprossigen Gesicht erschien beim Anblick seiner Mutter ein breites Lächeln, und sofort schlug ihr Herz schneller. Er sah seinem Vater unglaublich ähnlich. Die klaren himmelblauen Augen, die hellblonden Haare, die blassen Sommersprossen auf seinem Nasenrücken ... Er war ein niedliches Kind, und das fand Cary nicht nur, weil es ihr eigenes war. Die meisten Kinder waren süß, aber bei Danny war es noch mehr. Es lag an seinen Augen ... an einer gewissen Weisheit in ihnen. Weisheit und Mitgefühl. Danny war nicht bitter geworden, nicht einmal, als er richtig begriff, was mit seinem Vater geschehen war. Er hatte nur geweint.

Das tat er auch jetzt noch in manchen Nächten.

Dennoch hatte er sich nie sein Leben und das anderer durch den Tod seines Vaters vermiesen lassen. Er war nur reifer geworden als für sein Alter üblich. Das hatte ihm Charme und ein Verantwortungsgefühl verliehen, das bei Achtjährigen selten war. Sprach er, hatten einige Leute das Gefühl, sie unterhielten sich mit einem Teenager, weil er sich so ernsthaft und gut verständlich ausdrücken konnte.

„Mom, komm her!“ rief Danny Cary zu.

„Geh nur“, forderte June sie auf. „Ich warte hier auf dich.“

Cary lächelte. „In Ordnung. Wenn es geht, möchte ich Danny und dem Weihnachtmann zusehen und feststellen, ob Jeremy seinen Job auch beherrscht.“

June nickte. Cary entschuldigte sich, während sie sich zwischen Eltern und Kindern hindurchwand, um zu Danny zu gelangen. Isabelle empfing sie mit freundlichem Lächeln. „Hi, Mrs. Adams. Ist das Ihr Sohn?“ fragte sie und deutete auf Danny.

Cary nickte. „Das ist er. Danny, das ist Miss Isabelle LaCrosse. Sie arbeitet jetzt bei uns. Isabelle, mein Sohn Daniel.“

Danny schüttelte ihr feierlich die Hand. „Und ich dachte, Sie wären wirklich ein Engel“, meinte er mit einem leichten Seufzer.

Verdutzt sah Isabelle Cary an, die nur die Schultern hob und ein Lächeln unterdrückte. „Er mag Engel“, erklärte Cary lahm.

Isabelle blickte hinter den Vorhang. „Ich glaube, der Weihnachtsmann ist jetzt für dich bereit, Daniel. Komm herein! Mrs. Adams, wenn Sie möchten ...“

Sie deutete auf einen Spalt im roten Vorhang, durch den Cary heimlich ihren Sohn beobachten konnte. Sie lächelte Isabelle freundlich zu und schob sich näher, während Danny hineinging.

„Ho, ho, ho, das ist doch Mr. Daniel Adams, nicht wahr?“ sagte der Weihnachtsmann, und Cary beobachtete, wie ihr Sohn überrascht die Augen aufriss, als Santa Claus ihn so vertraut ansprach.

Sie fand Jeremy perfekt. Er war herrlich ausgestopft, sein Kostüm großartig. Ein künstlicher Vollbart aus Watte verdeckte die untere Hälfte seines Gesichts. Der große weiße Bommel seiner roten Mütze fiel ihm in die

Stirn, und eine kleine goldene Brille saß auf seiner Nasenspitze.

„Ja, Sir, Weihnachtsmann", erwiderte Danny voll Hochachtung. Vor kurzem hatte er Cary erklärt, da er nun ein großer Junge sei, habe er nicht die Absicht, sich auf den Schoß des Weihnachtsmanns zu setzen. Er hatte aufrecht stehen und von Mann zu Mann mit Santa Claus sprechen wollen.

Doch nun setzte er sich schnell auf den Schoß des Weihnachtsmanns und schien keine Ahnung zu haben, dass er mit dem Cousin seiner Mutter sprach.

„Ich weiß, dass du in diesem Jahr wie immer lieb und gut warst, Danny. Also sage mir, was wünschst du dir denn zu Weihnachten?"

Danny zögerte. Cary runzelte die Stirn, während sie ihn beobachtete. „Was ich mir wirklich zu Weihnachten wünsche?" fragte Danny leise.

„Ja, Junge, natürlich."

„Ich glaube an dich, weißt du", versicherte Danny hastig. „Ich glaube an den lieben Gott und an Wunder, besonders an Weihnachtswunder. Und ich weiß, dass du mir helfen kannst, Mr. Santa Claus. Ich weiß das."

„Danny, ich ..."

„Ich möchte einen Vater, Weihnachtsmann. Oh, nicht den richtigen! Ich weiß, dass du mir meinen Dad nicht zurückbringen kannst. Er lebt oben im Himmel, weil er ein großartiger Dad war. Der liebe Gott kann Menschen nicht mehr zurückgeben, wenn er sie einmal zu sich geholt hat. Und es ist auch nicht für mich. Ich möchte jemanden für meine Mom. Sie versucht es nicht zu zeigen, aber sie ist sehr unglücklich. Sie denkt, dass ich es nicht bemerke, aber ich sehe es."

„Danny ..."

„Sie ist eine großartige Köchin und eine gute Hausfrau. Sie macht tolle Schokoladenplätzchen. Und sie schreibt. Sie schreibt über Leute, die Hilfe brauchen, und manchmal kann sie auch wirklich damit helfen. Sie ist wirklich gut, Weihnachtsmann. Bitte!"

Cary stiegen Tränen in die Augen, und sie bekam kaum Luft. Sie schluckte ein paar Mal hart. Dann erschien ganz langsam ein Lächeln auf ihren Lippen. Oh, ich liebe dich so, Danny, dachte sie.

„Sieh mal, Junge", sagte der Weihnachtsmann, als es ihm endlich gelang, das Kind zu unterbrechen. „Ich ... ich würde dir gern etwas versprechen, aber ich kann das nicht. Sieh mal, Erwachsene müssen ..., also, sie müssen selbst jemanden finden, den sie mögen."

„Ich weiß aber, dass du mir helfen kannst", behauptete Danny starrsinnig.

Santa Claus öffnete den Mund und schloss ihn wieder. Dieser Kleine neigte zur Dickköpfigkeit, und keiner wusste das besser als Jeremy.

„Ich sage dir etwas, Danny: Ich werde zusehen, was sich machen lässt. Doch das ist keine einfache Bestellung für Weihnachten. Das ist absolut die schwierigste, die ich je hatte. Du musst mir vielleicht mehr als ein Weihnachten Zeit lassen, um diesen Wunsch zu erfüllen, in Ordnung?"

„Du wirst aber daran arbeiten?"

Santa Claus seufzte. „Das habe ich schon getan", murmelte er leise und lächelte dann. „Natürlich werde ich daran arbeiten. Hart sogar. Das verspreche ich dir."

„Danke", sagte Danny schlicht. „Ich werde dir helfen. Ich werde jede Nacht zum Polarstern sehen und es mir wünschen."

Der Weihnachtsmann nickte. „Und was ist mit diesem Weihnachtsfest?"

„Ach ja, ich hätte gern diesen Computer, der speziell für Kinder in meinem Alter gemacht ist. So einen, wie sie in der Schule haben."

Vor Überraschung hätte Cary beinahe einen lauten Ruf ausgestoßen. Danny sagte nie, dass er etwas wollte. Und jetzt bat er um etwas, das sie sich nicht leisten konnte. Sie kannte den Computer, mit dem er in der Schule arbeitete. Es war eine wunderbare Erfindung mit Schreib- und Grafikprogramm für Mathematik-, Deutsch- und Kunstunterricht.

Wahrscheinlich könnte ich damit sogar meine Einkommensteuer machen, dachte sie trocken.

Doch im Gegensatz zu den meisten anderen Computern musste dieser erst noch im Preis sinken. Die gesamte Anlage kostete Tausende, und Cary wusste nicht, ob sie sich den PC leisten konnte, selbst wenn sie ihn auf Raten kaufte.

Jeremy dagegen schien offenbar den Preis des Computers nicht zu kennen. „Das ist einfach", versicherte er Danny. „An diesem Wunsch kann ich ganz sicher arbeiten!" Er stellte Danny wieder auf die Beine und griff in den großen roten Sack neben sich. „Für den Moment, mein Junge, habe ich für dich ein Auto mit Fernsteuerung. Wie ist das denn?"

„Toll, Santa Claus", versicherte Danny. „Das ist großartig, ehrlich, einfach riesig! Danke, vielen Dank."

Er verschwand durch den Vorhang. Jeremy wollte schon Isabelle rufen, damit sie das nächste Kind hereinbrachte, als er hochblickte und Cary entdeckte. Er sah sie einen Moment an und winkte ihr dann mit dem Finger.

„Komm hierher, Cary Adams!" befahl er.

Sie trat vor. „Tut mir Leid, ich habe gelauscht. Ich konnte nicht ganz ..."

Sie unterdrückte einen kleinen Aufschrei, als er die Arme um sie schlang und sie auf seinen Schoß zog.

„Ich habe gehört, du warst ein sehr braves Mädchen", meinte er und blinzelte ihr zu.

„Würdest du damit aufhören, du Lüstling? Ich bin deine Cousine!" protestierte sie lachend.

„Nur Cousine zweiten Grades", erinnerte er sie und seufzte wehmütig.

„Nahe genug verwandt. Also, benimm dich!"

„Nun, du hast deinen Sohn gehört, Mrs. Adams", meinte er. „Er wünscht sich jemanden für dich. Und ich habe mich bemüht und immer wieder bemüht ..."

„Jeremy, du bist ein Schatz, und ich liebe dich von ganzem Herzen, das weißt du. Und ich weiß, dass du es mit mir nicht im Geringsten ernst meinst ..."

„Ich könnte es aber ernst meinen, wenn du nur aufhörst, immer über unser Verwandtschaftsverhältnis zu reden", meinte er scherzhaft.

„Jeremy ..."

„Was war mit diesem Elektriker, der eine Figur wie ein Bodybuilder hatte?" fragte er düster.

Sie musste lächeln. „Tut mir Leid. Er hat seine Boxershorts bis zu seinen gewaltigen Brüsten hochgezogen. Ich fand das unerträglich."

„Und mit dem Anwalt aus Concord?"

„Er hat geschielt, ich schwöre es."

„Cary", erklärte Jeremy ernst, „niemand wird wie Richard sein. Dieser Anwalt hat nicht geschielt."

Sie hielt den Atem an, blickte ihm in die Augen und sah darin seine Sorge und seine Liebe. Langsam stieß sie die Luft wieder aus. „Ich weiß, dass niemand wie Richard sein wird, Jeremy, ehrlich. Doch er ... er müsste sich an Richard messen lassen können, verstehst du?"

Er wollte schon nicken, weil er wohl bemerkte, dass sie den Tränen sehr nahe war. Dann aber schüttelte er heftig den Kopf. „Mrs. Adams, dein Junge war das ganze Jahr über sehr brav, und ich finde ..."

„Ich finde, dass du mir eine Menge Ärger aufgehalst hast!" unterbrach Cary ihn.

„Ich?" fragte Jeremy gespielt betroffen. „Ich war ein absoluter Engel!"

„Jeremy, du warst noch nie ein Engel, aber das meine ich jetzt nicht."

„Ach?" murmelte er verletzt.

„Du hast ihm einen Vater versprochen!"

„Hey, ich habe dir immerhin einige Monate Zeit verschafft."

„Danke. Das war wirklich großzügig von dir!"

„Ich tue mein Möglichstes, um andere zufrieden zu stellen."

„Und darüber hinaus hast du Danny ein Geschenk versprochen, das ich mir unmöglich leisten kann!"

„Was?" Für einen Moment war Jeremy ehrlich verwirrt. „Ich dachte, die Computerpreise wären gepurzelt."

„Stimmt, aber nicht für die Anlage, die Danny möchte. Die kostet Tausende, Jeremy."

„Ich kann dir helfen."

„Den Teufel wirst du tun! Ich nehme von der Familie keine Wohltaten an, und du weißt das."

„Hey! Ich habe absolut das Recht, meinem kleinen Cousin ein Weihnachtsgeschenk zu kaufen."

„Sicher. Falls ich mir jemals diese Anlage leisten kann, darfst du ihm gern ein Spiel oder Software kaufen."

„Dickköpfig, störrisch und starrsinnig", erklärte Jeremy. Dann leuchteten seine Augen auf. „Vielleicht bekommen wir einen Weihnachtsbonus."

„Einen so hohen?"

„Vielleicht. Immerhin", neckte er sie, und seine Stimme nahm wieder einen munteren Klang an, „warst du selbst auch ein braves Mädchen, für meinen Geschmack allerdings ätzend langweilig. Also werde ich dich mit Weihnachtsstaub bestreuen. Und der Nächste, den du siehst, wird der Mann deiner Träume sein. Reich wie Midas, besser gebaut als ein Mercedes, zärtlich, sanft und freundlich. Groß, dunkel und attraktiv. Dannys Weihnachtsgeschenk – und deines. Und der Weihnachtsstaub wird dich dazu bringen, mit diesem Traummann loszuziehen und dich ganz schlimm zu benehmen. Wie klingt das?“

Sie lachte. „Der nächste Mann, den ich sehe, wird wahrscheinlich der alte Pete aus dem Postzimmer sein, der mit den zehn Kindern und den achtzehn Millionen Enkelkindern. Doch was soll's, mach voran! Bestreue mich schon! Vielleicht finde ich dann endlich einen passenden Begleiter für die Weihnachtsparty der Erwachsenen. Was denkst du?“

„Ich denke, dass deine Zeit um ist“, erklärte Jeremy. „Wenn die einzige Erwachsene, die ich den ganzen Tag über auf meinen Schoß bekomme, nicht um ein einziges lausiges, dekadentes Geschenk bitten kann, dann kannst du genauso gut wieder aufstehen!“

Lachend raffte sich Cary hoch. „Ich sage dir, der Weihnachtsmann ist auch nicht mehr, was er einmal war“, versicherte sie in gespieltem Entsetzen. Sie wollte zum Ausgang, stockte jedoch, als sie plötzlich bemerkte, dass jemand den Spalt des roten Vorhangs versperrte.

Der Mann war groß. Sie konnte nicht erkennen, wer es war, weil die hellen Lichterketten sie blendeten. Sie sah nur, dass es eine hohe, imposante Gestalt war, die den Ausgang völlig blockierte. Eine dunkle Gestalt, geradezu unheimlich.

Einen Moment flatterte ihr Herz, und sie hatte keine

Ahnung, weshalb. Dennoch verspürte sie ein deutliches Unbehagen.

Wie albern, sagte sie sich. Sie wusste nicht, wieso sie diese Männergestalt in dem dunklen Smoking so erschreckte.

Cary tat einen Schritt vorwärts und erkannte den Mann. Allein schon an der Größe hätte sie sofort wissen müssen, wer er war.

Es war niemand anderer als der Gastgeber höchstpersönlich. Ihr Boss, der erhabene Mr. Jason McCready!

Es gab Gerüchte, dass zahlreiche Frauen bei „Elegance“ seinetwegen dummerweise ihr Herz und ihren Stolz verloren hatten. McCready war jedoch nicht interessiert. Er war nie mit einer seiner Angestellten ausgegangen, und wenn er zu gesellschaftlichen Anlässen mit Frauen auftreten musste, dann tat er das nie zwei Mal mit derselben. Dennoch wusste Cary, dass sogar June ihn unwiderstehlich fand!

Das kommt eindeutig daher, dass June sich niemals in sein Büro gewagt hat, um ihm eine Story vorzuschlagen, dachte sie.

Cary trat einen Schritt vorwärts und ärgerte sich über sich selbst. Dann blieb sie wieder stehen, weil er sie so ansah. Erneut kam es ihr vor, als würden diese grünen Augen sie mit Blicken förmlich durchbohren. Sein Duft hüllte sie ein, dezent, aber sehr männlich und ... ansprechend, das musste sie einräumen. Der Mann war beeindruckend, wie er da stand. So groß, so dunkel, mit breiten Schultern und schmalen Hüften. Bestimmt waren die Muskeln auf seiner Brust stark ausgebildet. Behaart oder glatt? Ganz sicher behaart. Dunkle Locken, die einen Wirbel bildeten und dann in einer Linie von seiner Brust zu seinem ...

Betroffen hob sie ruckartig den Kopf und blickte ihm in die Augen. Er wich zurück und hob für sie den Vorhang an.

„Mrs. Adams?“

Cary knirschte mit den Zähnen und schob sich vorwärts. Irgendwann im Verlauf des Tages hatte sie zu ihm gehen und sich für die Party bedanken wollen. Jetzt jedoch brachte sie nicht einmal ein einfaches „Danke“ zu Stande. Sie konnte überhaupt nicht sprechen.

„Mrs. Adams!“

Sie blickte wieder hoch und stellte fest, dass sie ihm sehr nahe gekommen war. Nahe genug, um die Stoffstruktur seines Smokings und die feinen Falten seines schneeweißen Hemds betrachten zu können sowie seinen sinnlich vollen Mund.

„Ja?“ brachte sie hervor.

„Ich hatte den Schoß des Weihnachtsmannes eigentlich für diejenigen Kinder unter uns vorgesehen, die – sagen wir – unter fünfzehn sind.“

Wie lange stand er schon da? Wie konnte sie es erklären?

Sie wusste nicht, ob er wirklich ärgerlich war oder sie nur neckte. Noch immer hatte sie ihre gewohnte Schlagfertigkeit nicht wiedergefunden. Sie konnte ihren Blick nicht von ihm wenden.

„Mr. McCready, ich ...“

Er lächelte, was ihn noch attraktiver und auch jünger aussehen ließ. Er wirkte nicht ganz so unnahbar wie sonst. Die Stimme versagte ihr, während er sie von Kopf bis Fuß musterte.

„Ich möchte nicht, dass Sie bis siebzehn Uhr Ihren Schreibtisch räumen, Mrs. Adams", sagte er leise. „Ich finde Ihre Arbeit noch immer außergewöhnlich gut."

„Danke", schaffte sie gerade noch zu sagen. Er betrachtete sie unverändert. Sie konnte nicht lächeln, sie konnte nicht sprechen. Er erwartete es auch nicht von ihr. Er sah sie einfach nur an.

Endlich wandte sie sich ab, floh die Stufen hinunter und eilte auf June zu. Als sie die unterste Stufe erreicht hatte, wartete dort ein kleines Mädchen darauf, dass Cary sich entfernte, damit es seinerseits hinauflaufen konnte.

Das Mädchen stand höflich da und lächelte. Die Kleine musste sechs oder sieben Jahre alt sein und hatte hellblondes Haar, das zu zwei Zöpfchen mit roten Bändern geflochten war. Sie sah wie ein Engel aus, zart und süß und mit einem beeindruckenden, wehmütigen Lächeln, das sofort Carys Herz berührte.

„Ist der Weihnachtsmann jetzt frei?" fragte sie Cary.

Cary hörte Junes Lachen und wurde rot. Dann erwiderte sie das Lächeln des Mädchens. „Ja, ich glaube, der Weihnachtsmann ist jetzt frei. Allerdings steht auf der anderen Seite eine lange Schlange. Ich weiß nicht ..."

„Oh!" rief das Mädchen betroffen aus. „Wissen Sie, ich muss gleich nach Hause, und mein Vater hat gemeint, ich könnte hier reinschlüpfen. Doch es wäre unhöflich, jemandem den Platz wegzunehmen.“

„Angela, es ist wirklich in Ordnung. Wir machen ja ganz schnell, und die anderen Kinder werden es verstehen“, ertönte eine tiefe Männerstimme hinter Cary.

Sie drehte sich betroffen um. Wieder McCready! Dieses süße, zarte, kleine Mädchen konnte doch unmöglich seine Tochter sein ...

Sie war es tatsächlich. Cary starrte von McCready zu dem Kind mit den großen Augen. „Entschuldige“, murmelte Cary. „Schatz, der Weihnachtsmann wird sich bestimmt über dich freuen, und sicher stört sich niemand daran, dass du jetzt an die Reihe kommst.“

Angela lächelte wieder. „Danke.“ Sie lief die Stufen hinauf und drehte sich noch einmal um. „Es war schön, Sie kennen zu lernen, Miss ...“

„Mrs. Adams“, erwiderte Cary. Und wieder huschte ein Lächeln über die Lippen des kleinen Mädchens.

„Mrs. Adams!“ rief Angela McCready erfreut. Cary sah sie fragend an, und hastig fuhr das Kind fort: „Sie müssen Dannys Mutter sein.“

Cary nickte und war noch immer verwirrt.

Angela erklärte es ihr: „Wir haben während der Zaubervorstellung nebeneinander gesessen. Und er hat mir auch einen Trick beigebracht. Danny ist ganz toll!“

„Ja, das finde ich auch“, stimmte Cary zu.

„Hoffentlich sehe ich ihn – und Sie – wieder“, sagte Angela.

Auf ihrem Gesicht zeigte sich so viel Hoffnung, dass

Cary sie nicht enttäuschen konnte. „Wir werden uns bestimmt wiedersehen", versicherte sie.

McCready richtete seine Augen scharf und unergründlich auf sie. Cary wurde ganz warm ums Herz. Doch dann verschwand er mit seiner Tochter in der Hütte des Weihnachtsmanns, und Cary wandte sich ab.

Alles hatte sich in kürzester Zeit abgespielt. Sie war mit McCready zusammengetroffen, hatte seine Tochter kennen gelernt und auf Jeremys Schoß gesessen ...

Der Weihnachtsstaub! Jetzt wusste Cary, was sie von Jeremys Prophezeiungen zu halten hatte!

„Danny sieht dem Puppenspieler zu. Ich habe es ihm erlaubt", erklärte June. „Holen wir uns ein Glas von diesem herrlichen Champagner. Sonst bekommen wir viel zu selten solch gutes Zeug."

„Klingt wunderbar", stimmte sie zu. Ihre Kehle war völlig ausgetrocknet. Cary konnte sich nicht erinnern, sich jemals dermaßen ausgedörrt gefühlt zu haben. Abgesehen von dem einen Mal, als sie sich mit Notizbuch und großen Erwartungen in Jason McCreadys Büro gewagt hatte.

Sie gingen an den Tisch mit dem Champagner, wo sie von einem höflichen Barkeeper bedient wurden. Cary prostete June zu, hob dann das Glas an ihre Lippen und nahm einen Schluck.

Der nächste Mann, den du siehst, ist für dich bestimmt, hatte Jeremy ihr gesagt. Sie wollte aber keinen Mann zu Weihnachten. Manchmal fragte sie sich, ob sie überhaupt jemals wieder in ihrem Leben einen Mann wollte.

Aber dann wiederum ...

Manchmal war Cary einsam und verängstigt und wütend auf Richard, weil er sie verlassen hatte. Oft litt sie, weil er ihr beigebracht hatte, dass Liebe so unglaublich süß sein konnte. Er war gegangen und hatte ihr nichts weiter zurückgelassen als ein Leben voller Schmerz, Trostlosigkeit und Leere. Sie hatte versucht, sich mit anderen Männern zu treffen, hatte sich aber immer schnell zurückgezogen. Weil ...

Weil nie ein Mann sie so berührt hatte. Bei keinem hatte ein Kuss so natürlich und selbstverständlich gewirkt. Keiner hatte es jemals geschafft, dass sie Richard vergessen konnte ...

„Cary, weilst du noch unter uns?"

„Wie? Oh, tut mir Leid." Sie erkannte, dass sie June völlig vergessen hatte. Wieder prosteten sie sich mit dem Champagner zu. Dies hier war eine Party. Und Cary amüsierte sich gut. Nun ja, beinahe ...

Sie lächelte. Jeremy, der Weihnachtsmann, und seine Prophezeiungen!

Der erste Mann, den Cary gesehen hatte, war absolut nicht der alte Pete aus dem Postzimmer gewesen.

Plötzlich verschluckte sie sich an ihrem Champagner.

Nein, noch viel schlimmer!

Sie hatte Jason McCready gesehen!

Groß, dunkel und attraktiv. Und reich. Genau, wie June sich einen Mann für ihre Freundin vorstellte ...

Cary trank schnell ihr Glas leer.

Nein, nein, nein ...

So viel zu Weihnachtsstaub und Wundern!

2. KAPITEL

Als Jason McCready heimfuhr, hatte er dröhnende Kopfschmerzen, die immer schlimmer wurden.

Er wusste, dass Angela enttäuscht war, weil er die Party so zeitig verließ, aber er wollte wirklich nach Hause.

Die Party war stets Saras Anliegen gewesen.

Oh ja, er hatte immer eine Weihnachtsparty abgehalten. Und er hatte sich auch sehr bemüht, für seine Angestellten alles richtig zu machen. Er war nicht mit Geld geboren worden, und er hatte das Magazin auch nicht geerbt. Er hatte es aufgebaut. Er wusste, wie es war, hart zu arbeiten. Und darüber hinaus wusste er, wie es war zu träumen.

Und einmal hatte sogar Jason gewusst, wie es war, wenn man etwas Wunderbares festhalten konnte. Es hatte eine Zeit gegeben, in der er alles gehabt hatte.

Er hatte Sara gehabt.

Sara hatte Weihnachten geliebt, den Winter, den Schnee und die saubere, kalte Luft. Sie hatte die hellen Lichter und den Weihnachtsschmuck gemocht, all die Santa Claus-Figuren in den Läden und an den Straßenecken und die Weihnachtssendungen im Fernsehen. Allein mit ihr vor einem flackernden Kaminfeuer zu sitzen hatte ihm mehr als alles andere auf der Welt bedeutet. Er hatte wirklich und wahrhaftig alles gehabt.

Doch das war vor jenem Dezemberabend gewesen, an dem ein Betrunkener mit seinem Auto so heftig Saras silbergrauen Sportwagen gerammt hatte, dass sie auf der Stelle starb. Das einzige Wunder war gewesen, dass sie kurz zuvor Angela bei einer Weihnachtsparty abgesetzt hatte. So blieb Jason wenigstens seine kleine Tochter, als ihm seine Frau genommen wurde.

Doch er hatte es zugelassen, dass sich andere um Angela gekümmert hatten. Jetzt erkannte er, dass er ihr in seiner Trauer beide Elternteile genommen hatte anstatt nur einen. Es hatte Monate gedauert, bis er sich so weit aufraffen konnte, um für sein Kind selbst zu sorgen. Und jetzt bemühte er sich sehr, es an Angela wieder gutzumachen.

„Darf er, Dad?"

„Wie? Entschuldige, Schatz, ich habe nicht zugehört", sagte Jason. Der Verkehr war heute Abend schlimm. Frischer Schnee hatte die Straßen rutschig gemacht.

„Danny. Danny Adams. Darf er mit uns zum Skifahren?"

„Wie?"

„Ich habe gesagt ..."

„Nein, nein, tut mir Leid, ich habe gehört, was du gesagt hast. Ich ..."

„Er war so nett, Dad. Er ... er hat mich zum Lachen gebracht. Und er hat es verstanden, als ich ..."

Angela unterbrach sich.

„Was hat er verstanden?" fragte Jason neugierig und bremste rasch vor einer roten Ampel. In einem Geschäft an der Straßenecke glitzerten bunte Lichterketten, und wieder wurde er daran erinnert, dass bald Weihnachten war. Er fragte sich, wieso er seinen Verlust gerade zu dieser Zeit besonders schmerzvoll spürte. Eigentlich waren es doch Tage des Friedens und des Glaubens.

„Nichts", wich Angela aus. „Er ist einfach ... toll. Können wir ihn nicht einladen? Bitte!"

„Schatz, seine Mutter ist eine meiner Angestellten. Ich weiß nicht, ob ich sie damit belästigen sollte." Seine Mutter war nicht nur einfach eine Angestellte. Sie war Mrs. Cary Adams. Da Jason sie nun schon eine Zeit lang beobachtete, konnte er fast garantieren, dass sie seinen Vorschlag ablehnen würde.

Angela sah es offenbar nicht so. „Dannys Mutter war sehr nett, und ich glaube nicht, dass sie es doof findet", behauptete sie starrsinnig.

Warum sollte er nicht für Angela einen Freund einladen? Schlechtes Gewissen quälte Jason. Er hatte nicht daran gedacht, wie einsam sie sich gelegentlich fühlen musste. Sie gab natürlich im Haus den Ton an, aber es stimmte, dass sie keine richtigen Freunde hatte.

Abgesehen von diesem Danny. Sie schien verrückt nach ihm zu sein.

Jason musste zugeben, dass er ein ganz besonderes Kind war. Das lag an seinem Lächeln. Es war nett, offen und strahlend. Obwohl er selbst harte Schicksalsschläge hatte einstecken müssen, hatte er sie mit diesem großartigen Lächeln überstanden. Jason wusste über Dannys Leben Bescheid, weil er sich intensiv mit der Personalakte seiner Mutter beschäftigt hatte. Er hatte das schon an dem Tag getan, an dem sie in sein Büro gekommen und hocherhobenen Hauptes wieder hinausgegangen war.

Diesen Tag würde er nie vergessen. Genauso wenig, wie er sie selbst hatte vergessen können.

Ihre Figur war sehr zierlich. Cary besaß eine weiche, sanfte, melodische Stimme, in der jedoch eine gewisse stählerne Härte mitschwang. Wenn er darüber nachdachte, musste er zugeben, dass sie eine schöne Frau war mit ihrem dunklen Haar, den haselnussbraunen Augen und den dichten Wimpern. Diese sanften Augen konnten aber auch aufblitzen, wenn sie empört oder wütend war.

Jason lächelte. Sie war nicht auffällig, sondern auf nette und stille Art attraktiv. Keckheit oder ein herausgeputztes Äußeres erweckten zwar für kurze Zeit Aufmerksamkeit. Cary Adams sah man eher auf den zweiten Blick. Doch dann wollte man nicht mehr wegsehen!

Nicht ihr Aussehen hatte sein Interesse geweckt. Er lebte in einer Welt, in der die meisten Frauen schön und weltgewandt waren. Es war ihre Entschlossenheit, mit der sie zu ihm gekommen war, ihre stolze Haltung, nachdem er sie abgewiesen hatte.

Und dann lag es daran, wie sie ihn mit ihren glänzenden Augen angesehen hatte, als sie ihm direkt ins Gesicht sagte, er wäre nicht der Einzige, der jemanden verloren hatte.

Jason hatte sich damals auf einem schlimmen, eingefahrenen Gleis befunden, in einem Teufelskreis aus Selbstmitleid. Cary hatte nicht die Last der Welt von seinen Schultern genommen, aber ihr Ärger hatte etwas bewirkt. Seit jenem Tag war das Leben ein wenig heller geworden.

Er hatte dafür gesorgt, dass es besser wurde. Sie hatte ihn zu der Einsicht gebracht, dass nur er selbst es ändern konnte.

Und deshalb wusste er auch über sie Bescheid. Schon fünf Minuten nach ihrem Besuch lag ihre Personalakte auf seinem Schreibtisch. Daraus hatte Jason erfahren, dass Richard Adams in ein brennendes Gebäude gelaufen war, weil er drinnen ein Kind schreien hörte, und nicht wieder herausgekommen war.

„Daddy?"

Er seufzte. Die schöne Mrs. Adams mochte ihm Vorwürfe an den Kopf geworfen haben, aber sie hatte auch etliche eigene Fehler. Unter anderem besaß sie die Abwehrbereitschaft eines Stachelschweins. Ganz bestimmt würde sie seinen Vorschlag ablehnen.

„Ich werde es versuchen, Angela."

„Danke, Daddy!" Sie schlang von hinten einen Arm um ihn und gab ihm einen Kuss.

„Vorsicht, ich muss fahren!" warnte er.

„Tut mir Leid, Daddy."

Er fing ihren Blick im Rückspiegel auf. Sie lächelte, ja, sie strahlte geradezu!

Er hatte sie noch nie so glücklich und aufgeregt gesehen.

Jason biss die Zähne zusammen. Irgendwie musste er Mrs. Adams dazu bringen, Danny mit ihnen reisen zu lassen.

Selbst ein Stachelschwein musste irgendwo in seinem Abwehrsystem einen wunden Punkt haben!

Schon am nächsten Montag wurde Cary in McCreadys Büro zitiert.

Sie hatte gerade Fotos für eine Spezialnummer zum Valentinstag durchgesehen, als sie fühlte, dass jemand sie beobachtete. Sie blickte hoch und stellte überrascht fest, dass June sie mit einer Mischung aus Erregung und Sorge betrachtete.

„Was ist los?“

„McCreadys Büro“, antwortete June nervös.

„Was ist damit?“

„Dein Typ wird verlangt. Du sollst zu ihm kommen.“

Carys Herz zog sich zusammen. Wurde sie doch gefeuert? Vielleicht hatte es ihn wirklich geärgert, dass sie auf Jeremys Schoß gesessen hatte.

„Jetzt?“ murmelte sie. Natürlich jetzt! Sie stand auf und sah June an. Fühlten sich so Menschen, wenn sie zum Galgen schritten?

Nein, nein, das war nicht so schlimm, selbst wenn er sie hinauswarf! Sie war talentiert und konnte bestimmt einen neuen Job finden ...

Ausgerechnet einen Monat vor dem Fest! Danny würde nie seinen Computer bekommen!

Der Boss konnte sie nicht entlassen! Nicht so kurz vor Weihnachten!

Doch trotz seiner wundervollen Partys besaß McCready keinen Sinn für dieses Fest. All seine Gefühle waren zusammen mit seiner schönen Frau begraben worden.

„Ich bin hier, wenn du mich brauchst“, versicherte June leise.

„Es geht mir gut“, murmelte Cary, während sie den Kopf hob, die Schultern straffte und von ihrem Büro aus zu den Aufzügen ging. Als sie den Knopf für das Penthouse drückte, stellte sie fest, dass ihre Finger bebten. Cary verschränkte sie rasch ineinander.

Sie verließ den Aufzug und stand vor Billy Jean Clanahan, McCreadys attraktiver, eleganter Sekretärin. Cary erwartete Mitleid in Billy Jeans Blick, fand jedoch keines. Stattdessen wurde sie mit einem breiten Lächeln begrüßt. „Oh, gut, dass Sie schon hier sind!“ Verschwörerisch senkte Billy Jean die Stimme. „Er ist bereits so ungeduldig, dass ich dachte, er würde nach unten laufen und sich in Ihrem Büro auf Sie stürzen! Gehen Sie bloß rasch hinein!“

Cary hatte keine andere Wahl, weil Billy Jean sie zur Tür schob.

Als Cary eintrat, hielt McCready den Kopf über einige Papiere gesenkt, hob ihn jedoch sofort. Seine unergründlichen grünen Augen richteten sich voll auf sie, als er aufstand, um den Schreibtisch herumging und ihr die Hand reichte. „Mrs. Adams! Vielen Dank, dass Sie so schnell gekommen sind.“

Sie nahm gar nicht bewusst wahr, dass sie ihm ihrerseits die Hand reichte. Als sich aber seine Finger um ihre legten, fühlte sie elektrisierende Spannung und unglaubliche Kraft. Und eine unbeschreibliche Wärme.

Hastig zog sie ihre Hand zurück.

„Bitte, Mrs. Adams, setzen Sie sich.“ Er rückte ihr einen der Sessel zurecht, und sie setzte sich, während er vor ihr stehen blieb. Wie immer war sein Äußeres makellos. Trotzdem wirkte er völlig natürlich. Und er hatte wieder dieses angenehm dezent duftende After Shave benutzt.

Ein warmer Schauer lief über Carys Rücken. Sie umspannte die Armlehnen ihres Sessels und hielt den Atem an. Am liebsten wäre sie aufgesprungen. McCready lehnte sich gegen die Ecke seines Schreibtisches und verschränkte die Arme über der Brust.

„Ich muss Sie um einen Gefallen bitten“, erklärte er.

Sie wurde also nicht entlassen! Niemand entließ eine Angestellte auf diese Art.

Langsam und unendlich erleichtert stieß Cary die Luft wieder aus. Er betrachtete sie neugierig, und sie bemühte sich um eine selbstsichere Haltung. „Einen Gefallen?“

„Ja, und ich möchte gleich von Anfang an betonen, Mrs. Adams, dass Ihre Zustimmung oder Ablehnung überhaupt keine Auswirkung auf Ihre Position hier bei uns haben wird.“ Erneut lächelte er.

Sie fühlte, wie sie errötete, setzte sich aufrecht hin und senkte ihren Blick trotz ihrer inneren Entschlossenheit. „Ich habe nicht angenommen ...“

„Doch, Sie haben angenommen“, erwiderte er. Als er unerwartet auflachte, schaute sie betroffen hoch. Doch es lag Humor in seinen Augen, nicht Spott. „Sie dachten, ich wollte Sie entlassen, weil Sie auf dem Schoß des Weihnachtsmanns gesessen und den Kindern die Zeit gestohlen haben. Sie sollten sich schämen, Mrs. Adams.“

„Mr. McCready!“ Sie fühlte sich zutiefst gedemütigt und wollte aufstehen. Er aber legte die Hände beruhigend auf ihre Schultern. Sein Lachen war überraschend warmherzig und angenehm, als er sie wieder in ihren Stuhl drückte. „Soviel ich weiß, sind Sie und Jeremy verwandt, richtig?"

Cary befeuchtete ihre trockenen Lippen. „Ja, aber wenn Sie ..."

„Mrs. Adams." Er ging hinter seinen Schreibtisch. „Erinnern Sie sich an Ihren letzten Besuch in diesem Büro?"

Natürlich erinnerte sie sich. Das würde sie nie vergessen. Es überraschte sie allerdings, dass er noch daran dachte.

„Ja, Mr. McCready, das tue ich", erwiderte sie würdevoll.

Er schmunzelte. „Nun, Sie haben mir gegenüber eine ziemlich persönliche Bemerkung gemacht. Sie sagten, ich wäre nicht der einzige Mensch, der jemanden verloren hat."

Cary hatte plötzlich das Gefühl zu ersticken. Mehr als alles andere wünschte sie sich, einfach aus seinem Büro verschwinden zu können.

„Sehen Sie", setzte sie an und stand auf. „Es tut mir Leid. Ich hatte wirklich nicht das Recht ..."

Er trat erneut vor sie hin. „Aber Sie haben sich dieses Recht genommen! Mrs. Adams, möchten Sie bitte wieder Platz nehmen?" Diesmal hatte sie keine Chance, noch einmal aufzustehen. Er saß lässig vor ihr auf der Schreibtischkante und ließ seine Hände auf ihren Schultern liegen.

Sie betrachtete ihn, und es machte sie verlegen, dass sie von einer Wärme umhüllt wurde, als wäre die Sonne aufgegangen. Sie erinnerte sich nicht daran, jemals dermaßen stark auf einen Mann reagiert zu haben. Und sie konnte sehr wenig dagegen tun. Er war ihr so nahe, dass sie beinahe den Stoff seines Anzugs fühlen konnte. Vor allem aber spürte sie die Elektrizität, die von ihm ausstrahlte, die gezügelte, aber dennoch mächtige Energie.

„Mr. McCready ..."

„Sie fanden es richtig, über mein Privatleben zu sprechen. Nun finde ich, dass ich das Recht habe, eine Bemerkung über das Ihre zu machen. Sie sind empfindlich, Mrs. Adams. Sehr, sehr empfindlich. Ich habe nie jemanden getroffen, der so schnell in die Defensive geht. Wollen Sie sich bitte entspannen! Ihre Arbeit ist sehr gut, und ich bewundere Sie als Redakteurin."

Benommen starrte sie ihm in die Augen. „Dann ..."

„Ich möchte mir Ihren Sohn ausleihen."

„Meinen Sohn?"

„Nur für eine Woche. Und Sie haben selbstverständlich das Recht, Nein zu sagen, wie ich schon vorhin erklärte. Ich würde mich jedoch um ihn kümmern, als wäre er mein eigenes Kind."

„Wovon sprechen Sie?" fragte Cary verwirrt.

„Ich trete nächste Woche einen Skiurlaub an. Halb Geschäft, halb Vergnügen. Angela kommt mit mir. Auf der Weihnachtsparty war sie von Danny begeistert."

„Oh!" murmelte Cary. Dies hier hatte nichts mit ihrem Job zu tun! Überhaupt nichts.

Zum ersten Mal sah McCready besorgt aus. Nie zuvor hatte sie auch nur andeutungsweise diesen Ausdruck in seinen Augen gefunden.

Auch wenn seine Frau nicht mehr lebte, gab es doch noch etwas, das ihm viel bedeutete: Angela.

Cary war betroffen. „Es tut mir wirklich Leid ..."

„Es wäre für Danny ein wunderbares Erlebnis. Wie ich schon sagte, ich würde die ganze Zeit für seine Sicherheit sorgen. Mrs. Adams, mir ist klar, dass Sie mich nicht besonders mögen, aber Angela war nicht mehr so begeistert, seit ... nun, seit ihre Mutter starb. Auf jeden Fall ist es schon lange her. Wenn Sie mir gegenüber Bitterkeit empfinden, beschwöre ich Sie, trotzdem an die Kinder zu denken."

Cary schüttelte den Kopf. „Nein, nein! Es ist nichts dergleichen. Es ist nur ... Danny ist Diabetiker. Er kann selbst sehr gut mit seinen Insulinspritzen umgehen, aber er ist noch ein kleiner Junge. Und wenn er nicht zu Hause ist und durch Spielen abgelenkt wird, könnte er die Spritzen vergessen. Wirklich, Mr. McCready, ich sähe es gern, wenn er mit Angela zusammen wäre. Sie ist ein liebes Kind. Wäre Danny nicht krank, würde ich ihn reisen lassen, glauben Sie mir."

Erst jetzt stellte sie fest, dass sie ihn berührte. Während sie sprach, hatte sie ihre Hand auf seine gelegt, um ihre Aufrichtigkeit zu betonen.

Ruckartig zog sie ihre Hand weg und wandte den Blick ab. „Es tut mir Leid."

McCready ging um sie herum hinter seinen Schreibtisch, setzte sich und klopfte mit einem Bleistift auf die Schreibunterlage. „Wenn das der wahre Grund ist, gibt es überhaupt kein Problem."

„Wie bitte?"

„Sie kommen eben auch mit."

„Oh! Ich ... kann nicht. Ich kann wirklich nicht."

„Warum nicht?"

„Nun, ich habe hier Arbeit ..."

„Sie können dort, in New Hampshire, arbeiten."

„Aber ich brauche vielleicht etwas, das hier ist."

„Das kann mit Eilboten geschickt oder gefaxt werden."

Es war so einfach für Jason McCready. Alles hatte stets zu seiner Verfügung zu stehen. Nun, sie nicht!

„Es tut mir Leid."

„Aha", murmelte er. „Nun, wenn Sie eine Beziehung zu jemandem haben ..."

„Nein, nein, nichts dergleichen!" protestierte sie und wurde auf sich selbst wütend, weil sie diesem Mann gegenüber soeben zugegeben hatte, dass es niemanden gab. Cary stand auf. „Das Leben ist nicht so einfach!" rief sie. „Sie leben doch gar nicht in der Realität! Niemand kann bloß mit den Fingern schnippen und immer alles bekommen, was er haben will!"

Ein bedauerndes Lächeln erschien langsam auf seinen Lippen. „Ich lebe schon in der wirklichen Welt, Mrs. Adams. Ich habe einst geschworen, alles dafür zu geben, wenn Sara nur noch ein einziges Mal atmen oder sprechen könnte. Es sollte nicht sein. Ich bin mir sehr bewusst, dass die Welt sich nicht immer nach meinen Wünschen richtet.“

Er lehnte sich nachdenklich in seinem Stuhl zurück. „Es gibt zwei Gründe, aus denen ich die Trümmer eingesammelt und weitergemacht habe, Mrs. Adams. Dieses Unternehmen ist der eine. Fast hundert Menschen hängen davon ab. Und zweitens habe ich es für meine Tochter getan. Ich verlange doch nichts Schreckliches. Ich lade Sie und Ihren Sohn zu einer Woche Skiurlaub ein, und vielleicht können Sie zulassen, dass Sie beide ihn genießen!“

Cary wusste nicht, was sie eigentlich so störte. Sie sprang auf. „Es tut mir Leid!“ Damit wirbelte sie herum und eilte so schnell sie konnte aus dem Büro.

June wartete schon neugierig, aber Cary konnte jetzt nicht mit ihr sprechen. Kopfschüttelnd lief sie an ihrer Freundin vorbei und warf ihr einen Blick zu, der versprach, dass sie später alles erklären würde.

„Bist du entlassen worden?“ rief June ihr nach.

„Nein!“ rief Cary zurück, schloss die Tür ihres Büros, lehnte sich dagegen und betrachtete ihre Hände. Sie zitterten.

Was war denn so falsch an der Idee? Jason McCready hatte sie und Danny zu einem netten Urlaub eingeladen. Sie sollte dankbar sein und mitfahren. Skilaufen in New Hampshire. Das wäre schön. Schneebedeckte Berge und weihnachtlich geschmückte Häuser!

Sie schloss die Augen. Sie wusste, warum sie Nein gesagt hatte. Sie wollte nicht in einem schön geschmückten Skihotel sein. Nicht mit Jason McCready.

Weil sie ihn viel zu interessant fand. Sie hatte ihn lieber gemocht, als er kalt und unnahbar gewesen war. Sie wollte einfach keinen tieferen Einblick in seine Persönlichkeit gewinnen.

Sie wurde sich seiner nämlich immer deutlicher bewusst ... als Mann!

Das Telefon auf ihrem Schreibtisch klingelte. Sie ging hin und nahm ab.

„Cary Adams."

„Bitte!"

Die Stimme klang leise, tief und sehr männlich. Und Cary stellte betroffen fest, dass sie lächelte.

„Es ist einfach nicht möglich. Bestimmt ist der Ort um diese Jahreszeit sehr überlaufen. Ich könnte keine geeignete Unterkunft finden ..."

„Doch, Sie könnten."

„Es kann nicht so einfach sein ..."

„Doch, es kann."

„Aber ..."

„Mrs. Adams", unterbrach er sie indigniert, „mir gehört das ganze Hotel."

„Oh", erwiderte Cary leise.

„Also?"

„Ich ..." Sie zögerte erneut. Alles sprach dafür, dass sie mitfuhr. Danny würde begeistert sein. Und sie würde Angela McCready eine Freude machen, diesem reizenden kleinen Mädchen. Es gab überhaupt keinen Grund, aus dem Cary nicht mitfahren sollte.

Doch, es gab einen. McCready.

Er hat doch keinerlei Annäherungsversuche unternommen, erinnerte sie sich nüchtern. Er hatte überhaupt keine Anstalten gemacht.

Dennoch war da etwas zwischen ihnen ...

„Mrs. Adams?“

„Also schön, ja gut, wir fahren mit!“

„Ich hole Sie am Sonntagmorgen um neun bei Ihnen zu Hause ab. Einverstanden?“

Ihre Handflächen waren feucht. „Ja.“ Am Sonntagmorgen.

Was hatte sie bloß getan?

Der Sonntagmorgen kam, und Cary wartete nervös darauf, dass es endlich neun Uhr wurde. Wie reiste Jason McCready? Würde er sie mit einem ganzen Gefolge abholen? Was für einen Luxusschlitten er wohl fuhr? Einen Mercedes? Nein, sicher besaß er einen Rolls Royce.

„Geht es dir gut, Mom?“

Unruhig blickte sie aus dem Fenster ihres Apartments. Der glückliche Danny! Er fand es ganz natürlich, dass ihr Boss sie beide zu einem Skiurlaub einlud. Oh, diese kindliche Unschuld!

Andererseits war sie die Einzige, die daran irgendetwas falsch gefunden hatte. June war in Ekstase geraten. „Er mag dich, Kleine, er mag dich wirklich!“ Und dann hatte sie mitten in Carys Büro laut und deutlich gesagt: „Hmm! Er ist eindeutig groß, dunkel und attraktiv!“

„Und ein Einsiedler. Und er ist in seine verstorbene Frau verliebt“, hatte Cary tonlos geantwortet.

„Also, höre man sich das an! Du bist in deinen verstorbenen Ehemann verliebt, er ist in seine verstorbene Ehefrau verliebt. Was für ein Paar!“

„Wir sind überhaupt kein Paar! Bestimmt wartet da oben in den Bergen ein fesches Skihaserl auf ihn. Ich fahre nur mit als ... als ...“

„Als Kindermädchen?“ warf June amüsiert ein.

„Richtig, als Kindermädchen“, stimmte Cary zu und zog ihr eine Grimasse.

„Nun ja, wir hatten einen großen, dunklen und attraktiven Mann zu Weihnachten bestellt, und reich ist er auch.“

„Wir haben keinen bestellt. Du hast das getan“, erinnerte Cary ihre Freundin.

„Das ist richtig. Nach Jeremys Aussage brauchen wir für dich nur jemanden zu finden, der seine Boxershorts nicht bis zu seiner Brust hochzieht.“

„Würdest du bitte von hier verschwinden?“ Cary stöhnte.

„Hmm.“ June betrachtete sie spöttisch, und Cary warf sie so nett wie möglich aus ihrem Büro.

Doch jetzt, da sich der Zeitpunkt näherte, war Cary nervös. Sie mochte Dannys wegen eingeladen worden sein, aber Jason McCready hatte kein Wort davon gesagt, dass sie mitkam, um Kindermädchen zu spielen.

Andererseits gehörte sie auch nicht zu seinen richtigen Gästen. Was also war sie? Und warum war ihr das so wichtig?

Sie lehnte die Stirn gegen die Fensterscheibe und fühlte

die beißende Kälte des Glases. Carys Magen war vor Aufregung verkrampft.

Zu empfindlich. Und zu schnell in Verteidigungsstellung. Sie musste sich entspannen. Nun ja, sie wollte es versuchen.

Plötzlich, während sie noch aus dem Fenster starrte, hielt ein Jeep am Straßenrand. Sie riss die Augen weit auf, als Jason McCready ausstieg.

Er trug Bluejeans, eine Lederjacke und trotz der Kälte keine Kopfbedeckung. Dann blickte er hoch und entdeckte ihr Gesicht am Fenster. Sein dunkles Haar war vom Wind zerzaust und fiel ihm in die Stirn. Seine Augen waren so hellgrün wie ein Gebirgsfluss. Instinktiv wollte Cary sich zurückziehen, doch er hatte sie erkannt und winkte lachend. Sofort vollführte ihr Herz einen Purzelbaum, weil ihr plötzlich klar wurde, wie attraktiv dieser Mann war.

Sie schmunzelte. Von wegen Rolls Royce, Limousine oder Mercedes! Er war in einem ganz normalen Jeep gekommen.

„Er ist da!" schrie Danny begeistert.

„Ja, ja, er ist da. Nimm deine Sachen, Danny. Und schrei nicht ganz so laut, sonst überstehen wir nicht einmal den ersten Tag", riet sie ihm.

Doch Danny war nicht im Geringsten gekränkt. Er lächelte ihr verschmitzt zu, und seine Augen funkelten vor Vergnügen. Er griff nach seiner Reisetasche, ging lässig zur Wohnungstür und stieß sie auf, als Jason McCready gerade davor erschien.

„Ich wollte fragen, ob du fertig bist, aber das ist wohl nicht mehr nötig“, sagte er zu Danny.

„Ja, Sir! Danke, Sir! Ich bin bereit! Das ist toll! Einfach toll! Habe ich schon danke gesagt?“

Jason McCready nickte amüsiert. „Ja, das hast du. Und ich danke dir, dass du mitkommst. Angela ist auch schon sehr aufgeregt. Sie ist im Wagen. Willst du deine Sachen nehmen und hinunterlaufen? Ich trage das Gepäck deiner Mutter.“

Danny rannte hinaus, und Cary stand Jason McCready von Angesicht zu Angesicht gegenüber. Nervös befeuchtete sie die Lippen mit ihrer Zungenspitze.

Es kam ihr vor, als würde sie schon eine Ewigkeit da stehen und den Blick dieser grünen Augen auf sich gerichtet fühlen. Und trotz des kalten Tages wurde sie von Wärme erfüllt.

„Haben Sie nur diese Tasche?“ fragte er.

„Wie? Oh ja, das ist mein einziges Gepäck, danke“, murmelte sie.

Er griff danach und ließ gleichzeitig seinen Blick durch das Apartment schweifen.

Offenbar liebte Cary Antiquitäten, die auch sehr gut zu dem Haus passten, in dem sie wohnte, einem dreigeschossigen Backsteingebäude, das im frühen neunzehnten Jahrhundert erbaut worden war. Im Wohnzimmer gab es eine Mischung aus alten Möbeln verschiedener Stilrichtungen, die sie liebevoll arrangiert hatte. Ein geknüpfter Teppich lag vor dem Kamin, eine Decke war über ein altes Ledersofa gelegt. Kleine Kupfertöpfe und andere Ziergegenstände schmückten Anrichten und Schränke. Vorhänge mit blauen und weißen Mustern hingen an den Fenstern. Es gab nichts Modernes. Wahrscheinlich war Jason McCready anderes gewöhnt. Doch es war ein warm wirkender, sehr einladender Raum.

Er sagte nichts darüber und fragte nur: „Fertig?"

„Ja."

Er lächelte. „Sie sehen aus, als würden Sie gleich in die Höhle des Löwen geführt."

Sie hob eine Augenbraue und machte ein abweisendes Gesicht. Jason McCreadys Lächeln verstärkte sich, wobei sie natürlich nicht wissen konnte, dass er dachte, sein kleines Stachelschwein stellte schon wieder die Stacheln auf.

Cary hastete zur Tür hinaus.

Sie wusste auch nicht, dass er den Duft ihres Haars einatmete, als sie an ihm vorbeiging. Oder dass er von ihrem Parfum bezaubert war.

Sie war zu sehr abgelenkt. Durch Jason McCready, wie er da groß und breitschultrig und attraktiv in ihrer Tür stand.

Ganz sicher hätte sie keine Klagen gehabt, wäre sie mit diesem Mann ausgegangen. Er zog seine Unterwäsche garantiert nicht über die Gürtellinie hoch. Seine Taille war perfekt. Alles an ihm war perfekt.

Doch daran lag es gar nicht. Cary hatte schon oft attraktive Männer kennen gelernt und sich trotzdem nicht von ihnen angezogen gefühlt. Es hatte sehr wenig mit dem Aussehen zu tun. McCreadys Reiz lag in seinen Augen, in den Falten um seinen Mund, in seiner volltönenden Stimme, in seinem so seltenen Lächeln ...

Auf einmal hätte sie beinahe hörbar nach Luft geschnappt. Sie ging doch gar nicht mit Jason McCready aus! Sie begleitete nur ihren Sohn auf einen Urlaub!

Carys Wangen glühten, als sie die Treppe hinunterhastete. Sobald sie die Straße erreichte, hatte sie ihre Haltung einigermaßen wiedergefunden.

Die Kinder saßen bereits hinten im Jeep und plauderten. Da rutschte Angela von ihrem Sitz. Während Jason Carys Tasche hinten in den Wagen lud, schlang die Kleine ihre Ärmchen vertrauensvoll um Cary. „Danke! Danke, dass Sie mitkommen! Daddy hat gesagt, dass Sie Danny vielleicht nicht mitfahren lassen, aber ich habe gewusst, dass Sie es erlauben. Ich freue mich so, dass Sie mit uns fahren!"

„Danke", murmelte Cary. Jason umrundete den Wagen, um ihr die Tür zu öffnen. Sie sah ihn an, und er hob nur die Schultern. Es war ihr nicht klar gewesen, dass er sie gut genug kannte, um seine Tochter davor zu warnen, dass Cary Adams imstande war abzulehnen.

Die Beifahrertür war offen. Cary glitt in den Jeep, und McCready schloss hinter ihr die Tür.

Dann ging er um den Wagen herum und setzte sich auf den Fahrersitz. Eine karierte Decke lag zwischen ihnen. McCready lächelte Cary flüchtig zu. „Es ist eine lange Fahrt, ungefähr drei Stunden. Nur für den Fall, dass Ihnen kalt wird."

„Danke", erwiderte sie.

Selbst in Boston gab es nur wenig Verkehr. Die Kinder redeten pausenlos, während Jason den schweren Wagen erfahren durch die schmalen Straßen zur Autobahn steuerte.

„Fahren Sie Ski?" fragte er Cary. Als sie den Kopf schüttelte, hob er die Schultern. „Nun, das können wir innerhalb einer Woche beheben."

Ihr Herz setzte einen Schlag aus. „Sie brauchen sich wirklich nicht um mich zu kümmern", murmelte sie. „Ich komme nur wegen Danny mit. Ich finde mich schon zurecht."

Sie zuckte zusammen, als er den rechten Arm über ihre Sitzlehne legte und seine Finger dabei ihren Nacken berührten.

Jason bemerkte es und lächelte ihr zu. „Entspannen Sie sich, Mrs. Adams! Es ist schließlich ein Skihotel, die Leute dort lernen Skilaufen. Sie und Danny sind meine Gäste, und ich hoffe sehr, dass Sie alles genießen werden."

Ein völlig absurdes Gefühl stieg in Cary hoch. Tränen brannten in ihren Augen, und plötzlich sehnte sie sich von ganzem Herzen danach, näher zu ihm zu rücken. Es war verrückt, aber sie hatte das starke Verlangen, ihren Kopf an seine Schulter zu lehnen, zu relaxen und seine warmen und festen Finger zu fühlen, die alle Spannung aus ihrem Nacken wegmassierten ...

Da zog er die Hand zurück. Cary musste heftig blinzeln, doch sie brachte ein Lächeln zu Stande. „Danke, Mr. McCready."

„Dad heißt Jason", warf Angela von hinten ein.

„Ja, ich weiß“, erwiderte Cary.

„Mom heißt Cary“, versetzte nun Danny.

Jason lächelte ihm im Rückspiegel zu. „Ich weiß, mein Junge, aber trotzdem vielen Dank.“

„Na, wenn ihr es beide wisst“, rief Angela genervt, „warum sagt ihr dann noch immer Mr. McCready und Mrs. Adams?“

Cary drehte sich auf ihrem Sitz um und blickte in die großen, erwartungsvollen Kinderaugen. „Dein Dad ist mein Boss“, erklärte sie Angela.

„Und sie ist eine meiner Angestellten“, erklärte Jason.

„Das ändert doch eure Namen nicht, oder?“ fragte Danny unschuldig.

„Nein, das nicht“, bestätigte Jason und warf Cary einen Blick zu. „Ich kann mit Cary leben, wenn Sie mit Jason zurechtkommen.“

„Ich denke schon. Das ist ziemlich einfach. Nur zwei Silben. Die sollte ich schaffen.“

Der Jeep rollte über den Highway. Cary kannte Jason McCready bereits seit drei Jahren, und jetzt waren sie innerhalb von fünfzehn Minuten zu den Vornamen übergegangen!

Ihr war noch immer warm, sehr, sehr warm – trotz der winterlichen Kälte ...

3. KAPITEL

Das Skihotel war ein großer schlossartiger Holzbau mit vielen Erkern und prächtigen Giebelverzierungen. Im Empfangsbereich prangte ein gewaltiger Kamin aus Feldsteinen, der sich fast über die gesamte Wand erstreckte. Sein Sims war mit einer langen Buchsbaumgirlande geschmückt, um die rote Bänder gewunden waren. Um den Kamin herum gruppierten sich bequeme Ledersofas und Sessel für kleinere und größere Zusammenkünfte. Obwohl die Halle sehr geräumig war, strahlte sie Wärme und Intimität aus. Heiße und kalte Drinks wurden den ganzen Nachmittag über serviert. Es gab Glühwein und exotische Kaffeevariationen als Spezialitäten für Erwachsene und heißen Kakao mit Schlagsahne und Schokoraspeln für die kleine Bande.

Jason McCready gab Cary diese Erklärungen, während sie gemeinsam eintraten. Er zeigte Danny gerade einen fast sechs Meter hohen Weihnachtsbaum in der Halle, als ein blonder junger Mann zu ihnen kam und sie begrüßte. Er bemühte sich sichtlich, Jason McCready zufrieden zu stellen. Cary erkannte auch Zuneigung in seinem Blick, offenbar mochte er seinen Boss.

„Mr. McCready, endlich sind Sie hier! Der Verkehr war hoffentlich nicht schlimm. Hat das Wetter Sie aufgehalten?"

Jason schüttelte den Kopf und zog seine Handschuhe aus. „Nein, Randy, die Fahrt war gut. Wir haben den

Highway verlassen, um uns das Basin anzusehen." Dabei lächelte er Cary zu.

Er hatte das Basin erwähnt, als sie mittags anhielten, um Pizza zu essen. Es war nicht weit von dem Skihotel entfernt, gleich außerhalb einer Kleinstadt namens Franconia's Notch. Es war einer der schönste Orte, die Cary je gesehen hatte, mit Wasserfällen und Bächen, die über Felsen durch den Schnee jagten und mit Donnergetöse in einen Teich stürzten. An seichteren Stellen fror das Wasser zu. Bestimmt war es hier zu allen Jahreszeiten schön. Laut Jason hatten viele berühmte Leute diese Gegend besucht und sie in Liedern und Gedichten verewigt.

Es war aufregend gewesen, dieses Naturschauspiel zu besichtigen, und durch Jason McCready war es noch aufregender geworden. Wegen des Eises hatte er Cary am Arm festgehalten und geführt, während die Kinder vorausliefen. Er hatte sie schweigend beobachtet und, als sie sich vor Begeisterung strahlend zu ihm wandte, zufrieden gelächelt.

„Es ist fast wie im Märchen! Im Sommer ist hier alles grün und üppig, überall wachsen Blumen. Im Herbst sind die klaren, leuchtenden Farben einfach fantastisch. Im Winter ist es ein Kristallpalast aus Eis, wie Sie sehen können. Und im Frühling tobt das Wasser noch lauter, die Blumen beginnen zu blühen, die Vögel kehren zurück ..." Seine Stimme verklang, und er hob nur die Schultern. Sie standen da und sahen einander an.

Eine Antwort war offenbar nicht nötig. Cary hatte ihn noch nie so lebhaft gesehen, und sie hatte sich auch nicht ausgemalt, dass er bei einer Landschaft so poetische Gedanken entwickeln könnte. „Es ist wundervoll, einfach wundervoll", murmelte sie und fügte rasch hinzu: „Danke, dass Sie sich die Zeit genommen haben, mir das hier zu zeigen ... und natürlich auch Danny."

„Es ist mir ein Vergnügen, Mrs. ... Cary", erwiderte er leise. Damit hatte er sich abgewandt und war weggegangen, so dass sie ihm rasch folgen musste und keine Fragen stellen konnte.

Sie hatte überlegt, ob er oft mit Sara hierher gekommen war und ob diese Stelle vielleicht wehmütige Erinnerungen in ihm ausgelöst hatte.

Im Wagen hatte er geschwiegen. Und er war zusammengezuckt, als Angela ihn bat, eine Kassette mit Weihnachtsliedern einzulegen. Er hatte Carys Blick aufgefangen und zu lächeln versucht.

Er hatte das Band gespielt, wie seine Tochter gebeten hatte, aber er hatte nicht mitgesungen.

Jetzt war Jason allerdings so höflich und umgänglich wie nur möglich. Er drehte sich um, ergriff Cary bei der Hand und stellte sie dem jungen Mann vor. „Randy, das ist eine meiner Spitzenkräfte, Cary Adams. Cary, das ist Randy Skylar. Und das ist Danny, Carys Sohn."

Randy schüttelte ihr die Hand und lächelte breit. „Mrs. Adams, schön, dass Sie hier sind." Er sah wieder seinen Arbeitgeber an. „Ich habe die Zimmer nach hinten hinaus fertig gemacht, wie Sie verlangt haben. Soll ich Ihnen etwas bringen?"

„Ich habe leider gleich ein Treffen mit den Leuten vom

Verkauf", erwiderte Jason. „Cary, Sie und Danny möchten vielleicht etwas?"

Sie wollte schon den Kopf schütteln, dachte dann aber an die Kinder. „Angela, du könntest doch eine Weile zu uns ins Zimmer kommen, und Randy kann uns allen heiße Schokolade bringen, während dein Dad zu tun hat."

Angela lächelte schüchtern. „Das mache ich gern. Darf ich, Dad?"

„Na ja, vielleicht sollten Cary und Danny erst einmal ein wenig Zeit haben, um sich einzurichten ..."

„Das geht schon in Ordnung", unterbrach Cary ihn und hätte beinahe hinzugefügt, dass sie nur Angelas wegen hier waren. Doch sie wollte nicht, dass Angela sich als Last empfand, weil das keineswegs der Fall war. „Ich bin überhaupt nicht müde. Das Einräumen in die Schränke wird nur wenige Minuten dauern."

Jason hob die Schultern. „Dann soll es mir recht sein. Ich sehe euch alle zum Abendessen."

Nachdem er gegangen war, führte Randy die drei in das Zimmer, das Jason für Cary und Danny reserviert hatte.

Die Tür zu diesem Zimmer sah ganz gewöhnlich aus. Es war eine schlichte Holztür, die von der Galerie abging, die oberhalb des Weihnachtsbaums über die ganze Länge der Wand verlief. Doch sobald sich diese Tür erst einmal geöffnet hatte ...

Der Raum wirkte einerseits sehr rustikal, andererseits aber fröhlich und warm und besaß einen eigenen Kamin an einer Wand aus unbehauenen Granitsteinen. Ein weißes Ledersofa stand auf einem himbeerroten Teppich, und hinter einer geschwungenen Theke aus Fichte war eine Küche eingerichtet, die offenbar mit allen erdenklichen Geräten ausgestattet war. Zwei Türen führten von dem Hauptraum ab.

Cary warf Randy einen Blick zu, ging dann durch das Wohnzimmer zu der ersten Tür und öffnete sie. Dahinter entdeckte sie ein Schlafzimmer mit einem riesigen Bett, auf dem ein farbenfroher dicker Quilt lag. Auch hier gab es einen Kamin. Daneben war in einer weiß gefliesten Nische ein großer Whirlpool in den Boden eingelassen.

Cary eilte zu der nächsten Tür. Das Schlafzimmer dahinter war kleiner, und es fehlte ein Whirlpool, aber es war genauso hübsch und anheimelnd eingerichtet.

Diese Zimmer waren als Zuflucht für eine Familie angelegt. Die Suite bot einen romantischen, abgeschiedenen Rahmen für Erwachsene, während die Kinder nur wenige Schritte entfernt waren ...

Das Skihotel gehörte McCready. Er hatte es möglicherweise auch entworfen und nach seinem Geschmack eingerichtet.

Cary kehrte in den Wohnraum zurück, und sie zog wohl ein finsteres Gesicht, weil Randy rasch fragte: „Stimmt etwas nicht?“

„Nein, nein, natürlich ist alles in Ordnung. Es ist nur ...“ Es ist einfach zu schön für uns! wollte sie rufen, aber Angela betrachtete sie besorgt. Eigentlich war doch gar nicht Cary zu dieser Reise eingeladen worden. Danny hätte der Gast sein sollen. Und jetzt war sie hier, mitten im höchsten Luxus, und fühlte sich sehr unbehaglich. „Ich fürchte nur, dass ich ... dass ich anderen Gästen den Platz wegnehmen könnte“, fügte sie unbeholfen hinzu.

„Oh nein, das tun Sie nicht!“ versicherte Angela. „Es gibt hier zwei von diesen Suiten. Mein Dad und ich haben die andere. Sehen Sie, die liegt dort hinter dieser Tür. Er vermietet diese Zimmer hier nie. Die sind immer für persönliche Gäste. Wirklich. Hoffentlich gefällt es Ihnen.“

„Es gefällt mir sehr gut“, versicherte Cary, doch ihr Unbehagen wuchs. Plötzlich fühlte sie sich doch ganz wie ein Kindermädchen.

„Kommen Sie, Mrs. Adams“, forderte Randy Skylar sie auf. „Sie haben noch lange nicht alles gesehen.“

Er geleitete sie durch den Wohnraum und öffnete eine Tür, die auf einen Balkon führte. Cary trat hinaus und stellte überrascht fest, dass sich direkt dahinter ein riesiger Wintergarten befand. Unter ihr, in Dunst gehüllt, schimmerte ein Swimmingpool. Aus einem höher gelegenen Sprudelbecken strömten künstliche Bäche über einen Felsen in das türkisfarbene Wasser.

Dahinter waren die Berge und die Skihänge durch Glaswände zu sehen. Es war atemberaubend.

Cary hörte Lachen und sah wieder hinunter. Einige Gäste hatten inzwischen die Skihänge verlassen und zogen die Wärme des beheizten Pools vor. Kinder spielten auf den Stufen. Und ein Liebespaar, vielleicht die Eltern, der Mann im Wasser, die Frau auf dem gefliesten Rand des Pools neben ihm, lachten miteinander.

Unvermutet krampfte sich Carys Magen zusammen.

Sie war auch einmal so gewesen. Wenn sie die Augen schloss, erinnerte sie sich daran, wie sie, Richard und Danny einst Urlaub gemacht und ihre Sorgen hinter sich gelassen hatten.

„Die heiße Schokolade!“ verkündete Randy. Cary drehte sich um. Eine junge Frau schob einen Wagen mit einer silbernen Kanne, Tassen und einem Teller voller Plätzchen herein.

„Das nenne ich Leben!“ rief Danny glücklich und sah dann seine Mutter an, als er sich erinnerte, dass er sich mit Plätzchen in Acht nehmen musste. Sie enthielten viel Zucker, und das war schlecht für seine Diabetes. „Darf ich welche essen?“

„Ja, natürlich. Einige schon.“ Sie lächelte ihm zu und machte sich im Geist eine Notiz, seinen Blutzuckerspiegel zu testen und ihm sein Insulin zu geben, sobald sie allein waren. Für den Test hatten sie ein kleines Gerät mitgenommen. Danny war daran gewöhnt, drei Mal täglich sein Insulin zu bekommen. Trotz seines Alters konnte er das schon allein machen, und Cary war deshalb sehr stolz auf ihn. Da er aber noch sehr jung war, überwachte sie lieber alles. Im Moment konnte er ruhig einige der Plätzchen essen.

Cary lächelte den Kindern zu. „Ihr zwei könnt erst einmal kräftig zulangen und euch dann umziehen. Wir gehen schwimmen, und wenn wir geduscht und uns wieder angezogen haben, hat dein Vater vielleicht schon Zeit für uns, Angela.“

Das Mädchen hielt ein Plätzchen in der Hand und

strahlte Cary an. „Oh ja, er wird Zeit haben. Er ist immer pünktlich, und er lügt nie."

„Wie lobenswert", murmelte Cary, lächelte den beiden noch einmal zu, bedankte sich bei dem Hausmädchen sowie bei Randy Skylar und verschwand im Schlafzimmer. Wie Danny gesagt hatte, das nannte man Leben!

Sie konnte diese Gastfreundschaft nur einfach nicht annehmen. Es war zu viel.

Sie streckte sich auf dem Bett aus und schloss die Augen. Es wäre schön gewesen, hätte sie mit Richard in einer solchen Umgebung wohnen können.

Vor ihrem geistigen Auge sah sie den Pool und die verschneiten Berge außerhalb der Glasscheiben. Sie sah ein Feuer im Kamin brennen, und sie sah sich selbst, wie sie ihren Kopf an die Schulter eines dunkelhaarigen Mannes lehnte ...

Cary setzte sich kerzengerade auf und drückte die Hände an ihre heißen Wangen.

Richard war blond gewesen. So blond wie Danny. Die dunklen Haare in ihrem Tagtraum hatten einem anderen Mann gehört!

Jason McCready.

Sie stöhnte leise und vergrub ihren Kopf im Kissen. So lag sie grübelnd da, bis Danny schließlich hereinkam und berichtete, dass ihr Gepäck heraufgebracht worden war, so dass sie sich für den Pool umziehen konnten.

Nach dem Schwimmen ging Angela durch die Verbindungstür in die Suite, die sie mit ihrem Vater teilte, um sich umzuziehen. Eine Stunde später klopfte sie. Cary ließ sie eintreten.

„Hat Ihnen schon einmal jemand gesagt, dass Sie wirklich schön sind, Miss McCready?“ fragte Cary lächelnd.

Angelas Wangen wiesen plötzlich das gleiche Rot auf wie ihr Samtkleid. „Finden Sie das wirklich?“

„Allerdings.“

„Sie sind auch sehr schön.“

„Danke.“

„Das habe ich auch zu meinem Vater gesagt.“

„Oh“, murmelte Cary.

„Ja, das hat sie gesagt, aber es war gar nicht nötig“, erklang eine volltönende Männerstimme hinter Angela.

Jasons Haare waren noch feucht, er hatte geduscht und sich rasiert. Er sah sehr attraktiv aus in seinem schwarzen Dinnerjackett mit der roten Weste. Cary hatte nicht genau gewusst, wie sie sich anziehen sollte. Schließlich hatte sie sich für ein weiches, weißes Strickkleid entschieden, das sich sanft um ihren Körper schmiegte und erst oberhalb der Knie weiter wurde. Nur am Rücken war es ausgeschnitten und ein wenig gewagt. Sie hoffte, damit für alle Anlässe passend gekleidet zu sein.

„Ich wusste bereits, wie schön Sie sind, Mrs. Adams“, versicherte Jason.

Sie fühlte, dass sie genauso rot anlief wie Angela. Allerdings war sie nicht mehr so jung wie das Mädchen. Und sie war nicht im Geringsten unschuldig. Sie brauchte mehr Rückgrat, wenn es um diesen Mann ging.

„Danke. Darf ich das Kompliment erwidern?“

„Finden Sie meinen Dad schön?“ Angela kicherte.

„Du nicht?“ fragte Cary leichthin.

„Oh doch!“ versicherte Angela ernsthaft. „Er ist attraktiv. Sehr, sehr attraktiv.“

Groß, dunkel und attraktiv, meldete sich bei Cary eine neckende innere Stimme. Aber „groß, dunkel und attraktiv“ hatte Junes Weihnachtswunsch gelautet. Cary hatte sich lediglich einen Mann gewünscht, der seine Boxershorts nicht bis zu den Ohren hochzog!

Nein, sie hatte sich gar keinen Mann gewünscht. Jeremy war derjenige, der ihr einen gewünscht hatte. Jeremy mit seinem verflixten Weihnachtsstaub!

„Nun, wir haben eine Reservierung in einem Lokal ganz in der Nähe“, erklärte Jason. „Das Restaurant hier im Haus ist ausgezeichnet, aber in der kommenden Woche könnte es recht hektisch werden, und dann werden Sie vielleicht oft hier essen. Also dachte ich, dass ich Sie ausführe, solange das noch möglich ist. Sind Sie einverstanden?“

„Sicher. Das ist sehr aufmerksam von Ihnen“, erwiderte Cary. „Sie müssen sich aber wirklich nicht um Danny oder mich bemühen ...“

„Aber, aber, Mrs. Adams! Mir ist klar, dass ich nicht muss. Ich will es. Darf ich?“

Da war wieder dieses Lächeln. Offen und ehrlich. Dieses Lächeln, bei dem ihr warm wurde, bei dem wohlige Schauer über ihren Rücken liefen.

Cary nickte und stimmte so anmutig wie nur möglich zu.

Der Abend wurde wunderbar. Den Restaurantbesitzern war es gelungen, trotz Rentier-, Elch- und Hirschköpfen an den äußerst rustikalen Wänden, dem Lokal eine gewisse Eleganz zu verleihen. Das Dinner war köstlich, die Unterhaltung mit Jason McCready verlief locker und ungezwungen. Während des Essens war Cary überrascht, wie viele Themen sie streiften, von den besten Eigenschaften von Grundschullehrern bis hin zu der Lage im Mittleren Osten. Dank Angela und Danny lachte Cary auch immer wieder, zum Beispiel, als Danny beschrieb, wie man am besten auf einen Baseball spuckte, damit er besonders gut flog. Angela sang Lagerfeuerlieder, die einen hungrigen Bären hätten vertreiben können. So viel zu Eleganz ...

Als sie das Restaurant verließen, war es spät. Sie waren kaum in den Wagen gestiegen, als Cary sich umdrehte und feststellte, dass die Kinder schon eng aneinander gekuschelt eingeschlafen waren.

Jason schwieg eine Weile. Cary fielen beinahe auch die Augen zu, als er plötzlich zu sprechen begann.

„Die Kinder schlafen?"

„Ganz tief", versicherte sie.

„Ich wollte mich nur bedanken. Es ist schön, dass Sie mitgekommen sind."

„Ich danke Ihnen. Die Suite ist schön. Zu schön. Ich wäre mit etwas Kleinerem glücklicher gewesen."

Er lächelte. „Mrs. Adams, Sie sind es wert."

„Vielen Dank", murmelte sie. Jason antwortete nicht. Die einlullende Bewegung des Wagens, der durch die Nacht rollte, und die Wärme der Heizung bewirkten, dass sich Carys Augen immer wieder schlossen. Endlich bekam sie sie gar nicht mehr auf.

Er erschrak, als ihr Kopf gegen seine Schulter sank. Dann jedoch hielt Jason ganz still. Der süße Duft ihres Haars stieg ihm in die Nase, und einen Moment hielt er den Atem an.

Ein scharfer Schmerz hüllte ihn langsam ein und drang in ihn ein wie Wasser in einen porösen Stein.

Es war so lange her ...

Wie oft war Sara auf diese Weise neben ihm eingeschlafen!

Seit ihrem Tod war er nur selten ausgegangen. Und obwohl er sicher stets höflich gewesen war, blieb er distanziert. Er hatte sich mit einer Frau selten mehr als ein Mal getroffen. Etliche Klatschzeitschriften bezeichneten ihn als äußerst begehrenswerten Junggesellen, aber tief in seinem Inneren fühlte er, dass er das nie sein würde. Er konnte kein dauerhaftes Interesse an einer Frau entwickeln. Weibliche Schönheit beachtete er kaum noch. Einige flüchtige Bekanntschaften, und dabei war es geblieben. Seltsam, weil es mit einigen dieser Frauen auch zu intimen Beziehungen gekommen war, aber ...

Er hatte sich keiner von ihnen jemals so weit angenähert, dass sie an seiner Schulter eingeschlafen wäre.

Cary Adams war ganz sicher die einzige Frau, der er diesen Platz zugestand.

Jason kannte den Grund dafür nicht. Er wusste nur, dass er ihr nicht nur Angelas wegen gedankt hatte, sondern auch seinetwegen. Es war Jahre her, dass er gelacht hatte. Jahre, seit er sich auf das Ende eines Tages gefreut hatte, um jemanden außer Angela wiederzusehen.

Ihr Haar berührte sein Kinn. Weich, glatt und warm, wie Seide glitt es über seine Haut. Jason packte das Lenkrad fester und biss die Zähne zusammen, als er plötzlich Verlangen in sich hochsteigen fühlte. Der anfängliche Schmerz schwand. Die Gegenwart – Cary – hielt seine ganze Aufmerksamkeit gefangen. Er konnte sich nicht erinnern, eine Frau jemals so begehrt zu haben.

Es war eine Ironie des Schicksals. Vermutlich war sie die Einzige, die ihn nicht haben wollte.

Sie gab im Schlaf einen kleinen Seufzer von sich, als sie sich behaglicher gegen seinen warmen Körper lehnte. Ihre Finger legten sich an seine Schulter. Und dann glitt ihre Hand tiefer und blieb auf seinem Oberschenkel liegen.

Jason biss die Zähne noch fester zusammen.

Cary erwachte, als der Wagen mit einem Ruck hielt. Im nächsten Moment setzte sie sich gerade auf und fragte sich, wie es kam, dass sie in dieser Situation hatte einschlafen können.

Doch Jason McCready war bereits aus dem Wagen, und sie wusste nicht, ob sie sich entschuldigen sollte.

„Das war es“, erklärte er knapp. „Wir sind da.“ Zum ersten Mal auf dieser Fahrt war er nicht von ausgesuchter Höflichkeit.

„Ja. Ich ... ich hole Danny.“

„Ich übernehme Danny. Er ist viel schwerer als meine Tochter. Sie können Angela tragen ..., sofern Sie sich das zutrauen.“

„Natürlich kann ich das ...“

„Ich meine, da Sie selbst so müde sind. Außerdem sind Sie nicht viel größer als Angela oder Danny.“

„Ich schaffe es“, erwiderte Cary gereizt.

„Ja, ja, Sie schaffen es.“ Jason hob Danny rasch auf seine Arme. Cary beugte sich zu Angela, als seine nächsten Worte sie wie einen Schlag ins Gesicht trafen: „Habe ich Ihnen schon einmal gesagt, dass Sie mich gelegentlich an ein Stachelschwein erinnern?“

Mit Angela auf den Armen erstarrte Cary und wirbelte herum. „Was für ein reizender Vergleich! Vielen herzlichen Dank, Mr. McCready!“

„Ich habe nicht behauptet, dass Sie wie ein Stachelschwein aussehen, Mrs. Adams. Sie sind eine sehr schöne Frau, und Sie müssen das wissen. Auch wenn Ihr Mann es Ihnen schon lange nicht mehr sagen kann, haben das bestimmt andere Männer getan. Oder vielleicht auch nicht. Vielleicht hat es kein Mann bei diesen aufgestellten Stacheln geschafft, nahe genug an Sie heranzukommen.“

„Ich danke Ihnen noch einmal ganz herzlich. Sie haben mein Leben auf den Punkt gebracht, Mr. McCready. Und das bei all den Frauen, mit denen Sie ausgehen! Wagen Sie es nicht, über mich zu urteilen!“

Cary reckte bei ihrer letzten Erklärung die Nase hoch in die Luft, machte auf dem Absatz kehrt und strebte dem Hotel zu.

Er war direkt hinter ihr. „Bei all den Frauen, mit denen ich ausgehe?“ fragte er.

„Allerdings. Wenn heute Dienstag ist, muss es eine Rothaarige sein“, erwiderte Cary zuckersüß, als sie den Hoteleingang erreichten.

„Ich wusste nicht, dass Sie sich so brennend für mein Privatleben interessieren“, versetzte Jason.

Cary musste eine Antwort schuldig bleiben, weil Randy Skylar ihnen gerade die Tür öffnete. „Geben Sie sie mir“, bot er an und nahm Angela auf die Arme, bevor Cary sich weigern konnte. Sie folgte den beiden Männern die Treppe hinauf zu den Suiten und zwang sich zu einem Lächeln, als sie auf Randys höfliche Fragen nach dem Abendessen antwortete.

Jason legte Danny behutsam auf sein Bett. Randy hatte Angela inzwischen in die andere Suite gebracht, so dass Cary und Jason allein waren. Sie betrachteten einander, während Danny sich behaglich in die Kissen kuschelte.

„Gute Nacht, Mrs. Adams“, sagte Jason leise.

„Gute Nacht“, murmelte Cary. „Danke für das Abendessen. Es war sehr schön.“

Er lächelte ein wenig traurig. „Ja, das war es wirklich.“ Dann schob er sich an ihr vorbei und ging.

Noch lange nachdem er fort war, spürte sie an ihrer linken Seite seine Körperwärme. Es war die Stelle, mit der sich Cary im Auto an ihn gelehnt hatte ...

Komisch, sie war sehr müde gewesen, aber selbst als sie sich die Zähne geputzt, ein Flanellnachthemd angezogen und Danny noch einmal zugedeckt hatte, konnte sie nicht schlafen.

Sie zog das Kissen über den Kopf, knirschte mit den

Zähnen und beschwor den Schlaf, über sie zu kommen. Sehr, sehr lange tat er es nicht.

Sie fühlte noch immer diese einhüllende Wärme auf ihrer Haut. Cary wünschte sich, sie hätte bewusst mitbekommen, wie es gewesen war, an Jason McCready geschmiegt einzuschlafen ...

Am Morgen fand Cary eine Nachricht, die unter ihrer Tür durchgeschoben worden war. Cary erkannte Jasons Handschrift von den Weihnachtskarten, die sie in den letzten Jahren erhalten hatte. Es waren breite, große Buchstaben, sehr gut lesbar und irgendwie wie der Mann selbst – fest und kraftvoll. Die Nachricht war kurz, aber höflich: Er wäre den ganzen Tag über beschäftigt, aber sie sollte sich nicht verpflichtet fühlen, sich nur um die Kinder zu kümmern. Für Danny und Angela gäbe es am Vormittag Programm – Filme, Unterricht auf den Anfängerpisten und noch vieles mehr. Sie könnte gern ihren Tag verbringen wie immer sie wollte, und sie sollte sich keine Sorgen machen. Seine Angestellten könnten wunderbar mit Kindern umgehen.

Cary hatte gar nichts dagegen, ihre Zeit mit den Kindern zu verbringen, aber sie musste einen Artikel redigieren. Angesichts der Termine des Magazins konnte Zeit sehr kostbar sein. Sie beschloss mit den Kindern zu frühstücken, danach eine Weile zu arbeiten und anschließend mit ihnen auf die Anfängerhänge zu gehen.

Der Tag verlief wie geplant. Sie frühstückten alle gemeinsam in Carys Suite. Dann verschwanden Angela und

Danny, um sich Zeichentrickfilme anzusehen. Cary begann, vor dem großen Kamin im Wohnzimmer zu arbeiten. Sie war sich nicht sicher, ob sie sich würde konzentrieren können, aber zu ihrer großen Freude stellte sie fest, dass ihr der Komfort des Hotels und das Knistern des Feuers eindeutig dabei halfen. Bis vierzehn Uhr steckte sie ihre Nase in das Manuskript. Dann hatte sie alles erledigt, was sie sich vorgenommen hatte.

Zufrieden zog sie eine enge Steghose, einen warmen Wollpullover und eine Windjacke an – die beste Skikleidung, die sie besaß – und machte sich auf die Suche nach den Kindern. Die beiden waren gerade mit dem Mittagessen fertig und freuten sich, dass Cary mit ihnen auf die Piste kam.

„Ich kann nicht Skifahren", sagte Cary zu Angela. „Daher lande ich automatisch mit dir und Danny auf der Anfängerpiste. Allerdings möchte ich wetten, dass du es bereits kannst."

Angela konnte es. Schön sogar. Doch sie blieb den Nachmittag über bei Cary, Danny und dem jungen Skilehrer und lachte begeistert, während die Anfänger mit ihrem Gleichgewichtssinn und den Brettern kämpften.

Zuerst war Cary angesichts der schweren Stiefel, der Skier und all der Sicherheitstipps, die sie erhielt, überwältigt und schwor, sie würde das nie schaffen. Doch am frühen Abend war sie begeistert und außer sich vor Freude, dass sie die kleinen Hänge meisterte.

Allerdings war ihr sehr kalt, also kehrte sie mit Danny und Angela ins Hotel zurück. Die Kinder bekamen heiße

Schokolade, Cary entschied sich für einen Irish Coffee. Er war sehr gut, aber da sie sich keine Zeit für das Mittagessen genommen hatte, fühlten sich ihre Knie danach an, als wären sie aus Blei.

Gemeinsam beschlossen alle in der Suite zu Abend zu essen. Nachdem sie den köstlichen Nudelauflauf vertilgt hatten, wollten die Kinder ins Bett. Angela schlüpfte durch die Tür in ihr eigenes Schlafzimmer. Cary zögerte, sagte Danny, er solle sich schon ausziehen und Zähne putzen, und folgte Angela in Jason McCreadys Privaträume.

Seine Suite wurde offenbar nie an andere Leute abgetreten. Sie bot denselben Blick auf den Pool, hatte ebenfalls eine schöne Balkendecke und dicke Teppiche. Seine Räume wirkten allerdings sehr viel persönlicher. An den Wänden hingen geschmackvolle Drucke mit Bergmotiven, ein Eckschrank war angefüllt mit allen möglichen Skulpturen und Kleinigkeiten. Auf dem schweren Eichensekretär lagen Papiere, auf einem Kaffeetisch vor dem Sofa verschiedene Ausgaben von „Elegance" und anderen Magazinen. Cary entdeckte auf einem Beistelltisch einen Bilderrahmen mit einem perfekten Familienfoto. Jason McCready, umgeben von den zwei Frauen, die er liebte: einer viel jüngeren Angela und Sara, beide mit leuchtend blauen Augen und engelgleichem blonden Haar.

Cary fühlte sich plötzlich wie ein Eindringling und wäre um ein Haar wieder gegangen. Doch Jason McCready hatte ihr schließlich nicht verboten, sein privates Reich zu betreten. Also eilte sie durch das Wohnzimmer und klopfte an eine der Schlafzimmertüren. „Angela?"

„Cary? Kommen Sie herein!"

Angela trug schon ihr rotes Nachthemd. Das Haar fiel ihr offen über den Rücken, ihre Augen waren groß und hell. Cary verspürte bei diesem Anblick ein tiefes Gefühl für Sara McCready. Sie ist so schön, Sara! dachte Cary. Wenn du sie bloß sehen könntest!

„Ich wollte nur wissen, ob du ins Bett gebracht werden möchtest", erklärte Cary.

Angelas Augen weiteten sich. „Ja, bitte. Vielen Dank."

Also packte Cary das Mädchen warm ein, küsste es auf die Stirn und wünschte Angela eine gute Nacht. Dann ging sie in ihre Suite und brachte Danny zu Bett, ehe sie in ihr eigenes Flanellnachthemd schlüpfte. Doch wieder konnte sie nicht schlafen, so erschöpft sie auch sein musste. Sie stieg aus dem Bett, machte sich eine Tasse Tee und trat auf den Balkon.

Zu ihrer Überraschung herrschte dort unten noch munteres Treiben. Sie erkannte zuerst Barney Mulray, einen Verkäufer aus Ohio, den sie bei einem Kongress kennen gelernt hatte. Dann stellte sie fest, dass der ganze Pool voll von „Elegance"-Leuten war.

Und am entgegengesetzten Ende befand sich Jason McCready.

Carys erster Gedanke war, dass er in der knappen schwarzen Badehose sagenhaft aussah. Seine Brust war von dunklen Haaren bedeckt. Er war gebräunt, schlank und sehr muskulös, mit seinen breiten Schultern, der schmalen Taille und den wohlgeformten Beinen perfekt gebaut.

Jemand anderer fand das offensichtlich auch. Eine kleine, junge Rothaarige mit einem Busen, der nicht zu übersehen war, saß neben ihm. Sie sprach mit ihm, und Jason antwortete. Doch dann rief Barney von der anderen Seite des Pools nach ihm. Cary beugte sich etwas weiter über die Balkonbrüstung und versuchte, die Worte aufzuschnappen.

„Kommen Sie, Zeit für einen Drink", forderte Barney ihn auf.

Jason schüttelte den Kopf. „Nein, danke. Ich will gleich hochgehen und nach Angela sehen."

Andere riefen Jason Einladungen zu, doch er winkte ab. Die Leute kamen allmählich aus dem Pool heraus. Alle bis auf die Rothaarige. Sie beugte sich näher zu Jason – mit diesem Busen, der nicht zu übersehen war.

„Wirklich, Jason! Nur ein Drink. Komm schon! Es ist noch früh."

„Danke, Trudy", erwiderte er fest. „Ich bin müde und möchte jetzt allein sein, bitte."

Offenbar wagte nicht einmal Trudy, einem solchen Ton zu widersprechen. Sie stand achselzuckend auf und ging mit den anderen weg.

Am Pool wurde es plötzlich still. Nur Jason blieb noch mit geschlossenen Augen zurück. Erneut kam Cary sich wie ein Eindringling vor. Nun ja, sie war auch einer, weil sie so neugierig gelauscht hatte. Sie wollte sich gerade zurückziehen, als er die Augen öffnete und seinen Blick direkt auf sie richtete.

„Ah, Mrs. Adams!" rief er gedämpft.

„Hallo", antwortete sie unbehaglich.

Er lächelte wie der Kater, der soeben einen Kanarienvogel gefangen hatte. „War Ihr Tag schön?"

„Ja, sehr schön, danke."

„Was ist mit den Kindern?"

„Denen geht es gut. Sie schlafen."

„Angela?"

„Ich ... ich habe sie zu Bett gebracht."

Seine Augen weiteten sich ein wenig. Cary wusste nicht, ob er sich freute, dass sie es getan hatte, oder ob er sich ärgerte, weil sie sich eine solche Vertraulichkeit angemaßt hatte.

„Nur Sie sind hellwach, wie ich sehe", bemerkte er.

„Ja, also, ich wollte gerade ..."

„Tun Sie es nicht. Kommen Sie herunter!" forderte er sie auf.

Cary zögerte. Sie sollte zu Bett und nicht zu ihm hinuntergehen. Es kam ihr so vor, als würden jetzt schon Wassertropfen über ihren Rücken laufen.

Das war die Stelle, an der für gewöhnlich die Erinnerung einsetzte. In solchen Situationen kam ihr sonst Richards Lächeln in den Sinn ...

Doch diesmal schweiften ihre Gedanken nicht in die Vergangenheit ab. Cary sah nicht das Gesicht ihres verstorbenen Ehemannes vor sich, sondern die kräftige, attraktive Gestalt des Mannes im Pool unter ihr. „Ich habe gerade gehört, wie Sie sagten, dass Sie allein sein wollen", erwiderte Cary leise.

„Sie haben gelauscht?"

Cary wurde rot. „Ja", gestand sie ein.

„Nun, ich wollte tatsächlich allein sein – vorhin. Jetzt aber würde ich mich sehr über Ihre Gesellschaft freuen. Bitte, kommen Sie herunter! Das Wasser ist geradezu verboten warm."

Cary war sicher, dass viel mehr als nur das Wasser verboten warm war.

Plötzlich sehnte sie sich nach einer Kostprobe von dieser Wärme. Nur ein einziges Mal. Jason McCready bot nie mehr an. Und sie konnte diese Gelegenheit nie mehr wahrnehmen.

Heute Abend aber ...

Diese verbotene Wärme schien direkt zu ihr hinaufzutreiben und sie zu umgeben. Sie befeuchtete ihre Lippen und zögerte noch.

„Cary?"

„Ich komme gleich", versprach sie.

Rasch zog sie ihren Badeanzug an und ging hinunter zum Pool – und zu der Wärme.

4. KAPITEL

Als Cary den Swimmingpool erreichte, fragte sie sich, wozu sie hier war, denn Jason McCready war nirgends zu entdecken. Sie kam sich ziemlich albern vor, wie sie so unschlüssig dastand und sich nach ihm umsah.

„Hier, Mrs ... Cary."

Er war in den Whirlpool übergewechselt. Und er hatte

sie die ganze Zeit beobachtet. Das brachte Cary durcheinander.

Und es gab noch mehr, das sie verwirrte. Jason hatte ein Tablett neben sich, als er sich in dem heißen, wirbelnden Wasser zurücklehnte, den Blick auf sie gerichtet. Zwei Gläser Champagner standen darauf sowie eine Schale mit Käsewürfeln, Krabben und Crackers.

Cary verkrampfte sich und zog den Gürtel ihres Frotteebademantels enger. Dann hörte sie Jasons heiseres Lachen, und ihre Haut begann zu prickeln.

„Ihre Stacheln stellen sich auf, Mrs. Adams."

„Tun sie das?" Sie betrachtete missbilligend den Champagner. „Ist der für mich gedacht?"

„Allerdings."

„Das hätten Sie nicht tun sollen."

„Warum nicht?"

„Weil es zu ... raffiniert ist. Als wollten Sie ..."

„Als wollte ich was?" Er griff nach einem der Gläser und nahm einen Schluck Champagner.

„Wenn Sie das nicht wissen ..."

„Nehmen Sie an, ich will Sie verführen? Ist das nicht ein wenig anmaßend von Ihnen?"

„Ach, du lieber Himmel, dieser ganze Urlaub war ein Fehler! Ich wusste es ..." Cary brach ab, drehte sich um und wollte rasch weggehen.

Doch sie schaffte es nicht. Jason McCready war im nächsten Moment aus dem Whirlpool heraus und baute sich vor ihr auf, triefend nass, sehr männlich und absolut imponierend.

„War es ein Fehler, weil Danny leidet?" fragte er. „Oder war es ein Fehler, weil Sie plötzlich Angst vor mir haben? Wenn ja, frage ich mich, warum? Ich habe Sie bewundert, weil ich den Eindruck hatte, Sie wären eine Frau, die keine Angst davor hat zu sagen, was sie wirklich denkt."

„Ich habe keine Angst vor Ihnen!" fauchte Cary.

„Aber?"

„Aber ... warum haben Sie mich denn eingeladen?" platzte sie heraus.

Er betrachtete sie lächelnd. „Ich mag Sie. Sie sind hier als mein Gast. Ich hatte den ganzen Tag mit Geschäftsleuten zu tun, und Sie waren mit unseren Kindern zusammen. Und da es spät ist und es nett sein könnte, sich zu entspannen, habe ich Champagner und einen kleinen Imbiss bestellt. Ich dachte, vielleicht können Sie das genießen. Und das könnten Sie, wenn Sie es sich nur selbst erlauben."

Sie wusste nicht genau, wieso sie sich plötzlich so albern vorkam. Vielleicht hatte sie wirklich zu viel in die Sache hineininterpretiert. Vermutlich fand er sie überhaupt nicht attraktiv.

Bestimmt aber hatte er jedes seiner Worte ehrlich gemeint. Und sie hatte sich tatsächlich wie ein Stachelschwein aufgeführt.

Cary umkrampfte noch immer den Gürtel ihres Bademantels, während sie ihren Blick senkte. „Gibt es Cocktailsauce zu den Krabben?"

„Ja."

„Also schön, dann geht das in Ordnung."

Während sie den Bademantel abstreifte und in den Whirlpool stieg, sah sie Jason nicht an. Die Wärme war wundervoll, drang in jede ihrer Poren und nahm alle Spannung aus ihren Muskeln. Jason McCready stieg ebenfalls hinein, hielt auf Abstand und setzte sich ihr gegenüber. Er bot ihr ein Glas Champagner an. Sie bedankte sich, und er lehnte sich zurück und nahm einen Schluck aus seinem Glas.

„Wie war Ihr Tag?" fragte er.

„Großartig." Sie erzählte, wie sie zu dritt die Zeit verbracht hatten. Er stellte zwischendurch immer wieder Fragen, und der Klang seiner Stimme wirkte entspannender als die Wärme des Wassers. Ohne dass es ihr bewusst wurde, beugte sie sich näher und näher zu ihm. Sie hatte schon die Hälfte der Krabben gegessen, während er den Käse vorzog.

Und sie hatte zugelassen, dass er zwei Mal ihr Glas nachfüllte.

Sobald sie mit der Schilderung des Tages fertig war, trat plötzlich Stille ein. Jason lehnte sich zurück und hielt die Augen halb geschlossen, während er den Kopf auf den Rand des Whirlpools legte.

„Haben Sie eigentlich dieses Hotel entworfen?" fragte Cary.

Er öffnete die Augen und betrachtete sie eindringlich. „Ja."

„Das dachte ich mir. Es ist alles so gut geplant ..." Sie unterbrach sich und versuchte unter seinem intensiven

Blick nicht rot zu werden. „Sie haben es für Sara entworfen", hörte sie sich sagen.

Er nickte. „Ja."

„Dann muss es hier für Sie schmerzhafte Erinnerungen geben."

Er schüttelte den Kopf. „Meine Erinnerungen sind nicht schmerzhaft. Und was spielt das schon für eine Rolle? Laut Ihrer Aussage bin ich ein Roboter, der sich pausenlos mit Frauen verabredet."

„Nun, ich finde das wirklich albern."

Er hob erneut die Schultern. „Es ist besser als Ihr Verhalten."

„Und wie verhalte ich mich?"

„Sie stellen von Anfang an Ihre Stacheln auf."

„Ich stelle nicht ..."

„Wissen Sie, dass ich recht gut mit Ihrem Cousin Jeremy befreundet bin? Cousin zweiten Grades, genau genommen."

Cary holte tief Luft und biss die Zähne zusammen. Jeremy! Was hatte er über sie erzählt?

„Er sagt, dass Sie in drei Jahren drei Mal ausgegangen sind. Und dass Sie sich jedes Mal wie eine Eisprinzessin aufgeführt haben."

„Wie eine Eisprinzessin!"

„Genau. Und dass Sie nie die geringste Absicht hatten, sich zu amüsieren. Ich versuche es wenigstens."

„Ich auch", protestierte Cary.

Jason trank einen Schluck Champagner und betrachtete sie aus halb geschlossenen Augen.

„Würden Sie endlich damit aufhören!“ fuhr sie ihn böse an.

„Womit?“

„Also, ich mag Sie ja an ein Stachelschwein erinnern, aber in diesem Moment ähneln Sie einem Krokodil! Scheinbar gelassen und gleichzeitig bereit, mir jederzeit den Kopf abzubeißen!“

Er lachte und beugte sich zu ihr. „Ich werde Ihnen nicht den Kopf abbeißen.“

Er war ihr nahe. Zu nahe. Sie konnte die Wasserspritzer auf seinen Schultern und seiner Brust sehen und geriet in höchste Versuchung, einen dieser kleinen Tropfen zu berühren.

Sie hatte Lust, näher zu rücken und die Feuchtigkeit mit der Zungenspitze abzulecken ...

„Sie ... Sie führen ein völlig falsches Leben“, erklärte sie spröde und konnte den Blick dennoch nicht von seiner Brust abwenden.

„Tue ich das?“

Sie hörte sein Flüstern und wusste, dass sie einander noch näher gekommen waren. Sein Zeigefinger streichelte ihre Wange und hob ihr Kinn an. Und dann fühlte sie seine Lippen auf ihren.

Die wirbelnde Wärme des Wassers durchdrang sie wie Fieber – ihren Mund, ihren Körper, ihre Seele. Cary hatte sich nie vorstellen können, irgendeinen Mann außer Richard so zu küssen.

Jason verführte sie nicht. Er drängte sie nicht. Er schenkte ihr nur den Druck seiner Lippen, die mit ihren verschmolzen und in ihr eine Woge von Empfindungen auslösten.

Vielleicht hatte sie von Anfang an gewusst, dass er sie so küssen würde, ohne zu zögern, herausfordernd und gekonnt. Mit seiner Zunge zeichnete er sinnliche Muster auf ihren Lippen, drang zwischen ihnen vor und erforschte die verborgenen Tiefen ihres Mundes. Verlangen, das so lange geschlummert hatte, erwachte urplötzlich.

Sie stöhnte leise, lustvoll und voll Sehnsucht. Cary konnte ihm nicht vorwerfen, sie zu verführen. Dafür war seine erste Berührung zu zart gewesen. Auch während dieses Kusses konnte sie jederzeit fliehen. Vielleicht war im Moment sogar sie diejenige, die ihn verführte, denn sie legte als erste die Arme um seinen Nacken und ließ sich in dem sprudelnden heißen Wasser gegen ihn treiben, bis ihre Körper sich eng aneinander schmiegten.

Er küsste sie wieder. Und noch einmal. Er strich mit seinen Fingern an ihrem Rücken hinunter, streichelte ihre Haut, ihren Po. Sie presste sich gegen seinen muskulösen Körper, wurde von der Erinnerung hin und her gerissen und fühlte sich gleichzeitig quicklebendig. Sie vergaß keinen Moment, dass er ein anderer, ein völlig anderer Mann war als jener, den sie geheiratet und geliebt hatte. Doch diesmal wurden all ihre Sinne mitgerissen. Sie wollte diesen Mann, und die Empfindungen waren so heftig und fordernd, dass sie sich um nichts anderes Gedanken machen wollte.

Sie war in seinen Armen, auf seinem Schoß, sehnte sich nach seinen Berührungen. Seine Lippen lösten sich nur einen Hauch von ihren, während er flüsterte: „Ich glaube, endlich sind wir beide entspannt."

„Das liegt am Whirlpool."

„Nein, denn nicht alle meine Muskeln sind locker", erklärte er hintergründig.

Sie riss die Augen auf, und vielleicht wäre sie hochgeschreckt, doch er küsste sie wieder und legte die Arme fester um sie.

Nach einer Weile löste Jason sich erneut von ihr. „Wir können nicht hier bleiben."

„Nein", hauchte Cary benommen.

„Ich möchte, dass dies hier weitergeht."

„Ich weiß."

„Liegt es am Champagner?"

„Er hilft bestimmt", räumte Cary ein. Sie fühlte, dass Jason sich zurückziehen würde, falls sie das wollte. Doch sie wollte es nicht. Sie befeuchtete die Lippen und umarmte ihn leidenschaftlich. „Bitte ...", murmelte sie.

Mehr brauchte sie nicht zu sagen. Sie stiegen aus dem Whirlpool und gingen Hand in Hand zu einer Tür, hinter der eine private Treppe direkt zu Jasons Schlafzimmer führte.

Eine Lampe warf ihren sanften Schein auf die schwarze Satindecke des großen Bettes, auf die Kunstdrucke an den Wänden, auf die Möbel aus Messing und Glas. Cary sah nur sehr wenig davon, weil sie ihren Blick auf Jason McCready gerichtet hielt. Sie schauderte plötzlich heftig trotz der im Raum herrschenden Wärme. Ihre Haut fühlte sich kalt an, aber nicht lange, denn Jason drückte sie auf das Bett und wärmte sie mit seinem Körper. Sein Kuss erfüllte Cary erneut mit Hitze, seine Zärtlichkeiten entfachten ein loderndes Feuer in ihr.

Noch einmal schaute er ihr in die Augen und bot ihr einen letzten Fluchtweg. „Möchtest du bleiben?"

Sie wollte sprechen, konnte es jedoch nicht. Sie nickte, schloss die Augen, schlang ihre Arme um ihn und presste ihr Gesicht gegen ihn.

„Öffne die Augen", befahl er und schob sie von sich. Sie gehorchte und begegnete seinem Blick. „Sag mir, dass du mich willst! Sag meinen Namen!"

„Ich will dich."

„Meinen Namen!"

„Mr. McCready."

Er lachte. „Meinen Vornamen!"

Sie brachte nur ein Flüstern zu Stande. „Jason. Ich will dich, Jason."

Danach verlangte er nichts mehr von ihr, und der Zauber der Nacht begann seine Wirkung zu zeigen ...

Jason berührte sie ... genau da, wo sie sich nach einer Berührung gesehnt hatte.

Und er küsste sie ... genau an der Stelle, wo sie es am liebsten hatte.

Wie Flammen züngelten heiße Empfindungen in Cary hoch und brachten ihr Qual und süße Lust. Wie berauscht sah sie seine Augen über sich. Und sie sah seine Hände, so braun, so groß, so männlich und wunderbar auf ihrer hellen Haut.

Und sie küsste ihn. Sie berührte mit der Zungenspitze

die nackte Haut an seiner Schulter, wie sie es sich erträumt hatte.

Es war so lange her, so schrecklich lange ...

Und was er ihr bot, war richtig und schön. Er nahm nichts, das er nicht gab. Er forderte, er teilte, er hielt sie, er streichelte sie, er berührte sie zart und leidenschaftlich.

Beinahe so, als könnte er sie lieben.

Und als das Fieber immer weiter stieg und Verlangen und Begehren in Schwindel erregende Höhen kletterte, erreichten sie beide gleichzeitig einen überwältigenden Höhepunkt.

Die Empfindungen waren so stark und so schön, dass die Welt für Cary eine lange Weile versank, und als sie wieder voll zu sich kam, war es ihr immer noch, als schwebte sie auf einer Wolke. Jason hielt sie in seinen Armen, und sie erbebte im Nachgenuss der Lust ...

Und im Schock.

Sie war nicht plötzlich entsetzt darüber, was sie getan hatte. Sie hatte es ja mit weit offenen Augen getan.

Doch sie hatte nicht nachgedacht. Obwohl sie noch in Jasons Armen in dem sanften Schimmer der Nacht lag, die einen Schutzschild bildete, würde morgen die helle Sonne auf sie herunterscheinen, und Cary musste sich der Zukunft stellen.

Sie biss sich auf die Unterlippe. Ihr Badeanzug lag neben dem Bett. Konnte sie ihn anziehen, ohne dass es peinlich wurde? Sollte sie sich für das herrliche Erlebnis bedanken und lässig in ihrem eigenen Zimmer verschwinden?

Lieber Himmel, wie konnte sie unter diesen Umständen weiter bei „Elegance“ arbeiten? Sie musste kündigen! Es sei denn, Jason warf sie hinaus. Nein, bald war ja Weihnachten! Sie konnte nicht kündigen. Danny wollte seinen PC!

In einem solchen Moment dachte sie an Computer!

Sie wollte sich bewegen, doch Jason hielt sie fest. „Ich ... ich muss zurück“, flüsterte sie in Panik. „Danny wird aufwachen und ...“

„Um ein Uhr nachts?“ Er sah sie an und lächelte wieder.

„Ich muss zurück“, wiederholte sie starrsinnig.

Er küsste sie auf die Lippen, rückte ein Stück ab und stützte sich auf einen Ellbogen. Nachdem sie in ihren Anzug geschlüpft war, zog er sich ebenfalls seine Badehose an. „Ich begleite dich.“

„Das brauchst du nicht.“

„Ich habe gesagt, dass ich dich begleite.“

Carys Badeanzug war noch immer nass und fühlte sich schrecklich kalt an nach der Wärme, die sie miteinander geteilt hatten. Während sie zur Treppe eilte, die zum Pool führte, um ihren Bademantel zu holen, kam sie am Nachttisch vorbei. Cary erstarrte, als sie das Bild sah, das Bild von Sara McCready, die so schön lächelte.

Lieber Himmel! Doch Jason schien es nicht zu bemerken. Er schob sich an ihr vorbei, öffnete die Tür und ging voraus. Er fand ihren Bademantel neben dem Pool, legte ihn um ihre Schultern und lächelte. „Du zitterst.“

„Mir ist kalt.“

„In meinem Bett wäre dir warm gewesen."

„Wir beide haben Kinder."

„Wir haben noch viel Zeit."

„Nein." Sie schüttelte den Kopf und wich vor ihm zurück.

„Cary, wenn du etwas bereust ..."

„Nein, ich bereue nichts. Es war wunderbar, das weißt du. Ich meine ..." Oh verdammt, hier halfen keine Ausflüchte. Es war besser, sie war ehrlich. „Es war mein erstes Mal seit ... Richard. Und vielleicht werde ich nun wieder fähig sein, mein Leben besser in den Griff zu bekommen. Danke. Jetzt aber muss ich allein sein."

„Cary ..."

„Ich muss gehen!"

„Warte!" verlangte Jason.

Wieso empfand sie auf einmal solche Panik und kam so schlecht mit dieser Situation zurecht? „Ich muss gehen! Und es ist mir gleichgültig, was daraus entsteht. Auch wenn du mich feuerst!"

Sein Gesicht wurde starr. „Cary! Ich feuere dich nicht!"

Sie wurde etwas ruhiger, aber sie musste sich trotzdem zurückziehen. „Dann muss ich also nicht meinen Schreibtisch räumen", murmelte sie und wollte lachen und weinen. Beinahe hätte sie sich wieder an ihn geklammert.

Doch vor allem wollte sie allein sein. Allein, um mit dem Schmerz fertig zu werden, der sie plötzlich packte. Sie konnte sich von Jason nicht zurückbringen lassen.

Entschlossen wandte Cary sich ab, eilte zu den Stufen, die zur Galerie führten, und floh in ihr Zimmer.

Den ganzen Vormittag über versuchte Cary verzweifelt, sich normal zu fühlen und sich auch so zu verhalten.

Offenbar schaffte sie es besser, als sie dachte, weil weder Danny noch Angela etwas bemerkten. Cary wusste nicht, wo Jason war. Sie hatte keine Nachricht von ihm erhalten, und er erschien nicht am Tisch, als sie zum Frühstück hinuntergingen.

Zu Carys Schrecken erschien er an diesem Nachmittag jedoch auf der Anfängerpiste. Er hatte ein geschäftliches Meeting einfach in den Schnee verlegt. Cary erkannte etliche Leute vom Verkauf, die ein wenig verblüfft über den von Jason gewählten Ort zu sein schienen.

Cary fand die ganze Sache lächerlich, besonders, als sie den kleinen Abhang hinunterfuhr und trotz aller Bemühungen mit dem Hinterteil im Schnee landete. Jason – elegant und sicher auf seinen Skiern – war sofort an ihrer Seite, um ihr zu helfen. „Wir werden heute Abend miteinander reden", erklärte er knapp.

„Nein, die Kinder ..."

„Die gehen in den Hotelkinderclub. Sie bekommen Hot Dogs und können spielen und Popcorn machen. Und sie werden Weihnachtslieder singen und Geschenke herstellen und sich großartig unterhalten. Es ist Weihnachtszeit! Du musst ein wenig Stimmung für das Fest entwickeln. Sei um achtzehn Uhr bereit." Mittlerweile hatte er Cary auf die Beine gestellt und fuhr weg.

Sie konnte ihm nicht so schnell folgen. Sie konnte ihm überhaupt nicht folgen.

„Wofür bereit?“ rief sie.

Jason McCready aber schien Cary nicht gehört zu haben, denn er antwortete nicht.

Danny ging schon zeitig in den Dinnerclub für Kinder. Das ließ Cary Zeit zu baden und sich sorgfältig anzukleiden. Da sie nicht wusste, wohin sie heute Abend gingen, entschied sie sich für ihr kleines Schwarzes. Das Samtkleid, so fand sie, wirkte gleichermaßen dezent und elegant.

Sie hatte nicht vor, einem Gespräch mit Jason aus dem Weg zu gehen. Sie wollte ihm nur einfach erklären, dass sie nicht weitermachen konnten. Weil ...

Weil sie ihren Job brauchte. Und weil sie es nicht ertrug, dass die Atmosphäre von Befangenheit verdorben wurde.

Und weil sie nicht eine Frau unter vielen sein wollte ...

Dies war der eigentliche springende Punkt, gestand sie sich ein.

Während sie ihre kleinen schimmernden Perlenohrringe anlegte, betrachtete sie ihr blasses Gesicht im Spiegel.

Warum? Was spielte das für eine Rolle? Jason war gut für sie. Er würde für sie die Welt öffnen, die sie ausgeschlossen hatte, und dann konnte sie weitermachen.

Nein. Das konnte sie nicht.

Weil er ihr etwas bedeutete, wie sie inzwischen festgestellt hatte. Von Anfang an hatte er sie fasziniert. Jetzt aber erkannte sie, dass niemand sonst sie dazu bringen konnte, Richard zu vergessen.

Sie hatte Richard nicht vergessen!

Doch, das hatte sie. In diesen kostbaren Momenten in Jasons Armen hatte sie ihn vergessen. Vollkommen!

Cary schloss die Augen. Jason hatte sie seinen Namen aussprechen lassen. Doch ihr eigener war nicht über seine Lippen gekommen, selbst nicht auf dem Höhepunkt ihrer Leidenschaft!

Es klopfte an der Tür. Rasch griff Cary nach ihrem Mantel. Sie wollte nicht, dass Jason erst in ihr Zimmer kam.

Ihr Zimmer! Also wirklich! Das ganze Hotel gehörte ihm.

Atemlos stieß sie die Tür auf und sah ihn an. In Jeans und Lederjacke war er wesentlich lässiger gekleidet als sie. Seine Augen funkelten, als wäre er zornig.

„Oh! Ich ziehe mich um", murmelte sie.

„Nein, das spielt keine Rolle. Es spielt überhaupt keine Rolle. Nicht da, wo wir hingehen. Komm!"

„Wohin gehen wir denn?" fragte Cary.

Er konnte sich unglaublich schnell bewegen, wenn er es eilig hatte. Er ergriff sie beim Arm, ohne ihre Frage zu beantworten. Vor dem Hotel waren zu viele Leute, die alle Jason begrüßten und ihr zunickten, als dass sie etwas sagen konnte. Doch endlich waren sie im Jeep, und Cary wiederholte ihre Frage.

„Wohin fahren wir denn?"

„Dorthin." Er deutete auf ein Gebäude oben auf dem

Hügel. Cary seufzte. Für einen Mann, der sich eigentlich mit ihr unterhalten wollte, war er extrem schweigsam.

Und sie hatte noch immer keine Ahnung, wohin sie unterwegs waren.

Die Fahrt war kurz und gleichzeitig endlos. Sobald sie das Holzgebäude auf dem Hügel betraten, erkannte Cary, dass es ein im Schweizer Chalet-Stil gebautes Ferienhaus war. Jemand schien es für ihre Ankunft vorbereitet zu haben: Ein Feuer brannte im Kamin, und aus den Warmhalteschüsseln auf dem rustikalen Tisch duftete es köstlich.

Jason zog seine Jacke aus und warf sie auf eine der Couches. Er nahm ihr den Mantel nicht ab, sondern ging direkt zum Tisch und hob den Deckel von einer der Schüsseln. „Boeuf Stroganoff. Und hier ist ein schöner Weißburgunder. Setz dich!"

Er zog für sie einen Stuhl zurecht. Cary hatte den Mantel noch an. „Jason, ich war nicht damit einverstanden, privat ..."

„Wolltest du unsere sexuelle Beziehung öffentlich besprechen?" fragte er.

„Wir haben keine Beziehung!" behauptete sie.

Er lächelte. „Fein! Setz dich und sag mir, warum nicht!"

Cary stöhnte genervt auf, streifte aber ihren Mantel ab und setzte sich. Jason schenkte den Wein ein und nahm ihr gegenüber Platz. Dann prostete er ihr zu. „Nun?"

„Ich kann dich einfach nicht mehr treffen", sagte sie.

„Warum nicht?"

„Erst einmal bist du mein Boss."

„Hier gibt es weit und breit keinen Arbeitsplatz."

„Irgendwann werden wir wieder zurückfahren."

„Das hier hat nichts mit unserem Beruf zu tun, und du weißt das."

Cary nahm einen Schluck Wein. „Na gut. Schön, du brauchst einen anderen Grund? Ich lege keinen Wert darauf, eine von vielen zu sein."

„Von vielen?" Er hob eine Augenbraue. „Wirklich, so schlimm ist es nun nicht."

Sie wurde rot. „Ich will einfach nicht ..."

Jason beugte sich über den Tisch und ergriff ihre Hand. Die Wärme war elektrisierend, verführerisch... und Angst einflößend.

„Ich genieße es, mit dir zusammen zu sein. Ich mag dich. Ich bewundere dich."

„Du bist in deinen Erinnerungen verloren!" erwiderte sie.

Er lächelte traurig. „Tatsächlich? Nun, Cary, wir haben viel gemeinsam. Du bist auch in einen Geist verliebt. Aber gib es zu, du hast Spaß mit mir. Du hast dich richtig gehen lassen. Letzte Nacht hast du nichts bloß lässig oder beiläufig getan. Du hast dich von mir lieben lassen! Und das ist verdammt noch mal viel mehr, als du davor geschafft hast!"

Sie sprang auf, und er stellte sein Weinglas hart auf den Tisch.

„Zumindest versuche ich nicht ständig wegzulaufen!" rief er aus.

Du bist aber auch nicht in mich verliebt! dachte Cary.

Und dann erstarrte sie bei der schrecklichen Erkenntnis, dass sie sich vielleicht, nur vielleicht, in Jason zu verlieben begann! Es hatte angefangen, als er sie für den Urlaub abholte ...

Nein, es hatte schon früher begonnen. Es hatte mit der Faszination begonnen, die sie jedes Mal verspürte, wenn sie ihn sah.

Und jetzt ...

„Gib uns doch diese Woche Zeit", sagte er.

„Was?"

„Du hast Spaß. Verdammt, du hast sogar Sex. Gib uns diese Woche Zeit! Wenn du dann aufhören willst, lassen wir es eben wieder sein. Wir können an unsere Arbeit zurückkehren und brauchen uns nicht einmal auf dem Korridor zuzunicken, wenn du willst."

Jetzt hätte sie Nein sagen sollen.

Er hatte sie hierher in völlige Abgeschiedenheit gebracht. In völlige Intimität. Doch er würde sie auch heimbringen, wenn sie es wollte. Das wusste sie. Sie brauchte nur ein Wort zu sagen.

Aber ...

Cary mochte das Hotel. Sie war gern mit den Kindern zusammen. Und sie war gern mit Jason zusammen. Sie mochte sein Lachen, seine Bewegungen, und sie liebte es, wie seine Augen aufleuchteten, sobald er sie sah.

Und sie mochte seinen Körper. Seinen nackten Körper ...

Den Rest der Woche ...

Es war fast Weihnachten. Sie schuldete es sich selbst.

Langsam sank sie auf den Stuhl. „Essen wir“, murmelte sie.

Und das taten sie auch. Doch dann begann es zu schneien, und sie standen am Fenster und beobachteten die fallenden Schneeflocken. Dann saßen sie vor dem Kaminfeuer und sprachen über Baseball, Politik und Kindererziehung.

Plötzlich lagen sie neben den Flammen auf dem Fußboden ausgestreckt.

Cary wusste, dass sie sich lieben lassen wollte. Wieder.

Die Flammen vor ihnen und zwischen ihnen schlugen höher und höher.

Draußen flackerten die Weihnachtslichter rot und grün.

Und Cary ahnte, dass sie sich ein größeres Geschenk machte, als sie für möglich gehalten hatte. Sie hatte sich selbst Lachen und ein wenig von der Weihnachtsstimmung geschenkt ...

Und sogar einen Hauch von Frieden.

5. KAPITEL

Die Woche verging wie im Fluge. Cary musste zugeben, dass es die schönste Zeit war, an die sie sich überhaupt erinnern konnte. Zum einen war sie in der Zeit eine passable Skiläuferin geworden. Von Jason und Angela hatte sie viel Hilfe bekommen.

Und auch eine Menge Gelächter geerntet, wenn sie oder Danny im Schnee landeten.

Das Lachen. Vielleicht würde sie sich daran am liebsten erinnern. Oder an menschliche Wärme und die stillen Abende zu zweit vor dem Kamin. Oder vielleicht an das herrliche Gefühl, sich wieder quicklebendig und begehrenswert zu fühlen.

Jason riet ihr, sich zu entspannen und Spaß zu haben.

Und den hatte sie. Gemeinsam schwammen sie, liefen Ski, aßen. Sie verbrachten Zeit mit den Kindern, und sie verbrachten Zeit allein. Sie unternahmen ruhige Spaziergänge, spielten in der Abgeschiedenheit von Carys Schlafzimmer im Whirlpool. Sie lauschten Weihnachtsliedern, in denen die Freude des kommenden Festes verkündet wurde, und sie unternahmen lange Schlittenfahrten mit lustigem Schellengebimmel.

Danny genoss diese Zeit, wie noch nie etwas zuvor in seinem Leben.

Doch die Woche endete, und wenn Jason auch so tat, als müsse sich nichts ändern, nur weil sie zurückfuhren, wusste Cary, dass es anders war. Diese Woche war ein Traum gewesen. Jetzt kamen sie in die reale Welt zurück. Es war ein sehr unbehagliches Gefühl.

Und dann waren sie wieder zu Hause. In der letzten Nacht vor ihrem Arbeitsantritt lag Cary lange wach und grübelte, ob es nicht doch besser gewesen wäre, wenn sie den Urlaub abgesagt hätte. Diese Zeit hatte ihr ganzes Leben auf den Kopf gestellt, und Cary wusste nicht, wie sie sich im Alltag verhalten sollte.

Und dann war da noch Jason.

Höflich, charmant. Er hatte sie mühelos zum Lachen gebracht. Und sie konnte sich keinen zärtlicheren oder leidenschaftlicheren Liebhaber vorstellen. Doch ganz gleich, wie angenehm seine Gesellschaft gewesen war, er war noch immer in Sara verliebt und bevorzugte lockere Bekanntschaften mit Frauen. Wenn er jetzt glaubte, dass Cary ihm zu nahe kam, würde er sich zurückziehen.

Sie schlief in dieser Nacht sehr wenig.

Der Montagvormittag verging, ohne dass Cary Jason sah. Sie aß mittags mit June und war fest entschlossen, nichts zu verraten. Gar nichts. Obwohl June hartnäckig bohrte, blieb Cary bei ihrer Geschichte, dass Jason charmant gewesen war, dass sie selbst, Danny und Angela eine schöne Zeit genossen hatten – und weiter nichts.

Sie erwartete, Jason irgendwann im Verlauf des Tages zu sehen, doch dazu kam es nicht. Und sie wusste nicht, ob sie darüber betroffen oder sehr, sehr froh war.

Ein zweiter Tag verging, ohne dass sie ihn sah, und dann ein dritter und ein vierter. Nachts lag sie wach und wälzte sich in ihrem Bett herum. Sie erinnerte sich an jede Berührung Jasons. Dann biss sie die Zähne fest zusammen und dachte, wie ironisch es doch war, dass sie sich endlich wieder verliebt hatte ...

In einen Mann, der sie nicht lieben konnte, ja, der sie nicht einmal wiedersehen wollte. Dabei hatte sich Cary immer wieder selbst davor gewarnt.

Bis zum Freitag hatte sich Cary starrsinnig eingeredet, dass sie ihn nicht wiedersehen wollte. Nach Richards Tod war sie durch die Hölle gegangen, und sie hatte nicht die Absicht, so etwas noch einmal zu erleben. Falls Jason sie jemals wieder zum Abendessen, in eine Show, zum Kaffee oder zu irgendetwas anderem einladen sollte, würde sie ablehnen.

Um alles noch schlimmer zu machen, quälte June sie täglich beim Mittagessen. Und dabei war es die Weihnachtszeit! Wohin Cary sich auch drehte und wendete, sangen die Menschen von der Zeit der Freude.

„Bestimmt gehst du mit unserem gemeinsamen Boss auf die Party", neckte June sie am Freitag beim Mittagessen.

Cary biss die Zähne zusammen. „June, ich habe die nette Zeit mit den beiden McCreadys genossen. Das ist alles."

„Und haben die McCreadys die nette Zeit mit dir auch genossen?"

„June, hör auf", warnte Cary.

Doch als sie nach dem Mittagessen in ihr Büro zurückkam, fand sie dort den Computer. Und natürlich war gerade June bei ihr.

„Das ist das Gerät, das Danny sich so sehr gewünscht hat und von dem du gedacht hast, dass du es dir nicht leisten kannst!" rief June aus. „Wie kommt das hierher? Du hast doch nicht ... oh!" Sie starrte Cary durchdringend an und begann zu lachen. „Ich wette, einer der beiden McCreadys hat dich genossen! Sehr sogar!"

„June!" stieß Cary hervor.

„Oh Kleine, es tut mir Leid, ich wollte damit gar

nichts andeuten. Ausgenommen, dass du wohl ... nun, ich meine, du musst ziemlichen Eindruck auf unseren Boss gemacht haben. Er ... er ... hat wohl auch eine äußerst nette Zeit gehabt. Oh, das klingt keineswegs besser, oder? Lieber Himmel, wie viele Leute haben wohl gesehen, wie dieses Ding hier hereingebracht wurde?"

Dieser verdammte Jason McCready! Er hatte Cary gezwungen, sich in ihn zu verknallen, dann hatte er sie ignoriert ...

Und nun schaffte er es, sie zum ergiebigsten Thema des Büroklatsches seit Monaten zu machen!

Carys Wangen brannten vor Scham. Ihr fiel kein einziges Wort ein, das sie zu June sagen konnte. Auf jeden Fall konnte sie jetzt nicht direkt zu Jason in sein Büro stürmen und ihn zur Rechenschaft ziehen. Seine Sekretärin würde sie hören, und bevor der Nachmittag um war, würde überall im Haus getuschelt und gewispert werden.

Der verdammte Jeremy mit seinem Weihnachtsstaub! dachte Cary wütend. Der Computer war in ihrem Büro und musste wie Bezahlung für geleistete Dienste weit über das normale Maß der Pflichterfüllung hinaus wirken!

Ach was, zum Teufel mit dem richtigen oder falschen Zeitpunkt! Sie stürmte aus dem Büro, den Korridor entlang zu den Aufzügen. Und sie wartete nicht darauf, dass Jasons Sekretärin sie anmeldete, sondern öffnete gleich selbst die Tür.

Jason hatte erwartet, von Cary zu hören. Allerdings hatte er mit einem Anruf gerechnet.

Diese letzte Woche war ein absolutes Chaos gewesen. Von morgens bis abends war er den Terminen hinterhergehetzt. Zwei Mal war er auf der Fahrt von der Arbeit nach Hause spät abends an Carys Apartment vorbeigekommen. Als er schon nach oben gehen wollte, um nachzusehen, ob sie noch wach war, hatten zu seiner Überraschung seine Hände gezittert, und er war doch heimgefahren.

Zeitig an diesem Morgen hatte er an den Computer gedacht. Jason hoffte, dass es der richtige war und Cary ihm sagen würde, wie viel er für Danny bedeutete. Der Junge hatte während des Urlaubs oft genug davon gesprochen und Angela erzählt, was er alles Sagenhaftes damit in der Schule gemacht hatte.

Jason wollte mit Cary sprechen. Er wollte wieder ihre Stimme hören. Seit dem Moment, wo er sie nach dem Urlaub zu Hause abgesetzt hatte, fehlte sie ihm. Ihr Blick fehlte ihm, ihr Lächeln. Ihm fehlte die schlichte Schönheit ihres Gesichts und die Sinnlichkeit ihres Körpers. Ihm fehlte die Nähe zu jemandem, der seine Liebe zu Kindern teilte.

Ihm fehlte, wie sie über sich selbst lachen konnte, wenn sie im Schnee landete. Ihm fehlten ihre energischen Augen, wenn sie ihm etwas sagte, das er unbedingt hören sollte. Und ihm fehlten ihre Seufzer und ihr Flüstern, wenn sie sich liebten. Die bloße Erinnerung daran löste schmerzhafte Sehnsucht in ihm aus.

Die ganze Nacht hatte er wachgelegen, verwundert das heftige Verlangen in seinem Herzen gefühlt und darüber nachgedacht, was das alles zu bedeuten hatte. Er wollte diese Woche zurückhaben. Er wollte mit Cary zusammen sein. Zum ersten Mal seit fünf Jahren war er glücklich gewesen. Er hoffte, dass der Computer auch sie glücklich machen würde.

Offensichtlich tat er es nicht.

Jason staunte, als sie in sein Büro stürmte, ihre Augen vor Wut funkelten und ihr schönes Gesicht hart wie Stahl wirkte. Sie hielt einen Bleistift in den Händen. Noch bevor sie zu sprechen begann, zersplitterte er.

„Was, zum Teufel, tust du mir an?“ rief sie.

Jason sprang auf, kam hinter dem Schreibtisch hervor, lehnte sich gegen die Kante und verschränkte die Arme vor der Brust. „Wovon sprichst du überhaupt?“

„Von dem Computer!“

„Der ist für Danny!“

„Ach, der ist für Danny! Aber er ist auch für mich! Und ich kann ihn mir nicht leisten. Und ich will nichts von dir haben, das ich mir nicht leisten kann. Das sieht aus wie eine ... eine Bezahlung!“

„Bezahlung?“ brüllte Jason.

„Alle wissen jetzt, dass ... dass ...“

„Dass du mit mir schläfst?“ warf Jason ein. Er sagte es, als wäre es etwas Schlechtes, aber es hatte ihm alles bedeutet. Es hatte für ihn die Rettung bedeutet.

„Ich schlafe nicht mit dir. In dieser Richtung läuft nichts.“

„Es sollte keine Bezahlung sein, Cary, und ich kann einfach nicht glauben ...“

„Oh!“ stieß sie gereizt hervor. „Ich werde wirklich kündigen müssen und ...“

„Warum?“

„Begreifst du denn nicht, was du getan hast? Meine Stellung ist unhaltbar geworden. Ich wurde zu einer weiteren deiner flüchtigen Bekanntschaften, und zu allem Überfluss muss ich jeden Tag hier erscheinen!“

„Ich wusste nicht, dass wir eine flüchtige Bekanntschaft hatten.“ Er zog seine Augen wütend zusammen. „Ich hatte vor, dich heute Nachmittag anzurufen ...“

„Wirklich? Nein! Nein, das ändert nichts. Ich kann nicht weitermachen, verstehst du das nicht? Ich kann nicht hier arbeiten, wenn alle mich ansehen, als wäre ich ... als wäre ich eine deiner Frauen“, endete sie tonlos.

„Es war gut zwischen uns“, sagte er schroff. „Alles war gut.“

„Es ‚war‘! Es ist vorbei. Ich werde dich nicht wiedersehen!“

Er war still. Totenstill. Absolut still und angespannt. Dann sagte er leise: „Also gut, ich werde dich heiraten.“

Cary war so betroffen, dass sie ihn stumm anstarrte. Dann fühlte sie Tränen in ihren Augen brennen. Also gut, er würde sie heiraten? Das klang, als habe er bei einem geschäftlichen Vorschlag einen Kompromiss gefunden. Und er konnte es nicht ernst meinen. Ganz gleich, wie ... gut ... es zwischen ihnen gewesen war, wie sagenhaft attraktiv und reich Jason auch sein mochte – nein, nein, wie konnte sie das bloß vergessen? Er war „groß, dunkel und attraktiv“ und reich. Zum Teufel mit June, Jeremy, dem Weihnachtsstaub und der gesamten Weihnachtszeit! Er wollte sie nicht ernsthaft heiraten! Das hatte er nur so einfach dahergesagt, um Zeit zu gewinnen.

Sie schüttelte den Kopf. „Das kannst du nicht ernst meinen. Es ergibt keinen Sinn. Und wenn ..."

„Ich meine es absolut ernst." Er kam auf sie zu und blieb einen Zentimeter von ihr entfernt stehen. „Und es ergibt einen perfekten Sinn. Du bist diejenige, die sagte, wir hätten viel gemeinsam. Wir sind beide in Geister verliebt. Ich verstehe dich, du verstehst mich. Wir teilen etwas miteinander."

Cary schüttelte den Kopf. Sie verstand nicht, wieso sie solchen Schmerz empfand. Er meinte es wirklich ernst. Er wollte sie heiraten, um sie in seiner Nähe zu haben. Sie sollte sich geschmeichelt fühlen. Stattdessen hätte sie am liebsten geweint. „Ich brauche keinen, der mich heiratet. Und am wenigsten dich. Ich komme sehr gut allein zurecht ..."

„Ja, ja, das weiß ich. Doch mit mir kommst du besser zurecht. Und ich kann viel für Danny tun, das du nicht kannst."

„Ich bin eine gute Mutter ..."

„Aber du bist kein Vater."

„Das ist verrückt."

„Angela liebt dich. Und ich möchte mir damit schmeicheln, dass Danny mich mag."

Er legte die Hände auf ihre Schultern und senkte den Blick in ihre Augen, als wollte er sie zwingen, sich seinem Willen zu beugen.

Erregung ergriff von ihr Besitz. Sie konnte ihn heiraten. Er hatte ihr etwas angeboten, das er keiner anderen Frau angeboten hatte. Etwas fehlte, aber was sie bekam, wäre bestimmt besser als Einsamkeit. Sie war dabei, sich in ihn zu verlieben. Und vielleicht reichte das.

„Tu es!“ drängte er.

„Ich ...“ Sie riss sich plötzlich von ihm los. „Ich muss gehen!“

„Ich bin heute Abend zu Hause. Sorge dafür, dass jemand auf Danny aufpasst. Komm zu mir! Ich will eine Antwort.“

Sie verließ sein Büro.

Sie verbrachte den Nachmittag in tiefem Elend. Jeremy steckte seinen Kopf zu ihrer Tür herein, und es war klar, dass er und das gesamte Büro von dem Computer gehört hatten.

„Wow! Stell dir einmal vor, was du bekommen könntest, wenn du einen ganzen Monat mit ihm verreist!“ neckte ihr Cousin.

Cary war in der Stimmung, ihren Schreibtisch nach ihm zu werfen. „Verschwinde mitsamt deinem Weihnachtsstaub!“ warnte sie ihn wütend.

So leicht wurde sie Jeremy nicht los. Er kam herein, setzte sich auf die Kante ihres Schreibtisches und blickte sie stirnrunzelnd an. „Cary, ich habe doch nichts Schlimmes damit angerichtet.“

„Schon gut!“

„Und Jason hat es doch nur gut gemeint. Er macht sich nichts daraus.“

„Er macht sich aus nichts etwas! Er ist daran gewöhnt, dass alles nach seinem Willen läuft, und er ist an Geld gewöhnt ..."

„Cary, er war ein Waisenkind, ein verlassener Junge, der auf der Straße aufgewachsen ist. Er hat sich alles, was er besitzt, sehr mühsam erarbeitet. Es stimmt nicht, dass ihm alles egal ist, was um ihn herum passiert."

Cary starrte auf ihren Schreibtisch. Sie hatte nichts über Jasons Vergangenheit gewusst. Er hatte nie darüber gesprochen. Vielleicht hatte er sich einst über eine harte und steinige Straße quälen müssen, aber das war viele Jahre her. Vielleicht war seine Karriere bewundernswert. Nun gut, der ganze Typ war eben bewundernswert, und auf diese Weise war es ihm ja auch gelungen, in ihr Herz vorzudringen. Deshalb bedeutete er ihr so viel.

Aber es stimmte auch, dass er glaubte, nur mit den Fingern schnippen zu müssen, damit sie Haltung annahm.

Nein, nicht mit mir, mein Lieber, dachte Cary.

Um sieben Uhr an diesem Abend war Cary zu Jasons Haus in Cambridge unterwegs. So viel zu ihren guten Vorsätzen. Doch während der Taxifahrt redete sie sich immer wieder ein, dass sie Nein sagen würde. Und zwar ganz unmissverständlich.

Das Haus war schön, alt und mit wertvollen Antiquitäten eingerichtet. Cary wurde in einen Salon mit Stuck verzierten Decken geführt, in dem Jason Brandy trank und offenbar auf sie wartete.

Sie fühlte sich befangen, als sie eintrat. Und Jason

machte es ihr nicht gerade leicht. Er sah sie einfach an und wartete.

„Wie geht es Angela?“ fragte sie.

„Gut. Sie schläft.“

Sie nickte. „Jason, ich kann nicht ...“

Sie sah die Enttäuschung in seinen Augen nicht. Seine gesenkten Wimpern verbargen sie zu schnell.

„Ich kann das wirklich nicht machen. Ich kann dir das nicht antun.“

„Mir das nicht antun? Cary, ich will dich!“

„Und du scheinst bereit zu sein, einen gewaltigen Preis dafür zu bezahlen. Jason, ich kann nicht!“

„Der Preis spielt keine Rolle, Cary. Es ist Weihnachten. Dich wünsche ich mir mehr als alles andere auf der Welt.“

In diesem Jahr, dachte Cary. Und was ist im nächsten?

„Ich werde alles in meiner Macht Stehende tun, um dir zu geben, was immer du willst“, sagte er schroff.

„Jason, es ist nicht einfach so, dass ...“

„Cary, ich weiß, du willst nicht eine in einer ganzen Reihe von Frauen sein. Nun, ich mache dich zu meiner Ehefrau! Ich kann sehr viel für Danny tun, die besten Schulen, alles, was er will. Eine sichere Zukunft ohne Sorgen für dich. Cary, es ist Weihnachten! Und ich kann dir und Danny jedes erdenkliche Geschenk auf dieser Welt bieten.“

„Aber ich kann dir nichts bieten!“

„Verdammt, Cary, hör doch auf! Du würdest Angela und mir ein richtiges Zuhause geben!“ rief er aus.

Sie ballte ihre Hände zu Fäusten. Es war ein geschäftlicher Vorschlag. Schlicht und einfach. Dennoch musste sie im Stillen zugeben, dass es kein schlechtes Angebot war.

„Also ... also gut", erwiderte sie.

„Geschafft!" Ein zufriedenes Lächeln erschien auf seinem attraktiven Gesicht. Im nächsten Moment war er bei ihr, ergriff ihre Hand, und bevor sie überhaupt mitbekam, was er machte, hatte er ihr einen Diamantring auf den Finger geschoben.

Der Stein war schön. Er war groß, aber nicht protzig. Kleine Smaragde umgaben ihn, und er passte genau neben ihren alten goldenen Ring.

„Jason, ich kann nicht ..."

„Das ist ein Verlobungsring! Er besiegelt unsere Abmachung."

Und er passte. Er passte ihr genau und schmiegte sich richtig und warm um ihren Finger. „Einen Ring und einen Kuss", erklärte er leise. Und plötzlich lag Cary in seinen Armen.

Auch der Kuss war mit einem Versprechen erfüllt. Ihre Besorgnis wuchs, aber als sich ihre Erregung steigerte, fand sie darin einen süßen Fluchtweg aus ihrer Angst vor der Zukunft. Es war so natürlich geworden, mit ihm zusammen zu sein. So natürlich und schön, seine Berührung zu fühlen. Dieses herrliche Verlangen zu empfinden ...

In dieser Nacht lernte sie Jasons Zimmer kennen. Sie sah den großen Schrank und die Kommoden aus Eiche, sein beeindruckendes Marmorbad, sein breites Bett. Sie verlor sich in den Kissen, in dem weichen, warmen Komfort. Überdeutlich fühlte sie jede seiner Berührungen. Das Streicheln seiner Hand, den Druck seines Körpers, seine Leidenschaft. Sie schwebte und flog mit ihm, und als es vorüber war, erbebte sie erneut in ihrer gemeinsamen Lust.

Und abermals spürte sie Tränen in ihre Augen steigen.

Cary lag auf den weichen Laken und fühlte Jasons Arme um sich, und von irgendwo hörte sie ein Weihnachtslied.

Weihnachten ...

Die Zeit des Gebens, des Glaubens. Die Zeit der Wunder. Die Zeit des Vertrauens.

Und auch die Zeit, in der ihr Jason geschenkt wurde ...

Doch etwas fehlte. Und während sie lauschte, wie in der Ferne die Schönheit von „Stille Nacht" die Dunkelheit erfüllte, wusste sie plötzlich, was: Liebe!

Er berührte sie. Berührte ihre Schulter. Und sein Kuss brannte auf ihrer Haut.

Ein Mal noch, dachte Cary und konnte nicht widerstehen, es ein letztes Mal zu genießen. Und sie schmiegte sich in seine Arme und kam seinem Kuss mit aller Leidenschaft, derer sie fähig war, entgegen.

Als Jason später befriedigt und niedlich wie ein großer Junge mit zerzausten dunklen Haaren eingeschlafen war, stand sie auf und zog sich rasch an.

Da erwachte er. „Wohin gehst du?" Er richtete seine grünen Augen träge auf sie.

„Nach Hause. Zu Danny."

„Ich fahre dich."

Sie schüttelte den Kopf. „Nein, bitte, es ist schon spät. Ich komme zurecht."

Doch allmählich hätte sie Jason McCready besser kennen müssen. Selbst wenn dies nur eine flüchtige Verabredung gewesen wäre, hätte er sie nach Hause gebracht. Der Mann, den sie liebte, besaß Manieren.

Er begleitete sie bis an die Tür ihres Apartments und blieb dort stehen. „Ich rieche Popcorn", murmelte er.

„June und Danny. Bestimmt basteln sie Ketten für den Baum."

Er legte die Hände an ihre Wangen. „Ich liebe dein Apartment. Habe ich dir das jemals gesagt?"

Sie schüttelte den Kopf und fragte sich, ob das stimmen konnte. Seine Villa war doch so großartig. „Ich liebe dein Haus", erklärte sie.

Er lächelte. „Gut. Vielleicht kannst du es verändern, damit ich es auch liebe." Er beugte sich hinunter und küsste sie. Cary wollte sich von ihm lösen, konnte es jedoch nicht. So klammerte sie sich an ihn und ließ sich von ihm verzaubern.

Als sie endlich ihr Apartment betrat, waren June und Danny tatsächlich dabei, Popcornketten herzustellen.

„Hi, Mom!" Dannys Augen schimmerten aufgeregt. Er wusste, dass sie bei Jason gewesen war.

„Hi, Schatz." Sie drückte einen Kuss auf sein blondes Haar, und ihre Entschlossenheit geriet ins Wanken. Es wäre so gut für Danny gewesen. Vielleicht war ihre Einstellung dumm.

Nein, es wäre ein Fehler gewesen. Cary konnte es

nicht, obwohl sie Jason versprochen hatte, ihn zu heiraten. Und sie konnte ihn auch nicht wiedersehen. Unter gar keinen Umständen. Denn jedes Mal, wenn sie ihn sah, wünschte sie sich ihn. Zu Weihnachten.

Für immer.

„Schlafenszeit", erklärte sie Danny, und endlich schaffte sie es, ihn ins Bett zu bringen.

June war nicht so leicht loszuwerden. „Na? Du bist aufgewühlt. Du wirst gleich weinen. Oh dieser Mistkerl! Er hat dir den Laufpass gegeben!"

Cary schüttelte den Kopf. „Nein, er hat mich gebeten, ihn zu heiraten."

„Was?" stieß June hervor. „Oh! Wie wunderbar!" Sie begann, mit einem Kissen durch das Zimmer zu tanzen, blieb dann jedoch wie angewurzelt stehen. „Du hast doch zugesagt, oder?"

Cary seufzte. „Ja, ich habe zugesagt! Aber ich werde es nicht machen. Ich ... ich werde morgen kündigen. Ich komme nicht mehr ins Büro. Ich werde meinen laufenden Auftrag beenden, und dann kannst du alles von mir übernehmen."

„Was?" June starrte sie an, als habe die Freundin plötzlich den Verstand verloren. Sie stritt mit Cary, flehte sie an.

Doch Cary zog den Diamantring vom Finger und legte ihn in Junes Hand. „Bring den auch zurück", bat sie.

„Oh Cary, du kannst Jason doch unmöglich dermaßen ablehnen oder so wütend auf ihn sein, dass du ..."

„Ich lehne ihn nicht ab, und ich bin auch nicht wütend auf ihn." Cary lächelte. „Im Gegenteil, ich liebe ihn."

Nun verstand June überhaupt nichts mehr. Cary gab ihr jedoch keine weiteren Erklärungen, sondern brachte sie hinaus und eilte ins Schlafzimmer, wo sie das Radio einschaltete.

Der Sender spielte wieder „Stille Nacht".

Cary ließ den Kopf auf das Kissen sinken und gab sich einer Flut heißer Tränen hin.

Jason McCready war auf der Spitze der Welt angelangt.

Ja, das Leben war schön. Zum ersten Mal seit Jahren konnte er Weihnachten kaum erwarten. Der Schmerz war auf wundersame Weise aus seinem Herzen genommen worden, und er liebte alles, was einst so schrecklich wehgetan hatte. Die Hochzeit soll noch vor dem Fest stattfinden, entschied er. Er hatte vergessen, Cary zu bitten, Angela bei der Auswahl eines Kleides zu beraten, das das Mädchen in der Kirche tragen sollte. Ganz sicher würde sie ihrer zukünftigen Tochter gern helfen.

Er saß hinter dem Schreibtisch in seinem Büro, lehnte sich zurück und schloss die Augen. Er verschränkte die Finger hinter dem Kopf und überlegte, ob Danny wohl einen neuen Baseballschläger brauchte oder vielleicht einen Handschuh. Er wusste, dass Danny Eintrittskarten von Baseballspielen sammelte, das hatte er in New Hampshire erzählt. Jason freute sich schon darauf, mit dem Jungen Wettkämpfe seiner Lieblingsmannschaft zu besuchen.

Seine Sekretärin meldete sich und gab durch, dass June mit ihm sprechen wollte.

„Schicken Sie sie herein“, bat Jason.

Sobald er June sah, beschlich ihn eine böse Vorahnung. Er wusste sofort, dass etwas im Busch war.

„Mr. McCready, ich ...“ Sie verstummte.

„June, ich hatte immer gehofft, dass alle meine Angestellten jederzeit zu mir kommen und sagen könnten, was sie auf dem Herzen haben“, erklärte er geduldig.

Sie wurde sehr blass.

„June?“

„Oh Mr. McCready, ich bin so ungern hier“, erwiderte sie. „Aber ich ...“

Sie trat vor und legte den Diamantring auf den Schreibtisch. Jason starrte auf den Ring und dann auf sie.

„Cary kündigt“, stieß June hastig hervor.

Sein Gesicht verlor alle Farbe, und er staunte über die Heftigkeit des Schmerzes, der ihn packte.

„Warum sagt sie mir das nicht selbst?“

June befeuchtete die Lippen. „Ich glaube, sie hat Angst davor, Sie wiederzusehen. Sie fürchtet, Sie würden ihr nicht zuhören. Also, ich verstehe das auch nicht.“

Jason starrte auf den Ring, stand auf, ließ ihn in seine Tasche gleiten und trat ans Fenster.

„Sie wird ihre Arbeit zu Ende führen, aber sie kommt nicht mehr ins Büro“, fuhr June ruhig fort.

Er drückte den Rücken durch, während er auf die Straße starrte, und schüttelte den Kopf. „Das sieht ihr nicht ähnlich", sagte er. „Cary Adams besitzt die Gabe, stets zu sagen, was sie denkt."

Er erkannte, dass sie tatsächlich dieses wunderbare Talent besaß. Seit dem Tag, an dem sie zu ihm gekommen war und ihm gesagt hatte, was sie von ihm dachte, hatte sie sein Leben verändert. Zuerst ganz behutsam. Sie hatte ihn nur dazu gebracht, sie zu beobachten. Das sonnige Leuchten in ihren Augen. Die Art, wie sie durch die Korridore ging. Lieber Himmel, er hatte ihr Lächeln lieben gelernt!

Weihnachtsglocken erklangen irgendwo in der Ferne. Helle Lichter in Grün und Rot flammten auf, als sich die Dunkelheit des Winters zeitig herabsenkte.

Trostlosigkeit breitete sich in Jason aus. Die Zukunft war leer ohne Cary. Plötzlich traf es ihn wie ein Ziegel, der ihm auf den Kopf fiel. Er begriff, warum er so verzweifelt war.

Er liebte ihre Augen. Er liebte ihr Haar. Er liebte ihr Lachen. Und er liebte ihren Geist und ihren Verstand. Er liebte, wie vertrauensvoll sie ihn ansah, wenn sie eng umschlungen beisammenlagen.

Er liebte Cary!

Und sie wollte nichts von ihm wissen.

June beobachtete, wie er schweigend dastand, die Schultern gestrafft, und unglücklich in den Schnee hinausstarrte. Am liebsten hätte sie ihn getröstet.

Und sie hatte Lust, Cary ordentlich zu schütteln, weil sie ihm so offensichtlich wehtat. Was war denn bloß mit der Freundin los?

„Cary ist für gewöhnlich sehr entschlossen, wenn es um sie persönlich geht. Wahrscheinlich dachte sie, dass es diesmal einfacher wäre, wenn sie nichts damit zu tun hat“, sagte June. Warum hatte Cary nicht Jeremy geschickt? Er war mit McCready befreundet, und obwohl June ihren Arbeitgeber immer sehr gemocht hatte, befand sie sich im Moment in einer schlimmen Lage. „Es ist viel schwerer, wenn man jemanden liebt. Obwohl ich absolut nicht verstehen kann ...“

„Was?“

June brach verblüfft und durch seinen schroffen Ton sogar verängstigt ab. Sie konnte sich nicht mehr erinnern, was ihr herausgerutscht war. „Ich ... ich ...“

„Was haben Sie gesagt?“

„Ja, was?“ wiederholte June. „Oh, ich verstehe Cary nicht. Ich weiß nicht, warum sie das macht, um Himmels willen. Sie liebt Sie und ...“

„Das! Das war es! Wiederholen Sie das!“

„Ich sagte, sie liebt Sie ...“

„Woher wissen Sie das?“

„Na ja, das hat sie selbst gesagt ...“

Erneut brach June ab. Er kam so schnell und mit solcher Energie auf sie zu, dass sie mit einem Aufschrei zur Seite springen wollte, aber sie hatte nicht die geringste Chance.

Er packte sie an den Armen, hob sie vom Boden hoch und drückte ihr einen Kuss auf die Wange.

Die Trostlosigkeit war wie ein dunkler Mantel von ihm abgefallen.

Cary liebte ihn! Und er liebte sie! Und während Jason breit zu lächeln begann, begriff er plötzlich. Sie waren beide zu sehr in der Vergangenheit verloren gewesen. Verloren in einem Schmerz, den sie nicht hatten loslassen können. Und dann hatte er ihr wie ein Narr alles auf der Welt zu Füßen gelegt. Alles, ausgenommen das Einzige, was eine Frau wie Cary wollte: Liebe!

„Sie wird mich heiraten! Danke, June, aber Sie brauchen sich keine Gedanken mehr zu machen. Cary Adams wird mich heiraten!"

Und während June ihn noch mit offenem Mund anstarrte, verließ er sein Büro.

Am späten Nachmittag war Cary überzeugt, dass Jason mit Anstand seinen Ring zurückgenommen und ihre Kündigung akzeptiert hatte.

Sie weinte sich noch einmal ordentlich aus und beschloss dann, damit aufzuhören, sonst würde sie den Rest ihrer Tage in Tränen verbringen. Doch das Herz war ihr schwer, so schwer ...

Von Zeit zu Zeit blickte sie zum Telefon und dachte, dass sie ihn anrufen sollte. Dann wurden ihre Wangen heiß, und sie schämte sich, weil sie nicht persönlich zu ihm gegangen war. Niemals und unter gar keinen Umständen hätte sie June losschicken dürfen, um diese Schlacht für sie zu schlagen.

Cary hatte Angst davor gehabt, Jason McCready zu sehen, denn wenn er sie gedrängt hätte, wäre sie seinem Charme sicher erlegen gewesen.

Danny kam aus der Schule nach Hause, und sie fragte sich, ob sie schon mit ihm sprechen sollte. Sie hatte ihm nur erzählt, dass sie sich einen Tag freigenommen hatte, von der Kündigung wusste er noch nichts.

Immerhin war Weihnachten.

Es war nicht richtig, sich so elend zu fühlen.

Sie sagte Danny nichts, und er redete den ganzen Abend von Jason und davon, wie wunderbar es im Skihotel gewesen war und wie sehr er hoffte, dass sie alle bald wieder zusammenkamen.

Cary hätte beinahe geschrien.

Um 22 Uhr ging sie zu Bett. Sie lag da, starrte zur Decke und versuchte, sich zum Schlafen zu zwingen. Doch die Müdigkeit wollte sich nicht einstellen.

Tränen dagegen schon. Gerade begannen sie zu fließen, als Cary den ersten dumpfen Schlag am Fenster hörte. Sie setzte sich ruckartig auf und fragte sich, was denn da bloß vor sich ging. Ein zweiter Schlag traf die Scheibe. Mit klopfendem Herzen sprang Cary aus dem Bett und lief ans Fenster.

Zwei Etagen tiefer stand eine Gestalt unter einer Straßenlaterne.

Und dann flog ein Schneeball durch die Luft und klatschte neben Cary an den Rahmen.

Erstaunt erkannte sie, dass Jason McCready ohne Mütze und ohne Schal auf dem Bürgersteig stand, zu ihr heraufgrinste und Schneebälle formte!

Sie riss das Fenster auf und fröstelte unter der beißenden Kälte.

„Jason! Was machst du da unten?“ fragte sie fassungslos.

Statt einer Antwort begann er plötzlich zu singen: „I’m dreaming of a white Christmas ...“

Er hatte eine volltönende, gute Stimme. Eine sehr gute sogar.

Er konnte das Lied fast genauso toll singen wie der beliebte Bing Crosby.

Das Fenster neben ihr wurde geöffnet, und Mrs. Crowley aus der Nachbarwohnung sah heraus. „Was ist denn hier los?“

„Jason, sei still!“ flehte Cary.

„... may your days be merry and bright ...“

Das nächste Fenster flog auf. Das war der alte Mr. Calahan aus der Wohnung unter ihr.

„Hey, nicht schlecht!“ Mr. Calahan lachte leise. „Wie wäre es mit ‚Jingle Bells‘?“

„Jason, bitte, was machst du da?“

„Ich versuche, deine Aufmerksamkeit zu erregen.“

„Also, meine haben Sie erregt, junger Mann“, informierte Mrs. Crowley ihn. In ihren dicken Hausmantel eingehüllt, bot sie mit ihren roten Wangen und den hüpfenden rosa Lockenwicklern ein lustiges Bild. Jason lächelte ihr zu.

„Ich bin hier, um Cary noch einmal zu bitten, mich zu heiraten. Ich wollte ihr nur sagen, dass ich in richtiger Weihnachtsstimmung bin. Sie glaubt, dass sie alles über mich weiß, aber viele Dinge hat sie noch nicht begriffen.“

„Jason!“ rief Cary entsetzt. „Ich habe dir erklärt, dass ich dich nicht heiraten kann ...“

„Warum nicht? Im Detail!“

Mr. Calahan verrenkte sich den Hals, um zu Cary hinaufzusehen. „Ja, warum nicht? Im Detail!“

„Jason!“ rief sie tödlich verlegen.

„Schon gut, ich weiß bereits Bescheid“, erklärte Jason Mr. Calahan und Mrs. Crowley, während er seine Augen zärtlich auf Cary gerichtet hielt. „Ich habe sie aus den falschen Gründen gebeten, mich zu heiraten, müssen Sie wissen. Ich sagte, wir wären gut zusammen. Wir wären gute Eltern für unsere Kinder. Wir würden dafür sorgen, dass wir nicht einsam sind. Ich habe eine eigene Firma, deshalb würde Cary nie wieder Sorgen haben müssen. Ich würde mich um sie kümmern.“

„Das klingt doch gar nicht so schlecht“, versetzte Mr. Calahan.

„Weiter!“ drängte Mrs. Crowley.

Jason lächelte. Es war ein schönes, mutwilliges und sehnsüchtiges Lächeln. „Ich möchte meinen Heiratsantrag anders formulieren. Ich möchte Cary sagen, dass ich sie nur aus einem einzigen Grund heiraten will. Aus dem wichtigsten Grund der Welt. Weil sie wieder Licht in meine Welt gebracht hat. Weil sie jede meiner Stunden lebenswert gemacht hat. Und weil ich sie von ganzem Herzen liebe!“

„Oh Jason“, flüsterte Cary.

„Wie romantisch!“ Mrs. Crowley klatschte erfreut in die Hände.

„Also, junge Frau, sagen Sie schon Ja!“ befahl Mr. Calahan. „Sagen Sie dem armen Kerl Ja, bevor er da unten noch erfriert!“

„Ja! Ja!“ rief Cary. „Bleib da, bleib genau da stehen! Ich komme sofort herunter!“

Es wäre bestimmt sinnvoller gewesen, wenn er hochgekommen wäre, aber sie konnte nicht mehr klar denken. Und so rannte Cary die Treppe hinunter hinaus in den Schnee und warf sich Jason in die Arme.

„Oh Jason! Ist das alles wirklich wahr?“

Er legte die Hand unter ihr Kinn. „Ja, es ist wahr. Cary, ich will dir und Danny alles geben, was ich kann. Ich will dich glücklich machen. Ich will, dass du weiterarbeitest, wenn du das möchtest. Und ich weiß, dass Angela und Danny begeistert sein werden. Und, Cary, ich liebe dich wirklich von ganzem Herzen.“

„Jason! Ich liebe dich auch!“

„Küssen Sie ihn endlich!“ befahl Mrs. Crowley.

„Lauschen Sie noch immer da oben?“ Mr. Calahan schien sich erst jetzt darüber zu wundern, dass er nicht der einzige Zeuge dieser Liebesszene war.

„Ach, halten Sie den Mund, Sie alter Ziegenbock!“

„Pah! Na gut, junge Dame, machen Sie voran und küssen Sie ihn! Und dann kommen Sie ins Haus, damit wir alle weiterschlafen können!“

Cary gehorchte, stellte sich auf Zehenspitzen und küsste Jason lang und ausgiebig.

Mrs. Crowley seufzte und schloss ihr Fenster.

Und plötzlich fing es an zu schneien. Schöne, bezaubernde kleine Schneeflocken rieselten zur Erde. Wahrscheinlich gab es jetzt auch noch weiße Weihnachten!

Jason löste die Lippen von ihren. Cary ergriff seine Hand, und gemeinsam liefen sie die Treppe hinauf.

Sobald sie im Apartment waren, lag Cary wieder in seinen Armen. Und als der Kuss endete, lehnte sie sich an Jason, benommen, erstaunt, verwirrt und dann gleichzeitig auch besorgt und verängstigt.

„Jason, es ist noch immer nicht ganz in Ordnung. Du hast mir schon so viel gegeben. Was soll ich dir jemals geben?"

„Was ich mir zu Weihnachten am allermeisten wünsche."

„Und das wäre?"

„Dich!" erwiderte er. „Mit einer roten Schleife. Und sonst nichts. Einfach dich." Sie lächelte scheu, und er küsste sie noch einmal, ehe er sich von ihr löste. „Vielleicht noch etwas."

„Was?"

„Ich habe mir immer eine wunderbare, eine große Familie vorgestellt. Ich bin allein aufgewachsen, und das bringt einen dazu, Kinder zu lieben. Wir haben einen großartigen Jungen und ein großartiges Mädchen, aber vielleicht könnten wir uns irgendwann noch zwei anschaffen. Wenn du willst. Was meinst du?"

„Ich finde Kinder einfach herrlich", flüsterte Cary.

Er wusste das bereits.

„Dann heiratest du mich also?"

„Ja, Jason, ja! Oh ja, ich heirate dich!"

„Wow! Oh wow! Wow, oh wow, ach du lieber Himmel!“ erklang plötzlich eine verschlafene Jungenstimme.

Danny war wach. Und Danny hatte alles ganz ungeniert belauscht.

„Wirklich?“ fragte er.

„Du solltest doch im Bett sein“, sagte Cary.

„Wirklich“, versicherte Jason grinsend.

„Wann?“ fragte Danny. „Es muss zu Weihnachten sein!“

„Danny!“

„Es wird zu Weihnachten sein“, bestätigte Jason.

Cary und Jason heirateten tatsächlich zu Weihnachten. Die Zeremonie fand am zwanzigsten Dezember statt. Danny und Angela streuten Blumen, außerdem waren Jeremy und June da sowie die gesamte Belegschaft von „Elegance“.

Sie verschoben die Flitterwochen, weil sie nicht zu den Feiertagen wegfahren wollten. Jason und Angela hatten vor, mit Cary und Danny in deren Apartment bis Neujahr zu bleiben. Dann sollten Cary und Danny in Jasons Villa ziehen.

Und die beiden würden es in ein richtiges Zuhause verwandeln, wie Jason mit Sicherheit wusste.

Am Heiligen Abend gingen sie alle zur Kirche. Und als sie heimkamen, sangen sie Weihnachtslieder und legten Päckchen unter den Baum.

Sobald die Kinder im Bett lagen, und solange Cary noch oben war, schaltete Jason die Weihnachtslichter ein.

Da entdeckte er verblüfft eine Karte im Baum. Es war eine Nachricht für ihn: „Ich habe ein besonderes Geschenk für dich. Mein Zimmer. In fünf Minuten."

Neugierig und fasziniert wartete Jason fünf Minuten und jagte dann in Carys Schlafzimmer.

Und da lag auf schneeweißen Laken – seine Frau!

Sein Geschenk, sein größtes Weihnachtsgeschenk aller Zeiten.

Und sie trug nichts, absolut nichts, außer einer großen roten Schleife im Haar.

Er stand einen Moment nur da und schickte ein stummes Dankeschön zum Himmel.

Dann ging er lachend zu ihr und nahm sein Weihnachtsgeschenk zärtlich in die Arme.

EPILOG

Obwohl es sehr spät war, schlüpfte Danny noch einmal aus dem Bett. Im Haus war es still. Alle schliefen endlich.

Er lief zum Weihnachtsbaum und war so verblüfft, dass er erstarrte und den Mund weit aufriss.

Er hatte Geschenke erwartet, aber er hatte nicht mit so vielen gerechnet.

Und er hatte ganz sicher nicht mal gehofft, seinen brandneuen Computer vorzufinden, der, mit einer großen roten Schleife versehen, nur auf ihn zu warten schien. Er konnte es kaum glauben und freute sich sehr.

Danny schloss die Augen und öffnete sie wieder. Die Geschenke waren noch immer alle da.

Warte mal ab, bis Angela sie sieht ...!

Wie würde sie sich darüber freuen und ganz aus dem Häuschen sein! Sie verhielt sich immer großartig, auch wenn sie ein Mädchen war. Seine beste Freundin und jetzt zusätzlich seine Schwester.

Wir haben viel Glück gehabt, dachte Danny. Zu Weihnachten hatten die Kinder schon alles bekommen, was man nicht mit Geld kaufen konnte. Er hatte einen neuen Vater. Jason McCready würde nie seinen ersten Dad ersetzen, genau wie Cary niemals Angelas richtige Mom ersetzen konnte. Doch beide waren das Zweitbeste, was es nur gab. Und beide konnten das schönste Geschenk der Welt verschenken: Liebe.

Jason war garantiert immer bereit, zeitig von der Arbeit heimzukommen und Baseball zu spielen. Und Angela bekam eine Mom, die sie zu Kinderpartys brachte und sich um ihre seidenweichen blonden Haare kümmerte, sie zu Zöpfchen flocht und mit Schleifen schmückte.

Danny zitterte plötzlich. Das war das beste Weihnachtsfest, das man sich vorstellen konnte.

Er ging durchs Zimmer und trat an die schöne kleine Krippe, die seine Mutter aufgestellt hatte. Ganz vorsichtig streckte er die Hand aus und berührte die winzige Jesusfigur. Dann lief er zum Fenster.

Jetzt konnte er den Polarstern sehen. Danny wusste, welcher es war, weil Jason ihm den funkelnden Punkt am Himmel gezeigt hatte. „Hallo“, murmelte der Kleine und räusperte sich. So fing doch kein Gebet an! „Lieber Gott", begann er noch einmal leise, „ich wollte dir einfach danken. Ich ... also, ich glaube an Weihnachten und an Wunder, aber ich weiß, dass der Santa Claus, mit dem ich gesprochen habe, Moms Cousin Jeremy war. Und darum weiß ich, dass alle diese Wunder nur durch dich geschehen sind. Alles habe ich durch dich bekommen."

Er lächelte. „Einen neuen Dad und einen Computer!" Vielleicht sollte er mit Gott keine Scherze machen. Nein, fand Danny, Gott versteht das. „Vielen Dank jedenfalls!" flüsterte er ernsthaft. „Einst hast du uns allen deinen Sohn geschenkt. Und jetzt hast du mir einen Dad und Angela eine Mom geschenkt. Und ich habe eine Schwester, und sie hat einen Bruder. Und Mom hat Jason, und Jason hat Mom. Das ist wirklich ein Wunder! Danke!" Er verstummte, weil er keine Worte mehr hatte, mit denen er seinen Dank ausdrücken konnte.

Der Polarstern funkelte plötzlich besonders hell.

Und dann begann er zu verblassen.

Danny sah noch eine Weile hin und lächelte. Der Stern verblasste, weil der Morgen dämmerte. Der Weihnachtsmorgen!

Er stieß einen wilden Schrei aus und rannte zu Angelas Tür. „Es ist Weihnachten, du Schlafmütze! Wach auf!"

Angela hatte die Augen kaum offen, als sie nach einer Weile in einem flauschigen Morgenmantel an der Tür erschien.

„Es ist noch so früh!" murmelte sie. „Können wir sie denn schon aufwecken?"

„Aber sicher! Wir sind Kinder, und es ist Weihnachten", erklärte Danny.

Cary erwachte vom Freudengeschrei der Kinder, hatte jedoch Angst, die Augen zu öffnen.

Weil sie wussten, dass die Kinder zeitig aufstehen würden, hatten sie und Jason Pyjamas angezogen, bevor sie eingeschlafen waren. Er hatte seine Arme fest um sie geschlungen und sie so an sich gezogen, dass sich seine Brust gegen ihren Rücken schmiegte. Cary fühlte ihren Mann, fühlte seine Wärme und wagte nicht, die Augen zu öffnen. Sie befürchtete, Jason würde sich als Weihnachtstraum entpuppen.

Doch er war keiner. Sie war seine Frau. Sie liebte ihn, und wundersamerweise liebte er sie. Kein Geschenk konnte größer sein.

„Mom!"

„Dad!"

Danny rief nach ihr, Angela weckte Jason. Doch als die beiden ins Schlafzimmer geschossen kamen, landete Angela auf ihr, und Danny warf sich auf Jason.

„He, langsam! Was soll das?" protestierte Jason verschlafen, lachte jedoch dabei.

„Es ist Weihnachten!" verkündete Danny.

„Wow! Glaubst du, wir haben alles verpasst?" fragte Cary mit weit aufgerissenen Augen.

„Mom!" Danny stöhnte. „Steht ihr zwei jetzt bitte auf!"

„Ich mache Kaffee", bot Cary an, lächelte und glitt aus dem Bett. Sie blinzelte den Kindern zu, während Jason so tat, als wollte er weiterschlafen. Doch als sie das Zimmer verließ, hörte sie das Gelächter, mit dem die Kids sich auf Jason stürzten und ihn erbarmungslos kitzelten.

Offenbar reagierte Jason genauso erbarmungslos.

Kaffee und Kakao waren fertig, alle marschierten ins Wohnzimmer. Cary setzte sich neben Jason und lehnte sich behaglich in seine Armbeuge, während die Kinder ihre Geschenke öffneten. Überall war Papier. Cary freute sich, dass Danny von den kleinen Dingen genauso beeindruckt war wie von dem wunderbaren neuen Computer. Angela war ebenfalls von ihren Geschenken begeistert, obwohl sie mit allem aufgewachsen war, was es für Geld zu kaufen gab.

Und Jason McCready, der Selfmademan, war über Dannys selbst gefertigte Weihnachtskarte gerührter als über jedes andere erdenkliche Geschenk.

Cary war soeben über einen Teil des Papierberges geklettert, um noch Kaffee zu holen, als es an der Tür schellte. Sie warf Jason einen fragenden Blick zu.

„Sieh mich nicht an", wehrte er ab. „Das muss dein Cousin Jeremy sein."

Und er war es auch. Allerdings nicht allein. Vor der Tür war er mit June zusammengetroffen, und nun standen die beiden da – Stapel von Päckchen für die Kinder auf den Armen.

Die beiden kamen rasch herein, und dann gab es noch mehr Chaos, als die Kinder sie abküssten und sich für die Geschenke bedankten. Jason sorgte für mehr Kaffee, während Cary die Verteilung der Präsente überwachte. Der totale Aufruhr ging noch eine Weile weiter, bis es allmählich ruhiger im Zimmer wurde.

„Ich wollte fragen, ob ich die Kinder zur Parade mitnehmen darf", sagte June dann. „Das ist ganz in der Nähe. Ich würde sie nur für zwei Stunden entführen."

Jason war nicht einverstanden. „June, ich weiß, dass Weihnachten ist, aber da draußen könnte es heute ein wenig wild zugehen. Wollen Sie die Kinder wirklich ganz allein ausführen?"

„Jeremy kommt mit mir", erklärte June.

„Tue ich das?" fragte Jeremy, und June versetzte ihm einen Tritt. Er sah sie empört an und begriff dann, dass sie versuchte, den Jungvermählten etwas freie Zeit zu verschaffen. „Oh, äh, ja, natürlich tue ich das." Er warf June einen tadelnden Blick zu, sobald er dachte, dass Cary nicht mehr hinsah.

Die konnte ein Lächeln nur mühsam unterdrücken. Jason hatte bestimmt nichts mitbekommen.

„Ich weiß nicht ..." Stirnrunzelnd sah er zu Cary.

„Den Kindern wird nichts passieren, und sie werden liebend gern mitgehen", versicherte sie.

Minuten später hatte sie dafür gesorgt, dass die Kinder fertig angezogen waren. June und Jeremy warteten an der Tür.

June und Jeremy ... Hmm, dachte Cary. Warum eigentlich nicht? Sie würden gut zueinander passen.

Als Jeremy seiner Cousine zum Abschied einen Kuss auf die Wange drückte, schüttelte sie ihre Finger über seinem Kopf.

„Was war das?“ fragte er.

„Weihnachtsstaub.“

„Was?“

„Schon gut. Zieht nur los und unterhaltet euch gut. Und vielen Dank.“

„Gern geschehen. Bis später.“

„Ihr seid zum Weihnachtsdinner hier bei uns“, erklärte Jason über Carys Schulter hinweg. „Ich mache die Füllung.“

„Nein, ich mache die Füllung!“ protestierte Cary.

„Nein, du bist der Truthahn und das Gemüse und der Kartoffelbrei und die Kuchen. Ich bin die Füllung.“

Cary lachte, als er die Arme um sie legte. „Na, meinetwegen. Weihnachtsdinner findet hier statt. Kommt nur rechtzeitig zurück, in Ordnung?“

„Schon verstanden“, bestätigte Jeremy.

June drängte ihn, er solle sich endlich bewegen und mitkommen, woraufhin er die Augen verdrehte. „Kommt sie denn auch zum Essen?“

„Ja.“

„Na, großartig ...“

„Weihnachtsstaub“, wiederholte Cary.

Jeremy machte zwar ein verwirrtes Gesicht, zog dann aber mit den anderen los.

Nun ja, dachte Cary, wenn es dieses Jahr nicht mit den beiden klappt, gibt es ja nächstes Jahr wieder Weihnachten.

Sie drehte sich in den Armen ihres Mannes um. Er senkte die Lippen auf ihren Mund. Als er sie liebevoll küsste, verspürte sie die vertraute Erregung in sich hochsteigen.

Jason warf noch einen Blick zur Tür. „Bist du sicher, dass ihnen nichts passieren wird?“

„Ja, ich bin sicher!“ Sie ergriff ihn bei der Hand und zog ihn lächelnd zur Couch. „June und Jeremy wirken nur auf den ersten Blick ein wenig chaotisch, doch niemandem könnte ich die Kinder mit besserem Gewissen anvertrauen.

Und abgesehen davon habe ich auch noch ein kleines Geschenk für dich.“

Er lächelte und zog eine Augenbraue hoch. „Ach ja?“

Sie nickte.

„Wo ist das Päckchen?“

„Es ist nicht direkt ein Päckchen“, erklärte sie und hatte ihre Finger noch immer mit den seinen verschlungen, als sie ihn zum Schlafzimmer führte.

Er zog die Augenbraue höher. „Ist es ein Fußmassagegerät?“

Cary lachte. „Vielleicht ...“ Sie stellte sich auf die Zehenspitzen, küsste ihn auf den Mund und begann dann zu flüstern: „Erinnerst du dich, als ich dir sagte, ich könnte dir nichts schenken, das du nicht schon hast? Und du sagtest, ich könnte mich dir schenken. Nun, du hast mich bekommen.“

„Ein Geschenk, das ich mein Leben lang in Ehren halten werde“, versprach er zärtlich.

Sie errötete. „Danke. Du hast aber auch noch gesagt, du hättest gern vier Kinder – sofern ich einverstanden wäre, natürlich. Ich dachte, ich könnte dir die zwei noch fehlenden schenken."

„Jetzt?"

„Nun, ich dachte, wir könnten damit anfangen. Wir sind allein, wir sind wach, wir wissen, was wir wollen ..."

„Und wir sind so begierig und so bereit, wie wir nur sein können!" fügte Jason lachend hinzu.

Er hob sie auf die Arme. Und dann küsste er sie tief und warm und hingebungsvoll. Cary fühlte, wie sie bebend und innerlich prickelnd zu neuem Leben erwachte.

Der Kuss schien ewig zu dauern, und als Jason ihn beendete, hielt er sie zärtlich fest und führte sie zum Fenster.

Der Polarstern war gerade noch zu erkennen. Vor dem herrlich blauen Himmel funkelte er ganz schwach im Morgenlicht.

Cary wurde von einem neuen Beben ergriffen, diesmal allerdings anderer Art. Danke! dachte sie inbrünstig. Tausend Dank!

Ihre Blicke begegneten sich. „Ich dachte gerade ...", setzte Jason an.

„Ich auch."

„Ich bin so dankbar, dass ich dich habe."

Sie nickte. „Und ich bin für dich dankbar. Für mein ganz persönliches Wunder. Und für den Weihnachtsstaub."

Er lächelte breit und mutwillig. „Weihnachtsstaub? Das musst du mir noch erklären ..."

„Ach, weißt du ..."

„... aber später“, fügte Jason energisch hinzu.

Er trug Cary ins Schlafzimmer, legte sie auf das Bett und küsste sie leidenschaftlich. Sehr bald bekam der Tag neuen Glanz und Erregung und Wunder und Zauber. Die Magie der Ekstase verging, doch der Frieden blieb in ihren Herzen. Nachdem der Sturm ihrer Lust verebbt war, hielt Jason Cary noch immer in den Armen.

„Wir müssen uns an den Truthahn machen“, murmelte er träge.

„Ja, das müssen wir wohl“, stimmte Cary zu.

Doch er bewegte sich genauso wenig wie sie. Vielleicht hatte er keine Ahnung vom Weihnachtsstaub, aber über Weihnachtswunder wusste er sehr gut Bescheid.

Und wie er das wusste! Endlich stand er auf und drückte Cary einen Kuss auf die Nase.

„Wunder“, flüsterte er. „Dem Himmel sei Dank für dich – mein Weihnachtswunder!“

Er küsste sie noch einmal und zog sie dann unter den Decken hervor.

„Jetzt muss sich aber wirklich jemand um diesen Truthahn kümmern! Es sei denn, du willst dich auf unser Glück verlassen und abwarten, ob irgendwelche Engel auftauchen und für uns das Kochen übernehmen.“

Cary lächelte. Bestimmt kamen keine Engel. Sie und Jason hatten ja beide schon ihre Weihnachtswunder erhalten. „Ich mache die Füllung“, erklärte sie. „Du kannst die Kartoffeln übernehmen.“

„Du machst die Kartoffeln!“ ordnete er an.

Sie lachte, fand ihren Morgenmantel, eilte durch den Korridor und öffnete sehr vorsichtig die Küchentür.

Immerhin war es nur eine Frage des Glaubens.

Vielleicht waren ja doch Engel in der Küche!

– ENDE –

Susan Wiggs

Ein Prinz zum Fest

Roman

Aus dem Amerikanischen von
Astrid Hartwig

MIRA®

1. KAPITEL

„Hey, Riley! Gehst du zu dem Ball?"

„Brad, du kennst doch Riley", mischte Derek sich ein. „Er kann mit Bällen nur etwas anfangen, wenn sie den Aufdruck ‚Wilson' tragen."

Jack Riley hatte die Füße auf einem Stapel Akten auf seinem Schreibtisch ausgestreckt. Er war in einen meditationsähnlichen Prozess versunken. Betrachtungen über seine abgewetzten Schnürstiefel. Nun blickte er auf. Der kleinste Weihnachtsbaum der Welt, dekoriert mit Gegenständen, die die Kinder im Heim gebastelt hatten, thronte auf seinem Monitor.

Wenn es nach ihm gegangen wäre, hätten sich der voll gestopfte Nachrichtenraum, die klingelnden Telefone, die grellen Leuchtstoffröhren mitsamt den beiden Quasselstrippen von Kollegen in Luft auflösen können.

„Sieh dir den Jungen doch an, Brad. Der alte Riley hat nichts anzuziehen." Derek Crenshaw war Ekel erregend stolz auf seinen Kaschmirpullover von Brooks Brothers, den seine allzu nachsichtigen Eltern ihm geschenkt hatten.

„Nicht so voreilig", sagte Riley, während er sein graues CUNY-Sweatshirt kratzte. „In meiner Sporttasche habe ich noch einen Trainingsanzug."

Seine Kollegen brachen in schallendes Gelächter aus. Schüler, die sich hier als Starreporter aufspielen, dachte Jack. Sie sind wirklich leicht zu amüsieren. Er faltete seine langen Beine unter den Schreibtisch und griff nach dem Bleistift, der hinter seinem Ohr klemmte. Dann schob er seine Hornbrille mit den dicken Gläsern auf der Nase zurecht. Für einen Moment blieb sein Blick auf der edlen Einladungskarte haften, die auf dem Müllberg seines Schreibtisches obenauf lag. Irgendwo darunter vergraben lag ein nagelneuer Tintenlöscher, ein Geschenk von einem dankbaren Jungen, dem er einmal geholfen hatte und der dafür seine letzten Pennys mühsam zusammengekratzt hatte.

Jack schielte auf die cremefarbene Karte. Miss Madeleine Langston bittet um das Vergnügen Ihrer Gesellschaft ... neun Uhr ... im Dakota ... Abendkleidung erbeten, schwarze Krawatte ...

„Schwarze Krawatte", murmelte er, während er seine Schirmmütze tiefer in die Stirn zog. Zweifellos betete Miss Madeleine Langston jeden Tag, dass Mr. Jack Riley vom Erdboden verschwand. Warum hatte sie ihn überhaupt eingeladen? Aus Mitleid? Hatte sie einen Schuldkomplex? Oder war sie einfach neugierig auf einen Niemand aus Brooklyn?

„Hey, Riley!" sagte Derek, während er mit einem Marker in der Hand auf ihn zutrat. „Ich hätte da so eine Idee. Soll ich dir die schwarze Krawatte auf dein Hemd aufmalen?"

„Hey, Derek", gab Jack zurück. Mühelos kopierte er den südkalifornischen Akzent seines Kollegen. „Ich hätte da so eine Idee. Soll ich dir die Kniescheibe brechen und dich in ein dunkles Loch werfen?"

Brad und ein paar der übrigen Kollegen brachen erneut in schallendes Gelächter aus.

„Bei der Arbeit, Gentlemen?“ Diese Frage zerschnitt die ausgelassene Stimmung wie eine frisch geschärfte Messerklinge.

Die Eisvenus. Die Kristallgöttin. Der Fluch seines Lebens.

Seine Verlegerin.

„Jack gibt dem Artikel noch den letzten Schliff“, sagte Derek hastig, während er die Kappe auf den Marker steckte. Er ließ eine Mappe auf Jacks Schreibtisch fallen.

Madeleine Langston schwebte durch das Labyrinth der Schreibtische. Sie bewegte sich, als wäre die Anordnung der Tische und Stühle in dem gläsernen Nachrichtenraum in ihr Gehirn eingeprägt wie auf einem Computerchip.

Nach dem Tod ihres Vaters vor sechs Monaten hatte sie den Courier geerbt. Allgemein hatte man erwartet, dass sie sich würdevoll zurückzog und die Einnahmen hereinrollen ließ. Eine Zeit lang hatte sie das auch getan. Dann, etwa vor drei Wochen, hatte sie den unfähigen Chefredakteur entlassen und sich selbst zur Herausgeberin erklärt. Anscheinend hatte sie so schnell niemanden finden können, der ihre hohen Anforderungen erfüllte. Und deswegen traf sie, zum Leidwesen der gesamten Belegschaft, vorerst alle Entscheidungen selbst.

Bis letzte Woche hatte sie sich in den Redaktionsräumen nicht sehen lassen, sondern ihr steriles Büro eine Etage höher bevorzugt. Es war das zweite Mal, dass Jack sie aus der Nähe sah. Sie war beängstigend attraktiv und regte Jacks Fantasien in jeder Hinsicht an.

Weil er wusste, dass er sie damit reizen würde, legte er die Füße wieder auf den Schreibtisch und verschränkte die Hände hinterm Kopf, während er sie mit gesenktem Kopf unter dem Schirm seiner Mütze hindurch beobachtete.

Wie ein Marschflugkörper nahte Madeleine Langston. Sie war, wie Jack geschworen hätte, die einzige Frau in Manhattan, die den ganzen Tag lang einen elfenbeinfarbenen Wollanzug tragen konnte, ohne auch nur eine einzige Falte darin zu bekommen. Vielleicht weil ihr die Körperwärme fehlte. Sie war kalt wie Eis.

Was sie besaß, waren gutes Aussehen, Verstand und Geld. All das im Überfluss. In ihrer Gegenwart verspürte er den Impuls, die Finger zu kreuzen, um das Böse abzuwenden. Schlimmer noch. Er verspürte den Impuls, mit ihr schlafen zu müssen, bis sie um Gnade flehte ... oder nach mehr verlangte.

Sie blieb vor seinem Schreibtisch stehen. Gelassen betrachtete er ihr fein geschnittenes Gesicht. Zarte Wangenknochen und eine Nase, die womöglich als Modell in der Schönheitschirurgie diente. Augen blau wie ein Pool. Hellblondes Haar, das peinlich exakt zu einer Art Makramee-Arrangement frisiert war.

Sie legte den lackierten Zeigefinger an die Unterlippe und ließ ihn dort einen Moment lang ruhen, nur für den unwahrscheinlichen Fall, dass Jack ihr nicht seine Aufmerksamkeit schenkte. Dabei betrachtete sie den schiefen

Miniatur-Christbaum auf seinem Monitor. Zweifellos war er ihr etwa so fremd wie Mondgestein.

Wenn sie darauf wartete, dass er aufstand oder seine Mütze abnahm, würde sie ihre Party am Abend verpassen.

„Der Finanzskandal bei der Abwasserwirtschaft?“ fragte sie. In ihrem geschliffenen Ostküstenakzent klang das Ergebnis einer seit Generationen hervorragenden Bildung mit. Jahre und Jahrzehnte in Marymount und Vassar.

Jack schenkte ihr sein arrogantestes Lächeln, während er sein vor einer Woche zum letzten Mal rasiertes Kinn rieb. „Warum engagieren Sie nicht endlich einen Chefredakteur, der über uns eigenwilligen Burschen die Peitsche schwingt?“

„Dies ist meine Zeitung, Mr. Riley, und ich schwinge die Peitsche, wie es mir gefällt.“

„Klingt kindisch, Miss Langston“, murmelte er. Er beugte sich vor und zog aus dem Stapel unter seinen Füßen eine Mappe hervor, die er ihr entgegenhielt.

Platin- und Edelsteinringe blitzten an ihren Händen auf, als sie die Mappe aufschlug. Eine leere Kartoffelchip-Tüte segelte zu Boden. Sie machte einen bewundernswerten Versuch, dies zu ignorieren, während sie den Text überflog.

Mit einem kaum merklichen Nicken klappte sie die Mappe wieder zu. „Und die Schuldebatte? Ich meine die Gesundheitsdebatte?“

Jack grinste. „Sie meinen die Diskussion darüber, ob an den High-Schools Kondome verteilt werden sollen?“

Mit Genuss bemerkte er die zarte Röte, die in ihre Wangen stieg. „Ja, damit bin ich fertig." Ohne den Blick von seiner Chefin abzuwenden, drückte er eine Taste auf der Tastatur. Der Drucker neben seinem Schreibtisch warf eine Kopie des Artikels aus.

Ihre zarten Nasenflügel begannen zu flattern. „Mr. Riley, wie hat ein Mann mit Ihrem Charme es fertig gebracht, sich bisher noch keine nennenswerten Körperverletzungen zuzuziehen?"

Er grinste, während er mit dem kurzen Ringelzopf in seinem Nacken spielte. „Ich bin wahrscheinlich schnell genug auf den Beinen."

Auf den geringschätzigen Blick, den sie ihm zuwarf, wäre Katharine Hepburn stolz gewesen. „Verstehe." Sie nahm das Blatt aus dem Drucker und fügte es ihrem Stapel hinzu.

Zu Jacks Erleichterung richtete sie ihren durchbohrenden Blick nun auf Brad und Derek. „Und was ist mit Ihnen, meine Herren? Sind Sie zu Redaktionsschluss ausnahmsweise einmal fertig?"

Die beiden stierten sie schmachtend an, wie man mit Schokolade liebäugelt, wenn man auf Diät gesetzt ist. Idioten, dachte Jack. Er wusste, dass sie eine Wette laufen hatten, wer von ihnen die Chefin als Erster ins Bett bekam. Als ob einer von ihnen eine Chance hätte. Und wer würde überhaupt ein Interesse an ihr haben, außer vielleicht ein Polarforscher, aber nur mit Kälteschutzanzug.

Jack Riley, der hat ein Interesse, dachte er nicht ohne Ekel vor sich selbst. Sie verkörperte alles, was er an einer

Frau verachten sollte. Perverserweise fand er sie trotzdem umwerfend sexy. Er begehrte sie, wie er schon lange keine Frau mehr begehrt hatte. Er wollte das Eis, das sie umgab, mit seiner Hitze schmelzen.

„Natürlich, Miss Langston", sagte Brad mit einer Miene, als hätte er die Tüchtigkeit erfunden.

„Selbstverständlich", bestätigte Derek.

„Ausgezeichnet." Madeleine drehte sich um und steuerte auf die Tür zu. Doch bevor Jack endgültig aufatmen konnte, blieb sie stehen. Das Klicken ihrer 300-Dollar-Schuhe verstummte, als sie sich ihnen zuwandte. „Und Gentlemen? Sehe ich Sie heute Abend im Dakota?"

„Sicher", erwiderten Derek und Brad wie aus einem Munde. In ihren Kaschmirpullovern personifizierten sie den neuen Look geklonter Nachrichtenreporter. Im Smoking würden sie anschwellen. Geradezu aufblähen. Und sicher würden sie den ganzen Abend ihre Chefin schmachtend anstarren.

Madeleine Langstons Blick ruhte auf Jack. Verdammt, sie war eine unglaubliche Schönheit. Welch eine Verschwendung an ...

„Nun?" unterbrach sie seine Gedanken. „Werden Sie kommen?"

Jack beschloss, ihre Wortwahl nicht mit einer sarkastischen Bemerkung zu kommentieren. „Nein", sagte er. Seine Augen funkelten amüsiert, als er ihre Erleichterung sah. „Ich werde es leider nicht einrichten können. Heute Abend habe ich eine Verabredung mit den Urban Animals."

Sie zog fragend eine gezupfte Augenbraue hoch. „Urban Animals?"

„Eine Gruppe von halbstarken Schlittschuhläufern im Central Park."

„Oh. Man wird Sie vermissen."

Jack konnte sein Lachen nicht länger unterdrücken. Meine Güte, ihre überhebliche Höflichkeit tat fast weh. Dies war erst ihre zweite Begegnung, und die Fronten waren bereits geklärt. Er liebte es, sie zu provozieren. „Wissen Sie", sagte er in einem Tonfall, als würde er noch mal darüber nachdenken, „ich könnte es vielleicht doch einrichten ..."

Ihre schönen großen Augen verrieten, dass sie keinen Wert auf seine Gesellschaft legte. Für eine Göttin aus Eis war sie eine ziemlich armselige Lügnerin. Und ihre Angewohnheit, in Situationen der Bedrängnis zu erröten, ließ sie beinah menschlich wirken.

„Keine Sorge, Prinzessin", sagte er beruhigend, während er die Einladung in den überfüllten Papierkorb neben seinem Schreibtisch segeln ließ. „Der charmante Prinz hat andere Pläne."

2. *KAPITEL*

Im perfekten Abendkleid stand Madeleine Langston in der perfekten Suite im Dakota. In der Mitte des Raumes stand ein perfekter Designer-Christbaum. Sie hörte die perfekten Klänge der

Swing-Band und beobachtete die perfekte Haltung der Gäste, während sie an einem perfekten Horsd'oeuvre knabberte.

„Madeleine, Darling!" William Wornich, zuständiger Redakteur für die Klatschspalte im Courier, beugte sich zu ihr hinüber, um einen Kuss auf ihrer Wange anzudeuten. „Eine wundervolle Party. Alles ist perfekt. Ein traumhaft perfekter Ball."

„Danke, William."

Der beißende Rauch seiner Zigarre trieb ihr die Tränen in die Augen. Verdammt. Sie musste ihre Kontaktlinsen herausnehmen, und ohne Linsen war sie praktisch blind.

Wornich fuhr unbeirrt mit der Plauderei fort. „Und dieses Kleid!" sagte er, während er einen Schritt zurücktrat. „Einfach zu raffiniert. Wo hast du es erstanden?"

Sie schenkte ihm ihr einstudiertes Lächeln. „Darling, du würdest es nicht glauben, wenn ich es dir sagen würde." Es hatte ihrer Großmutter gehört. Ganz im Stil der vierziger Jahre, aus schwarzem Seidentaft mit Trompetenrüschen an Schultern und Saum. Das perfekte Tanzkleid. Leider war aber niemand da, mit dem sie hätte tanzen wollen.

Oh, Daddy, dachte sie unwillkürlich. Wehmütige Erinnerungen stiegen in ihr auf. Das luxuriöse Apartment im Dakota hatte ihm gehört. Nächste Woche sollte es verkauft werden. Es war ein seltsames Gefühl, hier in diesen Räumen zu stehen, umgeben von all den Menschen, die er gekannt hatte. Er selbst hatte diese Party geplant, schon vor Monaten, ohne zu wissen, dass er nicht mehr da sein würde, um die Rolle des Gastgebers zu übernehmen.

Einen Vorteil hatte es, dass die Party in den Räumen stattfand, die für Madeleine voller schmerzlicher Erinnerungen steckten. Es bedeutete, dass sie gehen konnte, wann sie wollte. Ihr blieb die Möglichkeit zur Flucht.

„Madeleine, Liebling", sagte Wornich, während er den dicken Rauch in die Luft blies. „Ich muss dich etwas fragen. Ich weiß, dass du dieses Fest in Gedenken an deinen Vater veranstaltest. Aber was ist der wahre Grund für die Party? Die Suche nach einem Ehemann?"

An diese Frage war sie so gewöhnt, dass sie sich nicht einmal mehr beleidigt fühlte. Nach dem Tod ihres Vaters hatten alle erwartet, dass sie sich einen Mann suchen würde, der das Ruder beim Courier übernehmen konnte. Oder einen Magnaten, der ihr den Verlag abkaufte.

Madeleine hatte sich für eine völlig andere Richtung entschieden. Sie hatte beantragt, dass das Kuratorium sie als Herausgeberin einsetzte. In letzter Zeit arbeitete sie bis zur Erschöpfung, weil sie die Aufgaben des Chefredakteurs übernommen hatte. Niemand verstand, warum sie das tat.

Madeleine wusste, warum. Sie suchte nach einem Weg, sich selbst zu definieren. Sie wollte in den Spiegel schauen und einen Menschen sehen, der etwas bewegte. Wichtige Entscheidungen traf. Nützliche Dinge tat. Dinge, die sie menschlich machten.

„Sei nicht albern, William", sagte sie, während sie mit

der Hand wedelte, um den Rauch zu vertreiben. „Die Männer, die ich kennen lerne, haben es entweder auf mein Geld abgesehen oder auf meine gesellschaftliche Position. Oder sie haben solche Angst vor mir, dass sie am liebsten im Erdboden versinken würden.“

„Trifft das auf alle Männer zu?“

„Ausnahmslos.“

Als William sich unter eine Gruppe von Buchkritikern mischte, nutzte Madeleine die Gelegenheit, in der Damentoilette ihre Kontaktlinsen herauszunehmen. Vom Zigarrenrauch brannten ihre Augen. Nun würde sie zwar nicht mehr viel sehen, aber das störte sie nicht. Ihre Kurzsichtigkeit würde die langweilige Gesellschaft nur erträglicher machen.

Während sie in den Spiegel starrte, dachte sie über ihr Gespräch mit William Wornich nach.

„Trifft das auf alle Männer zu?“

„Ausnahmslos.“

Vor sich selbst musste sie allerdings zugeben, dass es eine Ausnahme gab ... Jack Riley.

Der Gedanke an ihn ließ ihr vor Abscheu eine Gänsehaut über den Rücken laufen. Obwohl sie ihn kaum kannte, war sie bereits davon überzeugt, dass Jack Riley alles in sich vereinte, was sie an Männern hasste. Er war ungehobelt, ungepflegt, respektlos und arrogant.

Und er war der talentierteste und zuverlässigste Journalist in ihrer Redaktion.

Sie wusste, dass sie sich von ihm nicht provozieren lassen sollte, aber er hatte eine lästige Art, ihr auf die Nerven zu fallen. Dieser entsetzliche Fünftagebart und dieser Zopf im Nacken. Dieser beißende Spott, der sie jedes Mal wie eine Betrügerin dastehen ließ, diese überhebliche Scher-dich-zum-Teufel-Haltung. Er hatte das Gebaren eines Mannes, der das Leben in großen Stücken abbiss und keine Nachsicht mit denen übte, die vorsichtig und schüchtern waren.

So wie sie.

Ihr Auftritt in den Redaktionsräumen war eine Katastrophe gewesen. Sie hatte sich unter die Schreiber gemischt und sogar gehofft, sie könnte dazugehören. Was für ein Irrtum. Ein Witz. Wie ein Fisch auf dem Trockenen hatte sie sich gefühlt. Keiner der Redakteure schien zu bemerken, dass sie nur unsicher war. Und schon gar nicht dieser unerträgliche Mr. Riley, der selbst alles andere als schüchtern war. Er kannte sie nicht einmal. War erst ein einziges Mal mit ihr zusammengetroffen. Warum also schien er es auf sie abgesehen zu haben?

Während sie diese Gedanken zu verdrängen suchte, nahm sie ihre Kontaktlinsen heraus und verwahrte sie in ihrer perlenbesetzten Abendtasche. Dann beugte sie sich vor, um einen kritischen Blick auf ihr leicht verschwommenes Spiegelbild zu werfen. Sie hätte den Lippenstift nachziehen sollen, bevor sie die Kontaktlinsen entfernt hatte.

Mit einem Seufzer beschloss sie, dass die Welt einer Madeleine Langston ohne frischen Lippenstift begegnen musste. Sie trat aus der Damentoilette direkt in den grellen Schein eines Blitzlichts. Das Lächeln erschien automatisch auf ihrem Gesicht, wenn jemand sie für den Gesellschaftsteil eines Blattes fotografierte. Die Konversation über das Verlagswesen, das Erbe ihres Vaters, beherrschte sie fließend. Niemand in dieser eleganten Gesellschaft wäre auf den Gedanken gekommen, dass sie sich in ihrer Haut nicht wohl fühlte.

Oder dass sie unbeschreiblich einsam war. Es war kurz vor Weihnachten, und sie würde die Feiertage mit ihrer Katze verbringen. Einfach zu erbärmlich.

Und wieder wanderten ihre Gedanken zu Jack Riley. Er langweilte sich bestimmt nicht. In diesem Moment zog er wahrscheinlich mit etwas skandalös Engem aus schwarzem Leder bekleidet auf Schlittschuhen seine Kreise auf dem Teich im Central Park.

Jack war gelangweilt.

Er blickte auf die Ordner, die auf seinem Schreibtisch lagen. Diesmal schuldeten Derek und Brad ihm wirklich etwas. Er hatte ihre Artikel für sie überarbeitet. Ihre langweiligen, fantasielosen Artikel. Auch er hatte seit Wochen keine pikante Story zu Papier gebracht. Was war mit den Leuten in Manhattan los? Wo blieben die Morde und Überfälle, wenn man sie brauchte?

Jack schloss seinen Schreibtisch ab, schaltete den Computer aus und verließ das Büro. Automatisch duckte er sich, um nicht gegen den getrockneten Mistelzweig zu stoßen, der über der Tür von der Decke herabhing. Auf dem langen Korridor begegnete er einer der Putzfrauen.

„Machen Sie wieder Überstunden, Jack?“ rief sie ihm zu.

Er grinste. „So bald werde ich nicht in die Chefetage aufsteigen, Cora.“

„Na gut, aber haben Sie wenigstens schon mal an ein neues Auto gedacht?“

„Ein Auto? Bei meinem Gehalt?“ fragte er zurück. Seinen Mercury Marquis hatte er längst verkauft. Der Wagen hatte seine besten Zeiten schon hinter sich gehabt, als Jack vor sechs Jahren damit von Muleshoe, Texas, nach Manhattan gefahren war, mit nichts im Gepäck als einem Journalisten-Diplom und einer Hand voll Träume. „Ich nehme die U-Bahn.“

„Seien Sie vorsichtig, Jack.“

Schon fünf Minuten später, als er Richtung Lexington ging, hatte er allen Grund, sich an diese Warnung zu erinnern. Er sah zwei junge, ungepflegte Kerle, die über einen kleinen Mann herfielen.

Ich lebe jetzt in New York, ermahnte er sich im Stillen, während er im Laufschritt auf die dunklen Gestalten zusteuerte. Als New Yorker müsste ich eigentlich die Straßenseite wechseln und wegsehen. Aber in seiner Brust schlug das Herz eines waschechten Texaners, eines Mannes, der Gewalt und Ungerechtigkeit zutiefst verabscheute.

Mit langen Schritten lief er über das vereiste Pflaster. Einer der beiden zwielichtigen Typen hatte den kleinen dicken Mann gegen die Hauswand gedrückt und hielt ihn fest, während der andere seine Taschen durchsuchte.

Jack startete einen Überraschungsangriff. Er versetzte dem Mann, der ihm den Rücken zugekehrt hatte, einen

Fausthieb gegen die Schulter und schickte ihn damit in einen Schneehaufen. Der Mann taumelte und brach schließlich, möglicherweise durch Drogenkonsum geschwächt, ohne jede Gegenwehr in einem Haufen aus Abfall und Pappkartons zusammen.

Eine Faust traf Jack in die Magengrube. Augenblicklich spannten sich seine durchtrainierten Muskeln an, so dass er den Schmerz kaum spürte. Er setzte einen gezielten Kinnhaken an. Sein Angreifer hielt sich das Gesicht und flüchtete wimmernd. Inzwischen hatte sich der schmierige Komplize aufgerappelt.

Breitbeinig baute Jack sich auf, für einen eventuellen Angriff gewappnet. Der Straßenräuber taxierte ihn ein, zwei Sekunden. Dann folgte er stolpernd seinem Kollegen.

Im ersten Impuls wollte Jack die beiden verfolgen, doch ein Blick in das blasse, schweißüberströmte Gesicht des Opfers hielt ihn zurück.

Der übergewichtige Mann war auffällig gut gekleidet. Sein Schnurrbart und der Spitzbart am Kinn waren perfekt gepflegt. In seinen zitternden Händen hielt er einen Spazierstock mit Messinggriff.

„Sind Sie verletzt?“ fragte Jack. Er bückte sich und hob einen eleganten Hut auf, den er dem Mann reichte.

„Nein. Nur erschrocken.“ Der Mann zog ein seidenes Taschentuch aus seiner Manteltasche und wischte sich die Stirn ab. Dann setzte er seinen Hut auf. „Vielen Dank.“

Im nebligen Licht der Straßenlaterne musterte Jack das aschfahle, pausbäckige Gesicht. „Sind Sie sicher? Soll ich nicht lieber einen Arzt rufen?“

„Nein. Ich gehe in den Laden zurück und rufe mir ein Taxi. Ich habe einen Truck, aber im Moment möchte ich mich nicht hinters Steuer setzen." Während er Jack betrachtete, schien er sich an seine Umgangsformen zu erinnern. „Verzeihen Sie. Sie haben mir das Leben gerettet, und ich habe mich nicht einmal vorgestellt." Er streckte ihm die Hand entgegen, ohne den Handschuh auszuziehen. „Harry Fodgother."

„John Patrick Riley. Nennen Sie mich Jack." Er konnte den kleinen Mann sofort einordnen. Noch aus seiner Anfangszeit als Redakteur war ihm der Name vertraut, der damals häufig in der Gesellschaftsspalte aufgetaucht war. Jeder, der etwas auf sich hielt, trug einen Harry-Fodgother-Smoking. „Sie sind der Schneider, habe ich Recht?"

Mit gespielter Verachtung verzog Harry das Gesicht. „Herrenausstatter, bitte schön!" Dann lachte er. „Wenn ich mich so nenne, kann ich den doppelten Preis verlangen."

Er zog ein dickes Schlüsselbund aus seiner Tasche und öffnete eine schwere Stahltür mit der Aufschrift „Liefereingang". Jack folgte ihm durch einen großen Raum, voll gestopft mit Stoffballen, Nähmaschinen, Schaufensterpuppen und Zuschneidetischen. An den Wänden hingen Plakate mit Who's-who-Typen, die Fodgothers Kreationen präsentierten.

Durch eine Doppeltür gelangten sie in den Laden. Bei jedem Schritt sank Jack nun zwei Zentimeter tief in einen Teppich ein. Der Verkaufsraum war in Leder, Messing und Jägergrün gehalten. Er erinnerte an einen englischen Club. Selbst die Jagdszenen an den Wänden fehlten nicht. Und es gab keinen Hinweis darauf, dass man hier etwas kaufen konnte. Kein einziges Kleidungsstück war zu sehen. Jack vermutete, dass sie in den antiken Schränken und Kommoden verstaut waren.

„Ein netter Laden", bemerkte er.

„Nicht wahr?" Harry schaltete die grüne Schreibtischlampe an und nahm den Telefonhörer ab. „Unter dem Tresen dort drüben ist ein Kühlschrank. Nehmen Sie sich ein Bier."

Jack öffnete zwei Flaschen Bier. Inzwischen rief Harry ein Taxi. Als er aufgelegt hatte, fragte Jack: „Wollen Sie den Überfall der Polizei melden?"

Fodgother schüttelte den Kopf. „Das waren nur zwei arme Schlucker. Junkies wahrscheinlich. Ich habe sie nicht einmal richtig gesehen. Und bevor sie mir irgendetwas stehlen konnten, sind Sie dazwischengegangen. Die Polizei hält mich den ganzen Abend auf, und ..." Er hielt inne, als er sah, dass Jack etwas aus seiner Tasche zog.

„Verdammt", sagte Jack stirnrunzelnd. „Ich dachte, das hätte ich weggeworfen." In der Tat hatte er die Einladung weggeworfen, aber aus einem unerklärlichen Grund hatte er sie wieder an sich genommen. Vielleicht um sie seiner Mutter zu zeigen, die immer etwas über seine hochtrabenden Freunde in New York erfahren wollte. Es schien einfach nicht in ihren Kopf zu gehen, dass er nicht regelmäßig mit John F. Kennedy junior verkehrte.

Er kam hinter dem Tresen hervor und gab Harry ein Bier. „Sie arbeiten aber lange“, bemerkte er. „Prost.“

Harry hob seine Bierflasche. „Sie sind nicht von hier?“

„Aus Texas. Aber mein Akzent verschwindet allmählich.“

Harrys Blick fiel auf die Einladungskarte. Er las. Dann schlug er sich mit der flachen Hand gegen die Stirn. „Eine Einladung von Madeleine Langston! Wie um alles auf der Welt sind Sie an diese Einladung gekommen?“

Jack nahm einen Schluck von seinem Bier. „Sie ist mein Boss. Sonst auch bekannt als göttliche Hexe.“

„Ein prachtvolles Weib. Sie ist eine Weile mit einem von meinen Sechsundvierzigern ausgegangen.“

Jack grinste, als er sich Madeleine Langston in Begleitung eines leeren Anzugs vorstellte. Doch sein Vergnügen war kurz, denn der leere Anzug verwandelte sich plötzlich in das Abbild seiner selbst. Er verlor den Verstand. Er war krank. Er wollte sie.

„Behaupten Sie nicht, es hätte Sie nicht erwischt.“ Harry zeigte mit seinem Stock auf Jack. „Ich war auch einmal jung.“

„Sie ist eine Schneekönigin“, protestierte Jack. „Bei einer Skulptur aus Eis hätte ich mehr Glück.“

„Mir scheint, der Gentleman protestiert zu viel.“

„Ich kenne sie außerdem kaum. Habe sie nur ein Mal oder vielleicht zwei Mal gesehen. Und glauben Sie mir, die Welt geriet nicht aus den Fugen.“

„Dakota“, murmelte Harry. „Das ist die alljährliche Party ihres verstorbenen Vaters.“ Er schüttelte traurig den

Kopf. „Es ist für sie das erste Jahr ohne ihren Vater. Und für die Party das letzte Jahr. Überlegen Sie mal, wie sie sich fühlen muss."

Jack würgte sein Bier herunter. So wie Harry von ihr sprach, erschien Madeleine ihm wie ein Mensch, jemand mit Gefühlen, der auch verletzlich war. Das sollte ihn eigentlich nicht berühren. Tat es aber.

„Wahrscheinlich tanzt sie Löcher in den Teppich", sagte er.

„Wahrscheinlich trinkt sie zu viel und lächelt zu viel und wünscht sich sehnsüchtig, jemand würde kommen, der sie rettet."

„Woher wollen Sie das wissen?" fragte Jack.

Wieder zeigte Harry mit dem Stock auf Jacks Brust. „Ich weiß es eben. Glauben Sie mir."

Hartnäckiger kleiner Zwerg, dachte Jack. Harry musterte ihn. Sein prüfender Blick war so durchdringend, dass Jack rote Ohren bekam. „Ich glaube, ich entspreche nicht ganz Ihrer gewohnten Klientel, habe ich Recht?"

„Ich liebe die Herausforderung. Vielleicht ist unter den Lumpen ein Prinz verborgen." Harry ging mehrmals um Jack herum und ließ dabei seinen Stock durch die Luft kreisen. „Jack Riley", sagte er schließlich. „Ich werde Sie ausstaffieren, dass Sie sich selbst nicht wieder erkennen. Wie durch Zauberei. So etwas haben Sie sich nicht einmal im Traum vorgestellt."

„Also, eigentlich lege ich auf Kleidung keinen Wert, Harry."

„Bitte, bitte. Haben Sie noch nie den Wunsch verspürt,

einen Saal voller Menschen zu betreten und sie buchstäblich umzuhauen?“

„Nur, wenn es Republikaner sind.“

„Bah. Sie machen Scherze, wo Sie doch auf diesen Ball gehen und die Frau Ihrer Träume treffen könnten.“

Jack lachte laut und herzlich.

Wieder hob Harry seinen Stock und zeigte auf ihn. „Erlauben Sie mir, dies für Sie zu tun. Sie haben mir das Leben gerettet.“

„Ich bin wirklich mehr der häusliche Typ, der mit einem Bier vor dem Fernseher sitzt, Harry.“

„Wunder geschehen jeden Tag, mein Junge.“

Jack vergrub die Hände in den Taschen seiner Yankee-Jacke. „Sie ist nicht mein Typ.“

„Ich glaube, Sie sind der Typ, der gern ein wenig Spaß hat. Eine einsame Lady auf einer Party, wo jeder irgendetwas von ihr will. Diesen Gedanken kann doch niemand ertragen.“ Harry warf einen bedeutungsvollen Blick auf die Einladungskarte. Dann trat er zu Jack heran und nahm ihm als Erstes die Brille ab. Es war ihm anzusehen, dass die bevorstehende Verwandlung des abgerissenen Reporters ihm Vergnügen bereitete. „Trinken Sie Ihr Bier aus, Cowboy. Es gibt eine Menge Arbeit, wenn wir das erreichen wollen, was mir vorschwebt. Und viel Zeit haben wir nicht.“

Jack fügte sich ergeben in sein Schicksal. Im Kampf mit der Dankbarkeit entwickelte wohl selbst die Hölle nicht den Zorn dieses Schneiders ... Verzeihung, Herrenausstatters.

3. KAPITEL

Madeleine ertappte sich dabei, wie sie wieder auf die Uhr schaute. Halb elf. Ganze zwei Minuten waren vergangen, seit sie das letzte Mal nachgesehen hatte. Ihr Plastiklächeln hatte sie hundert Mal gelächelt, hundert hohle Begrüßungen gemurmelt und hundert Mal an ihrem Dom Pérignon genippt. Der Schampus begann seine Wirkung zu zeigen.

Wie immer, wenn sie einen Schwips hatte, war sie taktvoll und vorsichtig. Alles, was sie sah, präsentierte sich in einer angenehmen Unschärfe. Ihr Blick fiel auf ein Model in einem Kleid, das aussah, als wäre es komplett aus Öffnungslaschen von Sodadosen konstruiert. Madeleine unterdrückte ein Kichern.

Das fiel ihr nicht schwer, als sie Britt Beckworth III auf sich zukommen sah. Mit seinem kantigen Kinn, dem gestriegelten Haar und seinem hohlen Kopf war er eine lebende Ken-Puppe.

Madeleine flüchtete sich hinter eine Steinskulptur im Foyer. Was habe ich nur an mir, dass ich auf langweilige, eitle Männer wie ein Magnet wirke, fragte sie sich. Und auch auf boshafte, eifersüchtige Frauen. Warum konnte sie nicht einfach einen Freund haben?

Auf der ganzen Party konnte sie keinen Kandidaten entdecken. Derek und Brad aus dem Nachrichtenraum warfen ihr unentwegt lüsterne Blicke zu, nicht ganz das Gefühl, das sie in Männern erwecken wollte.

Sehnsüchtig schaute sie zum Eingang und steuerte

schließlich unwillkürlich darauf zu. Ihre Gedanken waren bei einem kleinen roten Auto eines italienischen Herstellers mit einem unaussprechlichen Namen. Es stand in der Garage, voll getankt und auf Hochglanz poliert. Hätte sie doch nur nicht so viel Champagner getrunken und ihre Kontaktlinsen nicht entfernt. Dann könnte sie jetzt in ihr Auto steigen und einfach losfahren. Schnell und weit weg. Bis sie einen Ort erreichte, wo der Name Madeleine Langston keine Bedeutung hatte.

Sie wollte etwas Wildes und völlig Verrücktes tun. Einmal in ihrem Leben die Kontrolle verlieren. Oder, was ihr noch reizvoller erschien, die Kontrolle jemand anderem übergeben, jemandem, dem sie vertrauen konnte. Jemand, der ihr Herz im Sturm eroberte.

Ich wünsche mir, dachte sie. Ich wünsche mir ... Sie schloss die Augen und versuchte, ihre Sehnsüchte zu vertreiben. Aber es gelang ihr nicht. Sie wusste, dass so etwas im wirklichen Leben nicht passierte, und trotzdem ...

Sie legte die Hand auf den Türknauf. In diesem Moment wurde der Knauf von außen gedreht. Madeleine trat erstaunt einen Schritt zurück, während sie sich ihre Entschuldigung zurechtlegte. Ich freue mich, dich zu sehen, Darling, aber ich muss leider weg, übte sie im Stillen. Wir treffen uns zum Lunch ...

Die Tür ging auf.

Die Entschuldigungen erstarben Madeleine auf der Zunge. Wie in Trance trat sie einen weiteren Schritt zurück und war plötzlich davon überzeugt, dass sie gestorben war und sich im Himmel wieder fand.

Er war etwa eins neunzig groß, selbst nachdem er seinen schwarzen Stetson abgesetzt hatte. Sein dichtes schwarzes Haar glänzte vor Vitalität. „Hallo, Darling“, begrüßte er sie gut gelaunt, während er ihr die Einladungskarte reichte. „Hiermit bin ich am Portier vorbeigekommen. Komme ich auch an Ihnen vorbei?“

„Nur, wenn ich es nicht verhindern kann“, murmelte Madeleine, ohne nachzudenken. Ihr bewundernder Blick wanderte zu seinem gepflegten Haar. Das Kerzenlicht verlieh den Wellen, die über den Kragen seines schneeweißen Hemds reichten, einen rötlichen Schimmer. Der elegante schwarze Smoking hob seine breiten Schultern hervor. Er trug ihn offen, so dass man das edle Hemd mit den spanischen Falten und den Florentiner-Knöpfen sah. Die schwarze Anzughose umspannte seine schmale Taille. Dazu trug er schwarze Cowboy-Stiefel mit extrem schmaler Spitze.

Als sie sein markantes, frisch rasiertes Gesicht betrachtete, hatte sie das Gefühl, diesen Mann zu kennen. In gewisser Weise erschien er ihr sogar äußerst vertraut. Als er ihr aber sein charmantes Lächeln schenkte, war sie davon überzeugt, dass sie dieses Gesicht noch nie gesehen hatte. Allenfalls in ihren schönsten Träumen.

„Darling“, sagte er ungeduldig, „wenn wir hier noch länger herumstehen, wird uns jemand mit dem Kleiderständer verwechseln.“

„Natürlich“, erwiderte sie, bevor sie seine Einladung auf dem Tisch neben dem Eingang ablegte. „Kommen Sie herein, Mr. ...“

„Patrick. John ... Patrick. Nennen Sie mich John, Miss ...“

„Madeleine“, sagte sie hastig. Aber es gefiel ihr besser, wenn er sie Darling nannte.

„Tanzen Sie mit mir, Darling.“ Er legte seinen Hut auf den Tisch.

Die Swing-Band spielte einen melancholischen Song aus den vierziger Jahren. Die Bluesklänge erschienen ihr plötzlich unwiderstehlich. Mit einem wundervollen Gefühl der Unbeschwertheit, als ob der Champagner ihr Flügel verliehen hätte, legte Madeleine ihre Hand in seine und ließ sich von ihm in den Himmel entführen.

Zu seinem größten Erstaunen fand sich Jack Riley auf dem Tanzparkett wieder und wiegte sich zu einer langsamen, schwermütigen Melodie mit Madeleine Langston in seinen Armen.

Eine unfassbare Situation. Entweder spielte sie das Spiel mit, oder sie erkannte ihn wirklich nicht. Konnten Harry Fodgothers Zauberkünste eine so perfekte Verwandlung bewirken?

Als er sich zufällig in einem antiken Spiegel erblickte, begann er daran zu glauben, dass ihn tatsächlich niemand erkannte. Seine Hornbrille war verschwunden. Der elegante Smoking, die Stiefel und die Frisur verwandelten eine graue Maus aus Brooklyn in einen Stadtcowboy. Dazu sein übertrieben gedehnter texanischer Akzent, und die Maskierung war perfekt.

Vielleicht.

Beinahe unbewusst legte er den Arm fester um ihre Taille und wurde von einem unerwartet erotischen Gefühl überrascht. In seinen Armen war die Eisprinzessin nicht aus Eis. Sie war warm. Weich. Berührbar.

„Gefällt Ihnen die Party?“ fragte er, während er zuschaute, wie sein Atem durch ihr Haar wehte. Kleine Lockenbüschel zierten ihre Schläfen und den Nacken. Den Rest hatte sie in einem Perlenband zusammengefasst.

„Mm. Mittlerweile, ja. Ich habe mich seit Wochen vor dieser Party gefürchtet.“ Sie schenkte ihm ein traurigsüßes Lächeln, das ihn im Innersten berührte. „Dies ist die Wohnung meines Vaters. Er ist verstorben. Aber ich hatte das Gefühl, ich bin es ihm schuldig, diese traditionelle Party ein letztes Mal zu veranstalten.“

„Mein Beileid zum Tod Ihres Vater.“

„Ich werde damit fertig.“ Ihre Oberschenkel berührten sich, als sie die Richtung auf der Tanzfläche änderten. Ihr Lächeln nahm einen koketten Ausdruck an. „Es ist eine großartige Gelegenheit, Männer aufzulesen.“

Er schluckte. Seine Kehle war plötzlich wie ausgetrocknet. „Gehört das zu Ihren Gewohnheiten?“

Sie lachte. „Sie sind der Erste. Und ich glaube, Sie sind es wert.“

Ihr freimütiges Eingeständnis schockierte ihn. Sie wusste Bescheid. Natürlich, sie spielte mit ihm. Dennoch stiegen Zweifel in ihm auf. Madeleine Langston war unfähig zu lügen. Noch vor wenigen Stunden hatte sie versucht, ihm vorzumachen, sie würde sich freuen, wenn er zu ihrer Party kam. Es war ein kläglicher Versuch gewesen, der auf ganzer Linie missglückte. Jack hatte gesehen, wie sie sich verkrampft hatte, wie ihr die Röte ins Gesicht gestiegen war, bis an die Wurzeln ihrer blonden Haare. Sie war eine schlechte Lügnerin.

Er manövrierte sie über die Tanzfläche zu einer Marmorsäule, wo er stehen blieb und sie zwischen sich und der Säule einsperrte, indem er sich mit einem Arm an der Wand abstützte. Himmel, sie war wunderschön. Wie von Botticelli erschaffen, eine kühle Elfenbeinnixe, die aus ihrem Wasserreich aufstieg. Ihre Augen leuchteten vor Bewunderung.

„Madeleine."

Sie berührte seine schmale Frackschleife. „Es gefällt mir, wie Sie meinen Namen sagen."

Plötzlich fühlte sich sein Kragen unbequem eng an. Dies war Irrsinn. „Haben wir ... haben wir uns schon einmal gesehen?" Aufmerksam beobachtete er ihre Reaktion.

Ihr Gesicht war ganz nah. Sie hob die Hand und strich zaghaft über sein Kinn. Wie ein neugieriges Kind. Sein glatt rasiertes Kinn, das Harry Fodgother mit etwas horrend Teurem bespritzt hatte. „Ausgeschlossen", flüsterte sie, während sie ihre Hand auf seine Brust legte. „Ich hätte es nicht vergessen, wenn wir uns schon einmal begegnet wären."

Zu spät. Wenn sie es jetzt herausfand, würde sie ihn umbringen.

Von Panik erfüllt ergriff er ihr Handgelenk und schob ihre Hand weg. „Madeleine, tun Sie das nicht", sagte er. „Täuschen Sie nicht vor, Sie wüssten nicht ..."

„Oh Gott." Sie stellte sich auf die Zehenspitzen, um

über seine Schulter zu spähen. Ihre Augen nahmen einen wilden, gehetzten Ausdruck an. „Sie kommen."

Jack blickte sich um und sah William Wornich inmitten einer Schar von Reportern auf sie zukommen. Im Bruchteil einer Sekunde begriff er. Madeleine lebte wie unter dem Mikroskop und wurde regelmäßig von den gebündelten Strahlen der öffentlichen Aufmerksamkeit verbrannt. Er sah die morgigen Schlagzeilen schon vor sich: Verlegererbin tanzt den Twostepp mit mysteriösem Cowboy.

„Kommen Sie." Er setzte seinen nagelneuen Stetson auf, legte den Arm um ihre Schulter und flüsterte ihr ins Ohr: „Wir verschwinden von hier."

Ein Blitzlicht blendete ihn. Er hörte das Surren einer Kamera. Dann sah er Brad und Derek im hinteren Teil des Raums. Mehr Argumente brauchte er nicht, um mit Madeleine die Party zu verlassen. Sie ignorierten die Fragen, die ihnen hinterhergerufen wurden, und flüchteten in den Fahrstuhl. Eine kleine Ewigkeit lang blieben die Türen offen, so dass sie den neugierigen Blicken der herannahenden Sensationsjäger ausgesetzt waren, unter ihnen auch Brad und Derek.

Jack zog seinen Hut tiefer in die Stirn und drückte auf den Abwärtsknopf. Die Türen des Fahrstuhls schlossen sich.

Als der Lift sich in Bewegung setzte, lehnte Madeleine sich erleichtert gegen die Wand. Ein Lächeln umspielte ihre Lippen. „Danke."

„Gern geschehen, Ma'am."

„Ich habe meinen Mantel vergessen."

„Soll ich zurückgehen und ihn holen?"

„Nein. Auf keinen Fall."

Galant, wie man es erwarten würde, zog er sofort seinen Smoking aus und legte ihn Madeleine um die Schultern. Sie versank in den schwarzen Stoffmengen. Als sie aufblickte und ihn anlächelte, verspürte er ein prickelndes Gefühl, einen magischen Zauber.

„Wohin fahren wir?" fragte sie.

Er sah auf das Tableau mit den Etagenknöpfen. „In die Parkgarage?"

Sie lachte ein glockenhelles Lachen. „Danach, meine ich."

„Nun, wohin möchten Sie?"

Der Fahrstuhl hielt. „Fahren Sie?" fragte sie, als die Türen sich öffneten und sie hinaustrat.

„Ja." Ein dankbarer Harry Fodgother hatte ihm seinen Truck für diese Nacht geliehen. Gegen seinen Protest hatte er ihm die Wagenschlüssel und die Magnetkarte für eine Garage gegeben, in der ein einziger Parkplatz teurer war als Jacks Wohnung in Brooklyn. Der Truck war der Kindheitstraum eines Schneiders mittleren Alters. Groß, schwarz, glänzend und mit allen nur erdenklichen technischen Spielereien ausgestattet, einschließlich einer Hupe, die wie eine Kuh muhte und wie ein Truthahn kollerte. „Wollen Sie fahren?" fragte Jack.

Zögernd biss sie sich auf die Unterlippe. „Heute nicht mehr. Ich habe etwas zu viel Champagner getrunken. Wo wohnen Sie?"

„Wohnen?“ Jack brach in Schweiß aus, als er ihr die Beifahrertür aufhielt. Dass es so weit kommen würde, hatte er nicht erwartet. „Oh, ich wohne bei Freunden in White Plains.“

Als sie sich in den erhöhten Schalensitz setzte und die Beine übereinander schlug, betörte das Geräusch von aneinander reibender Seide seine Sinne. Ihre Nahtstrümpfe umspannten die außergewöhnlichsten Waden, die er je gesehen hatte.

Es war eins von Jack Rileys bekannten Lastern, dass er Frauenkörper bewunderte. Er liebte sie ganz einfach. Die weichen Rundungen und den zarten Duft.

Enttäuschung spiegelte sich in ihrem Gesicht. Sie wirkte so einsam und verzweifelt, dass er sich sagen hörte: „Wir könnten in einen Club gehen, wenn Sie wollen.“

Sie blickte ihn lange an. „Nach Hause“, flüsterte sie schließlich, während sie ihre Hand sanft auf seinen Arm legte. „Ich möchte, dass Sie mich nach Hause bringen.“

4. KAPITEL

Madeleines Hand zitterte ein wenig, als sie im Fahrstuhl die Sensortaste auf der Schalttafel berührte. Schweigend fuhren sie zu ihrer Wohnung in der Park Avenue hinauf, umgeben von mattgelben Lampen und bronzegetönten Spiegeln. Sie hatte sich auf der Party vorgenommen, etwas Ungewöhnliches und Verwegenes zu tun. Diesen Anspruch erfüllte die Situation, in der sie sich jetzt befand, zu hundert Prozent.

Sie dachte an das letzte Mal, als sie einen Mann mit nach Hause genommen hatte. Ein kompletter Reinfall. Die erste Stunde war damit vergangen, dass er einen Vortrag über ihre Gemälde von Monet und die Baccarat-Objekte hielt. Danach versuchte er eine Stunde lang, sie ins Schlafzimmer zu manövrieren, und in der dritten Stunde versuchte er herauszufinden, warum sie ihn wegen plötzlicher Kopfschmerzen wegschicken wollte.

Madeleine musterte ihren Begleiter mit einem verstohlenen Blick. Seine Körperhaltung war entspannt. Er hatte einen freundlichen, warmherzigen Ausdruck in den Augen, dem sie nur zu gern vertrauen wollte.

Hoffentlich ist er anders, betete sie im Stillen. Er muss anders sein.

Geräuschlos öffneten sich die Türen des Lifts. Ihre Hände waren ruhiger, als sie die Magnetkarte einschob und ihre Wohnungstür öffnete.

Eine diskrete indirekte Beleuchtung erhellte den Eingangsbereich und das Wohnzimmer. Jack nahm seinen Hut ab und legte ihn auf den Schirmständer. Sie schlüpfte aus seinem Smoking. Achtlos warf sie ihn auf einen Stuhl. Einen Augenblick lang erregte die mit einem Spot angestrahlte Gartenszene von Monet, die über dem Tisch gegenüber der Wohnungstür hing, seine Aufmerksamkeit.

Madeleine hielt den Atem an. Würde nun der unvermeidliche Diskurs über die Bedeutung der impressionistischen Kunst beginnen?

„Hübsch", bemerkte er nur, während er sich ihr zuwandte.

Sie seufzte erleichtert. „Kann ich Ihnen etwas zu trinken anbieten?"

Er zögerte. „Ein Bier vielleicht."

Sie lachte. „Bier ist ungefähr das Einzige, was ich nicht im Hause habe." Sie ging zur Bar hinüber und deutete auf das stattliche Sortiment an Kristallflaschen mit Remy Martin, Glenmorangie und Frangelico.

„Macht nichts", sagte er. „Wie wäre es mit Champagner? Wirklich schlechter Champagner schmeckt ähnlich wie Bier."

„Schlechten Champagner habe ich nie im Haus."

Er stützte sich mit dem Ellbogen auf den Bartresen und zeigte auf die Kaffeemaschine. „Dann machen wir einen Kaffee."

Das hatte ihr gerade noch gefehlt. „Ich mache den schlechtesten Kaffee der Welt."

„Ich mache den besten Irishcoffee der Welt. Ein wahrhaft himmlischer Genuss." Er löste seine Frackschleife und den Kragenknopf. Das Hemd fiel V-förmig auseinander und entblößte seine rötliche Brustbehaarung. Diesen Anblick fand Madeleine so erregend, dass sie verunsichert den Blick abwandte.

„Ma'am", sagte er. „Sie dürfen einem Meister bei der Arbeit zuschauen." Mit sicheren Handgriffen legte er Filterpapier ein und zählte einige Löffel von der Gourmet-Mischung ab. „Der Trick ist, man nimmt die doppelte Menge Kaffee und die dreifache Menge Whisky."

„Aha. Auf diese Weise ist man dann so aufgedreht, dass der Geschmack nicht mehr interessiert." Sie öffnete eine Flasche Evian und füllte sie in das Reservoir der Krups. Während der Kaffee durchlief, holte Madeleine eine kleine Tüte Kaffeesahne aus der Küche. Sie kam an die Bar zurück und beobachtete Jack, wie er eine Flasche irischen Whisky aufschraubte. Plötzlich breitete sich in ihrem Apartment, das ihr so schrecklich steril und einsam erschienen war, eine gemütliche Atmosphäre aus.

Er lächelte, als er sie erblickte, und nahm ihr die Kaffeesahne ab. „Wohnen Sie hier allein?"

„Ich teile die Wohnung mit Blake."

Sie meinte einen Anflug von Eifersucht in seinen Zügen zu entdecken, war sich aber nicht sicher. Dazu sah sie zu schlecht ohne die Kontaktlinsen. „William Blake ist mein Kater", klärte sie ihn lachend auf. „Manchmal kommt meine Mutter zu Besuch, aber nach dem Tod meines Vaters hält sie sich lieber in wärmeren Gegenden oder auf Kreuzfahrtschiffen auf."

Er sah sie einen Moment nachdenklich an. Dann hob er die Hand, als würde er ihren Arm berühren wollen. Sie wünschte es sich. Aber er ließ die Hand wieder sinken und konzentrierte sich auf die Zubereitung des Irishcoffee.

Schließlich gingen sie ins Wohnzimmer hinüber. Als Madeleine eine Lampe einschalten wollte, ergriff er sanft ihr Handgelenk und hielt sie zurück. „Ich mag es lieber dämmrig", sagte er leise. „Dann können wir die Aussicht auf die Stadt besser genießen."

Sie blickte zum Fenster. In dieser kristallklaren Nacht glich New York einem funkelnden Lichtermeer von besonderer Magie. „Natürlich", sagte sie lächelnd. „Ich vergesse immer wieder, dass Sie ein Tourist sind."

Sie setzten sich auf ein weißes Ledersofa, das zur Fensterfront ausgerichtet war. Madeleine beugte sich vor, um ihre Schuhe abzustreifen. „Sie haben doch nichts dagegen?"

„Nein. Um Gottes willen, Madeleine. Machen Sie es sich bequem."

Seine Verlegenheit war hinreißend. Madeleine lachte ihn an. Dann entledigte sie sich mit einem erleichterten Seufzer ihrer Schuhe.

„Sie haben sich wohl die Füße wund getanzt", bemerkte er.

Noch bevor sie etwas erwidern konnte, zog er ihre Füße auf seinen Schoß und begann eine behutsame Massage. Sie zuckte erschrocken zusammen.

Jack sah sie fragend an. „Bin ich anmaßend?"

„Ja."

„Soll ich aufhören?"

„Nein."

Ein versonnenes Lächeln umspielte seine Lippen, als er mit sanftem Druck ihre Knöchel massierte und dabei jede Bewegung mit den Augen verfolgte. Madeleine durchströmte ein Wohlgefühl, das sie schockierte. Dieser Mann gab ihr Rätsel auf. Er war nett und von einer Freundlichkeit, die sie bei Männern selten erlebt hatte.

Wie weit würden sie heute Nacht gehen? Wie lange

würde es dauern, bis er sich als echter Freund oder als Glücksjäger entpuppte? Als Liebhaber oder als Lügner?

„Oh, nein. Das sollten Sie nicht tun“, flüsterte er, während er sich zu ihr beugte, bis sie seinen Atem auf ihrer Wange spürte.

Sie begann zu zittern. „Was sollte ich nicht tun?“ fragte sie leise.

„Grübeln. Denken Sie nicht nach, Madeleine. Sonst zerstören Sie es.“

„Was zerstöre ich?“

„Dies.“ Er umfasste vorsichtig ihr feines Gesicht mit seinen großen warmen Händen und küsste sie zärtlich auf den Mund.

Sie hielt den Atem an, als sie seine weichen Lippen spürte. Noch nie zuvor hatte ein Mann sie so ... Nein, nicht nachdenken. Er hatte Recht. Sie verstand es nur allzu gut, sich die schönsten Dinge auszureden.

Madeleine rückte näher an ihn heran und erwiderte seinen Kuss. Es war ein betörendes Gefühl. Bereitwillig ließ sie sich von dem Zauber gefangen nehmen, der ihren Körper in Flammen zu setzen schien. Aber sie wartete vergeblich darauf, dass er den Kuss vertiefte. Unsichtbare Flammen drohten sie zu verschlingen, und er blieb reserviert. Verhalten. Aber warum? Sie hatte sich ihm doch praktisch in die Arme geworfen.

Plötzlich kam ihr ein Gedanke, der sie erstarren ließ. Sie löste sich von ihm und wich ans äußerste Ende des Sofas zurück. „Schwindler!“

Jack spürte, wie ihm schlagartig alles Blut aus dem Gesicht wich. Das Spiel war aus. Womöglich hatte Madeleine es vom ersten Augenblick an gewusst, aber er hatte ihr einen geeigneten Vorwand geliefert, die langweilige Party zu verlassen. Und jetzt, da die Dinge außer Kontrolle gerieten, meldete die Eisgöttin in ihr Protest an.

„Madeleine, ich kann es erklären. Ich ...“

„Oh, das würde mich interessieren.“ Sie nahm ihre Kaffeetasse und trank einen Schluck, dann zuckte sie zusammen, als hätte sie sich die Kehle verbrannt.

„Madeleine, ich hatte nicht vor, es so weit kommen zu lassen, aber ...“

„Du bist verheiratet.“

„Nein!“ widersprach er erleichtert und ein wenig amüsiert. „Hast du das geglaubt? Maddy, ich schwöre, ich bin nicht verheiratet.“

„Dann hast du eine ... Krankheit oder irgendetwas.“

„Bestimmt nicht. Ehrlich.“

„Ein Flüchtling?“ vermutete sie weiter.

„Okay“, sagte er immer noch verblüfft darüber, dass sie ihn nicht erkannte. „Ich bin aus Texas geflohen, um mich zu finden.“

„Und ist es dir gelungen?“ Sie musterte ihn skeptisch.

„Vielleicht. Ich habe dich gefunden. Das ist schon etwas.“ Er sah sich in dem sterilen Wohnzimmer um. Ob ihr wohl bewusst war, dass sie in einem perfekten, aber vollkommen unpersönlichen Arrangement von „Modernes Wohnen“ lebte? Irgendwie war es trostlos. Öde. Wie der große Tannenbaum, der in einer Ecke des Zimmers stand. Ohne jeden Schmuck. Nur um den Topf am Fuß des Baumes war eine rote Schleife gebunden.

„Ich habe so meine Schwierigkeiten mit Weihnachten", gab sie verlegen zu, als sie sah, in welche Richtung seine Gedanken zielten.

„Ich nicht", erwiderte Jack. „Wo sind die Kerzen und die Dekoration?"

Kaum hatte er diese Worte ausgesprochen, hätte er sie am liebsten wieder zurückgenommen. Idiot, beschimpfte er sich im Stillen. Da hatte er die Gelegenheit, Madeleine Langston zu verführen, und war seinem Ziel schon ganz nah gewesen. Aber anstatt sie in die Arme zu nehmen, bot er ihr an, ihren Christbaum zu dekorieren. Er war auf dem besten Wege, seine Chance zu vertun.

Während sie an ihrem Irishcoffee nippte, sah sie ihn über den Rand der Tasse hinweg aus ihren unergründlichen blauen Augen an. „Vielleicht fange ich an zu weinen", sagte sie leise.

Ein unerwartetes Gefühl der Zärtlichkeit überkam ihn. „Warum?"

„Daddy hat immer viel Aufhebens um Weihnachten gemacht."

Er umfasste ihre Hand. „Verstehe. Wenn du es lieber nicht ..."

„Das habe ich nicht gesagt", unterbrach sie ihn. „Ich habe nur gesagt, dass ich vielleicht weine, wenn wir den Baum schmücken. Und ich wollte sehen, ob es dich stört."

„Stören!" Diese Frau überraschte ihn stets aufs Neue.

„Darling, glaub mir, es gibt schlimmere Dinge im Leben als eine faszinierende Frau mit einem reizenden Schwips, die sich an meiner Schulter ausweint."

Sie legte den Kopf auf die Seite. „Du hast schöne breite Schultern. Am Ende weine ich vielleicht gar nicht."

Am Ende weinte Madeleine natürlich doch, woran sie beide nicht gezweifelt hatten. Mitten aus dem Lachen heraus schwenkte ihre Stimmung um. Sie waren gerade damit fertig, die Lichterkette auf den dürren Zweigen des Baums zu arrangieren.

Jack steckte den Stecker in die Dose. Die Lichter und der Stern auf der Baumspitze begannen in allen Farben zu funkeln und tauchten den Raum in eine festliche Atmosphäre. Madeleine stand vor dem glitzernden Baum. Ein seltsam entrückter Ausdruck trat in ihr Gesicht. Ihre großen, tränenerfüllten Augen glänzten im Schein der Kerzen. Aus ihrer Frisur hatten sich vorwitzige Locken gelöst, die ihr Gesicht umrahmten.

„Maddy?" fragte Jack sanft, als fürchtete er, ein lautes Geräusch könnte sie wie das Kristallglas eines Zauberers zerspringen lassen.

Lautlos rollten die Tränen über ihre Wangen. Schließlich flüsterte sie: „Deine Schultern sind zu weit weg."

Ein Gefühl von Zärtlichkeit durchströmte ihn. Er nahm sie in die Arme und drückte ihren Kopf behutsam gegen seine Brust. Ihre Tränen sickerten in sein original Fodgother-Hemd. „Schsch", machte Jack. „Ist ja gut." Er verzog das Gesicht. Für jemanden, der den ganzen Tag mit Sprache umging, war er nicht sehr redegewandt.

Nach einer Weile hob sie den Kopf. „Es ist wirklich gut. Ich meine, ich vermisse Daddy. Manchmal habe ich das Gefühl, dass ich nicht einmal den nächsten Atemzug tun kann. Aber dann atme ich. Einen Zug und noch einen Zug, und ich stelle fest, dass die Welt nicht aufhört, sich zu drehen. Dann weiß ich, dass ich es schaffe."

Jack konnte den Impuls nicht unterdrücken. Er küsste sie auf die Stirn. Als er ihre weiche Haut auf den Lippen spürte und ihren Duft einatmete, empfand er etwas, das an Ehrfurcht grenzte. Das Letzte, was er von diesem Abend erwartet hatte, war, Madeleine Langston als zarte, empfindsame und kluge Frau zu erleben.

Ein Mädchen in dem Jugendheim, wo er in seiner Freizeit half, hatte vor kurzem die Mutter verloren. Diesem Mädchen würde er erzählen, was Madeleine über das Atmen gesagt hatte. Vielleicht half es.

Er gab ihr ein Tuch aus der Kleenex-Schachtel, die auf dem Tisch stand. Madeleine trocknete ihr Gesicht. Dann lachte sie unsicher. „Ich glaube, den Irishcoffee rühre ich besser nicht mehr an."

Jack nahm zwei kleine Flaschen Mineralwasser aus der Bar. Nun tauchte auch der Kater Blake auf. Mit geschmeidigem Gang strich er um den Baum herum und tippte mit den Pfoten gegen die Christbaumkugeln. Madeleine und Jack beobachteten ihn lachend. Dann stießen sie mit ihren Wasserflaschen an.

Sie lehnte sich mit dem Rücken an ihn, als sie mit einem absurden Stolz noch einmal ihr Werk betrachteten. Er streichelte ihren Arm. Schließlich drehte sie sich um, nahm ihm die Flasche ab und stellte sie auf den Tisch. Dann schlang sie die Arme um seinen Nacken und zog seinen Kopf zu sich herab. „Danke", flüsterte sie. „Danke, dass du den Abend mit mir verbringst."

Was war mit ihr los? War sie von Sinnen, dass sie ihm für seine Gesellschaft dankte?

„Ja", sagte er mit einem leisen Lachen. „Es ist wirklich eine Qual für mich, eine schöne Frau in den Armen zu halten."

Madeleine lachte und stellte sich auf die Zehenspitzen. Dann küssten sie sich. Zärtlich schmiegte sie sich an ihn und ließ ihre Hände verführerisch über seine Brust gleiten, während sie sein Hemd aufknöpfte. Jack ließ es geschehen. Seine Erregung wuchs, als sie seinen Gürtel öffnete. Kummerbund hatte Harry diesen schärpenähnlichen Leibgurt genannt, und Jack hatte einen sarkastischen Kommentar unterdrückt.

Irgendwo schlug eine Uhr Mitternacht und erinnerte ihn daran, dass er ein Schwindler war. Fast fürchtete er, dass seine elegante Hose sich in eine Trainingshose verwandelte. Aber er kam nicht dazu, seine Ängste näher zu untersuchen. Madeleine hinderte ihn daran.

Er spürte ihre Hände auf seiner nackten Brust. Sag es ihr, drängte ihn eine innere Stimme. Sag es ihr, bevor es zu spät ist.

„Maddy", murmelte er.

„Mmm?" Zärtlich knabberte sie an seiner Unterlippe.

Im selben Moment vergaß er, was er sagen wollte. Er küsste sie leidenschaftlich.

„Ich glaube, es ist Schicksal, dass wir uns heute begegnet sind“, flüsterte sie.

Lady, du kennst nicht mal die halbe Wahrheit.

„Wie meinst du das?“ fragte er. Dann strich er mit der Zungenspitze über ihre vollen Lippen.

„Kurz bevor wir uns begegnet sind, hatte ich mir vorgenommen, etwas Wildes zu tun. Etwas Ausgefallenes, was ich sonst nicht tue. Und dann bist du aufgetaucht. Wie aus dem Nichts.“ Sie nahm seine Hand und führte ihn langsam, aber zielstrebig einen schwach erleuchteten Flur entlang.

Von diesem Schlafzimmer würde jeder Innenarchitekt träumen, dachte Jack, als er den Raum betrat. Den Mittelpunkt bildete ein antikes Himmelbett, dem nur noch die Aufschrift fehlte: Hier schlief Napoleon.

Madeleine zog ihm das Hemd aus der Hose und ließ ihre Hände genießerisch über seine nackte Haut gleiten.

Sag es ihr. Jetzt gleich.

Er löste einen perlenbesetzten Kamm aus ihrer Frisur. Was sollte er ihr sagen? Dass sie Jack Riley verführte? Dass sie gerade ihre geheimsten Gefühle einem Mann offenbart hatte, den sie zutiefst verachtete? Dass das Ekelpaket, das ihr im Verlag das Leben zur Hölle machte, dabei war, sie in den siebten Himmel zu führen?

Es ist noch nicht zu spät. Sag es ihr!

„Maddy“, zwang er sich schließlich.

„Mmm?“ fragte sie, während sie ihre Lippen über seinen Hals gleiten ließ.

„Warum tust du das, Madeleine?“

Ihr goldblondes Haar fiel in weichen Wellen über ihre Schultern. Noch nie hatte er sie mit offenem Haar gesehen.

„Weil ich es brauche“, sagte sie. „Hast du noch nie das Gefühl gehabt, einen Menschen zu brauchen, Zärtlichkeit zu wollen? Das Gefühl, du müsstest sterben, wenn du allein bleibst?“

Großer Gott, sie würde sterben, wenn sie erfuhr, dass sie das eben zu Jack Riley gesagt hatte.

„Doch, das Gefühl kenne ich“, gab er zu. Sollte er in dieser Situation wirklich noch Selbstdisziplin üben? Er streichelte ihre Schultern, bevor er den Reißverschluss ihres Kleides öffnete.

Die Entdeckung, die er nun machte, raubte ihm den allerletzten Funken Anstand. Schon vorher hatte er ihre Nahtstrümpfe bewundert. Dass sie aber schwarze Seidenstrapse trug, übertraf seine kühnsten Träume.

Strumpfbänder.

Dieser Anblick machte ihn wahnsinnig. Wenn er Strapse sah, konnte er zum Tier werden.

Als er einen letzten Versuch unternehmen wollte, ihr die Wahrheit zu erzählen, versagte ihm die Stimme.

„Es ist verrückt“, flüsterte Madeleine. „Ich weiß nicht, wer du bist und wo du herkommst. Aber ich glaube, ich habe mich in dich verliebt.“

John Patrick Riley aus Muleshoe, Texas, hörte diese Worte und wusste zwei Dinge mit absoluter Sicherheit.

Erstens, dies würde die unglaublichste Nacht seines Lebens werden.

Und zweitens, was auch immer geschah, es würde sich nie wiederholen.

5. KAPITEL

„Verdammt, Madeleine", sagte er, während er sein Hemd auf den Boden fallen ließ. „Du hast einfach zu viel getrunken."

Mit einer koketten Geste schlüpfte sie aus ihrem Kleid. „Wenn ich trinke, werde ich nur ehrlich. Was ich dir gerade gesagt habe, habe ich noch nie einem Mann gesagt. Ich vertraue dir. Nenn es Instinkt, wenn du willst. Ich habe das Gefühl, dass ich dir alles sagen kann."

Als er sich bückte, um seine polierten, schwarzen Cowboy-Stiefel auszuziehen, wirkte er hinreißend schüchtern. Schmunzelnd stellte sie fest, dass er zu seinem Abendanzug weiße Sportsocken trug.

Dann zog er seine Hose aus. Madeleine schluckte. Mit unverhohlener Bewunderung starrte sie ihn an. Dieser Mann hatte einen perfekten Körper.

„Sie starren, Ma'am", bemerkte er.

Madeleine schluckte noch einmal. „Das letzte Mal, dass ich so einen Körper gesehen habe, war in einem Museum in Italien."

Er lachte und nahm sie in die Arme, so dass sie seine festen Muskeln spürte, den Duft seines teuren Eau de Toilette einatmete und seine persönliche, einzigartige Note, die verführerischer war als jedes Parfüm der Welt.

„Du kannst dich aber auch sehen lassen", sagte er, während er den Verschluss ihres trägerlosen BHs öffnete. Sein Stöhnen war ein überzeugenderes Kompliment als wortgewandte Schmeicheleien. Als er sie zärtlich zu streicheln begann, fühlte sie sich geliebt und geborgen wie noch nie in ihrem Leben.

Besonderes Gefallen schien er an ihrem Strumpfhalter zu finden. Sie hatte ihn aus einer Laune heraus gekauft, weil sie fand, dass er gut zum Vierziger-Jahre-Stil ihres Kleids passte. Aber natürlich hatte sie sich nicht träumen lassen, dass irgendjemand sie darin sah.

Er betrachtete sie nicht einfach nur. Nein, er schien jede Einzelheit mit den Augen aufzusaugen. Es machte sie schwindlig, das Objekt solch unverhohlener Begierde zu sein. Seine Aufmerksamkeit und Konzentration waren ganz und gar auf sie gerichtet. Auf ihre Bedürfnisse, ihre Gefühle und ihre Wünsche.

Und das war der Grund dafür, dass sie sich in diesen Mann verliebt hatte. Für ihr Umfeld und ihren Reichtum schien er sich überhaupt nicht zu interessieren. Sie allein stand im Mittelpunkt seines Interesses. Er schien genau zu wissen, wonach sie sich sehnte. Er schien zu ahnen, wie sie berührt werden wollte, noch bevor sie selbst es wusste.

Mit ihren Strümpfen ließ er sich Zeit. Wie ein Prinz kniete er sich vor sie hin und rollte die Seidenstrümpfe am Bein hinab. Erst den einen, dann den anderen. Dann stand er auf und küsste sie auf den Mund, zärtlich und genießerisch. Madeleine hatte das Gefühl zu träumen, als sie schließlich gemeinsam aufs Bett sanken. Im Traum hatte sie einen Augenblick wie diesen schon einmal erlebt, aber sie hätte nicht für möglich gehalten, dass so etwas Wirklichkeit werden konnte.

Sie stöhnte und schmiegte sich an ihn, während sie die Arme um seinen Hals schlang und ihn voller Hingabe küsste. Mit der Zunge erforschte er ihren Mund. Madeleine versank im Reich der Sinne. Sie streichelte ihn, lernte seinen Körper kennen, seine Muskeln. Alles an ihm wirkte geschmeidig und natürlich. Er hatte sich seine Figur bestimmt nicht in einem Bodystudio antrainiert.

Natürlich konnte sie das nicht mit Sicherheit sagen. Dazu wusste sie zu wenig von ihm. Und gerade dieses Geheimnisvolle, das Unbekannte machte den besonderen Reiz aus. Sie verschmolzen miteinander, und er führte sie zu immer neuen Gipfeln der Lust. Glücksgefühle von unbeschreiblicher Intensität durchströmten sie. Sie hörte, wie er ihren Namen flüsterte und schließlich leise aufschrie.

Stille senkte sich wie Schneeflocken auf sie. Sie lagen nebeneinander und hielten sich in den Armen, während sie dem Atmen des anderen lauschten, erstaunt über die Plötzlichkeit und Intensität dessen, was sie gerade erlebt hatten.

Nach einer Weile drehte Madeleine sich auf die Seite und stützte sich auf dem Ellbogen ab, um sein Gesicht zu betrachten. „Ich möchte dir etwas sagen."

Er strich ihr eine ihrer schönen Locken aus der Stirn. „Was denn, Darling?"

„Ich mache so etwas nicht sehr oft." Sie spürte, dass sie bei diesem Bekenntnis dunkelrot wurde.

„Was machst du nicht sehr oft?" fragte er amüsiert.

„Dies ... alles." Es war ihr peinlich, und sie fand keine Worte. Aber zum ersten Mal in ihrem Leben war sie in der Lage, über sich selbst zu lachen. „Ich habe so etwas noch nie bei der ersten Verabredung gemacht."

„Darling, es tut mir Leid, dass ich dich korrigieren muss, aber wir hatten nie eine Verabredung. Du hast mich auf einer Party aufgelesen. Hast du das vergessen?"

„Oh. Wie schamlos von mir." Sie berührte mit der Zungenspitze seine Brust, nur um seine Reaktion zu sehen. Sein zufriedenes Stöhnen ließ sie lächeln. „Was ich sagen wollte, ist, dass ich nicht der Typ für einen One-Night-Stand bin. Ich möchte, dass du das weißt."

„Sicher." Er lächelte immer noch. „Dann erklär mir, was heute so anders ist?"

„Du", sagte sie ohne Zögern. „Du bist anders. Du erweckst in mir Wünsche ..." Sie hielt inne und ließ ihre Hand über seinen Bauch gleiten.

„Was für Wünsche?" Jetzt war sein Lächeln verschwunden. Seine Stimme klang nervös.

„Ich möchte mehr als eine Nacht", flüsterte sie. „Viel mehr."

Er murmelte etwas, das wie ein Fluch klang, und richtete sich auf. Mit einer schnellen Bewegung drehte er sie auf den Rücken und drang in sie ein. Sein Temperament raubte ihr den Atem.

Er liebte sie bis zur Erschöpfung. Als sie schließlich ihren Kopf an seine Schulter legte und glückselig in den Schlaf hinüberschwebte, machte sie eine erstaunliche Entdeckung.

Manchmal wurden Träume wahr.

Das elektronische Surren eines High-Tech-Telefons bahnte sich einen Weg in Jacks Bewusstsein und riss ihn aus dem besten Schlaf, den er seit Monaten gehabt hatte.

Zwischen dem ersten und zweiten Läuten fiel ihm wieder ein, wo er war. Im Schlafzimmer von Madeleine Langston. Mit Miss Maddy persönlich, die nackt in seinen Armen lag.

Heiliger Strohsack.

Zwischen dem zweiten und dem dritten Läuten gelang es ihm, sich aus dem Bett herauszuziehen. Sie stöhnte und seufzte. Dann drehte sie sich auf die andere Seite und zog sich das Kissen über den Kopf.

Sehr gut, dachte er, während er hastig in seine Kleidung schlüpfte. Schlaf weiter, Baby, betete er im Stillen. Gib deinem Traumliebhaber eine Chance, sich in Luft aufzulösen.

Beim vierten Läuten war er angezogen und tastete auf allen Vieren nach seinem zweiten Cowboy-Stiefel. Wo zum Teufel konnte er ...

„Hallo, hier ist Madeleine ...“

Jack blieb das Herz stehen, als er ihre Stimme hörte. Dann begriff er, dass es ein Anrufbeantworter war.

„Oh, Maddy“, sagte William Wornich mit seiner

klatschsüchtigen Stimme. „Mir ist schon ganz schwindlig vor Neugier. Wer war er, Maddy? John Wayne, um Himmels Willen?"

Sie murmelte etwas unter dem Kissen.

Oh, verdammt. Jeden Moment würde sie aufwachen.

Jack sah sich vor die Wahl gestellt. Entweder konnte er hier verschwinden und sie mit den glücklichen Erinnerungen an ihren Mystery Man allein lassen, oder er konnte sich als Ehrenmann erweisen. Gestehen, was er getan hatte, und die Konsequenzen tragen.

Er brauchte genau eine halbe Sekunde, um zwischen Held und Feigling die Wahl zu treffen.

John Patrick Riley ließ seinen Cowboy-Stiefel Größe zwölf irgendwo im Schlafzimmer zurück. So schnell er konnte, verschwand er aus Madeleines Designer-Apartment und aus ihrem märchenhaften Leben.

6. KAPITEL

„Nennst du das einen Weihnachtsmann?" fragte Jack, während er an Derek auf und ab blickte. Sie waren im Santiago-Jugendzentrum in Brooklyn. In Jacks engem und voll gepacktem Büro. Draußen auf dem schneebedeckten Basketball-Hof lungerten ein paar Jugendliche herum. Von nebenan drangen Mädchenstimmen zu ihnen. Dort fand ein Spanischkurs statt.

Derek zupfte an seinem mottenzerfressenen roten

Mantel. „Mir war nicht klar, dass du ein Wunder erwartest“, brummte er. „Ich weiß sowieso nicht, wie du es geschafft hast, mich zu diesem Unsinn zu überreden, Riley.“

Jack rückte seine Brille zurecht. „Vielleicht ist es dein angeborener Sinn für Menschlichkeit und Nächstenliebe, Derek. Deine feste Überzeugung, dass es eine gute Sache ist, benachteiligten Kindern zu helfen.“ Jack steckte sich ein Juicy Fruit in den Mund. „Ganz zu schweigen von den Knicks-Tickets, die du von mir erpresst hast.“

„Vielleicht sind es auch deine ständigen Drohungen, mir die Kniescheibe zu brechen. Warum verschwendest du eigentlich deine Zeit in diesem Loch?“

Wegen Annie, dachte Jack. Eine sechs Jahre alte Wunde riss in diesem Moment wieder auf. Er hatte sie geliebt, wie man einen Menschen nur lieben konnte, aber Liebe allein hatte sie nicht retten können. In gewisser Weise war dieses Jugendzentrum ein Denkmal für seine erste Liebe. Jedes Kind, das nicht in Schwierigkeiten geriet, personifizierte die Hoffnungen, die sich für Annies Leben nicht erfüllt hatten.

Jack rieb sich das Kinn. „Ich hatte einmal eine gute Freundin. Drogen und Bandenkriege haben sie umgebracht.“

„Mann, das tut mir Leid ...“

„Es ist lange her.“

Als Derek die Kapuze aufsetzte, fiel der Pompon ab. „In diesem Aufzug kann ich nicht einmal einen Dreijährigen überzeugen.“

„Aber natürlich kannst du das", widersprach Jack, obwohl auch ihm Zweifel kamen. Er nahm seine Baseballmütze ab und fuhr sich mit der Hand durchs Haar. „Die Leute glauben, was sie glauben wollen."

Derek stützte sich mit dem Ellbogen auf einen Aktenschrank und fingerte an einer Blumenampel herum. Eine Makramee-Arbeit von Maria, einer der Problemfälle des Jugendzentrums. Jack fragte sich, was aus Maria in letzter Zeit geworden war.

„Was ist eigentlich mit dir los, Riley?" riss Derek ihn aus seinen Gedanken. „Irgendwie bist du anders."

Jack spürte, dass seine Ohren rot wurden. Er setzte seine Mütze wieder auf und zog sie in die Stirn. „Ich weiß nicht, was du meinst."

„Ich weiß auch nicht genau, irgendwie ..." Derek sah ihn genauer an. „Hey, du hast dich rasiert. Es geschehen noch Zeichen und Wunder."

Jack versuchte, ein unbeteiligtes Gesicht zu machen, obwohl ihm der Atem stockte. „Ein verschütteter Sinn für Anstand und Ordnung."

„So, so. Wie war es eigentlich gestern Abend? Wie bist du zurechtgekommen?"

Jack wurde blass. Kein Zweifel, Derek wusste Bescheid.

„Nun?" drängte Derek weiter, während er seinen Mantel aufknöpfte. „Erzähl schon!"

„Was zum Teufel soll ich erzählen?" Jack verschluckte sich fast an seinem Kaugummi.

„Wie war sie? Wild und süß?"

„Herrgott, Derek, hör schon auf."

„Ich wollte es auch schon immer mal mit einer wilden Stadtmaus treiben", sagte Derek mit einem wehmütigen Lächeln.

Jack konnte seine Erleichterung kaum verbergen. „Nun, die Sache ist ganz einfach, es wird nie passieren, wenn du es nicht von Zeit zu Zeit versuchst."

„Wahrscheinlich hast du Recht." Derek zog den roten Mantel aus. Er hielt ihn hoch und inspizierte ein Loch, das aussah, als stammte es von einer Pistolenkugel. „Die Sache hat keinen Sinn. Sieht aus, als hätte Santa Claus im Tompkins Square Park gewohnt und nicht am Nordpol."

„Du bist zu pessimistisch", sagte Jack. „Vielleicht hast du einen Kater."

Derek zog verächtlich die Mundwinkel nach unten. „Nach einer Party bei Madeleine Langston hat niemand einen Kater. Jeder achtet darauf, dass er nicht zu viel trinkt. Zu gefährlich bei all den Reportern, die nur auf Klatsch und Tratsch aus sind." Er hielt inne und runzelte die Stirn. „Stimmt nicht ganz, was ich sage."

Jack sah ihn scharf an. „Was soll das heißen?"

„Wirklich komisch." Derek stopfte das Santa-Claus-Kostüm in eine abgenutzte Macy-Tüte. „Es gab doch jemanden, der es gestern Abend übertrieben hat. Soll ich dir sagen, wer? Das errätst du nie."

„Nun sag schon", drängte Jack mit perfekt gespielter Neugier.

„Madeleine Langston. Bestimmt haben die wenigsten es bemerkt. Aber Brad und mir ist es aufgefallen. Hast du die Zeitung heute Morgen nicht gelesen? Wornichs Kolumne?“

„Wornich lese ich aus Prinzip nicht. Was hat er geschrieben?“ Eine Gänsehaut lief ihm über den Rücken, als er an die ironische, durchtriebene Stimme auf Madeleines Anrufbeantworter dachte.

Derek nahm die zusammengefaltete Zeitung vom Tisch und blätterte den Gesellschaftsteil auf. „Lies es selbst“, sagte er, während er Jack die Zeitung unter die Nase hielt.

Jack starrte auf das Blatt. Er spürte, wie er ganz langsam rot anlief. Da waren sie abgebildet, Madeleine Langston und ihr charmanter Prinz, wie aus dem Ei gepellt und in einer Pose wie für das Cover eines Liebesromans. Der Mann, dessen Gesicht im Schatten war, beugte sich zu der Frau hinab und flüsterte ihr etwas ins Ohr. Sein Smoking und die elegante Haltung schrien vor Reichtum und Bildung.

Obwohl das Foto gestellt wirkte, strahlte es dennoch Wärme aus. Die Art, wie Madeleines schmale Hand auf seinem Arm ruhte, wie seine ganze Aufmerksamkeit auf sie gerichtet war ... Das Foto vermittelte den Eindruck, dass diese beiden Menschen voneinander fasziniert waren. Irgendwie war alles eingefangen. Die Sehnsucht, das Zögern. Scheue Zurückhaltung und zugleich unverhohlene Begierde. Das vorbestimmte Schicksal, dass diese beiden Menschen sich ineinander verlieben würden.

„Dieses Bild ist mit tausend Worten nicht zu beschreiben, was?“ fragte Derek.

„Stimmt." Jack legte die Zeitung achtlos beiseite und hob die Macy-Tüte auf. „Ich kenne jemanden, der das Kostüm in Ordnung bringt." Mit Derek im Schlepptau verließ er das Zimmer. „Der beste Schneider in Manhattan. Um es genau zu sagen, ein Herrenausstatter. Wenn er dich anzieht, siehst du wie ein Millionär aus."

„Sicher, Riley."

„Ich meine es ernst." Unwillkürlich dachte Jack an das Foto im Courier. „Der Typ kann zaubern."

Bevor sie in die Stadt gingen, führte er Derek durch das Jugendheim. Ein umgebautes Mietshaus, in dem das Santiago Center seit fünf Jahren untergebracht war.

Fünf Jahre, in denen Erfolg und Versagen einander abwechselten. Und daran würde sich wohl auch in Zukunft nichts ändern. Für jedes Kind, das sie aus Schwierigkeiten heraushalten konnten, rutschte ein anderes durch die Maschen.

„Ich habe einfach nicht genug Zeit für sie", setzte Jack seinen Gedanken fort, während er Derek die Metalltür zum Innenhof aufhielt.

„Ich werde aus dir nicht schlau, Riley", erklärte Derek kopfschüttelnd. Er trat auf den Basketball-Hof hinaus.

Jack folgte ihm. Geschmeidig nahm er einem schlaksigen Jungen namens André den Ball ab und spielte ihn Derek zu, der mit einem passablen Wurf auf den Korb punktete. „Jetzt spielt ihr mit Profis", erklärte Derek, bevor einer der Jungen ihm auf den Rücken klopfte und ein Rebound ergatterte. Jack lachte. Er ließ Derek mit den Jungen allein und betrat das Gebäude auf der anderen Seite des Hofs.

Sein Lachen verschwand, als er ein Mädchen dort sitzen sah. Mit einem zusammengeknüllten Taschentuch in der Hand saß es auf einem Metallstuhl und starrte mit leerem Blick auf den Stadtplan, der gegenüber an der Wand hing. Unter dem rechten Auge hatte sie einen Bluterguss, ihre Unterlippe war geschwollen.

Sie war schwanger und sah aus, als könnten die Wehen jeden Moment einsetzen.

Jack räusperte sich. „Kümmert sich schon jemand um dich?"

Das Mädchen hob langsam den Kopf und blickte zu ihm auf. „Hallo, Mr. Riley."

Nun erst erkannte er sie. Diese riesengroßen braunen Augen konnte man nicht vergessen. Und er hatte sie seit Monaten nicht gesehen. „Maria", sagte er. Er hockte sich neben sie und ergriff ihre Hände. „Wo bist du die ganze Zeit gewesen?"

„Ich hätte weiter hierher kommen sollen." Ihre geschwollene Lippe zitterte. „Ich habe Probleme, Mr. Riley."

„Maria." Er drückte ihre Hand. „Es wird alles wieder gut. Das verspreche ich. Erzähl mir, was passiert ist."

„Es wird nie wieder gut", sagte sie theatralisch wie eine Schauspielerin, ein Talent, das Jack schon bei früheren Gelegenheiten an ihr festgestellt hatte. „Dabei sah alles gut aus. José sagte, er hätte einen festen Job und eine Wohnung. Aber er hat mich sitzen lassen."

Jack kannte den Jungen. Er mochte ihn sogar. José war ein guter Schüler gewesen, fleißig und zielstrebiger als die meisten anderen. Letzten Sommer war er mit der Schule fertig geworden. Jack berührte vorsichtig Marias Wange. „Und was ist mit deiner Familie?"

Sofort begannen Marias Augen vor Wut zu funkeln. „Ich gehe nicht mehr nach Hause", sagte sie. „Das ist nicht mehr mein Zuhause."

Jack fragte nicht nach. Er wusste, dass Marias Mutter wieder geheiratet hatte. „Wann hast du José denn zum letzten Mal gesehen?"

Allein bei dem Gedanken an ihn traten ihr die Tränen in die Augen. „Vor ein paar Wochen."

„Ich mache dir einen Vorschlag. Du gehst in die Küche und kochst dir einen Tee, und ich werde sehen, ob ich José irgendwie ausfindig machen kann."

„Okay." Sie schniefte. Dann erhob sie sich mühsam und ging mit schwerfälligen Schritten Richtung Küche. „Danke, Mr. Riley."

„Wir finden schon einen Weg, Maria." Als er ihr nachsah, stieg ein seltsames Gefühl in ihm auf. Maria war selbst noch fast ein Kind, und sie bekam ein Baby. Ein Baby. Jack Riley hatte eine geheime Schwäche. Seine unverfälschte, reine Liebe zu Babys. „Es wird alles gut", sagte er, obwohl Maria bereits verschwunden war.

„Hoffen können wir immer", hörte er eine weibliche Stimme hinter sich sagen.

Er drehte sich um. Schwester Doyle, die Leiterin des Zentrums, stand in der Tür zu ihrem Büro. Sie wirkte ernster als sonst. Ihre Lesebrille war bis zur Nasenspitze heruntergerutscht. Sie trug Jeans und ein Baumwollhemd. Der einzige Hinweis auf ihre Berufung war das Kruzifix, das an einer langen Silberkette um ihren Hals hing.

Sie hielt einen Brief in der Hand. „Unsere Mittel sind gestrichen, Jack. Wir stecken in der Klemme. Der Langston-Trust hat alle Geldmittel gestrichen, mit sofortiger Wirkung. Wir sind Geschichte, Jack. Dieses Heim wird noch dieses Jahr geschlossen, einen Tag nach Weihnachten."

Am Montagmorgen, als Madeleine an ihrem Schreibtisch saß, legte sie verstohlen die Hand auf ihre Brust, um ihr Herz zu fühlen. Komisch, dachte sie. Es fühlte sich nicht anders an. Aber es hatte sich verändert. Es war gebrochen und vielleicht nie wieder zu reparieren.

Als ihr Vater starb, hatte sie auch gelitten. Aber wenigstens hatte sie gewusst, dass sie über ihren Kummer hinwegkommen würde. Sie hatte ihn geliebt, und er hatte sie geliebt. Im Laufe ihres Lebens hatte sie viele Erinnerungen gesammelt, die sie in Ehren hielt und die ihr nun Trost spendeten.

Johns plötzliches Verschwinden dagegen hatte sie in den Grundfesten ihres Glaubens erschüttert. Im Nachhinein erkannte sie, dass es dumm gewesen war, all ihre Hoffnungen und Träume auf eine Nacht mit einem Mann zu setzen, den sie gerade erst kennen gelernt hatte. Es war dumm gewesen, dass sie einem Mann diese Macht über sich gegeben hatte.

Zum zehntausendsten Mal blickte sie auf das Farbfoto von sich selbst und John, das im Gesellschaftsteil ihrer Zeitung abgedruckt war. Was für ein Mann! Niemand konnte es ihr verübeln, dass sie sich Hals über Kopf in ihn verliebt hatte.

„Mysteriöser Cowboy erobert Verlagserbin", lautete die Überschrift.

Ja, er hatte sie eingefangen. Er hatte ihr Herz erobert. Und ihren Körper. Selbst in diesem Moment spürte sie trotz ihrer Enttäuschung eine quälende Sehnsucht. Sie hatte ihn berührt, wie sie noch nie einen Mann berührt hatte. Mit ihm hatte sie zum ersten Mal in ihrem Leben die wahre Leidenschaft kennen gelernt. Es war wie eine Wiedergeburt. Als würde sie aus einer Schwarzweißexistenz in die Technicolor-Welt hinaustreten.

Es war das erste und sicherlich auch letzte Mal, dass sie einen Mann schon am ersten Abend mit nach Hause genommen hatte. Die Erfahrung hatte sie in ihren Grundfesten erschüttert. Sie war einfach nicht dafür geschaffen.

Unwillkürlich schloss sie die Augen und erinnerte sich. Die galante Art, wie er ihr seinen Smoking um die Schultern gehängt hatte. Der köstliche Irishcoffee. Die Fußmassage. Wie sie den Christbaum geschmückt hatten und wie er sie getröstet hatte, als sie weinte. Wie sie sich geliebt hatten, bis ihr aus ganz anderen Gründen die Tränen in die Augen traten.

In dieser Nacht hatte sie intensiver gelebt und tiefere Gefühle gehegt als je zuvor.

Übrig blieb nichts anderes als ein gebrochenes Herz

und ein Cowboy-Stiefel von Lucchese, Größe zwölf, der, wie das Etikett verriet, aus europäischem Ziegenleder gefertigt war. Ziege. Ein Schauer lief ihr über den Rücken.

Sie schüttelte den Kopf. Das war wirklich zu ironisch. Der Stiefel war der einzige Hinweis, den er hinterlassen hatte. Nicht ganz so ausgefallen wie ein Schuh aus Glas, aber ebenso lächerlich.

Die Haushälterin hatte ihn am Samstagmorgen unter dem Bett gefunden, und sie hatte noch heute Morgen darüber gekichert, als Madeleine ihre Wohnung verlassen hatte, um ins Büro zu fahren.

Noch einmal blickte sie auf das Foto. Sie konnte ein Lächeln nicht unterdrücken. Die Vorstellung, dass er mitten im Winter mit nur einem Schuh bekleidet in die Parkgarage geschlichen war, war einfach zu komisch.

Hoffentlich war er erfroren.

Hoffentlich kam er zu ihr zurück.

„In die Arbeit versunken, Miss Langston?“ fragte eine sarkastische Stimme.

Seine Stimme. Natürlich, das war seine ... Dann blickte sie auf, und die Seifenblase zerplatzte. Wütend betrachtete sie Jack Riley in seiner ganzen fragwürdigen Pracht. Eine zerknitterte Yankee-Mütze. Um zehn Uhr morgens schon tiefe Ringe unter den Augen, was auch die dicke Brille nicht verbergen konnte. Ein Sweatshirt mit einem provokanten Slogan auf der Brust.

Aus unerklärlichen Gründen wurde sie plötzlich dunkelrot im Gesicht. „Ich habe Sie nicht anklopfen hören, Mr. Riley."

„Ich habe nicht geklopft." Er verzog den Mund zu einem ironischen Lächeln, als sein Blick auf ihren Schreibtisch fiel. „Ich wusste nicht, dass ich Sie bei irgendetwas störe."

Entsetzt streckte sie den Arm aus, um die Zeitung von ihrem Schreibtisch zu entfernen. Er war mit schnellen Schritten bei ihr und legte seine Hand auf die Zeitung.

Als er so dicht vor ihr stand, wanderte ihr Blick unwillkürlich zu seiner engen, zerschlissenen Jeans. Schließlich zwang sie sich, ihm in die Augen zu sehen. Auch wenn sie sich dagegen sträubte, sie konnte eine gewisse Erregung nicht leugnen. Jack Riley besaß Charme, gestand sie sich ein. Den Charme des Naturburschen.

„Madeleine", begann er in einem Tonfall, als würde er ihr einen Antrag machen.

„Ja?" Sie war nervös. Am Freitag hatte er sie provoziert und bloßgestellt. Aber dies klang anders. Noch nie hatte er sie Madeleine genannt.

Er beugte sich vor. Eine aggressive und zugleich zweideutige Geste. Sie war auf alles gefasst. „Was gibt es, Mr. Riley?"

„Ich möchte ..." Er benetzte seine Lippen. „Ich möchte, dass Sie mich von der Bestechungsstory freistellen. Setzen Sie Brad oder Derek darauf an."

„Nein." Schlagartig war sie auf dem Boden der Tatsachen zurück. Und sie hasste ihn für sein Benehmen. „Sie sind der beste Mann für diese Story."

„Es tut mir Leid“, sagte er, während er sich mit beiden Armen auf den Schreibtisch stützte und sich noch weiter zu ihr beugte. „Ich glaube, ich habe mich nicht deutlich genug ausgedrückt. Ich werde diese Story nicht schreiben.“

„Vielleicht habe ich mich auch nicht klar genug ausgedrückt“, gab sie zurück. „Sie werden diese Story schreiben. Sie haben keine Wahl.“

„Wollen wir wetten?“

„Sie würden verlieren.“

„Ach. Was wollen Sie tun? Mich entlassen?“

Sie zögerte. Ihr war klar, dass man sich bei der Times oder beim Trib um ihn reißen würde. Im Grunde wunderte sie sich darüber, dass er nicht schon längst zu einem größeren Blatt gewechselt war.

Madeleine hasste sich selbst dafür, dass sie auf sein Spiel einging. „Wie wäre es, wenn Sie mir erklären würden, warum Sie diese Story nicht schreiben wollen.“

„Ich habe keine Zeit dazu. Ich muss eine andere Story schreiben.“ Er richtete sich auf und verschränkte die Arme vor der Brust. Selbst durch die dicken Gläser konnte sie sehen, dass sein Blick härter und kälter wurde. „Eine Story über das Santiago-Jugendzentrum in Brooklyn. Das Zentrum soll geschlossen werden, weil die Mittel dafür gestrichen sind.“

Er beobachtete sie so eindringlich, dass sie sich fragte, ob seine Erklärung ihr irgendetwas sagen musste. „Wir sind ein Manhattan-Blatt“, erwiderte sie achselzuckend.

„Sie sind wirklich eine üble Zeitgenossin, Miss Langston“, sagte er voller Überzeugung. Dann blickte er auf die Zeitung, die immer noch auf ihrem Schreibtisch lag. „Aber was kann man schon von einer Frau erwarten, die vor einem Kerl im Smoking und mit Cowboy-Stiefeln dahinschmilzt?“

Sie sprang energisch auf. „Sie könnten vielleicht etwas über Takt und Umgangsformen lernen, Mr. Riley.“

Er warf den Kopf in den Nacken und lachte so laut, dass die Leute in den Büros draußen die Hälse reckten und zu ihnen herüberstarrten. Dann verließ er ihr Büro.

7. KAPITEL

Es war kurz vor Feierabend, als Madeleine schließlich den Mut fand, sich in die Redaktionsräume zu wagen. Unterwegs ging sie rasch in die Damentoilette, um einen Blick in den Spiegel zu werfen.

Sie sah aus wie immer. Perfekte Frisur. Zartes Make-up, ein leichter Glanz auf den Lippen. Schlanke Figur. Ein Anzug von Armani, weicher Angora-Pullover, dezente Perlenkette.

Und wie immer fehlte etwas an ihr.

Deswegen gefiel ihr das Foto, das sie mit John zeigte, so gut. Bei ihm war sie einfach mehr gewesen, und das hatte sich auch in ihrem Gesicht gespiegelt. Dieses Foto zeigte eine Frau mit Seele oder mit Feuer oder wie immer man es nennen wollte.

Das Einzige, was ihr Feuer verlieh, als sie den Redaktionsraum durchquerte, war ihre Wut. Die meisten Mitarbeiter waren bereits nach Hause gegangen. Derek, Brad und Jack saßen zusammen, tranken Soda und unterhielten sich.

Als sie sich ihnen näherte, wanderte ihr Blick zu ihren Füßen. Sie schaute sich ihre Füße an, um Himmels willen. Sie war besessen. Kein Zweifel, sie musste besessen sein, wenn sie nachschaute, ob einer von ihnen vielleicht Schuhgröße zwölf hatte.

Und einer von ihnen hatte Schuhgröße zwölf.

„Gibt es etwas Neues?“ fragte Jack Riley, während er ihrem Blick folgte. „Vielleicht ein Schuhfetischist?“

Sie starrte ihn an. Ja, Riley hatte große Füße. Aber er trug nie etwas anderes als seine berüchtigten Schnürstiefel, die wahrscheinlich aus alten Armeebeständen stammten.

Sie ignorierte seine Bemerkung. „Alles fertig?“ fragte sie.

Irgendwo klingelte ein Telefon. Derek stürzte darauf zu und klammerte sich an den Hörer wie an einen Rettungsring. Brad nutzte die Gelegenheit, um sich davonzuschleichen.

Jack nahm zwei Mappen, nach denen er nicht zu suchen brauchte, von seinem Schreibtisch. Die eine schob er zu ihr hinüber. „Hier. Ihr verdammter Abwasserskandal. Der Artikel ist fertig, komplett.“

Derek legte den Hörer auf und flüchtete.

„Und dies hier ...“, er warf die zweite Mappe auf die Erste, „... ist die Santiago-Story. Artikel und Kommentar.“

„Aber ich habe Sie nicht beauftragt ...“

„Glauben Sie mir, das weiß ich, Sweetheart.“ Seine Stimme sprühte vor Gift. „Jetzt hören Sie mir genau zu. Die Story wird gedruckt, und zwar jedes Wort. Auf Seite eins der Stadtteil-Nachrichten. Mit Bildern und allem.“

„Und wenn ich die Story kippe?“ fragte sie.

Er beugte sich vor und zog eine Sporttasche unter dem Schreibtisch hervor. „Dann kündige ich, Prinzessin.“

Pfeifend entfernte er sich Richtung Fahrstuhl.

Madeleine wusste nicht, wie lange sie dort stand. Seine Attacke hatte ihr die Sprache verschlagen. Es schien ihm Spaß zu machen, sie zu provozieren. Und seine Verachtung hatte heute eine besondere Schärfe gehabt. Beißend wie der Wind aus der Arktis.

Sie überflog die Abwasserstory. Der Mann war gut, das musste sie ihm lassen. Er brachte die Leute dazu, Dinge zu sagen, die sie besser nicht sagen sollten. Dinge zu enthüllen, die sie besser geheim gehalten hätten. Und er besaß die Begabung, einem Wort wie Abwasser Faszination einzuhauchen.

Zögernd nahm sie sich die Story über das Jugendzentrum vor. Schon bei der ersten Zeile wurde ihr klar, dass sie diese Story drucken würde. Es ging um ein privat finanziertes Zentrum, das fünf Jahre lang für Jugendliche, die Probleme hatten oder von Zuhause weggelaufen waren, als Zuflucht gedient hatte.

Jetzt wurden plötzlich die Mittel gestrichen. Warum hatte Riley ihr das nicht erklärt? Es war doch gar keine

Frage, dass sie so eine Story bringen würde. Für wen hielt er sie denn? Madeleine las weiter.

„Miss?" unterbrach eine Stimme sie, bevor sie die nächste Zeile gelesen hatte.

Was denn nun schon wieder? Sie blickte auf und sah einen kleinen, elegant gekleideten Mann auf sich zukommen.

„Ja bitte?" fragte sie mit einem knappen Lächeln.

Als er den Hut lüftete und die Andeutung einer Verbeugung machte, fühlte Madeleine sich an eine vergangene vornehme Höflichkeit erinnert. Es entstand ein dumpfes Geräusch, als er mit seinem Stock auf den Boden tippte. „Sie sind Madeleine Langston, ist das richtig?"

„Ja."

„Harry Fodgother." Er legte seinen Hut und ein großes Paket ab, bevor er ihr die Hand entgegenstreckte. „Herrenausstatter."

Madeleine schüttelte ihm die Hand. „Freut mich. Kennen wir uns?"

„Nicht persönlich." Er schenkte ihr ein charmantes Lächeln, das ihn wie einen Engel mit Rundglatze aussehen ließ. „Ich habe Ihr Foto in der Zeitung gesehen. In der Samstagsausgabe. Ein schönes Foto."

Himmel, hatte denn die ganze Welt dieses Foto gesehen?

„Wie fanden Sie den Smoking?" fragte er ohne falsche Bescheidenheit. „Er ist meine Kreation."

„Er war sehr nett ..." Sie krallte ihre Finger in die Mappen, die sie in der Hand hielt. „Sie haben also den Smoking genäht."

„Ja. In der Tat. Es war eine Menge Arbeit, wenn ich das sagen darf."

„Wer ist er?" fragte sie geradeheraus.

Er legte den Kopf auf die Seite. „Wer ist wer?"

„John, der Smoking." Sie wurde rot. „Ich ... ich würde gern mehr über ihn erfahren."

„Dann sollten Sie ihn selbst fragen."

„Er ... Nun, er ist verschwunden, bevor ich Gelegenheit dazu hatte." Sie kannte weder seine Adresse noch seinen Beruf. Nicht einmal die Telefonnummer. Unglaublich, dass ihr so etwas passiert war.

„Er war wohl auf der Durchreise", sagte Harry nicht ohne Mitgefühl. „Der Smoking war fertig. Ich habe nur ein paar Änderungen vorgenommen."

Es war eindeutig, dass sie aus ihm nicht mehr herausbekommen würde. Kunden-Privileg, vermutete sie. Harry zeigte für ihren Liebeskummer kein weiteres Interesse.

„Sagen Sie", begann er mit einem neuen Thema. „Ich habe hier eine Lieferung für Jack Riley." Er deutete auf das Paket. „Ist er da?"

Ihre Augen weiteten sich. Was konnte Jack Riley sich von einem Herrenausstatter liefern lassen? Sie lächelte entschuldigend. „Tut mir Leid. Er ist gerade gegangen."

Harry runzelte die Stirn. „Zu dumm! Er braucht diese Sachen dringend."

Sie betrachtete das Paket. „Handelt es sich um eine Art Notfall?"

„Wie man es nimmt." Fodgother lüftete den Deckel des länglichen Kartons. „Er braucht es für eine Weihnachtsfeier."

Madeleine reckte den Kopf, um einen näheren Blick in den Karton zu werfen. Ein so schönes und kostbares Weihnachtsmann-Kostüm hatte sie noch nie gesehen. „Vielleicht kann ich helfen", sagte sie, ohne nachzudenken.

Harry zog eine Augenbraue hoch. „Sie sind eine reizende Lady, Miss, aber ich glaube nicht, dass Sie als Weihnachtsmann durchgehen würden."

„Ich meinte, ich könnte Mr. Riley das Kostüm vielleicht bringen."

„Dafür wären Sie genau die Richtige", erklärte Harry. Er verschloss den Karton wieder und kritzelte eine Adresse in Brooklyn auf den Deckel. „Das ist furchtbar nett von Ihnen, Miss Langston. Sie werden es nicht bereuen. Glauben Sie mir."

Jack und Schwester Doyle saßen an einem Tisch im Gemeinschaftsraum des Jugendzentrums. Einige Jugendliche spielten Schach oder Poolbillard, andere machten Hausaufgaben, während Jack mit der Leiterin die Finanzen des Zentrums durchging. Verzweifelt suchten sie nach einem Hoffnungsschimmer am Horizont.

Sie fanden keinen. Das Santiago-Jugendzentrum war verschuldet und hatte keinerlei Bargeldreserven.

„Dann bleiben uns vielleicht noch drei oder vier Tage, bevor wir schließen müssen", sagte Jack. „Außer Miss

Nicht-einmal-Butter-schmilzt-in-meinem-Mund bringt meine Story. Dann könnten wir mit Spenden rechnen."

„Warum glaubst du eigentlich, dass sie die Story nicht druckt?" fragte Schwester Doyle.

„Wir sind ein Manhattan-Blatt", ahmte er Madeleines hochnäsigen Ostküsten-Akzent nach.

„Hast du ihr erklärt, wie wichtig es für uns ist?"

„Oh, sicher. Ihr erklären, dass sie eine Story über die Habgier ihrer eigenen Vermögensverwalter drucken muss? Sehr clever." Jack trank einen Schluck heißen Tee, den Schwester Doyle stets bereithielt.

Es schmerzte ihn, Madeleines wahres Gesicht kennen zu lernen. Wie sehr er darunter litt, konnte er selbst kaum glauben. Sie machte ihn wahnsinnig. Er wollte in ihr eine empfindsame Frau mit traurigen Augen und einem bewundernswerten Mut sehen. Aber der gesunde Menschenverstand sagte ihm, dass sie zu reich und zu verwöhnt war, um sich ernsthaft für einen Mann zu interessieren. „Wie geht es eigentlich Maria?"

„Unter den gegebenen Umständen recht gut." Schwester Doyle blickte zu dem Mädchen hinüber, das in einem illustrierten Handbuch über Babypflege las. „Ich kann José einfach nicht verstehen. Ich habe ihn immer für einen verantwortungsvollen jungen Mann gehalten. Und nun ist er ohne ein Wort auf und davon."

„Wo sollen Maria und das Kind bleiben?" fragte er frustriert.

„Wenn das Zentrum schließt und José nicht wieder auftaucht, weiß niemand, was aus den beiden wird."

Jack klappte das Hauptbuch zu, nahm seine Brille ab und rieb sich die Augen. „Wir werden einen Weg finden. Und wenn ich vor Madeleine Langston auf den Knien kriechen muss, ich werde alles versuchen."

Er schlenderte zu einem Tisch hinüber, wo zwei Jungen sich mit dem Bleistift duellierten, anstatt ihre Geometrie-Aufgaben zu machen. Mit Einfühlungsvermögen und Gutmütigkeit brachte er sie wieder an ihre Arbeit zurück. Jack hatte den Moment immer genossen, wenn ein Kind für etwas Interesse zeigte. Dieser Aha-Ausdruck in den Augen war unbezahlbar.

Und nun sollte seine Arbeit hier zu Ende sein.

Plötzlich stieß Marco am Billardtisch einen bewundernden Pfiff aus.

„Wahnsinn!" sagte Raul. Beide Jungen starrten zur Tür.

Wie eine Schneeflocke aus dem Nussknacker schwebte Madeleine Langston herein. Sie trug einen weißen Kunstpelz, weiße Stiefel und weiße Handschuhe. Der kalte Wind hatte ihre Wangen und Lippen rot getönt, was das strahlende Blau ihrer Augen verstärkte. Noch nie hatte Jack eine so wunderschöne Frau gesehen. Warum musste sie so ein kaltes Herz haben? Die Schönheit war an ihr vergeudet.

Sie schien sich ein wenig unbehaglich zu fühlen und im Gemeinschaftsraum eines Jugendzentrums absolut deplatziert. Jack stand vom Tisch auf und ging zu ihr hinüber.

„Hallo", sagte er.

Schweigen. Sie starrte ihn an. Seine Nerven begannen zu flattern. Hatte sie ihn schließlich doch noch durchschaut? Wusste sie die Wahrheit über Freitagnacht?

„Hallo." Ihr Auftreten wirkte bei weitem nicht so selbstsicher wie im Verlag. „Ich bringe Ihnen etwas." Sie gab ihm den großen Karton. „Ein guter Freund von Ihnen hat es im Büro abgegeben. Harry Fodgother."

Jack stockte der Atem. Hatte Harry geplaudert? Nein. Unmöglich. Dann würde sie nicht mehr mit ihm reden.

„Das Santa-Claus-Kostüm." Jack nahm ihr die Schachtel ab. „Vielen Dank."

„Harry sagte, Sie würden es heute Abend brauchen."

„Sagte er das?" Jack unterdrückte ein Lächeln. Dieser gerissene kleine Kerl. Er schien nach einem Weg zu suchen, ihn und Madeleine zusammenzubringen. Das verdammte Foto. Es hatte eine magische Ausstrahlung. Selbst den größten Skeptiker überzeugte es davon, dass dies zwei Menschen waren, die sich liebten.

„Ich glaube, er hat da etwas durcheinander gebracht. Ich brauche den Mantel erst Heiligabend. Aber vielen Dank, dass Sie ihn gebracht haben."

„Gern geschehen. Dann spielen Sie also den Weihnachtsmann?"

„Ich habe Derek dazu überredet. Er wird das großartig machen."

„Bestimmt." Sie blickte sich in dem Raum um. „Das ist also das Santiago-Jugendzentrum."

„Ja. Wollen wir einen Rundgang machen?"

Sie zögerte. Und dieser kurze Moment des Zögerns

entfachte seinen Zorn. „Mir ist bewusst, dass es viel netter und sauberer ist, im Büro zu sitzen und ab und zu einen Scheck zu unterschreiben, als tatsächlich mit diesen Kindern zu arbeiten“, sagte er so leise, dass es sonst niemand hören konnte. „Aber tun Sie trotzdem so, als würden Sie sich um sie sorgen, um der Kinder willen.“

„Sie sind ein Bastard, Jack Riley“, zischte sie durch die Zähne.

Und dann, wundersamerweise, begrüßte sie Schwester Doyle und die Kinder mit einem freundlichen Lächeln. Anfangs wirkte sie etwas steif, aber sie bestand darauf, dass Marco ihr zeigte, wie man Poolbillard spielte. Schließlich lachte sie herzlich, wenn es ihr auch nicht gelang, auch nur eine einzige Kugel im Loch zu versenken. Ihre Fähigkeiten im Schach allerdings waren unumstritten. André, ihren besten Spieler, setzte sie in Rekordzeit schachmatt.

Bewundernswert. Diese Frau war bewundernswert. Die Kids waren von ihr begeistert. Jack beobachtete sie, wie sie über das Schachbrett hinweg engagiert mit André sprach. In dem weißen Pullover, zu dem sie eine schlichte Perlenkette trug, sah sie wie ein Engel aus. Er wurde aus ihr nicht schlau. Ihre persönliche Ausstrahlung reichte von Marilyn Monroe über Joan Crawford bis zu Doris Day. Es würde ihn nicht wundern, wenn sie jeden Moment „Que sera sera“ anstimmen würde.

Nach einer Weile entschuldigte sie sich und ging zu Maria hinüber. Jack tat unbeteiligt, spitzte aber angestrengt die Ohren, um zu hören, worüber sie sich unterhielten. Worüber konnte Madeleine mit einem Mädchen wie Maria sprechen?

„Du bereitest dich wohl auf das große Ereignis vor“, sagte Madeleine.

Maria deutete auf das Buch in ihrem Schoß. „So gut es geht. Man muss so viel machen. Ich kann mir gar nicht vorstellen, dass ich das alles schaffe. Haben Sie Kinder?“

„Nein. Aber ich wünsche mir ein Kind.“ Madeleine lachte wie zu sich selbst. „Vorher muss ich aber einen Mann finden. Ich bin auf dem Gebiet etwas langsam.“

Maria strich sich über den Bauch. „Ich bin viel zu schnell. War ich zumindest. Madre de Dios.“ Ihre Stimme zitterte.

Madeleine nahm ihre Hand. „Glaub mir, es gibt keine Mutter auf der Welt, die solche Gedanken nicht hat. Das Kind wird die größte Herausforderung in deinem Leben sein. Aber wenn du dich in die Sache hineinkniest und dein Kind von ganzem Herzen liebst, wirst du es schaffen.“

„Das sagt Schwester Doyle mir auch andauernd.“

„Schwester Doyle hat Recht. Bist du ...“ Madeleine hielt inne und suchte nach geeigneten Worten. „Bist du allein?“

„Ja.“ Maria schluchzte. „Ich liebe José, und ich dachte, er würde mich auch lieben, mich und das Baby. Und dann ist er verschwunden. Jack hat versprochen, ihn zu suchen, aber wer weiß ...“ Sie blätterte in ihrem Buch. „Also bin ich wohl mit meinem gigantischen Bauch allein. Bisher konnte ich hier im Heim bleiben, aber nach Weihnachten wird es geschlossen."

Madeleine nickte. „Ich habe davon gehört."

Also hatte sie seinen Artikel wenigstens gelesen, stellte Jack mit bitterer Genugtuung fest.

„Wie es dann weitergehen soll, weiß ich nicht", sagte Maria bedrückt. „Ich brauche ein Wunder."

„Wunder geschehen manchmal", erwiderte Madeleine lächelnd. „Hier."

Sie gab dem Mädchen eine Visitenkarte. „Das ist meine Handy-Nummer. Du kannst mich jederzeit anrufen. Tag und Nacht. Okay?"

„Danke." Maria legte die Karte in ihr Buch.

Madeleine wirkte ungewöhnlich ernst und nachdenklich, als Jack ihr wenig später in den Mantel half. Jack begleitete sie durch den Flur zum Ausgang. „Wollen Sie wirklich zulassen, dass dieses Zentrum geschlossen wird?" fragte sie.

Sein bitteres Lachen hallte an den gefliesten Wänden wider. „Lady, darüber habe ich nicht zu bestimmen. Sie sind diejenige, die die Mittel gestrichen hat." Er ging auf der engen Treppe voraus und öffnete die Tür zur Straße. Ein eiskalter Wind und Schneegestöber schlug ihm entgegen.

Madeleine blieb regungslos stehen. Die Kälte schien sie gar nicht wahrzunehmen. „Was sagen Sie da?" fragte sie fassungslos.

„Die Geldmittel", wiederholte er langsam und deutlich. „Hey, Sie finden mich vielleicht kleinkariert, aber ich habe ein Problem mit der Entscheidung Ihrer Vermögensverwaltung."

Madeleine tat etwas absolut Unerwartetes. Sie setzte sich auf die vorletzte Treppenstufe. „Warten Sie mal, Riley", sagte sie. „Ich kann Ihnen nicht folgen. Was hat meine Vermögensverwaltung mit Ihrem Jugendzentrum zu tun?"

Er ließ sich viel Zeit, bevor er antwortete. War es möglich, dass sie die Zusammenhänge tatsächlich nicht kannte? „Sie haben die Gelder gestrichen. Ich bin davon ausgegangen, dass Sie über diese Entscheidung Bescheid wissen. Haben Sie den Artikel denn nicht gelesen?"

„Harry hat mich unterbrochen, bevor ich fertig war. Aber ich war ohnehin schon entschlossen, die Sache zu drucken." Sie sah verwirrter und schöner aus als je zuvor. „Kommen Sie, Riley", sagte sie, während sie aufstand und auf die Straße trat.

Er begleitete sie zu dem ausgefallensten Wagen, den er je gesehen hatte. Der niedrige, leuchtend rote italienische Sportwagen hatte bereits eine ganze Gruppe von neugierigen Jugendlichen angezogen.

„Wohin fahren wir?" erkundigte er sich.

Per Fernsteuerung entriegelte sie die Türen und warf ihm dann die Schlüssel zu. „Zu Ihnen", sagte sie. „Sie müssen mir verschiedene Dinge erklären."

„Wieder einmal Pech gehabt", murmelte er, als er das Surren des Motors hörte. Der Klang bereitete ihm eine fast sexuelle Freude. „Da habe ich schon mal die Chance, hinter dem Steuer eines Maserati zu sitzen, und wir brauchen nur ein paar Blocks weiter zu fahren."

„Nun, dafür schaffen Sie die Strecke in Rekordzeit", erwiderte sie schlicht.

So war es auch. Er verliebte sich sofort in den Wagen und machte keinen Hehl daraus, dass er ihn nur widerwillig vor seinem Haus abstellte.

„Hier ist er sicher aufgehoben", bemerkte er, als sie ausgestiegen waren. In den wenigen Minuten, die sie für die Fahrt gebraucht hatten, hatte sich das Schneetreiben verdichtet. „Mr. Costello entgeht nichts."

Er winkte einem älteren Mann zu, der an einem Fenster in der Erdgeschosswohnung saß. Mr. Costello deutete mit seiner TV-Fernbedienung auf den Wagen und nickte anerkennend.

„Und jetzt, Miss Langston", sagte Jack, während er ihr die Tür aufhielt. „Jetzt kommen wir zur Sache."

8. KAPITEL

Madeleine hatte den ganzen Abend versucht, an ihrer Wut auf Jack Riley festzuhalten, aber je mehr Zeit sie mit ihm verbrachte, desto schwerer fiel ihr dies.

Oh, er war immer noch der enervierende Besserwisser, für den sie ihn immer gehalten hatte. Aber heute hatte sie eine neue Eigenschaft an ihm entdeckt.

Jack Riley hatte ein Herz so groß wie Manhattan.

Einen Augenblick lang hatte sie ihn unbemerkt beobachten können, als sie das Jugendzentrum betreten hatte.

Diesen Augenblick würde sie nie vergessen. Jack hatte zwei Jungen bei den Mathematikaufgaben geholfen. Er hatte sie geduldig ermutigt und sich von ihren Ablenkungsmanövern nicht irritieren lassen. So viel Geduld brachten Erwachsene nur selten auf.

„Da wären wir“, sagte er, als er die Tür zu seiner Wohnung öffnete. „Schauen Sie sich an, wie die andere Hälfte der Menschheit lebt.“

„Was soll das nun wieder heißen?“ fragte sie verärgert.

Er schaltete das Licht an. „Oh, das weiß ich nicht so genau. Aber irgendetwas sagt mir, dass Ihre Wohnung netter ist als meine.“

Sie legte ihren Mantel ab und sah sich um. Die kleine, voll gestopfte Altbauwohnung wirkte überraschend gemütlich. Eine komplette Wand war von einem deckenhohen Regal voller Bücher ausgefüllt. Es gab einen Arbeitsplatz, der noch schändlicher aussah als sein Schreibtisch im Verlag. Berge von Papieren stapelten sich um den Computer herum. Als Bildschirmschoner rollte ein sexistischer Spruch über den Monitor.

„Bezaubernd“, bemerkte sie.

„Ich habe nie behauptet, dass ich kein Macho bin.“ Er ging in die kleine Küche hinüber, die durch eine Theke mit zwei Barhockern vom Wohnbereich abgetrennt war. „Was kann ich Ihnen anbieten? Tee? Kaffee? Ich mache einen köstlichen ...“ Er hielt inne. „Wie wär’s mit einer Tasse Tee?“

„Gern“, sagte sie.

Er begann in der Küche zu wirbeln. „Machen Sie es

sich bequem", rief er über das Geräusch von fließendem Wasser hinweg zu ihr herüber.

„Danke." Sie ging im Raum umher und schaute sich weiter um. Besonders die persönlichen Dinge erweckten ihr Interesse. Ein Foto von Jack als kleiner Junge auf der Ladefläche von einem Pick-up. Er umarmte einen großen Hund, der aussah, als würde er lachen.

Ein hübscher Junge, dachte sie. Jack Riley war in der Tat ein hübsches Kind gewesen.

Es gab ein Foto von seinen Eltern, Arm in Arm vor einem Bergpanorama. Und ein Foto von einem schwarzhaarigen Mädchen, ein ausgesprochen hübsches Gesicht, auch wenn das Papier des billigen Studioporträts bereits vergilbt war.

Madeleine verspürte eine unerklärliche Nervosität, als sie das Foto betrachtete. Ihr Blick wanderte zum nächsten Bilderrahmen. Er enthielt ein Diplom der University of Texas. Jack hatte mit magna cum laude abgeschlossen.

„Sie haben mir gar nicht erzählt, dass Sie aus Texas stammen", rief sie in die Küche.

„Ich habe auch nie das Gegenteil behauptet", rief er zurück.

„Und wer ist dieses Mädchen?"

Sekundenlang herrschte tödliche Stille. Dann sagte er: „Sie hieß Annie."

Madeleine erschrak. „Hieß?"

„Ja. Sie ist jung gestorben. Vor sechs Jahren."

Mit geschlossenen Augen atmete Madeleine tief durch; „Sagen Sie mir, dass es nicht mehr so wehtut."

Er steckte den Kopf in den Durchgang zur Küche. „Es tut nicht mehr so weh.“

Sie lächelte. „Danke.“ Neben dem Diplom hingen einige Danksagungsurkunden jüngeren Datums. Anscheinend war Jack Riley ein professioneller Wohltäter. Er hatte seine Arbeit mit unterprivilegierten Jugendlichen zu einem zweiten Beruf gemacht.

Jack stellte einen Becher auf die Theke und füllte ihn mit Tee. Ohne zu fragen, fügte er einen Teelöffel Zucker hinzu und reichte ihr den Becher.

„Woher wissen Sie, dass ich den Tee mit Zucker trinke?“ fragte sie.

„Wie sollte es anders sein, wo Sie doch so süß sind.“

„Stimmt. Nein, im Ernst ...“

„Ein Stück Zucker, keine Milch, Benny“, zitierte er schamlos ihre Bestellung, die auf der Snack-Liste durch die Verlagsbüros gewandert war.

Sie lachte und setzte sich auf das weiche Sofa. „Also gut, Riley. Sie scheinen zu glauben, dass Sie alles über mich wissen. Wie wäre es, wenn Sie einfach mit dem Anfang beginnen?“

Er setzte sich zu ihr aufs Sofa. In dem gedämpften Licht der Tischlampe sah er nicht ganz so verrufen aus wie sonst. Und wenn man sein ungehobeltes und arrogantes Auftreten übersah, war er fast attraktiv.

„Entweder sind Sie eine talentierte Schauspielerin, Lady, oder Sie wissen über die Zusammenhänge wirklich nicht Bescheid.“

„Haben Sie je erlebt, dass ich lüge?“

„Nur, um meine Gefühle zu schonen", gab er ohne Zögern zurück. „Und deswegen werde ich mich mit Ihnen arrangieren. Die ganze Sache nahm ihren Anfang, als Ihr Vater noch den Verlag leitete. Ich habe ihm eines Tages einen Artikel zugeschickt, den ich verfasst hatte. Er hat ihm gefallen, und er wollte mich kennen lernen. Wir haben uns gut verstanden. Also fing ich an, für den Verlag zu arbeiten."

Ihr Vater hatte immer einen Riecher für Talente gehabt. „Ich wusste gar nicht, dass mein Vater Sie kannte." Madeleine runzelte die Stirn. Heute bedauerte sie es aufrichtig, dass sie sich für den Verlag nie interessiert hatte, als ihr Vater noch lebte.

„Wir trafen eine ungewöhnliche Abmachung, Ihr alter Herr und ich."

„Was für eine Abmachung?"

„Meine Gehaltsforderungen bewegten sich immer in einem bescheidenen Rahmen."

„Das habe ich bemerkt. Gibt es einen Grund dafür?"

„Ich nahm das kleine Gehalt, und das Santiago-Jugendzentrum bekam eine großzügige Unterstützung."

Sie blickte zu dem verblassten Foto von Annie hinüber. „Hat das etwas mit ihr zu tun, Jack?"

„In gewisser Weise, ja." Er rückte seine Brille zurecht. „Sie sind eine verdammt kluge Frau, Madeleine."

„Was geschah mit ihr?"

Mit einem nachdenklichen und traurigen Blick sah er zu dem Foto hinüber. „Sie konnte ihre Finger nicht von den Drogen lassen, obwohl sie es sich immer wieder fest vornahm. Nach einer Weile versuchte sie es nicht einmal mehr."

„Aber Sie haben weiter versucht, sie davon wegzubringen?" fragte Madeleine vorsichtig.

„Wahrscheinlich. Wie dem auch sei, Ihr Vater hat das Zentrum großzügig unterstützt. Er hat es nie an die große Glocke gehängt. Einfach nur die Hälfte des Budgets jedes Jahr überwiesen."

„Ach, Daddy", sagte Madeleine seufzend. Dann sah sie Jack an. „Ich fange gleich an zu weinen."

„Wie bitte?"

Sie konnte selbst kaum glauben, dass sie so etwas zu Jack Riley sagte, aber sie wiederholte es sogar. „Ich fange gleich an zu weinen. Diese Geschichte ist so typisch für Daddy. Ich könnte ..."

Dann kamen die Tränen. Wie eine lautlose Flut liefen sie über ihre Wangen. Als Jack sie in die Arme nahm, vergaß sie, dass er ein ungehobelter Klotz war, der hässliche Dinge zu ihr sagte und ihren Lebensstil verachtete. Sie spürte nur noch seine warme Schulter, an der sie sich ausweinen konnte. Das war im Augenblick alles, was sie brauchte.

Ein Duft von frischer Wäsche strömte von ihm aus und mischte sich mit etwas, das sie nur als männlich beschreiben konnte. Seine Arme waren stark und fest, seine Hände tröstend ... und irgendwie schmerzlich vertraut.

Es war verrückt. Fühlte sie sich wirklich zu ihm hingezogen, oder brauchte sie einfach nur Trost? Aber je länger sie in sich hineinhorchte, desto sicherer war sie, dass Jack sich trotz ihres Kummers wegen John Patrick einen Weg in ihr Leben bahnte.

Nach einer Weile tastete er auf dem kleinen Tisch neben dem Sofa nach einer Kleenex-Schachtel. Er schien völlig durcheinander zu sein. „Alles okay, Madeleine?“ fragte er.

Sie nickte und nahm sich ein Kleenex-Tuch.

„Immer wenn ich glaube, Sie durchschaut zu haben, überraschen Sie mich mit irgendetwas.“

Sie lächelte matt. „Dasselbe könnte ich von Ihnen sagen. Zurück zur Stiftung.“

„Ihr Vater war ein großartiger Mensch“, sagte Jack. „Aber wie es aussieht, konnte der Treuhänderausschuss des Verlags der Wohltätigkeit Ihres Vaters den Hahn nicht schnell genug zudrehen.“

Sie tupfte ihre Augen trocken. „Ich war bei der letzten Sitzung dabei. Es wurde nichts darüber gesagt.“ Madeleine schnippte mit den Fingern. „Warten Sie mal. Ich hatte erst kürzlich ein Memo auf dem Schreibtisch. Irgendeine Entscheidung des Ausschusses. Ich hatte keine Zeit, es durchzulesen.“

„Dann wurde die Sache ohne Ihre Unterschrift durchgesetzt“, erwiderte Jack. „Das Zentrum soll jedenfalls einen Tag nach Weihnachten geschlossen werden.“

„Tut mir Leid, wenn ich Ihre berechtigte Wut ersticken muss, Jack“, gab sie zurück. „Sie irren sich. Ich werde dafür sorgen, dass das Zentrum alle Geldmittel bekommt, die zu seinem Erhalt notwendig sind. Es gilt die

Vereinbarung, die Sie mit meinem Vater getroffen haben. Auf ewig."

Er starrte sie an. Dann breitete sich ganz langsam ein schelmisches Grinsen auf seinem Gesicht aus. „Verdammt, Miss Langston", sagte er mit einem viel sagenden Unterton in der Stimme. „Finanzielle Stärke ist so ... sexy. Und für jemanden wie mich besonders verlockend."

Sie brach in herzliches Gelächter aus und warf mit einem Kissen nach ihm. „Sie sind unverschämt, Jack Riley. Absolut unverschämt!"

„Aber ich bekomme, was ich will." Er warf das Kissen zurück.

„Und was genau wollen Sie, Riley?" fragte sie immer noch lachend.

„Außer Ihrem Geld? Nun ..." Er beugte sich vor und flüsterte ihr etwas ins Ohr. Etwas, das sich anfühlte, als hätte er ihre Nervenenden mit einem Streichholz entzündet.

„Ich glaube, Sie haben gerade mein Ohr versengt."

„Ich mache es wieder gut." Er küsste ihr Ohrläppchen, und bevor sie wusste, wie ihr geschah, spürte sie seine Lippen auf ihrem Mund. Es war ein langer, leidenschaftlicher Kuss, fordernd und unnachgiebig wie Jack Riley selbst.

Zu ihrem eigenen Erstaunen erwiderte sie den Kuss von Anfang an hemmungslos. Ohne auch nur eine Sekunde darüber nachzudenken, was sie tat, presste sie sich begierig an ihn, als er sie ins Sofa zurückdrängte und seine Hände über ihren weichen Angora-Pullover gleiten ließ.

Es erforderte ihre ganze Willenskraft, sich dennoch

von ihm zu lösen. Sie drehte den Kopf zur Seite und legte ihre zitternden Hände auf seine Brust. „Jack, bitte nicht." Ihre Wangen glühten.

Zärtlich strich er mit den Fingerspitzen über ihren Hals. „Was ist, Madeleine? Wir wollen es doch beide. Es macht Spaß."

„Ich ... ich kann nicht."

„Du kannst dich nicht amüsieren?"

„Ich kann so etwas nicht tun." Ihr war fast schwindlig vor Verwirrung. John Patrick hatte ihr das Herz gebrochen. So war es doch. Also wie konnte sie dann Jack begehren? Verlor sie auf ihre alten Tage denn jeden Begriff von Moral? Erst ein One-Night-Stand und nun Jack Riley? Im Geiste sah sie schon die Schlagzeilen in den Zeitungen vor sich: Redaktions-Playboy angelt Verlagserbin.

„Wie meinst du das, du kannst es nicht?" Er hörte nicht auf, sie zu streicheln. Mit den Fingerspitzen zeichnete er die Konturen ihres Gesichts nach.

„Ich bin für flüchtige Affären nicht geschaffen." Mit beiden Händen stützte sie sich auf dem Sofa ab und richtete sich auf. „Ich ... es passt einfach nicht zu mir."

„Wer hat etwas von flüchtig gesagt?" fragte er. „Oder von Affäre?"

„Was sollte es denn sonst sein?"

Er kicherte und beugte sich vor. „Wie wäre es mit ..." Den Rest seines Vorschlags flüsterte er ihr ins Ohr.

Sie sprang auf, taumelte und sank wieder aufs Sofa zurück. „Das ist zu viel, Jack Riley. Ich brauche ... Wo ist das Badezimmer?"

„Mache ich dich krank?"

„Nur nervös."

Mit einem gelassenen Lächeln, das ihr eine Gänsehaut über den Rücken laufen ließ, deutete er zum Flur. Sie flüchtete ins Bad, schloss die Tür hinter sich und lehnte sich dagegen.

Lieber Himmel, was geschah mit ihr? Sie befand sich in der Wohnung von Jack Riley und wälzte sich mit ihm auf dem Sofa. Ausgerechnet mit Jack Riley. Hatte sie den Verstand verloren?

Das Schlimmste war, sie begehrte ihn, in all seiner Schlampigkeit, seiner Unverschämtheit und Arroganz. Er hatte etwas an sich, das sie brauchte. Verwirrt schüttelte sie den Kopf. Es war absolut lächerlich und natürlich auch unmoralisch, sich nach Intimität mit einem Mann zu sehnen, den sie kaum kannte. Ein Mann, der ihr noch nicht einmal gefallen dürfte.

Ein Mann, der das komplette Gegenteil zu ihrem mysteriösen Liebhaber namens John Patrick darstellte.

Ihre Zurechnungsfähigkeit hing am seidenen Faden. Sie war darauf gefasst gewesen, dass das erste Weihnachten ohne ihren Vater schwierig werden würde. Aber dies übertraf ihre Befürchtungen bei weitem. Ausgerechnet Jack Riley.

Sie drehte den Wasserhahn auf und hielt ihre Hände eine Weile unter den kalten Strahl. Dann wusch sie ihr Gesicht. Jack Rileys Badezimmer war genauso entzückend und hoffnungslos voll gestopft wie der Rest seiner Wohnung. Als sie hinter sich griff, um ein sauberes Handtuch aus dem Regal zu nehmen, riss sie einen Plastikbecher von der Ablage. Sie bückte sich nach dem Becher, der polternd auf dem Fußboden gelandet war, direkt neben einem Cowboy-Stiefel.

Ganz langsam trocknete sie sich Hände und Gesicht ab, während sie wie gebannt auf den Stiefel starrte. Es hätte sie nicht überraschen müssen, in Jacks Wohnung einen Cowboy-Stiefel vorzufinden. Schließlich stammte der Mann aus Texas. Dennoch staunte sie.

Sie bückte sich und hob den Stiefel auf. Schwarzes Leder. Europäisches Ziegenleder. Hergestellt von Lucchese, San Antonio. Größe zwölf.

Madeleine versuchte die Bedeutung dieser Einzelheiten zu erfassen, aber ihr Verstand war blockiert. Wie bei einem Unfallopfer, das im Schock Zuflucht sucht, um der grausamen Wahrheit nicht begegnen zu müssen.

„Hey, Madeleine“, rief Jack. „Ist alles in Ordnung?“

„Oh, ja.“

Ihre Stimme klang dünn. Vorsichtig stellte sie den Stiefel wieder auf den Boden.

Alles in Ordnung?

Sicher, Jack, dachte sie. Dann zwang sie sich, die Dinge nüchtern zu durchdenken. Und sie wünschte verzweifelt, dass sie sich irrte.

„Was kann ich von einer Frau erwarten, die vor einem Kerl im Smoking und mit Cowboy-Stiefeln dahinschmilzt?“

Seine ironische Bemerkung hallte in ihrem Kopf wider. Die Sache war nur die, dass auf dem Foto ein glückliches

Paar zu sehen war, und zwar von der Taille ab aufwärts. Jack hätte von den Stiefeln nichts wissen können.

Außer, er war derjenige, der sie getragen hatte.

Ein Kloß bildete sich in Madeleines Kehle, aber sie schluckte ihn hinunter. Weinen würde sie um diesen Mann nicht. Wenigstens nicht, solange er zuschaute. Weinen bedeutete, dass sie etwas für ihn empfand. Und sie weigerte sich, das zuzugeben.

Sie trat aus dem Badezimmer heraus und schloss leise die Tür hinter sich. Jack stand im Wohnzimmer. Sein Blick ruhte auf ihr, als sie auf ihn zukam.

Jetzt sah sie alles. Die Ähnlichkeit, die ihr von Anfang an hätte auffallen müssen. Das markante Kinn, die schönen Hände. Die schokoladenbraunen Augen. Die große, schlanke Statur.

Ihre Augen waren so blind gewesen wie ihr Herz.

„Ich muss gehen", sagte sie langsam und deutlich. „Ich kann hier nicht bleiben."

„Madeleine, bist du krank? Sag mir doch, was mit dir los ist."

Abgesehen von dem abscheulichen Streich, den du mir gespielt hast, ist alles wunderbar.

„Es ist spät geworden", erklärte sie nüchtern. „Ich muss gehen."

„Aber ..."

Sie nahm ihren Mantel. „Es war ein Fehler hierher zu kommen. Es hätte nicht passieren dürfen. Auf Wiedersehen, Jack."

Fluchtartig verließ sie seine Wohnung und schlüpfte in

ihren Mantel, während sie die Treppen hinunterlief. Er kam hinter ihr her und rief ihren Namen. Madeleine ignorierte ihn. Sie stürmte auf die Straße, sprang in ihren Wagen und ließ den Motor aufheulen. Auf der schneebedeckten Fahrbahn schleuderte das Heck, als sie davonfuhr.

Bevor sie auf die Hauptstraße abbog, erlaubte sie sich doch noch einen verstohlenen Blick in den Rückspiegel. Im selben Augenblick wusste sie, dass sie das lieber nicht hätte tun sollen: Jack stand auf dem Bürgersteig vor seinem Hauseingang, eine große, schlaksige Silhouette vor dem Schneetreiben im Lichtkegel der Straßenlaterne und einer bunten Lichterkette in Mr. Costellos Fenster. Aus unerklärlichen Gründen rührte dieses Bild sie erneut zu Tränen. Aber sie versprach sich im Stillen, dass dies das letzte Mal sein würde, dass sie um Jack Riley weinte.

9. KAPITEL

Am nächsten Tag nahm Jack die U-Bahn zum Verlag. Das gleichförmige Schaukeln des Zugs und das gedankenlose Geplapper der Fahrgäste passten zu seiner Laune. Genau wie die ausdruckslosen Gesichter und der träge Strom der Fußgänger in den U-Bahn-Passagen.

Schaufensterdekorationen und das geschäftige Treiben erinnerten ihn unangenehm daran, dass Heiligabend war. Es gelang ihm, diese Tatsache zu verdrängen.

Auf dem Weg in die Stadt versuchte er sich auf seine Begegnung mit Madeleine vorzubereiten. Sein Leben lang hatte er mit Sprache gearbeitet, hatte mit geschickter Wortwahl aussagekräftige Sätze verfasst. Aber heute ließen ihn seine Fähigkeiten im Stich.

Es gab einfach keine Worte, mit denen er Madeleine sein Verhalten hätte erklären können. Nicht einmal er selbst wusste, was gestern Abend in jenem Moment geschehen war, als sie ihn angeschaut und gesagt hatte: „Ich fange gleich an zu weinen."

Das war der Augenblick gewesen, in dem ihm endgültig und unwiderruflich bewusst geworden war, dass er sie liebte.

„Großartiges Timing, Riley", fluchte er leise, während er über einen kleinen Berg frisch zusammengekehrten Schnees stapfte. „Einfach perfekt."

Er betrat das Gebäude und drückte auf den Fahrstuhlknopf. Den Redaktionsraum durchquerte er, ohne auch nur eine Sekunde an seinem Schreibtisch anzuhalten. Er ging direkt zu Madeleine.

Sie blickte auf, als er ihr Büro betrat. Klarheit und eine stoische Ruhe lagen auf ihrem Gesicht. Verdammt, sie war wunderschön. Ohne jede Spur einer durchlittenen Nacht.

Jack schöpfte Hoffnung. Vielleicht war sie gar nicht gekränkt. Vielleicht betrachtete sie es als ein Spiel, einen Scherz. Eine Abwechslung. Ein interessanter Ausflug in die Welt eines kleinen Redakteurs aus Brooklyn. Vielleicht sah sie eine gewisse Komik in der Situation.

Vielleicht fiel der Mond vom Himmel.

„Also, Madeleine ...“ Ihm versagte die Stimme. Sein Vokabular war auf ein Minimum alberner Floskeln zusammengeschrumpft. Bisher war ihm nie aufgefallen, dass wahre Liebe Schädigungen am Gehirn hervorrief.

Sie deutete auf einen aufgeklappten Ordner auf ihrem Schreibtisch. „Deine Personalakte“, erklärte sie. „Eins muss man dir lassen, du bist so dicht an der Wahrheit geblieben, wie du konntest. Dein wirklicher Name ist John. John Patrick Riley. Du hast auch nicht gelogen, als du gesagt hast, du stammst aus Texas.“ Aus ihren großen blauen Augen sah sie zu ihm auf. Ohne jeden Vorwurf. „Hast du die ganze Sache eigentlich von langer Hand geplant, oder war es ein spontaner Einfall? Ein Scherz, aus der Situation geboren?“

„Komm, Madeleine. Du benimmst dich, als hätte ich es darauf angelegt, dich zu kränken.“

„Vielleicht gibt es auch ein ganz anderes Motiv“, fuhr sie unbeirrt fort, als hätte sie ihn nicht gehört. „Du weißt ja, dass die Jungs in der Redaktion eine ständige Wette laufen haben. Knicks-Freikarten für denjenigen, der als erster die Chefin ins Bett ...“

„Herrgott, Madeleine“, unterbrach er sie barsch, während er die Tür hinter sich zuwarf.

Bei dem Geräusch beschleunigte sich ihr Lidschlag, sie zuckte aber nicht zusammen. Ihre Art war beängstigend. Kalt, emotionslos und beklemmend ruhig. Eine Fremde.

Doch dann bemerkte er zwei Dinge, die ihre makellose Fassade Lügen straften. Alle fünf Fingernägel ihrer linken

Hand waren abgeknabbert. Und wenn ihn nicht alles täuschte, war ihre Bluse falsch geknöpft.

Madeleine, es tut mir so Leid.

„Versteh doch", sagte er. „Ich hatte nicht vor, so weit zu gehen." Ich hatte nicht vor, mich in dich zu verlieben.

Sie schenkte ihm ein knappes, kontrolliertes Lächeln. „Wer sagt, dass ich es bedauere? Vielleicht war es genau das, was ich wollte."

Das schockierte ihn. Hatte sie die ganze Zeit Bescheid gewusst? Hatte sie das Spiel nur mitgespielt, weil sie eine Entschuldigung dafür brauchte, dass sie einen Mann wollte, aber keine Verpflichtungen eingehen wollte?

„Falls du dir über die Spende Gedanken machst", informierte sie ihn. „Das ist unnötig. Ich habe mich bereits darum gekümmert. Das Santiago Center wird fortbestehen. Die Kids sollen nicht darunter leiden, dass du so ein Trottel bist."

Der bissige Unterton in ihrer Stimme riss ihn schließlich aus seinem Schock. Wut stieg in ihm auf. „Du bist wirklich clever", sagte er. „Weißt du das eigentlich? Okay, ich habe verstanden. Du schreibst die Schecks aus, aber die Hände machst du dir nicht schmutzig. Einfach klasse, findest du nicht?"

„Einfach klasse", wiederholte sie kühl.

Er konnte sie nur fassungslos anstarren. „Wow, Lady. Du bist wirklich cool."

„Ich nehme an, du bist es gewohnt, dass die Frauen vor dir auf Knien kriechen und weinend ‚Du hast mein Herz gebrochen!' ausrufen. Ist es nicht so?"

„Nein.“ Jack seufzte verzweifelt. „Nein, Maddy. So ist es nicht.“

„Fein. Ich habe auch nicht vor, wie eine schlechte Country-and-Western-Ballade zu klingen. Wenn du mich jetzt bitte entschuldigst, ich habe zu arbeiten.“ Sie griff nach einem breiten Stempel und ließ ihn geräuschvoll auf seine Personalakte niederschnellen.

„Ach, und Jack“, sagte sie, als er sich zur Tür gewandt hatte.

„Was gibt es noch?“

„Du bist entlassen. Fristlos.“

Faxgeräte und E-Mail-Nachrichten liefen auf Hochtouren, und bis zehn Uhr vormittags schien die ganze Welt erfahren zu haben, dass Jack Riley gefeuert war. Irgendwie brachte Madeleine einen Artikel für die nächste Ausgabe zu Stande. Ein herzzerreißender Kommentar über moderne Liebesbeziehungen mit der bitteren Kernaussage, dass der Mythos „glücklich und zufrieden bis in alle Ewigkeit“ der Vergangenheit angehörte.

Realität war ein Mädchen wie Maria. Von ihrem Liebhaber verlassen, ohne ein Zuhause, auf die Hilfe von Fremden angewiesen.

Realität war die erdrückende Leere eines One-Night-Stands.

Um ihrem Weihnachtsartikel ein wenig von seinem Tenor des rührseligen Unsinns zu nehmen, schloss sie ihn mit einem Spendenaufruf für Einrichtungen wie das Santiago-Jugendzentrum.

Der Text war klar und überzeugend. Sie wusste instinktiv, dass er gelungen war.

Gegen Mittag begann ihr Telefon zu klingeln. Etliche Inserenten äußerten ihre Verärgerung über die Entlassung des populärsten Redakteurs des Blattes. Aus Protest zogen sie ihre Anzeigen zurück.

Was als ein ziemlich schlechter Tag begonnen hatte, entwickelte sich rasch zu einem wahren Katastrophentag.

Madeleine wurstelte sich irgendwie durch den Nachmittag und schickte ihre Mitarbeiter frühzeitig nach Hause. Schließlich war Heiligabend. Als die Druckerpressen im Kellergeschoss anliefen, schlenderte sie durch den Nachrichtenraum. Jacks verlassener Schreibtisch zog sie wie ein Magnet an.

Meine Güte, ich habe am Heiligen Abend einen Mann entlassen. Was ist nur aus mir geworden?

Ohne das für Jack Riley so typische Durcheinander von Ordnern, Papieren und persönlichen Gegenständen sah der Schreibtisch nur noch wie ein Gerippe aus. Unwillkürlich erinnerte Madeleine sich an Dinge, die für sie bedeutungslos gewesen waren, als sie Jack noch nicht näher kannte. Ein schiefer Kaffeebecher, den, wie sie heute wusste, ein Mädchen im Santiago Center getöpfert hatte. Ein Tintenlöscher mit seinem Namen und einer Inschrift, die ins Leder gebrannt war: Für Mr. Riley, einem Städter mit Gerechtigkeitssinn.

Er war ein wirklich außergewöhnlicher Mensch.

Und sie hatte ihn aus ihrem Leben verbannt, noch dazu am Heiligen Abend. Das war mehr als erbärmlich.

Mit einem zittrigen Seufzer ermahnte sie sich, diesen Mann zu vergessen. Als sie sich umdrehte und den Raum verlassen wollte, entdeckte sie zu ihrem Erstaunen, dass sie nicht allein war.

„Was machen Sie hier?“ fragte sie streng.

Harry Fodgother sah sie mit einem sonnigen Lächeln an. „Ich wollte zu Jack. Wie es aussieht, habe ich ihn schon wieder verpasst.“ Harry stellte eine Einkaufstüte auf den leeren Schreibtisch. Er nahm seinen Hut ab und unterzog Madeleine seinem eindringlich prüfenden Blick. „Sie sehen aus, als wäre Ihr bester Freund gestorben.“

Seine Neugier ärgerte sie. „Arbeiten Sie für Heiligabend nicht ein bisschen lange?“ fragte sie schnippisch.

„Für mich ist es ein Tag wie jeder andere“, erwiderte er. „Ich bin kein Christ.“

„Oh.“

„Aber ich wollte trotzdem etwas für eine christliche Einrichtung spenden. Dieses Santiago Center, über das ich in Ihrer Zeitung gelesen habe.“

„Das ist wunderbar, Mr. Fodgother. Jack wird sich freuen.“ Es gefiel ihr nicht, dass ihre Stimme bei Jacks Namen stockte.

„Fein. Ich bin ihm etwas schuldig. Um es genau zu sagen, mein Leben.“

Sie runzelte die Stirn. „Ich verstehe nicht, was Sie meinen.“

Harry zuckte die Achseln. „Er ist kein Typ, der prahlt. Er hat mir das Leben gerettet. Am vergangenen Freitagabend. Zwei Junkies haben mich überfallen. Jack sah es und war nicht zu bremsen. Er teilte tüchtig aus. Die beiden liefen schließlich davon. Ich werde ihm das nie vergessen."

„Freitagabend?" wiederholte sie langsam.

„Exakt. Er wollte für seine Mühe nichts annehmen, aber ich bestand darauf. Als er mir Ihre Einladung zeigte, war ich nicht mehr zu bremsen. Er bekam von mir ein völlig neues Aussehen." Harry zwinkerte. „Er war doch wirklich nicht wieder zu erkennen, oder?"

„Wie verzaubert", stimmte sie fasziniert zu.

Er wirbelte seinen Stock durch die Luft. „Wunder geschehen immer wieder. Ich hoffe, Sie hatten einen netten Abend. Jack wollte nicht recht daran glauben, aber ich hätte geschworen, dass er jede Minute genießen würde."

Wir haben beide jede Minute genossen, dachte sie. Weil es nicht die Realität war. Es war eine Illusion, ein Märchen.

„Nun", sagte Harry, während er seinen Hut wieder aufsetzte. „Ich muss jetzt gehen. Wenn Sie Jack sehen, geben Sie ihm bitte die Tüte." Er verabschiedete sich und wandte sich zum Gehen.

Madeleine trat an den Schreibtisch und umfasste die Tüte. „Aber ich sehe ihn nicht mehr", sagte sie aufgebracht.

„Sie werden ihn sehen. Glauben Sie mir."

Als sie sich schließlich umdrehte, um ihm die Tüte zurückzugeben, war der kleine Mann verschwunden. Er muss schneller sein, als er aussieht, dachte sie kopfschüttelnd.

Noch während sie überlegte, was nun mit der Tüte geschehen sollte, klingelte ihr Handy. Sie nahm es aus ihrer Handtasche. „Hallo?"

„Miss Langston?"

„Maria? Was ist passiert?"

„Ich habe gerade ein Taxi gerufen. Das Baby ... Es ist soweit."

„Wie fühlst du dich, Kleines?" fragte Madeleine. Freude und Besorgnis schwangen in ihrer Stimme mit.

„Wie ..." Sie keuchte, als würde sie keine Luft bekommen „Wie man sich fühlt, wenn man ein Baby bekommt, Miss Langston?"

„Ja?"

„Ob Sie wohl ... Ich meine, können Sie vielleicht ins Hospital kommen? Nur für eine Weile."

„Maria?"

„Ja?"

„Das würde ich um nichts in der Welt versäumen wollen."

10. KAPITEL

Mit offenem Parka hastete Jack den grün gefliesten Krankenhauskorridor entlang. Maria Garza war erheblich selbstständiger, als er vermutet hätte. Um die Weihnachtsfeier im Jugendzentrum nicht zu stören, hatte sie ohne großes Aufsehen ein Taxi gerufen und war allein ins Hospital gefahren.

Als Jack ihr Verschwinden bemerkte, fuhr er ihr sofort nach.

Schwester Doyle kümmerte sich allein um die Feier. Alle Familien aus der Nachbarschaft waren gekommen. Derek spielte einen eleganten Weihnachtsmann, und Brad servierte den Punsch. Die beiden hatten bereitwillig ihre Hilfe angeboten. Sehr zu Jacks Erstaunen. Vielleicht tat er ihnen Leid, weil er ausgerechnet am Weihnachtsabend seine Kündigung bekommen hatte.

In seiner Aufregung wäre er am Schwesternzimmer der Entbindungsstation fast vorbeigerannt. „Maria Garza?“ fragte er.

Die Schwester schaute ihn über ihre Lesebrille hinweg an. „Liegt in den Wehen. Sie wird wohl bald in den Kreißsaal kommen. Sind Sie der Vater?“

„Nein, aber ...“

„Ich bin der Vater“, hörte er eine besorgte Stimme hinter sich sagen.

Jack drehte sich um. Der junge Mann, der vor ihm stand, trug einen Bauarbeiterparka. Das Haar war vom Wind zerzaust und die Ohren spröde von der Kälte. Nervös tänzelte er hin und her. „Du denkst wohl, besser spät als gar nicht, José.“

Josés Augen blitzten auf, aber nur für einen kurzen Moment. „Ja“, sagte er. „Genau das denke ich, Jack. Ich will bei ihr bleiben. Es wird schon klappen. Ich habe einen festen Job und eine nette Wohnung in Queens. Ich weiß auch nicht, warum ich davongelaufen bin. Es war dumm von mir. Aber ich habe Angst bekommen."

„Und wie hat Maria sich gefühlt? Was glaubst du?"

Er ließ den Kopf hängen. „Es wird nicht wieder vorkommen. Ich habe eine schöne Wohnung, wirklich. Genau richtig für uns drei." Er sah Jack an. Sein Gesicht strahlte eine Reife aus, die vorher nicht zu erkennen gewesen war. „Wenn sie mich haben will."

Jack empfand Stolz und Erleichterung. „Das ist wohl immer die große Frage. Will sie dich haben oder nicht."

Die Schwester räusperte sich. „Sie wird jetzt in den Kreißsaal gebracht. Wenn Sie meinen, dass Sie dabei sein wollen, sollten Sie sich beeilen."

Aufregung und vor allem unverhohlenes Staunen spiegelten sich in Josés Gesicht wider und löschten auch den letzten Zweifel, den Jack vielleicht gehegt hatte, aus. „Beeil dich", sagte er. „Und sag Maria, dass ich hier draußen warte."

Um sich die Zeit zu vertreiben, kaufte er eine Packung Kaugummi und schlenderte zu dem großen Glasfenster hinüber, das einen Blick in den Babysaal gestattete. Drei Neugeborene lagen dort friedlich schlafend in ihren kleinen Wiegen. Sie waren unglaublich winzig.

Wie ein Kind vorm Süßwarenladen lehnte Jack sich gegen die Scheibe und starrte mit großen Augen auf die Säuglinge. Ja, er liebte Babys. Er liebte Kinder. Er hatte sich immer eigene Kinder gewünscht, aber um sich diesen Wunsch zu erfüllen, brauchte er eine gewisse Komponente in seinem Leben. Nämlich eine Frau.

Und in all den Jahren seit Annies Tod war er nur einer einzigen Frau begegnet, die er heiraten würde.

Das Problem war nur, dass sie ihn hasste.

„Es ist schon seltsam, wie manche Dinge sich zum Guten wenden“, sagte eine sanfte weibliche Stimme hinter ihm.

Jack erstarrte. Er wagte es kaum, sich umzudrehen. Schließlich zwang er sich dazu.

Da stand sie, Madeleine. Über dem Arm trug sie ihren weißen Mantel. Ein schwaches Lächeln umspielte ihre Lippen.

„Maddy?“ fragte er ungläubig. Er widerstand dem Impuls, ihren Arm zu ergreifen. „Was machst du hier?“

„Ich bin schon eine ganze Weile hier. Bei Maria.“ Sie blickte den Korridor entlang. „Ich sitze nicht nur in meinem netten, sauberen Elfenbeinturm und stelle Schecks aus.“

Er wurde rot. „Es tut mir Leid, dass ich das gesagt habe.“

„Wenn es dich nicht gäbe, Jack Riley, dann säße ich jetzt immer noch dort.“

Jack breitete die Arme aus. „Willkommen im wirklichen Leben.“

Wieder blickte sie den Flur entlang. „Dieser Junge, José, er ist noch ziemlich jung.“

„Sie sind beide jung“, sagte Jack. „Noch halbe Kinder. Aber wir müssen daran glauben, dass sie alles daransetzen, es zu schaffen ...“

„Hey, Riley!“ Weiter hinten im Flur schwang eine Metalltür auf. José steckte den Kopf heraus und schrie: „Es ist ein Junge! Ein Junge! Fröhliche Weihnachten!“ Dann verschwand er wieder im Kreißsaal.

Jack merkte, wie sich ganz allmählich ein merkwürdiges Grinsen auf seinem Gesicht ausbreitete. Denselben Ausdruck staunender Freude entdeckte er in Madeleines Gesicht. Jetzt war sie weder Grace Kelly noch Doris Day. Sie war einfach nur sie selbst mit ihrem einzigartigen faszinierenden Zauber. Die Frau, die er liebte.

„Wow“, rief er, während er ihr das Päckchen Juicy Fruit entgegenhielt. „Das muss gefeiert werden.“

Lachend nahm sie sich ein Kaugummi.

„Es ist kurz vor Mitternacht“, sagte er. „Komm mit.“ Er zog sie mit sich durch eine Tür mit dem Hinweisschild „Patio“. Die Raucherecke der Entbindungsstation, aber zu dieser Stunde waren keine Raucher da, die der kalten Nacht trotzten.

„Ich dachte, wir würden vielleicht Santa Claus sehen“, sagte er, während er den Himmel absuchte. „Aber wir haben kein Glück.“

„Es ist wunderschön.“ Ihre Augen funkelten glücklich, als sie auf den glitzernden Fluss hinuntersah, auf die Brooklyn Bridge, die Skyline von Manhattan, die sich zu Weihnachten im festlichen Gewand zeigte. Sie drehte sich zu Jack um. „Ist es nicht wunderschön?“

„Ja“, erwiderte er, ohne den Blick von ihrem Gesicht abzuwenden.

Ihr Lächeln verschwand. „Lass uns nicht darüber reden“, sagte sie.

„Wir müssen darüber reden.“ Er trat einen Schritt auf sie zu. „Ich habe deinen Leitartikel gelesen. Ist es wirklich so trostlos? So hoffnungslos?“

„Schau dir die Tatsachen doch an, Jack“, gab sie ohne Zögern zurück. „Du hast dir einen Spaß daraus gemacht, mich zum Narren zu halten.“

„Und du schau dir an, wie leicht du dich in einen feinen Anzug und eine nette Art verliebt hast“, konterte er.

„Du hast mit mir gespielt, Jack! Als ob ich keine Gefühle hätte! Du und dieser Schneider, ihr hattet plötzlich Lust, euch einen Scherz zu erlauben. Und es hat dich nicht gekümmert, ob ich am Ende leide.“ Sie blickte auf die glitzernde Skyline. „Ich gebe ja zu, dass ich eine leichte Beute war. Bemitleidenswert. Reif für den Traumprinzen.“

Er ergriff ihre Schultern. „Dies hier ist das wirkliche Leben. Nicht irgendein verdammtes Märchen. Es ist schwierig und schmerzvoll. Und real. Wenn du damit nicht umgehen ...“

„Jack?“ unterbrach sie ihn.

„Ja?“

„Halt den Mund.“

Das ließ er sich nicht zweimal sagen, zumal sie sich auf die Zehenspitzen stellte und die Arme um seinen Nacken schlang. Er küsste sie mit all der wilden Leidenschaft, die in seinem Herzen aufschrie. Fast fürchtete er, sie würde vor seinem Temperament zurückschrecken, aber stattdessen erwiderte sie seine Gefühle voller Hingabe, während sie sich begierig an ihn presste.

Als die Kirchenglocken das Weihnachtsfest einläuteten, hob er ganz langsam den Kopf. Er blickte in ihr Gesicht, als würde er aus einem Traum erwachen. „Und jetzt?" flüsterte er.

„Jetzt leben wir glücklich und zufrieden bis in alle Ewigkeit."

„Tut mir Leid, Prinzessin." Er lächelte entschuldigend. „Das wird nicht klappen. Ich habe zu viele Charakterschwächen. Dieser Frosch wird sich nicht in einen Prinz verwandeln."

Sie strich mit den Fingerspitzen über sein Kinn, auf dem die Bartstoppeln sprossen. „Ich liebe deine Schwächen."

„Maddy, ich gebe dir etwas Interessanteres als Glück und Zufriedenheit bis in alle Ewigkeit." Jack atmete tief durch. Es war die kälteste Nacht des Jahres, und er schwitzte. Dies war er also, der Sprung ins kalte Wasser. Und noch nie war er sich einer Sache so sicher gewesen.

„Was willst du mir geben?" fragte sie sanft.

„Die wahre Liebe. Für immer. Jede Sekunde. Jeden Tag und jede Nacht. Für den Rest deines Lebens. Wie klingt das?"

„Als ob ein Traum wahr wird." Ihre Augen glänzten verräterisch. „Halt mich fest. Ich fange gleich an zu weinen."

„Damit werde ich fertig."

„Du machst mich wahnsinnig."

„Für eine verrückte Lady bist du ziemlich sexy."

„Halt den Mund und küss mich. Fröhliche Weihnachten, Jack Riley."

„Fröhliche Weihnachten, Liebes."

– ENDE –

Debbie Macomber

Weiße Weihnacht

Roman

Aus dem Amerikanischen von
Eva von der Gönna

MIRA®

1. KAPITEL

„Meine Damen und Herren, hier spricht der Kapitän."

Susan Griffin umklammerte so krampfhaft die Armlehnen, dass ihre manikürten Fingernägel beinahe den Polsterstoff aufritzten. Sie war noch nie gern geflogen, und wenn es sich einrichten ließ, reiste sie auf andere Art. Diesmal hatte es fast einen Monat gedauert, bis sie ihre panische Angst überwunden und endlich doch einen Flug gebucht hatte. Um sich selbst Mut zu machen, redete sie sich ein, dass die Boeing 727 ohne Probleme in San Francisco starten und nach anderthalb Stunden sicher in Seattle landen würde. Schließlich bestätigten sämtliche Statistiken, dass das Unfallrisiko im Luftverkehr am geringsten war. Trotzdem hätte sie auf keinen Fall ein Flugzeug bestiegen, wenn ihr Weihnachtsurlaub nicht auf vier Tage begrenzt gewesen wäre. Und weil sie schreckliches Heimweh hatte, war ihr keine andere Wahl geblieben.

„Seattle meldet heftige Schneefälle und schlechte Sicht", fuhr der Kapitän fort. „Deshalb werden wir über Portland umgeleitet, bis die Landebahn geräumt ist."

Die Nachricht wurde mit lautem Stöhnen aufgenommen.

Susan entspannte sich, Schnee. Das war kein Grund zur Besorgnis. Sie war zwar nicht erfreut über die Aussicht, die Landeprozedur zwei Mal mitmachen zu müssen, aber jetzt war sie ihrem Ziel so nah, dass sie alles geduldig ertrug, weil sie bald bei ihrem Vater sein würde.

Um sich abzulenken, studierte sie die anderen Passagiere. Im Sitz neben ihr schlief friedlich eine ältere Frau. Der Mann auf der anderen Seite war ein typischer Geschäftsmann. Noch vor dem Start in San Francisco hatte er seinen Aktenkoffer aufgeklappt und seitdem ununterbrochen gearbeitet. Während des Fluges hatte er nicht ein einziges Mal gelächelt, und die Meldung des Flugkapitäns verursachte nur ein kurzes unwilliges Zucken in seiner Miene.

Männern wie ihm begegnete Susan häufig genug bei ihrer Arbeit als Gerichtsreporterin, um ihn schnell einordnen zu können: weltgewandt, geschäftstüchtig und untadelig. Außerdem musste sie zugeben, dass er sehr gut aussah. Persönlich waren ihr allerdings Männer lieber, die nicht so förmlich waren. Was hieß überhaupt Männer? In dem knappen Jahr, das sie jetzt in San Francisco lebte, war sie nur drei oder vier Mal ausgegangen, und keine ihrer Bekanntschaften hatte sich zu einer Freundschaft vertieft.

Als die Maschine zur Landung ansetzte, verstärkte sich Susans Griff um die Lehne wieder. Ihr Blick richtete sich auf den Notausgang, während sie sich wieder ins Gedächtnis rief, dass Fliegen nicht gefährlich ist. Dann schloss sie die Augen und wartete mit angehaltenem Atem, bis die Räder auf der Rollbahn aufsetzten.

Irgendwie waren die Landungen viel schlimmer als die Starts. Jetzt, wo ihre Anspannung nachgelassen hatte, nahm sie auch ihre Umgebung wieder war, und sie merkte, dass der Geschäftsmann von gegenüber sie verwundert musterte. Offenbar war es unvorstellbar für ihn, dass jemand Angst vorm Fliegen haben konnte. Sie spürte, dass sie rot wurde, und wandte sich rasch ab. Dieser fade Beamtentyp war ihr ausgesprochen unsympathisch.

Die Frau neben ihr legte ihr die Hand auf den Arm. „Alles in Ordnung, meine Liebe?"

„Natürlich." Nach geglückter Landung fiel es ihr auf einmal leicht, Gelassenheit vorzutäuschen, was ihre Mitreisenden offensichtlich mühelos beherrschten.

„Wenn wir nur nicht allzu lange warten müssen", meinte die alte Dame besorgt. „Meine Tochter hat extra einen Tag frei genommen, um mich abzuholen."

„Mein Vater wohnt etwa vierzig Minuten vom Flughafen entfernt", antwortete Susan. Hoffentlich hatte er auch daran gedacht, sich nach der genauen Ankunftszeit zu erkundigen. Der Gedanke, dass er vielleicht ängstlich auf sie wartete, bedrückte sie.

Ihre Nachbarin spähte aus dem Fenster. „Hier schneit es nicht besonders stark. Nur einige Flocken, die wie Gänsefedern vom Himmel schweben."

Susan musste über den Vergleich lächeln. „Hoffen wir, dass es so bleibt."

Obwohl einige Passagiere – darunter auch der Geschäftsmann – ausstiegen, blieb sie auf ihrem Platz. Nach Aussage des Kapitäns würden sie sich nicht lange in Portland aufhalten, und sie wollte nicht riskieren, den Weiterflug zu verpassen.

Während der folgenden Dreiviertelstunde sah Susan alle fünf Minuten auf die Uhr. Allmählich gelangte sie zu der

Überzeugung, dass sie Oregon nie wieder verlassen würden. Im gleichen Maße, wie sich die vereinzelten Flocken zu starkem Schneefall verdichteten, stieg ihre Nervosität. Sogar am Boden wurde die Maschine von Sturmböen geschüttelt.

„Hier spricht der Kapitän", tönte es im gedehnten Südstaatenakzent durchs Flugzeug. „Leider hat sich die Sicht am Flughafen Seattle bisher nicht gebessert. Man bittet uns, noch eine halbe Stunde in Portland zu bleiben, möglicherweise auch länger. Wir hoffen auf ihr Verständnis." Die Passagiere reagierten mit Verärgerung und Enttäuschung, und plötzlich sprachen sie alle auf einmal.

„Meine Damen und Herren", klang noch einmal die humorvolle Stimme des Piloten über den Lautsprecher. „Darf ich Sie daran erinnern, dass es bedeutend angenehmer ist, am Boden zu sein und zu wünschen, man wäre in der Luft, als umgekehrt."

Susan gab ihm im Stillen recht, trotzdem fühlte sie sich jetzt schon wie gefangen in der engen Kabine. Sie löste ihren Sicherheitsgurt, stand auf und ging nach vorn.

„Ich möchte gern telefonieren. Ist genug Zeit dafür?"

„Selbstverständlich", versicherte die Stewardess. „Aber lassen Sie sich nicht zu viel Zeit. Das Wetter in Seattle kann sich sehr schnell ändern."

„Bestimmt nicht", versprach Susan und ging ins Flughafengebäude.

Erst als sie in ihrem Portemonnaie nach Münzen kramte, bemerkte sie, dass der unsympathische Geschäftsmann aus dem Flugzeug in der Telefonzelle nebenan stand.

„Hier ist Philip Garner“, hörte sie ihn sagen. „Meine Maschine steht immer noch in Portland.“

Susan schüttete den Inhalt ihres Portemonnaies in die Hand – kein Kleingeld für den Münzfernsprecher!

„Ja, ich verstehe“, fuhr der Mann namens Garner fort, „dass Sie auch Probleme mit dem Schnee haben. Ich bezweifle, dass ich es heute Nachmittag noch schaffen werde. Vielleicht sollten wir unsere Besprechung gleich auf morgen früh verschieben. Neun Uhr?“ Pause. Offenbar protestierte der Gesprächspartner, denn Philip Garner antwortete: „Natürlich ist mir bewusst, dass morgen Heiligabend ist.“

Inzwischen hatte Susan ihre ganze Handtasche durchsucht, aber lediglich eine Münze für den Waschautomaten in ihrem Apartmenthaus, einen verloren geglaubten Knopf und einen Pfirsichkern zu Tage gefördert.

Verächtlich verzog sie die Mundwinkel. Das musste ein eiskalter Geschäftsmann sein, wenn er so kurz vor Weihnachten noch auf einem Treffen bestand! Sofort hatte sie ein schlechtes Gewissen. Vielleicht tat sie ihm auch unrecht. Wenn seine Firma ihn geschickt hatte, musste er die Termine schließlich irgendwie einhalten. Er sah nicht so aus, als ob er zum Vergnügen reiste. Außerdem hatte sie Gewissensbisse, dass sie die Unterhaltung am Telefon absichtlich belauscht hatte, um Bestätigung für ihre Abneigung gegen den Mann zu finden. Ihr Verhalten stand absolut nicht im Einklang mit dem Sinn des Weihnachtsfestes.

Philip Garner hängte jetzt den Hörer ein. Susan zwang sich zu einem freundlichen Lächeln und ging auf ihn zu. Er drehte sich abrupt um.

„Entschuldigen Sie bitte ..."

Sein Blick glitt an ihr vorbei, und im ersten Augenblick glaubte sie, er habe sie nicht gehört.

„Ja". Sein Gesichtsausdruck wirkte gelangweilt und etwas ungeduldig.

„Könnten Sie mir vielleicht einen Dollar wechseln?" Sie reichte ihm einen Schein.

Philip Garner kramte in seinen Taschen und holte ein paar Münzen heraus. „Tut mir Leid, mehr als fünfzig Cent bringe ich nicht zusammen." Achtlos steckte er das Geld wieder ein. Susan schaute sich bereits nach jemand anderem um, den sie fragen konnte, als er plötzlich stehen blieb und sie mit gerunzelter Stirn betrachtete. „Sind Sie nicht auch auf dem Flug nach Seattle?"

„Ja."

„Hier." Er reichte ihr ein Fünfundzwanzig-Cent-Stück.

Susan lächelte überrascht. „Vielen Dank." Doch er war bereits davongegangen und hatte ihre Worte wahrscheinlich nicht mehr gehört. Ihr war zwar nicht ganz klar, was es für einen Unterschied machte, dass sie im selben Flugzeug reisten, aber sie war viel zu erleichtert, um sich deshalb den Kopf zu zerbrechen.

Mit Philip Garners Münze wählte sie das Fernamt an und verlangte ein R-Gespräch. Dann wartete sie ungeduldig, bis die Verbindung hergestellt war. Endlich hörte sie die Stimme ihres Vaters.

„Dad."

„Hallo, Krümel!"

Don Griffin hatte seiner Tochter diesen liebevollen Spitznamen gegeben, als sie sich als Teenager einmal bitter beschwert hatte, dass alle Altersgenossen in die Höhe schössen, während sie selbst bei einem kläglichen Stand von einsfünfzig hängen geblieben war. Erst nach ihrem siebzehnten Geburtstag setzte plötzlich ein Wachstumsschub ein. Aber sie schoss nicht nur zehn Zentimeter in die Höhe, sondern bekam auch jene weiblichen Formen, um die sie ihre Freundinnen bis dahin glühend beneidet hatte.

„Ich bin in Portland."

„Ja, ich weiß. Ich habe nämlich vorsichtshalber bei der Fluggesellschaft angerufen, und die Dame dort sagte mir, die Maschine wäre umgeleitet worden. Wie geht's dir denn?"

„Gut", schwindelte sie. Mit ihrer Flugangst wollte sie ihren Vater nicht beunruhigen. „Es tut mir Leid wegen der Verspätung."

„Das ist doch nicht deine Schuld."

„Aber ich finde es schrecklich, hier wertvolle Stunden zu verschwenden. Wo ich viel lieber bei dir wäre."

„Mach dir deshalb keine Sorgen. Wir werden trotzdem noch genug Zeit für uns haben."

„Hast du den Baum schon geschmückt?" Seit dem Tod ihrer Mutter vor drei Jahren war es zur Tradition geworden, dass Susan zusammen mit ihrem Vater die Kerzen aufsteckte und den größtenteils selbst gebastelten Schmuck an die Zweige hängte.

„Ich habe noch gar keinen besorgt. Ich dachte, wir machen das morgen früh gemeinsam."

Susan schloss die Augen und genoss das Gefühl von Wärme und Geborgenheit, das ihr die vertraute Stimme vermittelte. „Ich habe eine tolle Überraschung für dich."

„Was denn?" wollte er wissen.

„Wenn ich es dir jetzt verraten würde, wäre es doch keine Überraschung mehr."

Sie hörte ihn leise lachen. Wie immer, wenn ihn etwas belustigte, würde er sich jetzt mit dem Zeigefinger über die Oberlippe reiben.

„Du hast mir gefehlt, Dad."

„Ich weiß. Du mir auch. Pass gut auf dich auf."

Susan wollte bereits aufhängen, als ihr Blick plötzlich auf ein Schild an der Wand gegenüber fiel. „Dad", sagte sie hastig. „Fahr bitte nicht zum Flughafen, bis ich dich wieder anrufe, ja?"

„Aber ..."

„Ich werde einfach im Restaurant eine Tasse Kaffee trinken und dann draußen auf dich warten. Dann brauchst du keine Zeit mit der Suche nach einem Parkplatz zu verschwenden. Du weißt doch, wie schwer es ist, am Flughafen einen Platz zu finden."

„Das macht mir aber wirklich nichts aus, Krümel."

„Ich weiß, aber tu mir den Gefallen, bitte."

„Wenn du darauf bestehst."

„Tue ich.“ Ihre Brüder behaupteten immer, dass außer Susan niemand ihren Vater von einem gefassten Entschluss abbringen konnte, und zogen sie bei jeder Gelegenheit damit auf. „Also dann, bis später.“

Sie hängte ein, holte die geliehene Münze aus dem Wechselgeldschacht und warf sie übermütig in die Luft. Zu ihrer eigenen Überraschung gelang es ihr sogar, sie wieder aufzufangen. Dann ging sie los – aber nicht zurück zur Maschine, sondern ein Stockwerk tiefer, wo die Leihwagenfirmen waren.

Schon auf den ersten Blick stellte Susan fest, dass außer ihr auch andere auf den Gedanken gekommen waren. Der Geschäftsmann von vorhin verhandelte bereits mit einem jungen Mann. Susan ging zum nächsten Schalter. „Wie viel würde es kosten, hier einen Wagen zu mieten und ihn in Seattle zurückzugeben?“ erkundigte sie sich.

Die Angestellte sah kaum von ihrem Bildschirm auf. „Tut mit Leid, aber wir haben keinen Wagen mehr.“

Susan traute ihren Ohren nicht. „Gar keinen?“

„Der Flughafen von Seattle ist schon seit Stunden geschlossen“, erklärte die Frau. „Und niemand möchte über die Feiertage hier festsitzen.“

Doch so schnell wollte Susan nicht aufgeben, und beim übernächsten Versuch hatte sie Glück.

„Ein Wagen ist gerade zurückgegeben worden“, teilte ihr die junge Frau am Schalter mit. Als Susan den Preis hörte, schluckte sie, doch die Idee hatte sich bereits festgesetzt. Jede Minute, die sie hier mit Warten verbrachte, ging von der kostbaren Zeit mit ihrem Vater ab. Und er hatte vorhin gesagt, dass ein Ende der Schneefälle vorläufig nicht abzusehen war. Es würde noch Stunden dauern, bis die Maschine endlich starten konnte. Außerdem gestand sie sich ehrlich ein, dass es ihr vor einer weiteren Landung auf einer vereisten Rollbahn graute. Und die Ausgaben fürs Weihnachtsfest hatten ohnehin ein Loch in ihre Kasse gerissen, aber für eine gute Sache: Sie würde Weihnachten mit ihrem Vater verbringen.

„Wenn die Dame den Wagen nicht mietet, nehme ich ihn." Susan fuhr herum und sah Philip Garner. Er lächelte zuversichtlich.

„Aber ich nehme ihn!" rief sie.

„Ich muss unbedingt nach Seattle."

„Ich auch", sagte sie steif. Und für den Fall, dass er die geliehene Münze zurückhaben wollte, zog sie sie aus der Tasche und reichte sie ihm.

„Ich habe eine wichtige Verabredung."

„Die habe ich auch." Sie drehte ihm den Rücken zu und begann, das Mietformular auszufüllen.

„Wie viel?" fragte Philip Garner plötzlich.

„Wie bitte?"

„Wie viel wollen Sie dafür, dass Sie mir den Wagen überlassen?" Er hatte bereits die Brieftasche in der Hand.

Susan sah ihn empört an. „Mieten Sie sich doch selbst ein Auto!"

„Es steht aber nur eins zur Verfügung, und zwar dieses."

„Und das habe ich!" Je näher sie diesen Mann kennen lernte, desto weniger mochte sie ihn.

Seine Miene war finster geworden. „Ich habe den Eindruck, Sie verstehen nicht. Meine Besprechung ist außerordentlich wichtig."

„Meine auch. Ich habe ..."

„Warum teilen Sie sich nicht die Kosten und fahren gemeinsam?" unterbrach plötzlich die Frau hinter dem Schalter das Streitgespräch. Susan und Philip Garner schwiegen verblüfft. Susan zögerte.

Philip hatte die Brauen hochgezogen. „Ich bin bereit, den vollen Preis zu bezahlen."

„Wenn Sie noch einmal von Geld reden, können Sie das Ganze gleich vergessen", fauchte Susan.

„Seien Sie nicht unvernünftig."

„Das sind doch wohl eher Sie."

Er fuhr sich mit der Hand durchs Haar. „Haben wir jetzt eine Abmachung oder nicht?"

„Ich fahre aber gar nicht nach Seattle."

Sein Blick war vorwurfsvoll. „Das haben Sie aber gerade gesagt."

„Mein eigentliches Ziel ist Maple Valley. Das ist südlich von Seattle."

„Das ist kein Problem. Ich setze Sie dort ab und bringe den Wagen anschließend zur Verleihfirma zurück."

Damit wäre sie eine Sorge los, doch sie zögerte noch immer. In den wenigen Minuten, die ihre Unterhaltung jetzt dauerte, hatten sie sich fast ausschließlich gestritten. Wie sollten sie die drei Stunden zusammen im Auto überstehen?

„Hören Sie!" sagte er gereizt. „Wenn ich es heute bis

Seattle schaffe, kann ich die Besprechung vielleicht noch abschließen und Weihnachten wieder in San Francisco sein."

Er hatte schnell das schwächste Glied in ihrer Kette von Gegenargumenten entdeckt und darauf abgezielt. Weihnachten zu Hause bedeutete viel für sie, und sie konnte verstehen, dass es anderen genauso ging.

„Na gut", gab sie schließlich nach. „Aber ich werden meinen Anteil für die Wagenmiete bezahlen."

„Wie Sie wollen."

Zum ersten Mal, seit sie ihn im Flugzeug bemerkt hatte, lächelte Philip Garner.

2. KAPITEL

„Was ist mit Ihrem Gepäck?" fragte Philip, als er mit Susan auf das Flugzeug zuging.

„Ich habe nur Handgepäck. Es ist im Fach über dem Sitz." Eine honigbraune Locke fiel Susan in die Stirn, und sie strich sie achtlos zurück. Die Sachen, die sie auf der Farm trug, passten nicht in die elegante Geschäftswelt von San Francisco, und deswegen hatte sie den größten Teil ihrer Garderobe bei ihrem Vater zurückgelassen. Jetzt stellte sich die Tatsache, dass sie mit leichtem Gepäck reiste, als Vorteil heraus. Wenigstens würde sie nicht extra zum Flughafen fahren müssen, um ihren Koffer von der Gepäckausgabe zu holen.

Susans Stimmung war erheblich gestiegen. Bald würde sie zu Hause sein, und zwar ohne noch einmal Start und Landung durchmachen zu müssen.

„Gut. Ich habe auch nur eine Reisetasche."

Susan zögerte. „Allerdings habe ich noch eine Tasche mit Geschenken."

Er sah sie von der Seite an. „Das ist doch bestimmt kein Problem."

Wenn er sieht, worum es sich handelt, wird er vielleicht seine Meinung ändern, überlegte Susan. Außer zahlreichen Schachteln und Päckchen hatte sie mehrere lange Laibe Sauerteigbrot für ihren Vater im Gepäck. Die Tasche war so unhandlich, dass sie einen Stewart zu Hilfe hatte rufen müssen, um sie im Fach über dem Sitz zu verstauen. Normalerweise hätte Susan ein so sperriges Stück am Schalter aufgegeben, aber wegen der herausragenden Brote war das unmöglich gewesen.

Die Maschine war beinahe leer, was Susans Verdacht bestätigte, dass sich der unfreiwillige Aufenthalt länger als ursprünglich angenommen hinziehen würde. Sie schaute auf die Uhr und stellte fest, dass es schon fast Mittag war. Wahrscheinlich waren die anderen Passagiere ins Flughafengebäude zum Essen gegangen.

Kurzerhand streifte sie die Schuhe ab und kletterte auf den Sitz. Dann öffnete sie die Klappe zum Gepäckfach.

„Brauchen Sie Hilfe?" erkundigte sich Philip Garner. Er hatte sein Gepäck schon geholt.

„Hier." Susan reichte ihm ihren kleinen Koffer. Seinem undeutlichen Gemurmel war zu entnehmen, dass er Frauen zu schätzen wusste, die mit leichtem Gepäck reisten. Sie hatte sich gerade auf die Zehenspitzen gestellt, um an die Tasche mit den Broten zu kommen, als er missfällig sagte: „Schauen Sie nur, was irgendein Idiot da hineingequetscht hat."

„Wie bitte?"

„Das unförmige Ding dort. Die Leute sollten wirklich so viel Verstand haben, keine Tubakästen mit in die Kabine zu nehmen."

„Das Ding, wie Sie es nennen, gehört mir und ist keine Tuba." Es war ihr gelungen, die Tasche herauszuziehen. „Würden sie mir das bitte einmal abnehmen?"

Philip starrte die Tasche an, als befürchtete er, irgendetwas könnte herausspringen und ihn beißen. „Große Güte, was ist denn das?"

Was das war? Hatte er denn keine Augen im Kopf? Jedes Kind wusste, wie Brot aussah. Und es war keineswegs ungewöhnlich, es zu langen schmalen Laiben zu formen.

„Ein Koffer für eine Schlange", antwortete sie sarkastisch.

Um seine Mundwinkel zuckte es. Er streckte die Arme aus. „Geben Sie her, sonst verlieren Sie noch das Gleichgewicht."

Susan sprang herunter.

„So, so. Ein Koffer für eine Schlange", wiederholte er. Plötzlich breitete sich ein Lächeln auf seinem Gesicht aus, und Susan stockte der Atem. Sie hatte das Gefühl, dass dieser Mann nicht oft Gelegenheit hatte, zu lachen und das Leben zu genießen. Und erst vor wenigen Minuten hatte sie ihn als humorlos und sauertöpfisch eingestuft. Doch wenn er lächelte, bekam die nüchterne Fassade, die er zur Schau trug, einen Riss, und sie erhaschte einen Blick auf den Mann, der sich dahinter verbarg. Ein Mann, der sie neugierig machte.

Als Susan am Schalter der Fluggesellschaft endlich eine Gutschrift für die nicht in Anspruch genommene Strecke bekommen hatte, war auch ein Wagen der Leihfirma vorgefahren, um sie zu dem Mietwagen zu bringen.

Es schneite immer noch, und Susan war fasziniert von der weißen Winterlandschaft.

„Ich habe meinen Namen auf den Mietvertrag setzen lassen", sagte Philip Garner.

„In Ordnung."

Er hatte ihr den kleinen Koffer abgenommen, so dass sie nur die Reisetasche mit den Weihnachtsgeschenken zu tragen hatte.

„Das bedeutet, dass ich auch fahren werde", fuhr er fort.

Susan warf einen Blick auf das Schneegestöber ringsum und war insgeheim erleichtert.

„Nun?" Er schien mit Widerspruch zu rechnen.

„Haben Sie einen Führerschein?"

Er grinste jungenhaft. „Ja."

„Dann dürfte es keine Probleme geben."

„Sind Sie immer so witzig?"

Susan lachte. Es freute sie, dass sie ihn zum Lächeln bringen konnte. „Nur wenn ich mir Mühe gebe. Geben

Sie sich auch mal Mühe, Philip, und seien Sie nicht so förmlich! Es ist schließlich Weihnachten."

„Wie ich schon mehrmals sagte, muss ich zu einer wichtigen Besprechung. Dass sie zufällig kurz vor den Feiertagen stattfindet, verändert die Situation für mich nicht im Geringsten."

„Aber denken Sie doch nur, wenn Sie die Besprechung hinter sich haben, können Sie sich so schnell wie möglich auf den Heimweg machen und Weihnachten bei Ihrer Familie verbringen!"

„Ja." Es klang ziemlich abweisend, und Susan fragte sich, ob sie ihm zu nahe getreten war. Vielleicht hatte er keine Familie und wollte nicht daran erinnert werden.

Während Philip Garner das Gepäck im Kofferraum des Leihwagens verstaute, hatte sie Gelegenheit, ihn verstohlen zu mustern. Der stolze, verschlossene Gesichtsausdruck verriet nicht, was er dachte. Er wirkte sehr selbstsicher. Außerdem war ihr schon nach kurzer Zeit klar geworden, dass er einen scharfen Verstand hatte. Er war ein Mann der Gegensätze – zugleich nachdenklich und tatkräftig, kultiviert und organisatorisch begabt.

Der Mann vom Wagenverleih reichte Philip Garner die Schlüssel und erklärte, welchen Weg er zur Schnellstraße nach Norden einschlagen musste.

Philip studierte die Karte eingehend und wandte sich dann an Susan. „Sind Sie so weit?"

Sie nickte gnädig wie eine große Dame. „Nach Hause, James." Sie setzte sich auf den Beifahrersitz und rieb sich die kalten Hände. Als sie am Morgen aus dem warmen

San Francisco aufgebrochen war, hatte sie sich nicht für Schneestürme angezogen.

Philip ließ den Motor an und drehte die Heizung auf. „Gleich wird Ihnen warm.“ Plötzlich schien ihm ein Gedanke gekommen zu sein. „Wollen Sie vielleicht zuerst Ihren Mann anrufen?“

„Ich besuche meinen Vater“, stellte sie richtig. „Und ich bin nicht verheiratet. Doch um Ihre Frage zu beantworten: Lieber nicht. Dad würde sich nur unnötig Sorgen machen.“

Philip legte den Gang ein und fuhr an.

„Und Sie?“ fragte Susan zögernd. „Möchten Sie nicht Ihre Frau benachrichtigen?“

„Ich bin auch nicht verheiratet.“

„Oh.“ Susan hoffte, dass der kurze Ausruf nicht ihre Genugtuung über seine Mitteilung verriet. Es kam nicht oft vor, dass ein Mann sie so faszinierte. Dabei war sie keineswegs sicher, ob sie ihn überhaupt mochte. Doch es war unbestreitbar, dass sie sich zu ihm hingezogen fühlte.

„Ich bin verlobt“, fügte er hinzu.

„Aha.“ Sie schluckte. Dann hatte sie sich also zu früh gefreut. „Wann soll denn die Hochzeit sein?“

„In etwa zwei Jahren.“

Es gelang Susan nicht, ihre Verblüffung zu verbergen. Ihr ungläubiges Gesicht war ihm nicht entgangen.

„Margaret und ich haben beide berufliche und finanzielle Ziele, die wir verwirklichen möchten, ehe wir heiraten“, fuhr er fort. Seine Miene war ausdruckslos. „Margaret ist der Meinung, dass wir bis zur Hochzeit fünfzigtausend Dollar auf dem Sparkonto haben sollten, und ich stimme ihr zu. Wir sind uns darin einig, dass eine Ehe einer soliden wirtschaftlichen Basis bedarf."

„Ich könnte mir nicht vorstellen, zwei Jahre auf den Mann zu warten, den ich liebe."

„Dann sind Sie vollkommen anders als Margaret."

Für Susan war diese Feststellung das größte Kompliment, das er ihr machen konnte. „In einem Punkt stimmen wir allerdings überein. Eine Ehe sollte wirklich ein ganzes Leben lang halten." Doch anders als Margaret stellte sich Susan unter der Liebe mehr Spontaneität und weniger Berechnung vor. Als er nicht antwortete, sprach sie zögernd weiter. „Meine Eltern haben eine sehr gute Ehe geführt. Ich hoffe nur, dass ich ebenso glücklich werde wie sie, wenn ich einmal heirate."

Susan erzählte Philip, dass ihre Eltern sich an einem Weihnachtsabend kennen gelernt und knapp zwei Monate darauf geheiratet hatten. Siebenundzwanzig Jahre, bis zum plötzlichen Tod ihrer Mutter, führten sie eine glückliche Ehe. Susan erwähnte nicht, dass Don und Alice Griffin bei der Heirat zusammen keine zwanzig Dollar gehabt hatten. Don war damals Student der Tiermedizin im fünften Semester gewesen und hatte sich zur Erntezeit auf den Farmen der Umgebung etwas zum Lebensunterhalt dazuverdient. Susan war überzeugt, dass ihre Eltern nicht unter den beengten Verhältnissen zu Beginn ihrer Ehe gelitten hatten.

Susan konnte Philip vom Gesicht ablesen, dass er die ganze Geschichte banal fand.

„Wollen Sie mit dieser romantischen Erzählung vielleicht mein Herz rühren?“ fragte er spöttisch.

Zornig wandte sich Susan ab und schaute aus dem Seitenfenster auf die verschneite Landschaft. „Nein“, antwortete sie. „Ich wollte nur herausfinden, ob Sie überhaupt eins haben.“

„Das Karate-Mundwerk schlägt wieder zu!“

„Karate-Mundwerk?“

„Ich kenne niemanden, der so schlagfertig ist wie Sie.“ Er warf ihr einen Seitenblick zu, ehe er sich wieder auf die Straße konzentrierte. Und in seinem Blick lag wirklich und wahrhaftig Bewunderung!

Susan wollte lieber mehr über Margaret erfahren und lenkte das Gespräch deshalb von sich ab. „Sie freuen sich sicher auf ein gemeinsames Weihnachtsfest mit Margaret.“ Es tat ihr Leid, dass sie ihn bei ihrem Kennenlernen vorschnell verurteilt hatte. Kein Wunder, dass er seine geschäftliche Besprechung so bald wie möglich hinter sich bringen wollte.

„Margaret besucht über die Feiertage eine Tante in Arizona. Sie ist schon vor einigen Tagen abgeflogen.“

„Dann werden Sie also gar nicht zusammen sein.“ Je mehr sie über Margaret erfuhr, desto mehr erregte diese Frau, die bereit war, zwei Jahre bis zur Hochzeit zu warten, ihre Neugier. „Hat sie Ihnen Ihr Weihnachtsgeschenk schon vorher gegeben?“ Aus Geschenken ließen sich meistens Rückschlüsse auf den Spender ziehen.

„Margaret und ich haben uns dieses Jahr darauf geeinigt, auf Weihnachtsgeschenke zu verzichten.“

Es war Susan gerade noch gelungen, ihre Meinung für sich zu behalten, als sie von der langen Verlobungszeit erfuhr, aber das hier war zu viel. „Keine Geschenke? Aber das ist ja schrecklich!“

„Wir haben uns finanzielle Ziele gesteckt“, entgegnete er gereizt. „Wenn wir Geld für Nichtigkeiten verschwenden, können wir unseren Zweijahresplan nicht einhalten. Weihnachtsgeschenke bringen uns nicht schneller ans Ziel unserer Wünsche.“

Susan bezweifelte ernsthaft, dass Margaret und Philip überhaupt wussten, was Wünsche und Sehnsüchte waren.

„Ich wette, Margaret sagt nur, dass sie kein Geschenk will. Insgeheim hofft sie wahrscheinlich, dass Sie sich nicht an die Abmachung halten und ihr doch etwas kaufen. Es muss ja nichts Großartiges sein. Über Rosen zum Beispiel freut sich jede Frau.“

Ihr Begleiter zuckte mit den Schultern. „An Blumen habe ich auch schon gedacht, aber Margaret behauptet, dass sie auf Blumen allergisch reagiert. Außerdem sind Rosen zu Weihnachten schrecklich teuer. Die reinste Geldverschwendung.“

„Natürlich“, murmelte Susan halblaut. „Was ist Margaret denn von Beruf?“

„Sie arbeitet als Systemanalytikerin in einer Computerfirma.“

Susan war nicht überrascht. Nach allem, was sie bisher über Margaret erfahren hatte, passte diese Tätigkeit zu ihr. „Und was ist mit Kindern?“

„Mit Kindern?“

„Wollen Sie denn keine haben, wenn Sie erst verheiratet sind?"

„Natürlich. In ungefähr acht Jahren wird Margaret das Anrecht erworben haben, für einige Zeit mit der Arbeit auszusetzen, ohne ihre Stelle zu verlieren."

„Aber bis dahin sind Sie ja fast vierzig!" platzte Susan heraus.

„Einundvierzig, um genau zu sein. Haben Sie auch dagegen irgendwelche Einwände?"

Verlegen beschäftigte sie sich mit dem Radio und versuchte einen Sender mit Musik zu finden. „Entschuldigen Sie. Ihr Privatleben geht mich überhaupt nichts an. Es ist nur, dass ..."

„Sie sind wahrscheinlich kein zielstrebiger Mensch."

„Doch, das bin ich", widersprach sie. „Ich wollte immer schon als Reporterin bei Gericht arbeiten, und das ist mir auch gelungen."

„Ich habe den Eindruck, dass Sie alles erreichen können, wenn Sie nur wollen."

Das unerwartete Kompliment überraschte sie. „Wie nett von Ihnen!"

„Mit etwas Konzentration kommen Sie vielleicht auch darauf, warum das Radio nicht geht." Automatisch sah sie von ihm zum Radio, doch ehe sie etwas sagen konnte, langte er hinüber und drehte einen Knopf. „Es ist nämlich etwas schwierig, einen Sender zu finden, wenn das Gerät nicht eingeschaltet ist."

Susan lief feuerrot an. Sie war so mit Margaret beschäftigt gewesen, dass sie es überhaupt nicht bemerkt hatte.

Außerdem war es ihr noch nie passiert, dass ein Mann sie so aus dem Gleichgewicht brachte wie Philip Garner jetzt.

Sanfte Musik klang aus dem Lautsprecher. Susan lehnte sich zurück und summte leise mit.

„Durch den vielen Schnee hat man wirklich das Gefühl, dass Weihnachten ist“, meinte sie.

„Für uns hat es nichts als Probleme verursacht.“

„Vielleicht, aber trotzdem finde ich die verschneite Landschaft schön.“

„Natürlich ist es schön, sich im warmen Wagen bei Radiomusik durch die Winterlandschaft chauffieren zu lassen.“

„Brumm, brumm, brumm – Sie Spielverderber!“

„Brumm, brumm!“ äffte er sie nach und lachte schallend. Das war so ansteckend, dass es auch Susans Lachmuskeln reizte, und als im Radio ein bekanntes Weihnachtslied von Bing Crosby gespielt wurde, stimmten beide mit ein. Im Text war von Träumen die Rede, und Susan dachte an ihre eigenen Sehnsüchte. Sie hatte mit einigem gerechnet, aber nicht damit, dass sie sich in Philip Garners Gesellschaft wohl fühlen würde. Und nun musste sie feststellen, dass sie sich zu einem Mann hingezogen fühlte, der mit einer anderen verlobt war. Ein Mann, dem Treue über alles ging. Dabei war sie nicht einmal sicher, ob sie ihn auch richtig beurteilte. Vielleicht idealisierte sie ihn nur deshalb, weil sie ihn einer Frau wie Margaret nicht gönnte.

Sie schloss die Augen und lehnte sich zurück. Das

rhythmische Geräusch der Scheibenwischer und die sanfte Musik lullten sie ein.

Susan hatte keine Ahnung, wie lange sie geschlafen hatte, als jemand sie sanft an der Schulter rüttelte.

„Susan!"

Sie fuhr hoch. „Was ist denn los?"

Philip hatte am Fahrbahnrand angehalten. Es schneite jetzt so heftig, dass man kaum die Hand vor Augen sehen konnte.

„Ich fürchte, wir sitzen fest!"

3. KAPITEL

„Hier können wir nicht bleiben", schrie Susan. Sie sah, wie sich sofort hohe Schneewehen neben dem Wagen auftürmten. Dichtes Schneetreiben behinderte die Sicht und machte jede Orientierung unmöglich. Die Heftigkeit des Sturms erschreckte sie. Wie Philip es überhaupt fertig gebracht hatte, das Auto auf der Straße zu halten, war ihr ein Rätsel. Während sie schlief, hatte sich das Wetter dramatisch verschlechtert.

„Haben Sie einen besseren Vorschlag?"

Er war verärgert, aber sein Zorn richtete sich nicht gegen sie. Susan strich sich das Haar aus der Stirn. „Leider nicht."

Philip schaltete die Zündung aus, und ohne das Brummen des Motors, die sanften Klänge aus dem Radio und das gleichmäßige Geräusch der Scheibenwischer war es plötzlich unheimlich still.

Schweigend saßen sie nebeneinander und warteten darauf, dass der Sturm nachließ. Susan vermutete, dass sie sich in der Nähe von Castle Rock und Mount St. Helens befanden.

Nach zehn Minuten wurde ihr das bange Schweigen unerträglich. „Haben Sie vielleicht Hunger?"

„Nein."

„Aber ich."

„Dann essen Sie doch etwas von dem Brot." Er machte eine Kopfbewegung nach hinten, wo sie die große Tasche verstaut hatte.

„Das habe ich doch für Dad gekauft!"

„Glauben Sie, es wäre ihm lieber, wenn Sie verhungern?"

Susan sah auf ihre kräftigen Oberschenkel und schüttelte traurig den Kopf. „Damit ist wohl nicht zu rechnen."

„Weshalb sagen Sie das? Sie sind doch nicht zu dick. Ich finde Ihre Figur perfekt."

„Ich perfekt?" Sie lachte verlegen. Dann griff sie nach ihrer Handtasche und nahm ihr Portemonnaie heraus.

„Was machen Sie denn da?"

„Für dieses Kompliment haben Sie eine Belohnung verdient."

Philip lachte. „Wie kommen Sie denn auf den Gedanken, Sie wären zu dick?"

Sie zuckte mit den Schultern. „Genau kann ich das

auch nicht sagen. Ich komme mir einfach mollig vor. Seit ich von zu Haus weg bin, habe ich nicht genug Bewegung. Sampson konnte ich nicht gut mitnehmen."

„Sampson?"

„Mein Pferd. Früher bin ich jeden Tag geritten."

„Falls Sie tatsächlich zugenommen haben, dann an den richtigen Stellen."

Ihre Blicke trafen sich, und Susan überlief ein wohliges Kribbeln. Er starrte in ihre dunklen Augen und blinzelte, als ob er nicht glauben konnte, was er sah. Sie dagegen studierte ihn mit unverhohlener Neugier. Seine Augen waren rauchgrau, sein Gesichtsausdruck war offen und sinnlich. Über den Augen wölbten sich dichte schwarze Brauen.

Plötzlich schaute er weg und lehnte sich vor, um den Motor anzulassen. Als der Scheibenwischer die Windschutzscheibe von der Schneeschicht befreit hatte, spähte Philip angestrengt hinaus. „Ist das da vorn nicht ein McDonald's-Schild?"

Susan versuchte zwischen den wirbelnden Flocken hindurchzusehen. „Ich glaube ja."

„Bis zur Auffahrt kann es nicht mehr weit sein."

„Meinen Sie, wir schaffen es?"

„Wir müssen es wenigstens versuchen."

Susan verstand, was er damit sagen wollte. Der Wagen war zu ihrer ganz privaten – und unerwartet intimen – Schutzhülle geworden. Unter normalen Umständen wären sie wohl aneinander vorbeigegangen, ohne dem anderen mehr als einen flüchtigen Blick zuzuwerfen. Was jetzt zwischen ihnen geschah, hatte nichts mit Zauberei zu tun, sondern war etwas viel Aufregenderes.

Im Schritttempo fuhr Philip den Wagen auf den Parkplatz, der tatsächlich nur einige hundert Meter entfernt lag. Als es ihm mit einiger Mühe gelungen war, in eine freie Lücke zu rangieren, atmete Susan erleichtert auf. Das war der schlimmste Schneesturm, den sie je erlebt hatte. Sie knöpfte den Mantel zu und schlug den Kragen hoch. Dann öffnete sie die Tür.

„Sind Sie so weit?"

„Ja."

Sie rannten auf die Eingangstür zu. Philip hatte sie fest am Ellenbogen gepackt, als sie gemeinsam das Restaurant betraten und den Schnee von ihren Schuhen stampften. Sie sahen sich um und entdeckten, dass noch etliche andere Reisende hier gestrandet waren. Philip und Susan setzten sich ans Fenster und bestellten Kaffee und Hamburger.

„Was glauben Sie, wie lange wir hier bleiben müssen?" Susan erwartete eigentlich gar keine Antwort auf ihre Frage, sondern eher eine Zusicherung, dass alles in Ordnung kommen würde. Dieser Weihnachtsurlaub fing nicht sehr verheißungsvoll an.

„Da müsste ich ebenso raten wie Sie".

„Ich schätze zwei Stunden." Susan biss in ihren Big Mac.

„Warum ausgerechnet zwei Stunden?"

„Das klingt doch ganz vernünftig. Wenn es länger dauert, gerate ich vielleicht in Panik. Aber falls es wirklich zum Äußersten kommt, kann ich mir weniger verlockende Orte vorstellen, Weihnachten zu verbringen. Hier werden wir zumindest nicht verhungern."

Philip murmelte etwas Unverständliches und aß weiter. Als er fertig war, entschuldigte er sich und ging zum Wagen, um seine Aktentasche zu holen.

Susan bestellte noch zwei Kaffee und machte es sich mit der neuesten Ausgabe des Comic-Heftes „MAD" bequem. Was Philip von ihrer Lektüre hielt, war ihr gleich. Ihr Vater zog sie auch immer wegen ihrer Vorliebe für Comics auf, dabei wusste sie, dass er heimlich jede Ausgabe von „MAD" kaufte, damit er auf dem Laufenden war und sie mit dem Inhalt necken konnte. In den letzten Wochen war sie durch ihre Arbeit etwas ins Hintertreffen geraten und wollte nun das Versäumte aufholen. Doch Philip nickte ihr nur zerstreut zu und vertiefte sich in das „Wall Street Journal".

Susan war sich darüber klar, dass die Lektüre, die sie sich ausgesucht hatten, viel über ihre Persönlichkeiten verriet. Zwei verschiedenere Menschen würden sich schwerlich finden. Plötzlich hatte sie einen Kloß im Hals. Sie mochte Philip, für einen Mann wie ihn würde sie auch ihre heiß geliebten Comics aufgeben.

Eine Stunde später legte sie das ausgelesene Dezemberheft zur Seite und zog einen Roman aus der Tasche. Es kam nicht oft vor, dass sie sich in Gegenwart eines Mannes so entspannt fühlte. Bei Philip hatte sie nicht das Gefühl, um jeden Preis ein Gespräch in Gang halten zu müssen.

Sie ging zur Theke, holte eine große Schale Nüsse und stellte sie in die Mitte des Tisches. Ohne von ihrem Buch aufzusehen, griff sie hin und wieder hinein. Offenbar bediente Philip sich auch, denn einmal stießen ihre Hände zusammen.

„Entschuldigung", sagte er hastig.

„Keine Ursache", versicherte sie. „Ich habe die Nüsse für uns beide geholt."

„Wenn man einmal damit anfängt, kann man nicht wieder aufhören", klagte er.

„So ähnlich wie beim Lesen des ‚Wall Street Journal'?"

„Ich war darauf gefasst, dass Sie eine Bemerkung darüber machen würden."

Susan lachte. „Und ich habe gedacht, dass Sie eine Bemerkung über das Comic-Heft machen würden."

„‚MAD' passt zu Ihnen." Er sagte es so nett, dass sie unmöglich beleidigt sein konnte.

„Aber etwas haben wir doch gemeinsam."

Er hob fragend die Augenbrauen.

„Die Nüsse."

„Stimmt." Er nahm eine Nuss aus der Packung und steckte sie ihr in den Mund. Es war eine seltsam intime Geste, und als ihre Blicke sich trafen, stockte ihr der Atem. – Da war es wieder! Dieses Herzklopfen und berauschende Gefühl, das alles um sie herum verblassen ließ. Ganz bestimmt hatte es etwas mit dem Wetter zu tun. Oder mit den Festtagen, an denen die Menschen sich näher kamen. In diesem Jahr schien sie besonders stark davon betroffen zu sein. Nur gut, dass nirgendwo ein Mistelzweig hing.

Philip strich sich verlegen durchs wohl frisierte Haar und sah schnell zum Fenster hinaus. „Der Sturm hat offenbar etwas nachgelassen“, meinte er.

„Das kommt mir auch so vor“, antwortete sie, ohne hinauszusehen. Ihre Aufmerksamkeit schien vollkommen von den Nüssen in Anspruch genommen zu sein.

„Dann sollten wir uns auf den Weg machen.“

Susan sah auf die Uhr. Es war schon kurz nach drei. „Es tut mir Leid, dass Sie Ihren Termin verpasst haben.“

Philip sah sie einen Moment verständnislos an. „Ach so, ja. Ich habe sowieso nicht damit gerechnet, dass ich es heute noch schaffen würde. Deswegen habe ich für morgen früh ein Treffen vereinbart.“

„Die Pause hat mir gut getan.“

„Mir auch.“

„Glauben Sie, dass wir noch Probleme haben werden?“

„Vielleicht, aber ab hier ist die Gegend dichter besiedelt. Auf keinen Fall müssen wir befürchten, auf freier Strecke stecken zu bleiben.“

„In anderen Worten, wir könnten uns bis Seattle von einem Schnellrestaurant zum nächsten vorarbeiten.“

Er lachte. „Genau.“

Der Sturm hatte tatsächlich nachgelassen, doch der Wetterbericht im Radio sagte weitere starke Schneefälle an. Philip stöhnte.

„Sie könnten Weihnachten doch bei uns verbringen“, schlug sie besorgt vor. „Wir würden uns wirklich sehr freuen.“

Er schaute sie ungläubig an. „Das meinen Sie doch nicht im Ernst.“

„Doch.“

„Aber ich bin ein Fremder!“

„Wir haben zusammen Nüsse gegessen. Ich war schon lange nicht mehr so intim mit einem Mann. Erwähnen Sie Dad gegenüber nichts davon. Sonst könnte er seine Schrotflinte herausholen!“

Philip begriff die Anspielung erst nach einigen Sekunden. „Sie meinen eine Hochzeit mit vorgehaltenem Gewehrlauf?“

„Schließlich bin ich nicht mehr die Jüngste. Dad möchte zu gern Enkelkinder, und meine Brüder machen keine Anstalten, ihm diesen Wunsch zu erfüllen.“ Plötzlich fiel ihr Margaret ein, und sie fügte schnell hinzu: „Auch Sie brauchen sich keine Sorgen zu machen. Wenn Sie Dad von Ihrer Verlobten erzählen, wird er Sie ungeschoren davonkommen lassen.“ Irgendwie gelang es ihr, in übermütigem Ton zu sprechen.

„Dann bin ich froh, dass ich nicht von Ihrem Hamburger abgebissen habe“, meinte er schmunzelnd.

„Um Himmels willen! Dann hätten Sie mich in Ihrem Testament bedenken müssen!“

Er lachte. „So etwas habe ich befürchtet.“

Wieder fiel Susan sein angenehmes Lachen auf. Susan entdeckte, dass sich hinter Philips etwas mürrischem, förmlichem Äußeren ein Mann mit Geist und Witz verbarg, wenn sein Humor auch ein bisschen trocken war. Unter anderen Umständen hätte sie ihn sicher gern näher kennen gelernt.

„Was haben Sie Ihrem Vater denn zu Weihnachten gekauft?"

Die Frage kam so unerwartet, dass Susan einen Moment brauchte, um den Sinn zu verstehen. „Haben Sie Angst, dass ich zum Brot auch noch eine Terrine mit Suppe transportiere?"

Es dauerte eine Weile, bis er begriff. „Ach so! Sie meinen als Beilage zu den Sauerteigbroten. Nein, ich war nur neugierig."

„Außerdem bekommt er Pralinen mit Schnapskirschen."

„Eigentlich hätte ich mir denken können, dass es sich um etwas zu essen handeln würde."

„Aber das ist doch nicht alles", fuhr sie entrüstet fort. „Es kommen noch Geschenke dazu, die zwischen Vater und Tochter so üblich sind. Sie wissen schon – neue Steigbügel, Zügel oder Pferdedecken. Das habe ich das letzte Jahr von Dad bekommen."

Philip räusperte sich. „Ganz klar, dass jeder Vater seiner Tochter so etwas kauft. Und was ist dieses Jahr?"

„Da ich nicht mehr jeden Tag reite, nehme ich an, dass er mir Handtücher und Bettwäsche für meine Wohnung in San Francisco schenkt." Sie hoffte, dass Philip Interesse dafür zeigen würde, wie und wo sie lebte, aber sie sah sich enttäuscht. „Und Sie?"

„Wieso ich?“ Er schien verwirrt.

„Was haben Sie Ihren Angehörigen gekauft?“

Philip schien sich unbehaglich zu fühlen. „Nun, eigentlich gar nichts. Das heißt, ich habe ihnen Geld geschickt.“

„Ich verstehe.“ Susan wusste, dass so etwas in manchen Familien üblich war, aber sie hätte sich niemals vorstellen können, ihrem Vater oder ihren Brüdern einfach einen Scheck zu überreichen. Zweifellos würde Philip die Weihnachtsgeschenke für seine Familie zusammen mit Margaret aussuchen, wenn sie erst einmal verheiratet waren.

„Jetzt wünschte ich, ich hätte es nicht getan“, fuhr er fort. „Ich glaube, meine Eltern hätten sich mehr über frisches Sauerteigbrot und Schokoladenkirschen gefreut.“ Er zögerte einen Augenblick. „Was die Steigbügel und die Pferdedecke angeht, bin ich allerdings nicht so sicher.“

Sie waren jetzt kurz vor Tacoma, und Susan war erstaunt, wie dicht der Verkehr geworden war. Je näher sie zu der Abzweigung nach Maple Valley kamen, desto nervöser wurde sie.

„Bis zu meiner Abfahrt ist es nicht mehr weit“, sagte sie. „Meine Güte, warum können die Leute bei diesem Wetter nicht von der Straße wegbleiben!“

„Ganz ihrer Meinung“, betonte Philip. Erst als er schallend lachte, merkte sie, dass er sich über sie lustig machte.

„Sie wissen schon, was ich meine.“

Er antwortete nicht, er musste sich auf das Fahren konzentrieren. Es war inzwischen stockdunkel, und noch immer schneite es ununterbrochen. Susan fragte sich, ob es jemals wieder aufhören würde. Sie machte sich Sorgen um Philip, der noch von Maple Valley bis Seattle weiterfahren musste.

„Vielleicht sollten wir anhalten und meinen Vater anrufen."

„Weshalb denn?"

„Dann könnte er mich abholen, und Sie müssten keinen Umweg machen."

„Ich habe versprochen, Sie nach Maple Creek zu bringen, und dabei bleibt es!"

„Maple Valley", korrigierte sie.

„Wohin auch immer. Abgemacht ist abgemacht, verstanden?"

Offenbar hatte es Philip ebenso wenig eilig wie sie, ihr gemeinsames Abenteuer zu beenden.

„Es ist die nächste Ausfahrt", sagte sie. Während sie ihn weiterlotste, zeichnete sie ihm auf, wie er auf dem Rückweg fahren sollte, ohne sich zu verirren. Unter der dicken Schneedecke sahen Haupt- und Nebenstraßen alle gleich aus, und es konnte schnell passieren, dass man irgendwo falsch abbog.

Aufgeregt lehnte Susan sich vor. „Und jetzt rechts."

Auf der langen Einfahrt war der Schnee geräumt, da ihr Vater damit rechnete, noch zum Flughafen fahren zu müssen.

Im Licht der Scheinwerfer tauchte das geräumige

Holzhaus auf, das Susans Zuhause war. Hinter einem erleuchteten Fenster war ein Schatten zu sehen, und gleich darauf wurde die Haustür aufgerissen.

4. KAPITEL

Philip hatte den Wagen kaum zum Stehen gebracht, als Susan heraussprang.

„Krümel!"

„Dad!" Ohne auf Schnee oder Wind zu achten, warf sie sich in seine Arme.

„Warum hast du mir denn nichts davon gesagt, dass du mit dem Auto kommst?"

„Weil ich nicht wusste, ob wir einen Leihwagen bekommen würden." Sie legte ihrem Vater den Arm um die Taille. „Dad, ich möchte dich gern mit Philip Garner bekannt machen."

Don Griffin reichte Philip die Hand. „Sie sind also Susans Überraschung. Herzlich willkommen bei uns. Ich hatte die Hoffnung schon aufgegeben, dass meine Tochter einmal einen jungen Mann mit nach Haus bringen würde."

Philip erwiderte den Händedruck und schmunzelte. „Ich fürchte, Sie verwechseln mich mit Sauerteigbrot."

„Sauerteigbrot?"

„Dad, Philip und ich waren heute Morgen zufällig im gleichen Flugzeug." Susan war vor Verlegenheit rot geworden.

„Und als es so aussah, als ob die Maschine nicht nach Seattle weiterfliegen würde, haben wir gemeinsam einen Wagen gemietet", fügte Philip hinzu.

Ein seltsamer Ausdruck lag in Don Griffins dunkelblauen Augen, als er seine Tochter und ihren Begleiter betrachtete.

Er fuhr sich mit der Hand durchs Haar. „Das war eine ausgezeichnete Idee. Als ich vor einer halben Stunde am Flughafen anrief, hat man mir gesagt, dass das Flugzeug immer noch in Portland steht."

„Philip hat morgen früh eine wichtige Besprechung", sagte Susan. Mit Blicken versuchte sie, ihm verständlich zu machen, dass sie bereit war, sich von ihm zu verabschieden und ihm alles Gute zu wünschen. Ihre Zeit zusammen war zu kurz gewesen, um die Trennung schwer zu machen.

„Wir brauchen doch hier nicht in der Kälte zu stehen", rief Don Griffin und wies einladend auf das Haus.

Philip zögerte. „Ich sollte wirklich nach Seattle aufbrechen."

„Kommen Sie wenigstens auf einen kleinen Drink herein."

„Susan?" Philip sah sie an. In seinem Blick stand eine unausgesprochene Frage.

„Ja, bleiben Sie noch ein wenig."

Närrin, schalt sie sich gleich darauf. Es wäre besser gewesen, gleich Lebewohl zu sagen, ehe sie ihr Herz an ihn verlor.

Don Griffin schien die Spannung zwischen seiner

Tochter und Philip Garner nicht zu bemerken. „Warum bleiben Sie nicht einfach zum Abendessen?"

„Das geht nicht. Wirklich", beteuerte Philip.

„Wir bestehen aber darauf", warf Susan ein. „Nachdem Sie das Brot durch zwei Staaten befördert haben, sollen Sie wenigstens davon kosten."

Zu ihrer Überraschung begann Philip zu schmunzeln. Warum war ihr bis jetzt nicht aufgefallen, dass seine Augen von einem Netz von Lachfältchen umgeben waren?

„Also gut", gab er nach.

„Na also", sagte Don Griffin befriedigt und half Philip, Susans Gepäck auszuladen. „Was ist denn das?" fragte er seine Tochter.

„Weihnachtsgeschenke."

„Für mich?"

„Wem sollte ich wohl sonst etwas mitgebracht haben?"

„Einem Mann. Es ist höchste Zeit, dass du ans Heiraten denkst."

„Dad!" Diesmal war sie feuerrot geworden. Um weiteren peinlichen Bemerkungen zu entgehen, lief sie aufs Haus zu. Philip folgte mit ihrer Reisetasche, und ihr Vater trug den „Tubakasten" mit den Geschenken.

Die vertraute Atmosphäre des Hauses umfing Susan wie ein Willkommensgruß. Sie blieb an der Tür zum Wohnzimmer stehen und schaute sich um. Hier hatte sich nichts verändert. Im Kamin brannte ein Feuer und verbreitete wohltuende Wärme. Die Rahmen der Familienfotos auf dem Sims darüber waren im Laufe der Jahre durch den

Rauch nachgedunkelt, aber niemand hätte sie deshalb woanders aufgestellt. Old Dan, der siebzehn Jahre alte Labrador, schlief auf dem Teppich und hob kaum den Kopf, als Don Griffin und Philip hereinkamen. Als er jedoch Susan entdeckte, erhob er sich träge und trottete schwanzwedelnd auf sie zu. Sie kniete sich neben ihn. „Wie geht's dir denn, mein Alter? Das Rentnerdasein scheint dir zu bekommen.“ Liebevoll kraulte sie ihn. „Leistest du Dad auch schön Gesellschaft, wenn ich nicht hier bin?“

„Das tut er zwar“, klagte Don Griffin, „aber leider ist es mir immer noch nicht geglückt, ihm das Schachspielen beizubringen.“

„Sie spielen Schach?“ Philip sah sich suchend nach einem Schachbrett um.

„Seit über vierzig Jahren. Und Sie?“

„Nur hin und wieder.“

„Kann ich Sie vielleicht zu einer Partie überreden?“

Philip war bereits dabei, seinen Mantel auszuziehen. „Dazu ist keine Überredung nötig, Mr. Griffin.“

„Sagen Sie einfach Don zu mir, das tun alle.“

„Gern, Don.“

Schnell waren die Figuren aufgebaut, und die beiden Männer nahmen einander gegenüber Platz.

Susan wusste, dass das Spiel eine Weile dauern konnte. Sie ging in die Küche und schaute nach dem Rinderbraten im Backofen. Dann wusch sie einige Kartoffeln, wickelte sie in Alufolie und legte sie dazu. Der Salat war schon geschnitten und musste nur noch mit Dressing angemacht werden.

Susan holte einige Karotten aus dem Gemüsefach und steckte sie in die Tasche. Dann nahm sie ihre gefütterte Jacke von Haken, zog dicke Stiefel an und ging durch die Hintertür zum Schuppen. Schon vor dem Stall wehte ihr der Geruch nach Heu und Pferden entgegen. Sie blieb stehen und atmete tief. Dann ging sie hinein und pfiff. „Sampson!"

Der Rappe begrüßte sie mit leisem Wiehern, als sie auf seine Box zuging. Er wartete, bis sie nah genug heran war, dann senkte er den Kopf und stupste gegen ihre Hüfte.

Lachend zog sie eine Karotte aus der Tasche und hielt sie ihm hin. „Du Schlaumeier! Freust du dich nun, mich zu sehen, oder geht die Liebe ausschließlich durch den Magen?"

Eine braune Stute auf der anderen Seite tänzelte auf und ab und blähte die Nüstern. Susan wandte sich ihr zu. „Glaubst du etwa, ich hätte dich vergessen, Pokey? Natürlich habe ich dir auch etwas mitgebracht."

Auch Midnight, der Hengst ihres Vaters, erhielt seine Ration. Dann nahm sie Striegel und Bürste und wandte sich wieder Sampson zu. „Dad hat dich bestimmt fett und faul werden lassen, als ich nicht da war, um dich jeden Tag anzutreiben." Sorgsam fuhr sie mit der Bürste über die glänzende Flanke des Pferdes. „Dir kann ich es ja gestehen. Ich bin in San Francisco auch ganz schön faul gewesen. Obwohl ich nicht zugenommen habe, komme ich mir furchtbar dick vor. Es würde mir bestimmt nicht schaden, jeden Morgen einen Dauerlauf zu machen, aber wenn ich dann aus dem Fenster schaue und den Nebel sehe ..."

„Susan?"

Philip stand in der Stalltür. Er schien sich etwas fehl am Platz zu fühlen. „Reden Sie öfters mit Ihrem Pferd?"

„Natürlich, Sampson weiß mehr über meine Kümmernisse als jeder andere, Dad eingeschlossen. Stimmt's, alter Junge?"

Der Hengst warf schnaubend den Kopf zurück, und Philip zuckte unwillkürlich zusammen.

„Darf ich Ihnen meinen Lieblingsvertreter des männlichen Geschlechts vorstellen?" Susan wollte die Tür zur Box öffnen.

„Lieber nicht", antwortete Philip zögernd.

„Mögen Sie keine Pferde?"

„Nicht besonders."

Susan, die mit Tieren aufgewachsen war, konnte das nicht verstehen. „Aber warum denn nicht?"

„Seit meinem zehnten Lebensjahr bin ich einem Pferd nicht mehr so nahe gewesen. Das war damals im Ferienlager."

„Sampson wird Sie bestimmt nicht beißen."

„Es sind auch nicht seine Zähne, die mir Sorgen machen."

„Er ist wirklich ganz harmlos."

„Das ist das Fliegen auch."

Überrascht ließ Susan den Striegel sinken.

Ein Lächeln spielte um Philips Mundwinkel, als er langsam näher kam. „Wer Sie bei der Landung beobachtet hat, muss angenommen haben, dass Sie das Flugzeug einzig und allein durch Ihre Willenskraft vor dem Absturz bewahrt haben."

„Habe ich auch!"

Philip lachte und streckte vorsichtig die Hand aus, um Sampson die Stirn zu reiben.

„Ist denn die Schachpartie schon zu Ende?" fragte Susan.

„Ich hätte Ihrem Vater gestehen sollen, dass ich während des Studiums in der Mannschaft der Universität gespielt habe."

Susan kicherte. „Haben Sie seine Eitelkeit verletzt?"

„Vielleicht, aber er sinnt schon auf Rache. Ehe ich nach Seattle weiterfahre, wollte ich unbedingt noch das Pferd kennen lernen, von dem Sie mir so viel erzählt haben."

„Sampson fühlt sich geehrt, Ihre Bekanntschaft zu machen." Und ich auch, fügte sie im Stillen hinzu.

„Ich werde wieder hineingehen. Zweifellos hat Ihr Vater die Figuren bereits für eine Revanche aufgestellt."

„Gehen Sie rücksichtsvoll mit ihm um!" rief Susan ihm nach und versuchte, ihr Lächeln zu verbergen. Was Schach anging, war ihr Vater alles andere als ein Amateur. Er spielte seit Jahren im örtlichen Club und hatte an mehreren Meisterschaften teilgenommen. Wahrscheinlich hatte er sich eine bestimmte Strategie ausgedacht. Don Griffin verlor nur selten.

Eine Stunde später klopfte Susan vor der Hintertür den Schnee von den Stiefeln und ging in die Küche. Sie zog die warmen Sachen aus und sah nach dem Braten und den Kartoffeln. Beide waren gar, und sie schaltete den Backofen aus.

Don Griffin und Philip Garner waren immer noch in ihr Spiel vertieft. Susan stellte sich hinter ihren Vater und schlang ihm die Arme um den Hals. „Das Essen ist fertig“, sagte sie leise.

„Noch eine Minute“, antwortete er.

Philip machte einen Zug mit dem Turm, hielt ihn noch fest, bis er sich vergewissert hatte, dass er keinen Fehler machte. Dann lehnte er sich entspannt zurück. Als habe er gespürt, dass sie ihn ansah, hob er den Kopf, und sie schauten sich in die Augen. Susans Herz machte einen Sprung, als sie die Wärme in seinem Blick bemerkte. Am liebsten hätte sie diesen Moment für immer festgehalten. Vergiss San Francisco, Margaret und deine Geschäfte, bat sie ihn stumm, und bleib hier!

„Sie sind am Zug.“ Don Griffins Stimme unterbrach die Verzauberung.

„Wie bitte?“ Verwirrt richtete Philip seine Aufmerksamkeit wieder auf das Schachbrett.

„Sie sind dran“, wiederholte Susans Vater.

„Ja, natürlich.“ Philip studierte den Stand der Figuren und schob einen Bauern vor.

Don Griffin sah enttäuscht aus. „Damit hatte ich nicht gerechnet.“

„He, ihr beiden, habt ihr mich nicht verstanden? Das Essen ist fertig.“ Ihre Stimme verriet nichts von der inneren Anspannung.

Philip stand auf. „Sagen wir remis?“

„Es wird mir nichts anderes übrig bleiben. Aber ich hoffe trotzdem, dass Sie mir bald Revanche geben.“

Susans Kehle war wie zugeschnürt. Für sie und Philip würde es kein nächstes Mal geben. Sie beide waren Fremde, deren Wege sich zufällig gekreuzt hatten. Aber sie hatte das Gefühl, dass es nie wieder so sein würde wie zuvor. Mit Sicherheit würde sie nicht mehr so schnell über einen Menschen urteilen. Das hatte sie durch Philip gelernt, und sie würde ihm ewig dankbar dafür sein.

Beim Essen unterhielten sie sich über dieses und jenes, und Susan erfuhr Dinge über Philip, nach denen zu fragen sie ganz vergessen hatte. Wie sie richtig vermutet hatte, war er im Verkauf tätig. Sein Spezialgebiet waren anwenderangepasste Softwarepakete, und seine Besprechung mit einer Vertriebsorganisation in Seattle sollte der erste Schritt zu einer Zusammenarbeit sein. Kein Wunder, dass ihm dieser Termin so wichtig war. Obwohl er nichts davon erwähnte, wusste Susan, dass ein erfolgreicher Abschluss der Verhandlungen ihn seinem beruflichen und finanziellen Ziel – und damit der Heirat mit Margaret – ein gutes Stück näher bringen würde.

Als Susan aufstand, um den Tisch abzuräumen, erhob sich Philip ebenfalls. „Ich kann mich nicht erinnern, wann es mir das letzte Mal so gut geschmeckt hat – besonders das Brot."

Don Griffin lachte. „Obwohl ich gelernt habe, mich in der Küche zurechtzufinden, genieße ich es, verwöhnt zu werden. Können Sie sich vorstellen, dass ich ein ganzes Jahr gebraucht habe, ehe ich wusste, wie man mit dem Herd umgeht?"

Susan schaute ihren Vater liebevoll an. „Das stimmt. Er hielt es für einfacher, alles im Mikrowellenherd zu machen. Das Problem war nur, dass er damit auch nicht ganz zurechtkam. Ganz gleich, was er hineingab, zum Schluss sah es immer aus wie zerkochtes Corned Beef."

„Wir haben's überlebt", brummte Don Griffin und legte den Arm um Susan. Das erste Jahr nach dem Tod seiner Frau war unendlich schwer für die Familie gewesen, aber das Leben ging weiter, und ganz allmählich hatten sie sich den veränderten Umständen angepasst.

Philip sah aus dem Fenster. „Ich kann mich nicht erinnern, dass es hier am Pazifik schon einmal so stark geschneit hat."

„Es kommt auch selten vor", stimmte Don zu. „In den letzten drei Jahren hatten wir überhaupt keinen Schnee."

„Wie lange wird es dauern, bis die Schneepflüge die Straßen geräumt haben?"

„Nicht die Schneepflüge, sondern der Schneepflug", stellte Don richtig. „Hier in der Gegend gibt es nur einen, weil man sie selten braucht." Er stellte sich neben Philip und zog die Gardine zurück. „Vielleicht wäre es besser, wenn sie hier übernachten und erst morgen früh weiterfahren."

Philip zögerte. „Ich weiß nicht recht. Wenn ich diese Besprechung verpasse, dann muss ich bis nach den Feiertagen warten."

„Bei Tageslicht haben Sie bessere Chancen, nach Seattle zu kommen. In der Dunkelheit können die Straßen tückisch sein."

Philip kaute nachdenklich auf der Unterlippe. „Vermutlich haben Sie Recht. Ohne Straßenbeleuchtung könnte ich wer weiß wo landen."

„Ich halte es für klüger, wenn Sie bis zum Tagesanbruch warten. Außerdem haben wir dann Zeit, noch eine Partie Schach zu spielen."

Philip nickte, doch er sah dabei Susan an. „Ja, das wäre schön."

Die beiden Männer blieben bis lange nach Mitternacht auf, weil auf jedes Spiel unweigerlich eine Revanche folgte. Susan schaute ihnen eine Weile zu, aber bald merkte sie, dass sie vor Müdigkeit kaum die Augen offen halten konnte. Sie wünschte ihrem Vater und Philip eine gute Nacht und ging nach oben.

Aber dann konnte sie doch nicht einschlafen. Sie drehte sich von einer Seite auf die andere und wünschte, der nächste Morgen würde nie kommen. In gewisser Weise wäre es leichter gewesen, wenn Philip sofort weitergefahren wäre, nachdem er sie abgesetzt hatte. Doch im Grunde ihres Herzens war sie froh, dass er geblieben war.

Schließlich schlief sie erschöpft ein, während die Zeiger des Weckers unerbittlich weiterrückten. Um sechs Uhr wollte Philip aufbrechen.

5. KAPITEL

Beim ersten schrillen Klingeln fuhr Susan hoch. Sie konnte nicht einmal sagen, ob sie überhaupt geschlafen hatte. Hastig schlug sie die Bettdecke zurück und griff nach dem warmen Morgenmantel, den sie in ihrem Elternhaus zurückgelassen hatte. Ohne in den Spiegel zu sehen, bürstete sie sich das Haar und putzte sich die Zähne. Dann rannte sie die Treppe hinunter ins Wohnzimmer.

Philip war bereits angezogen. Er hatte eine Kaffeetasse in der Hand. Als er Susan sah, stellte er sie ab. „Jetzt ist wohl Zeit, auf Wiedersehen zu sagen."

Susan zwang sich zu einem Lächeln. „Sie haben Recht. Es ist Zeit zum Abschiednehmen."

„Susan ..."

„Hören Sie ..."

Beide stockten.

„Sie zuerst", meinte Philip und machte eine auffordernde Handbewegung.

Sie senkte den Blick. „Es war gar nichts Besonderes. Ich wollte Ihnen und Margaret nur alles Gute wünschen."

Sein Gesichtsausdruck wurde weich, und Susan fragte sich, ob er wohl wusste, was es sie gekostet hatte, diese Worte auszusprechen. Sie wünschte Philip Garner wirklich Glück, aber sie bezweifelte, dass er es mit einer gefühlskalten Frau wie Margaret finden würde. Sofort meldete sich ihr Gewissen. Trotz ihrer guten Vorsätze fällte sie schon wieder ein vorschnelles Urteil über einen anderen Menschen. Dabei kannte sie Margaret überhaupt nicht.

„Danke", erwiderte er einfach.

„Sie wollten auch etwas sagen", erinnerte sie ihn.

Philip zögerte. „Werden Sie glücklich, Susan."

Sie nickte. Das war der endgültige Abschied! Er würde keinen Versuch machen, sie wieder zu sehen, denn das wäre zu gefährlich. Ihre Lebensbahnen waren bereits festgelegt und würden sich nie wieder berühren. Und was es auch war, was sie für kurze Zeit verbunden hatte, es musste ein kleines Zwischenspiel bleiben.

Die Haustür ging auf, und Susans Vater kam herein. Ein eisiger Luftzug wehte mit ins Haus und ließ Susan unwillkürlich erschauern. Don klopfte sich den Schnee von den Hosenbeinen.

„Soweit ich von hier aus feststellen kann, dürften Sie keine Probleme haben. Es liegen zwischen zwanzig und dreißig Zentimeter Neuschnee, aber unten auf der Straße ist er bereits ein wenig fest gefahren. Wenn Sie in der Spur bleiben, kann eigentlich gar nichts passieren."

Susan mochte nicht länger zuhören und ging in die Küche, um sich einen Kaffee einzuschenken. Sie umfasste die Tasse mit beiden Händen und lehnte sich mit geschlossenen Augen gegen das Büffet. Was Philip und ihr Vater sich zu sagen hatten, war für Sie ohne Bedeutung. Hier in der Küche war sie sicher, denn sie wollte nicht mit ansehen, wie Philip hinausging. Das einzige Geräusch, das sie wahrnahm, war das Klicken, mit dem die Vordertür ins Schloss fiel.

Philip war fort. Fort aus dem Haus und fort aus ihrem Leben. Für immer. Doch sie würde deshalb nicht in Trübsinn verfallen. Er hatte eine Saite in ihr zum Klingen gebracht, und dafür war sie dankbar. Manchmal hatte sie sich nämlich schon gefragt, ob etwas mit ihr nicht stimmte, weil noch nie jemand ihr Interesse erregt hatte. Philip dagegen hatte sie nicht einmal geküsst, und doch fühlte sie sich ihm näher als den Männern, mit denen sie in San Francisco ausgegangen war. Ohne es zu wissen, hatte er ihr ein unendlich wertvolles Geschenk gemacht. Wenn er ihre Gefühle wecken konnte, dann musste es auch einem anderen gelingen.

Leise vor sich hin summend stellte sie eine Pfanne auf den Herd und legte Speck hinein. Heute war Heiligabend, und es würde so viel zu tun geben, dass sie überhaupt keine Zeit zum Grübeln hatte. Außerdem würde ihr die vertraute und geliebte Umgebung über eventuelle Anfälle von Traurigkeit hinweghelfen.

Die Tür ging auf, und Don Griffin rief fröhlich. „So, jetzt ist er weg!"

„Fein."

„Ein interessanter Mann. Gegen so einen als Schwiegersohn hätte ich nichts einzuwenden." Don kam herein und griff nach der Kaffeekanne.

„Er ist verlobt."

„Das habe ich mir gedacht. Die guten Männer sind immer zuerst weg."

„Außerdem sind wir so verschieden, wie zwei Leute nur sein können."

„Das muss nicht immer schlecht sein. Viele glückliche Paare ergänzen sich dadurch. Deine Mutter zum Beispiel war eher scheu und zurückhaltend, während ich den Trubel liebte. Unser Leben wäre ein Chaos gewesen, wenn wir beide die gleichen Veranlagungen gehabt hätten."

Insgeheim stimmte Susan ihrem Vater zu, doch es einzugestehen würde bedeuten, mehr von sich preiszugeben, als ihr lieb war. „Das kann schon sein", meinte sie beiläufig und wendete den Speck.

Susan war gerade dabei, die Eier aus der Pfanne zu nehmen, als jemand an die Tür hämmerte.

„Philip!“ riefen beide gleichzeitig.

Don Griffin ging aufmachen.

Susan hatte trotz ihrer Aufregung daran gedacht, den Herd abzuschalten, ehe sie ihrem Vater nachlief. „Fehlt Ihnen etwas?“ fragte sie besorgt, als sie sah, dass Philip völlig außer Atem war.

„Nein, gar nichts. Ich bin nur nicht mehr daran gewöhnt, bergauf durch den Schnee zu stapfen.“

„Wie weit sind Sie denn gekommen?“ wollte Don Griffin wissen.

„Etwa anderthalb Kilometer. Ich hatte Schwung genommen, um eine Steigung zu schaffen, als der Wagen auf der vereisten Straße ins Schleudern kam. Ohne dass ich etwas dagegen machen konnte, rutschte der Wagen in den Graben.“

„Aber was wird aus Ihrem Termin?“ fragte Susan besorgt. Nun, da sie beruhigt sein konnte, dass Philip nichts passiert war, galt ihre erste Sorge der Besprechung, die für ihn und seine Firma so wichtig war.

„Ich weiß es nicht.“

„Dad und ich könnten Sie in die Stadt fahren“, schlug sie vor.

„Nein. Wenn ich nicht durchgekommen bin, wird es Ihnen auch nicht gelingen.“

„Aber was wird aus dem Vertragsabschluss?“

„Einen Unfall würde ich deshalb bestimmt nicht riskieren. Da ist es so besser.“

„Mein Lieferwagen mit dem Allradantrieb ist in der Werkstatt“, sagte Don Griffin nachdenklich, „aber wir könnten es ja einmal mit dem Traktor versuchen.“

„Dad! Der wird bestimmt nicht anspringen. Du bist doch seit Jahren nicht mehr damit gefahren.“

„Auf einen Versuch kann man es ja ankommen lassen“, widersprach ihr Vater. „Wenn wir Glück haben, können wir zumindest Ihren Wagen aus dem Graben ziehen. Das wäre doch schon etwas.“

„Ich rufe inzwischen beim Straßendienst an und frage, wann geräumt wird.“ Vielleicht konnte sie den Leuten verständlich machen, dass Philip seinen Termin auf keinen Fall versäumen durfte.

Zwei Stunden später lief Susan unruhig im Wohnzimmer auf und ab. Sie trug dunkle Cordhosen und einen dicken gelben Pullover. Immer wieder spähte sie aus dem Fenster, ob sie ihren Vater oder Philip entdecken konnte. Wie durch ein Wunder war es ihnen gelungen, den Traktor anzulassen, aber ob das alte Vehikel auch fahrtüchtig war, musste sich erst noch herausstellen. Falls es ihnen tatsächlich gelang, Philips Wagen aus dem Graben zu ziehen, konnten sie ihn vielleicht auch die Steigung hinaufschleppen.

Endlich hörte sie Motorengeräusche und lief hinaus. Philip stieg aus dem gemieteten Ford.

„Ich habe mit dem Straßendienst telefoniert!“ rief sie ihm zu. „Die Straßen werden auf alle Fälle geräumt, solange es noch hell ist. Es tut mir Leid, Philip, aber mehr konnten sie mir nicht versprechen.“

„Machen Sie sich keine Sorgen.“ Sein Blick war wie eine körperliche Berührung. „Sie können doch nichts dafür.“

„Trotzdem fühle ich mich verantwortlich“, widersprach sie und folgte ihm ins Haus. „Schließlich habe ich Sie mit hierher gebracht.“

„Susan.“ Er legte ihr die Hand auf die Schulter. „Hören Sie auf, sich Vorwürfe zu machen! Ich werde Bauer anrufen. Bestimmt hat er Verständnis. Außerdem ist es gut möglich, dass er auch nicht bis zu seinem Büro durchkommt. Soviel ich weiß, wohnt er ebenfalls außerhalb.“

Susan ließ Philip allein, damit er in Ruhe telefonieren konnte. Dann zog sie ihren Mantel an und machte sich auf die Suche nach ihrem Vater. Es dauerte nicht lange, bis sie ihn entdeckt hatte. Er thronte auf dem alten Traktor wie ein König, der seine Ländereien inspiziert.

Lachend winkte sie ihm zu.

Don Griffin hielt neben ihr an. „Was ist denn so komisch, Krümel?“

„Du siehst aus, als würdest du von einer Staatskarosse aus die Parade deiner Untertanen abnehmen.“

„So fühle ich mich auch.“

„Dad, wir haben ein Problem.“ Vom Verstand her war ihr klar, dass sie keine Gewissensbisse wegen Philip zu haben brauchte, aber trotzdem konnte sie sie nicht abschütteln.

„Falls du Philips Termin meinst – darüber haben wir schon gesprochen. Vielleicht erweist sich diese Verzögerung im Nachhinein als Vorteil. Bei Geschäften ist es nie gut, wenn man zu viel Interesse zeigt – meint er.“

Es ist typisch für Philip, so etwas zu sagen, dachte Susan. „Vielleicht."

„Außerdem bleibt ihm im Moment wirklich nichts anderes übrig, als abzuwarten. Bis die Straßen geräumt sind, wird er hier bleiben müssen. Ich habe mich selbst umgesehen, und ohne Allradantrieb besteht überhaupt keine Chance, vorher durchzukommen."

„Dad, mir ist das schrecklich unangenehm."

„Zerbrich dir deshalb nicht den Kopf. Philip nimmt es ganz gelassen auf, da brauchst du dir auch keine Gedanken zu machen. Außerdem habe ich für euch beide etwas zu tun."

„Was denn?" fragte Susan misstrauisch.

„Bei diesem Wetter kommen wir auch nicht bis zum Einkaufszentrum, um uns einen Christbaum zu holen."

Daran hatte sie überhaupt noch nicht gedacht. Sie zuckte mit den Schultern. „Na ja, dann müssen wir dieses Jahr eben ohne Weihnachtsbaum auskommen." Aber insgeheim dachte sie, dass es nicht dasselbe sein würde.

„Das kommt überhaupt nicht in Frage", widersprach Don Griffin. „Wozu haben wir denn zehn Morgen Wald? Ich möchte, dass du mit Philip losziehst und einen Baum holst. Säge und Axt findet ihr im Schuppen. Kannst du dich erinnern, dass wir früher immer mit der ganzen Familie unterwegs waren?"

Susan begriff sofort, was ihr Vater vorhatte.

Er suchte verzweifelt nach Vorwänden, um sie mit Philip allein zu lassen.

„Soll das ein zusätzliches Weihnachtsgeschenk sein?"

scherzte sie. Nach allem, was Don Griffin über Philip gesagt hatte, wusste sie, dass er große Stücke auf ihn hielt.

„Unsinn", brummte er. „Aber noch eine Stunde in der Kälte würde meinem Rheuma bestimmt nicht gut tun."

„Welches Rheuma?"

„Das in meinen alten Knochen."

Susan zögerte. „Und was hat Philip dazu gesagt?"

„Er hat keine Einwände."

„Tatsächlich?"

„Denk doch mal nach, Krümel. Er sitzt hier fest. Ist es da verwunderlich, dass er das Beste aus seiner Lage machen will?"

Erst als sie wieder im Haus waren und Philip eine alte Jacke und schwere Stiefel ihres Vaters angezogen hatte, zerstreuten sich ihre Bedenken ein wenig. Trotzdem sagte sie: „Sie wissen hoffentlich, dass Sie nicht dazu verpflichtet sind."

„Haben Sie etwa geglaubt, ich würde Sie allein in den Wald gehen lassen?"

„Das tue ich oft."

„Daran zweifle ich nicht, aber warum sollten Sie sich allein als Holzfäller abmühen, wenn ich da bin?"

Susan holte den alten Schlitten aus dem Schuppen und wischte den Staub ab.

Philip hatte eine Säge entdeckt. Susan betrachtete ihn misstrauisch.

„Was ist denn los?"

„Die Säge."

„Wieso? Stimmt damit etwas nicht?“

„Nein, aber wenn wir dieses rostige alte Ding benutzen, können wir bestenfalls einen Rhododendronbusch fällen.“

„Ich hatte eigentlich nicht vor, es mit einem kalifornischen Red-Wood-Baum aufzunehmen.“

„Trotzdem möchte ich kein Zwerggewächs.“

Schweigend folgte ihr Philip nach draußen. „Sind sie immer so schwierig?“

Susan zog den Schlitten. „Es liegt gar nicht an mir, sondern an Ihnen.“

„Natürlich.“

Ihr war klar, dass sie sich wie ein zänkisches Weib benahm, aber ihr Verhalten war eine Abwehr gegen die Anziehungskraft, die Philip auf sie ausübte. Wenn er sich über sie ärgerte, würde es leichter sein, ihre Gefühle für ihn zu unterdrücken.

„Wenn ich Ihnen so lästig bin, dann kann ich gern zu Fuß in die Stadt gehen.“

„Seien Sie nicht albern.“

„Sie hält mir Vorträge über das Fällen von Rhododendronbüschen und behauptet dann, ich wäre albern.“ Er schien mit den Wolken zu sprechen.

Ohne sich umzudrehen, stapfte Susan durch den Schnee. Auch als sie bergan ihre ganze Kraft brauchte, um den Schlitten zu ziehen, tat sie so, als würde sie allein damit fertig.

Plötzlich legte er ihr die Hände auf die Schultern und zwang sie, stehen zu bleiben. „Susan, hören Sie mir bitte einen Moment zu!“

Sie zögerte. „Was ist denn?“

„Ich würde gern mit Ihnen einen Christbaum aus dem Wald holen. Wenn Ihnen meine Gesellschaft jedoch so unangenehm ist, dann kehre ich um.“

„Das ist es doch gar nicht“, murmelte sie. Mit einem Mal kam sie sich wie ein Teenager vor. „Ich bin gern mit Ihnen zusammen.“

„Weshalb streiten wir dann?“

Unwillkürlich musste sie lachen. „Ich weiß es auch nicht“, gestand sie kleinlaut.

„Wollen wir Freunde sein?“ Er streckte ihr die Hand entgegen.

Sie schlug ein und nickte wortlos.

„Da das jetzt geklärt ist, können wir uns vielleicht darauf verständigen, was für einen Baum wir eigentlich suchen.“

„Einen großen.“

„Das ist mir klar. Aber vergessen Sie nicht, dass er ins Wohnzimmer passen muss. Eine zwanzig Meter hohe Fichte kommt also nicht in Frage.“

„Und wenn wir nur das oberste Stück absägen?“

Er lachte und legte seinen Arm um ihre Schultern. „Ich bin doch nicht lebensmüde.“

Sie waren noch immer in Sichtweite des Hauses. Susan schaute sich um. „Ich möchte nichts wegnehmen, was auffällt.“

„Wie meinen Sie das?“

„Wenn ich in einigen Jahren aus dem Fenster schaue, will ich nicht auf eine hässliche Lücke blicken.“

„Aber das ist doch lächerlich. Ich dachte, Ihnen gehört der ganze Wald."

„Trotzdem möchte ich gern ein Stück tiefer hineingehen."

„Hören Sie, Krümel ..."

„Wie haben Sie mich eben genannt?"

„Krümel. Ich habe gehört, dass Ihr Vater Sie so ruft. Der Name passt zu Ihnen."

„Wieso?"

Er musterte sie von oben bis unten, und als sein Blick an ihrem vollen Mund hängen blieb, musste Susan sich beherrschen, um nicht mit der Zunge über die Lippen zu fahren.

In ihrem Magen begann es zu kribbeln. Rasch wandte sie den Blick ab.

Philip atmete schwer. „Wie wäre es mit diesem hier?" Er deutete auf eine kleine Fichte, die ihm kaum bis zur Taille reichte.

Susan musste lachen. „So etwas Winziges zu fällen wäre sehr unsportlich, Philip."

„Haben Sie einen besseren Vorschlag?"

„Allerdings."

„Was denn?"

„Ich würde sagen, wir nehmen den Baum da drüben." Sie stapfte auf eine etwa drei Meter hohe Kiefer zu.

„Die passt doch gar nicht durch die Tür!"

„Natürlich müssten wir sie ein bisschen zurechtschneiden."

„Zum Beispiel in zwei Hälften", spottete er.

So leicht ließ Susan sich nicht von einem gefassten Entschluss abbringen. „Seien Sie kein Spielverderber!"

„Vergessen Sie's. Ich würde sagen, wir einigen uns auf einen Kompromiss." Philip wies auf ein Bäumchen, das kaum größer war als das erste, das er ausgesucht hatte.

Susan hatte sich gebückt und einen Schneeball gemacht. „Ich will keine Kompromisse gegen meine Überzeugung!"

Gereizt drehte er sich um. Susan holte aus und warf. Als das Geschoss auf seine Brust prallte und der Schnee in sein Gesicht spritzte, war sie selbst erschrocken, aber auch ein bisschen schadenfroh.

Seine Reaktion kam so schnell, dass es zum Weglaufen zu spät war. „Tut mir Leid, Philip." Sie wich zurück. „Ich weiß wirklich nicht, was über mich gekommen ist. Ehrlich, ich wollte Sie nicht treffen. Auch wenn Sie es nicht glauben, ich habe auf den Busch hinter Ihnen gezielt."

Er kam langsam näher. In der Hand hielt er einen großen Schneeball.

„Philip, so etwas würden Sie doch nie tun!"

„Oh doch."

„Nein!" schrie sie und rannte los. Doch mit wenigen Schritten hatte er sie eingeholt und bei den Schultern gepackt. Sie stolperte, riss ihn mit sich, und beide stürzten in den Schnee.

„Susan, hast du dich verletzt?" fragte Philip besorgt und strich ihr fürsorglich das Haar aus der Stirn. Unwillkürlich war er zum Du übergegangen.

„Nein“, erwiderte sie atemlos. Er lag halb auf ihr, doch dass sie plötzlich keine Luft bekam, hatte andere Ursachen. Der Grund war, Philip so nah zu sein und seinen Atem im Gesicht zu spüren. Selbst durch den dicken Stoff ihrer Mäntel fühlte sie seinen Herzschlag.

„Susan!“ Erstickt rief er ihren Namen. Dann beugte er sich hinunter und küsste sie so stürmisch, dass sie sich wie berauscht fühlte und meinte, alles um sie herum würde sich drehen. Sie hielt ihn eng umschlungen und versuchte, sich beim Küssen noch fester an ihn zu pressen, bis sie beide keuchend nach Atem rangen.

„Susan.“ Er befreite sich sanft und richtete sich auf. Mit hängenden Schultern wandte er sich ab.

„Mach dir keine Sorgen.“ Ihre Stimme kam ihr ganz fremd vor. „Ich werde Margaret nichts davon erzählen.“

„Das durfte nicht passieren!“ sagte Philip endlich.

„Ich nehme an, du erwartest eine Entschuldigung“, erwiderte Susan. Sie war aufgestanden und klopfte sich den Schnee vom Mantel. Obwohl sie sich bemühte, gelassen zu erscheinen, zitterten ihre Hände und ihr Puls raste. Von Anfang an hatte sie gewusst, dass Philips Kuss eine solche Reaktion in ihr auslösen würde, und sie verwünschte ihr verräterisches Herz.

Er fuhr herum, sichtlich schockiert über ihre Anspielung. „Ich bin derjenige, der sich bei dir entschuldigen muss.“

„Warum? Weil du mich geküsst hast?“

„Ich bin verlobt!“

„Das weiß ich.“ Ihre Stimme klang etwas schrill. „Was

ist schon ein Kuss? Da ist doch weiter nichts dabei!" Aber sie wusste, dass es nicht stimmte. Noch immer schlug ihr das Herz bis zum Hals. Es war der schönste, aufregendste Kuss ihres Lebens. Ein Kuss, den man nie vergisst!

„Es wird nicht wieder vorkommen", sagte Philip, ohne sie anzusehen. Sein Gesicht war ausdruckslos, seine Haltung steif. Vor Susans Augen verwandelte er sich wieder in den Mann, den sie im Flugzeug gesehen hatte – den gewandten, aalglatten Geschäftsmann, der die Welt mit unverhohlener Gleichgültigkeit betrachtete.

„Wie ich schon sagte", wiederholte sie. „Es war doch nichts Besonderes."

„Richtig", antwortete er kühl. Offenbar gefiel es ihm nicht, dass sie so leicht über seinen Kuss hinwegging. Er stand auf und stapfte auf den Baum zu, den er vor kurzem als Kompromiss vorgeschlagen hatte. Ohne sie um ihre Meinung zu fragen, setzte er die Säge an und machte sich ans Werk.

6. KAPITEL

Es dauerte nur Minuten, bis der Baum wankte und krachend in den Schnee fiel. Susan wollte Philip helfen, die kleine Fichte auf den Schlitten zu laden, doch er ließ es nicht zu.

„Ich schaffe es schon allein", brummte er.

Mit verschränkten Armen sah sie ihm zu. Plötzlich fühlte sie sich ziemlich unbehaglich. Sie wusste, dass ihr wohler wäre, wenn sie offen darüber reden konnten, was vorhin geschehen war.

„Ich wusste, dass es passieren würde“, sagte sie unvermittelt. Tatsächlich hatte sie es sich schon den ganzen Tag gewünscht.

„Was?“ fragte er grob. Er zog den Schlitten mit dem Weihnachtsbaum zum Haus zurück.

„Der Kuss!“ rief sie ihm nach. „Und wenn ich ehrlich wäre, müsste ich gestehen, dass ich darauf gewartet – nein, gehofft habe!“

„Wenn es dir nichts ausmacht, möchte ich lieber nicht darüber sprechen.“

Jedes Mal, wenn Philip etwas sagte, regte sie sich noch mehr auf.

„Ich sagte, wenn ich ehrlich wäre! Doch da das keiner von uns beiden ist, ist es wohl am besten, deinen Vorschlag zu befolgen und das Thema fallen zu lassen.“

Philip antwortete nicht. Er machte Riesenschritte, so dass sie laufen musste, um mitzukommen. Der Nordwind wehte ihr den Schal vor den Mund, und sie blieb stehen, um ihn fester zu binden. Damit ihr der eisige Wind dabei nicht ins Gesicht blies, dreht sie sich um und rutschte auf einem vereisten Stein aus. Sie verlor das Gleichgewicht und fiel kopfüber den Abhang hinunter. Dort blieb sie, alle Viere von sich gestreckt, liegen.

Philip stieß einen Fluch aus und rannte ihr nach. Als er neben ihr auf die Knie fiel, sah er ziemlich wütend aus.

„Verdammt, musst du denn wirklich aus allem ein Spiel machen?“

Sie hatte sich beinahe das Genick gebrochen, und er beschuldigte sie, Unfug getrieben zu haben! Ihr lag eine sarkastische Antwort auf der Zunge, aber der heftige Sturz hatte ihr den Atem aus den Lungen gepresst. So sehr sie sich auch bemühte – sie konnte nicht sprechen.

„Fehlt dir was?“ Philip sah plötzlich besorgt aus.

„Ich weiß nicht.“

„Rühr dich nicht vom Fleck.“

„Das könnte ich nicht einmal, wenn ich es wollte.“

„Wo tut es denn weh?“

„Frag mich lieber, wo nicht.“ Sie setzte sich auf und tastete vorsichtig ihre Beine ab.

„Ich habe gesagt, du sollst dich nicht bewegen!“ rief Philip. „Vielleicht hast du etwas gebrochen.“

„Nur mein Stolz hat etwas abbekommen“, beruhigte sie ihn und stand langsam auf. „Warte nur auf meinen nächsten Trick!“

„Das ist nicht komisch.“

„Dabei habe ich mir solche Mühe gegeben!“

„Komm!“ Er stützte sie unter dem Ellbogen. „Ich helfe dir zurück ins Haus.“

„Auch wenn es dich überrascht – ich bin durchaus im Stande, allein zu gehen.“

„Du kannst mich nicht mehr überraschen!“

„Das klingt sehr nach einer Herausforderung.“

Philip schüttelte den Kopf. Seine Miene war nicht mehr so gleichgültig wie eben noch. „Ganz bestimmt nicht“, versicherte er. „Komm, dein Vater macht sich bestimmt schon Sorgen.“

Susan bezweifelte das, aber wahrscheinlich wollte Philip damit nur andeuten, dass es für sie beide im Haus sicherer war.

In Gegenwart eines Dritten konnte man der Versuchung besser widerstehen.

Das Haus wirkte beunruhigend dunkel und verlassen. Aus dem Kamin kringelte sich ein dünner Rauchfaden, als habe jemand das Feuer ausgehen lassen.

Während Philip den Baum an die Hauswand lehnte, ging sie hinein. In der Küche fiel ihr ein Notizzettel auf, der an der Zuckerdose befestigt war, die mitten auf dem Tisch stand.

Pferd bei Adlers krank. Ruf mich an, wenn du mich brauchst. Kuss, Dad.

Susan zerknüllte enttäuscht das Papier. Die Hintertür klappte, und Philip kam herein.

„Vater ist zu einem kranken Pferd gerufen worden“, sagte sie, ohne sich umzudrehen. „Möchtest du eine Tasse Kaffee? Es ist noch genug in der Kanne. Wahrscheinlich hat Dad ihn aufgebrüht, ehe er losgefahren ist. Er hat gewusst, dass wir vollkommen durchgefroren sein würden.“ Sie merkte, dass sie wie ein Wasserfall redete, nur um irgendetwas zu sagen. Sie schwieg und holte zwei Tassen aus dem Schrank.

„Kaffee klingt verlockend!“ Auch Philips Stimme klang gepresst. Susan wusste, dass es ihm ebenso erging wie ihr. Ihr Vater war der Puffer, den sie brauchten, um voneinander Abstand zu halten, und nun war er nicht da.

Sie hörte, wie Philip sich einen Stuhl heranrückte, und stellte eine Tasse Kaffee vor ihn hin. Sie traute sich nicht, ihn anzusehen.

Zögernd zog sie sich auch einen Stuhl heran und setzte sich ihm gegenüber. „Vielleicht sollten wir schon den Baum aufzustellen."

„Vielleicht." Philip trug eine Begeisterung zur Schau, als ob sie sich über Einkommensteuer unterhielten. Susans Herz krampfte sich zusammen. Hätte sie nur nichts gesagt! Bestimmt schmückte Margaret den Weihnachtsbaum, ohne ihren Verlobten damit zu belästigen!

Susan hielt ihre Kaffeetasse so fest umklammert, dass ihre Hände heiß wurden.

„Nun, was ist?" fragte Philip.

„Vielleicht sollten wir doch lieber warten, bis Dad zurückkommt. Seit Mutter tot ist, haben wir den Baum immer zusammen geschmückt. Es ist so eine Art Tradition, verstehst du?"

Susan hatte das Gefühl, als wäre die Küche plötzlich viel kleiner geworden. Mit jedem Atemzug wurde sie sich des Mannes, der ihr gegenüber saß, mehr bewusst. Obwohl sie beide vorgaben, dass nichts geschehen war, hatte der Kuss alles verändert. Sie spürte ihn noch auf ihren Lippen, und instinktiv fuhr sie mit der Zunge darüber.

Philip hatte sie nicht aus den Augen gelassen. Jetzt stand er abrupt auf und stellte seine halb volle Tasse in den Ausguss.

„Ich kümmere mich um das Feuer“, sagte er hastig und ging hinaus.

„Vielen Dank.“

Susan machte sich noch eine Weile in der Küche zu schaffen, dann folgte sie Philip ins Wohnzimmer.

Er legte gerade ein Holzscheit auf die Glut. Sofort züngelten kleine Flammen über die trockene Rinde, und bald knisterte und loderte das Feuer im Kamin.

„Wo nur das Schneeräumkommando bleibt“, sagte Philip besorgt.

„Es kann nicht mehr lange dauern.“

Wie auf Kommando stürzten sie beide ans Telefon, um die neuesten Informationen abzurufen. In ihrer Hast prallten sie zusammen, und Susan stieß einen kleinen Schrei aus.

„Susan!“ Er nahm sie in die Arme. „Habe ich dir wehgetan?“

„Alles in Ordnung!“ Ihre Stimme klang genauso unsicher wie seine.

Er ließ sie nicht los, und unwillkürlich schloss sie die Augen und lehnte ihren Kopf an seine Brust. Wenigstens dieses eine Mal wollte sie es genießen, seine Nähe und Wärme zu spüren. Er stand ganz still, sie konnte seinen Herzschlag wahrnehmen.

Er zog sie noch fester an sich, und als er ihren Namen rief, klang es wie ein Stöhnen.

Nichts, was sich so wunderbar anfühlte, konnte falsch sein. Das wusste Susan instinktiv, doch ihr Verstand warnte sie. Philip hatte sie bisher erst ein Mal geküsst – und es sofort bedauert. Ja, er hatte sich sogar geweigert, darüber zu sprechen!

Doch in seinen Armen schmolzen alle Bedenken wie Schnee in der Frühlingssonne. Sie spürte, wie er die Lippen auf ihr Haar presste, als wollte er ihren Duft einatmen.

„Sag, dass ich aufhören soll, Susan! Bitte!“ flehte er.

Susan wusste, dass sie es später bereuen würden, wenn sie sich jetzt nicht aus seiner Umarmung befreite, aber sie konnte es nicht.

„Halt mich fest“, flüsterte sie. „Halt mich einfach nur fest, Philip!“

Unwillkürlich presste er sie noch fester an sich. Sie spürte seine warmen Lippen an ihrem Ohrläppchen und hielt den Atem an. Dann küsste er ihre Wange, ihre Stirn und ihr Haar. Er zögerte – eine Ewigkeit, wie es Susan schien.

Das Telefon schrillte. Sie fuhren so plötzlich auseinander, dass Susan taumelte. Verwirrt strich sie sich das Haar aus der Stirn und nahm den Hörer ab.

„Hallo?“ Es war eher ein Flüstern.

„Susan? Alles in Ordnung? Deine Stimme klingt seltsam.“

„Hallo, Dad!“ Sie sah schuldbewusst zu Philip auf. Er wandte sich rasch ab und ging ans Fenster. „Dad, wir haben einen schönen Baum geholt.“

„Schön. Susan, fehlt dir wirklich nichts?“ beharrte Don Griffin.

„Nein, bestimmt nicht“, versicherte sie. „Wie geht’s denn bei den Adlers?“

„Leider nicht gut. Es kann noch eine Weile dauern. Es tut mir Leid, dass ich nicht bei dir sein kann, aber Philip wird dir inzwischen Gesellschaft leisten.“

„Wann ... wie lange wird es denn noch dauern?“

„Zwei Stunden, höchstens drei. Ihr beide kommt doch bestimmt für eine Weile ohne mich aus, oder?“

„Ja, natürlich.“

Ihr Vater war offenbar ebenso wenig überzeugt wie sie.

Nachdem Susan den Hörer wieder aufgelegt hatte, schien die Luft im Raum zu vibrieren. Philip drehte sich zu Susan um und sah sie fest an. „Ich muss nach Seattle.“

Was er wirklich damit ausdrücken wollte, war, dass er von ihr fort musste.

„Ich weiß“, erwiderte sie leise. „Aber wie?“

„Wie ist dein Vater denn zu dem kranken Pferd gekommen?“

„Ted Wilkens, der Nachbar von Adlers, hat einen Jeep mit Allradantrieb. Ich vermute, dass er Dad hier abgeholt hat.“

„Besteht vielleicht die Möglichkeit, dass er mich nach Seattle bringt?“

Daran hatte Susan überhaupt nicht gedacht. „Ich weiß nicht. Eigentlich ist er immer sehr hilfsbereit. Ich werde ihn anrufen und fragen.“

„Aber heute ist Heiligabend.“

„Ich versuche es trotzdem.“

Während Susan mit Connie Wilkens telefonierte, ging Philip unruhig im Flur auf und ab.

„Nun?“ frage er, als sie wieder aufgehängt hatte.

„Ted ist unterwegs, um jemand anderem zu helfen, aber Connie glaubt, dass er vor Einbruch der Dunkelheit zurück sein wird. Sie hat vorgeschlagen, dass wir uns zu ihnen in Marsch setzen. Bis wir da sind, ist Ted vermutlich auch eingetroffen.

„Und du bist sicher, dass es ihm nichts ausmachen wird?“

„Ganz sicher. Hier auf dem Land sind die Leute schließlich aufeinander angewiesen.“

„Es sind nette Menschen – wie du und dein Vater“, sagte Philip leise.

„Ja. Wir sind Nachbarn, obwohl sie etwa sechs Kilometer von hier entfernt wohnen. Außerdem ist Dad gut mit Ted Wilkens befreundet. Sie spielen zusammen Schach.“ Sie setzte sich zu Old Dan, der sich vor dem Kamin zusammengerollt hatte, und strich ihm übers Fell. „Ich habe Connie gesagt, dass wir gleich aufbrechen würden.“

Philip runzelte die Stirn. „Und wie wollen wir hinkommen? Mit dem Traktor?“

„Den könnte ich nicht fahren, und wenn mein Leben davon abhinge.“

„Ich auch nicht. Susan, wir können doch nicht die ganze Strecke zu Fuß gehen!“

„Das hatte ich auch nicht vor.“

„Sondern?“

Sie lächelte verstohlen, und in ihrem Blick lag der Schalk. „Wir könnten zum Beispiel die Pferde aus dem Stall holen."

„Du machst Witze!" Philip sah sie misstrauisch an.

Susan hatte Mühe, sich das Lachen zu verkneifen. „Es ist die einzige Möglichkeit, zu den Wilkens zu kommen. Wir können durch die Wälder reiten, wo der Schnee nicht so tief ist."

Philip rieb sich nachdenklich das Kinn. „Ich weiß nicht. Für dich scheint das Leben nur aus Abenteuern zu bestehen, aber ich bin nicht gewöhnt ..."

„Pokey ist sanft wie ein Lamm", versicherte sie.

„Pokey?"

„Die braune Stute. Oder möchtest du lieber den Hengst meines Vaters reiten?"

„Lieber Himmel, nein! Pokey scheint mir zahmer zu sein."

Um Susans Mund zuckte es verdächtig. Sie wandte sich rasch ab und ging in die Küche.

„Was machst du denn jetzt?"

„Ich will Kakao kochen und in eine Thermoskanne füllen."

„Wozu?"

„Vielleicht bekommen wir unterwegs Lust auf ein Picknick."

„Das sieht dir wieder ähnlich", sagte er vorwurfsvoll, aber sie sah, dass es auch um seine Mundwinkel zuckte.

Susan war überzeugt, dass Philip ein bisschen Spaß im Leben brauchte, und sie war entschlossen, ihm Freude zu bereiten für die kurze Zeit, die ihnen blieb. Er sollte sie in angenehmer Erinnerung behalten. Margaret würde ihn für immer haben. Diese wenigen Stunden gehörten jedoch ihr, Susan, und deshalb wollte sie das Beste daraus machen.

„Es wird bestimmt ein Riesenspaß werden!" Susans Begeisterung war ansteckend.

„Zweifellos hat General Custer das seinen Leuten auch gesagt, als er sie in die Schlacht am ‚Little Big Horn' führte."

„Zyniker!" neckte sie ihn. Sie öffnete die Stalltür.

Widerstrebend folgte er ihr hinaus.

7. KAPITEL

Susan ging auf die braune Stute zu. „Na, Pokey, was hältst du von einem gemütlichen Spaziergang im Schnee?" Sie strich ihr liebevoll über die Nüstern. „Ich weiß, dass Sampson es kaum noch erwarten kann."

„Glaub ihr kein Wort, Pokey!" rief Philip. Plötzlich musste er lachen. „Meine Güte, jetzt fange ich auch schon damit an."

„Womit?"

„Mit den Tieren zu reden."

„Sie zeigen oft menschliche Eigenschaften", verteidigte Susan sich. „Deshalb ist es ganz natürlich, ihnen unsere Gefühle mitzuteilen."

„Dann haben wir ein Problem, Pokey wird einiges zu sagen haben, wenn ich auf ihren Rücken klettere."

„Keine Angst, dir wird nichts passieren."

„Möglich, aber was ist mit Pokey?"

„Ihr werdet großartig miteinander zurechtkommen. Und nun hör auf, dir Sorgen zu machen!"

Als Susan mit dem Zaumzeug aus der Sattelkammer kam, lief Philip nervös im Stall umher. Die Hände hatte er tief in den Taschen vergraben. Seine Miene ließ erkennen, dass er große Zweifel an einem erfolgreichen Ausgang des Unternehmens hegte.

Susan hatte die Pferde gesattelt und führte sie ins Freie. Die Zügel fest im Griff, half sie Philip, zuerst aufzusteigen. „Brauchst du Hilfe?" fragte sie. Philip hatte plötzlich gar nichts mehr gemeinsam mit dem selbstsicheren Geschäftsmann, den sie in Portland kennen gelernt hatte.

„Ich glaube nicht", antwortete er und griff nach dem Sattelknauf. Dank Susans Anweisungen gelang es ihm ohne große Mühe, aufzusitzen. Die Stute machte es ihm allerdings auch leicht, denn sie blieb ganz ruhig stehen.

„Ich vermute, du hast ihr gesagt, sie soll nett zu mir sein", meinte er und lächelte auf Susan hinunter.

„Natürlich." Sie überprüfte den Sattelgurt noch einmal und fragte: „Sind die Steigbügel so richtig?"

„Ich glaube schon." Philip nahm die Zügel, die sie ihm reichte. „Von mir aus kann es losgehen."

Mit einer Schnelligkeit, die jahrelange Übung verriet, schwang sich Susan in den Sattel. „Bis wir den Wald erreicht haben, wird es ziemlich mühsam werden. Am besten folgst du mir."

„Wohin du willst!"

Susan glaubte, sich verhört zu haben.

„Was hast du gesagt?“

„Nichts.“ Aber er grinste jungenhaft, und Susan fand ihn so unwiderstehlich, dass es all ihre Beherrschung kostete, sich von ihm abzuwenden und loszureiten.

Sie schlug den Pfad ein, der in den Wald führte. Eisige Windböen fegten den Schnee von den Ästen. Selbst Pokey protestierte durch unwilliges Schnauben gegen diesen Ritt durch Sturm und Kälte.

Philip manövrierte die Stute vorsichtig neben Sampson.

„Susan, ich glaube, das war keine besonders gute Idee. Vielleicht sollten wir doch lieber umkehren.“

„Unsinn.“

„Ich möchte aber nicht, dass du dich meinetwegen erkältest.“

„Mir ist ganz warm, wirklich.“

„Lügnerin!“

„Ich möchte, dass es etwas gibt, was dich an mich erinnert.“ Ihr war klar, dass sie sich wie eine liebeskranke Romantikerin benahm. Bald würde er fort sein, und sie musste sich damit abfinden, ihn wahrscheinlich nie wieder zu sehen.

„Was denn zum Beispiel? Frostbeulen?“

Susans Lachen hallte durch den Wald. „Warum beklagst du dich? Ich finde es wunderbar hier! Wenn ich reite, möchte ich am liebsten singen.“

Philip brummte etwas Unverständliches.

„Worüber schimpfst du jetzt?“

„Wer sagt, dass ich schimpfe?"

Susan lächelte spitzbübisch. „Ich kenne dich inzwischen."

„Na gut, wenn du es unbedingt wissen willst. Ich summe eine Melodie. Meine Begeisterung für dieses Unternehmen ist nicht so überwältigend, dass sie mich zum Singen reizt, aber ich tue mein Bestes."

Susan wurde warm ums Herz. Sie durfte nur nicht daran denken, was geschehen würde, wenn sie bei den Wilkens ankamen. Sie war bereit, ihm lächelnd Lebewohl zu sagen. Sie würde ihn freiwillig aus ihrem Leben gehen lassen. Doch nachdem er sie in den Armen gehalten und geküsst hatte, würde es ihr sehr viel schwerer fallen als vorher.

Seite an Seite ritten Philip und Susan weiter. Sie unterhielten sich nicht, sondern sangen ein Weihnachtslied nach dem anderen, bis sie vollkommen außer Atem waren.

„Meine Sitzfläche könnte eine Pause vertragen", sagte Philip plötzlich, als sie knapp die Hälfte des Weges zurückgelegt hatten.

„Jetzt bist du froh, dass ich an ein Picknick gedacht habe, nicht wahr?"

„Unbedingt. Ich hatte ja bis jetzt auch keine Ahnung, dass Cowboys nicht nur an den Händen Schwielen haben."

Sie hielten in einer kleinen Lichtung an und banden die Pferde an einem Baumstamm fest.

Während Susan die Thermoskanne und eine Tüte mit

Keksen auspackte, lief Philip ein wenig umher, um die Verkrampfung in seinen Beinen zu lösen.

„Wir müssen aus einer Tasse trinken“, erklärte sie und hielt ihm die Plastikkappe der Thermoskanne hin. Sie stand zwischen den beiden Pferden und biss in einen großen Keks.

Philip führte die Tasse an die Lippen, doch als ihre Blicke sich trafen, stockte er. Ohne den Blick von Susan zu wenden, ließ er die Tasse langsam wieder sinken.

Ihr Atem ging unregelmäßig. „Ist irgendetwas?“ fragte sie mühsam.

„Du bist wunderschön.“

„Bestimmt.“ Sie lachte gezwungen. „Meine Nase leuchtet wie eine Tomate und ...“

„Ich meine es ernst“, unterbrach er sie.

„Dann vielen Dank.“

Er zog den Handschuh aus und streichelte ihre Wangen. Es war ein zauberhafter Augenblick voll Zärtlichkeit und Harmonie. Susan beherrschte sich mühsam, obwohl es das Einfachste der Welt gewesen wäre, sich in seine Arme zu schmiegen, sich seinem Kuss hinzugeben und ihn so zu lieben, wie er es verdiente.

Als habe er ihre Gedanken gelesen, bewegte sich Sampson und schubste Susan, so dass sie gegen Philip taumelte. Er ließ den heißen Kakao fallen und zog sie so heftig an sich, als ob er sie aus größter Gefahr gerettet hätte.

„Ich hatte mir geschworen, dass das nicht noch einmal passieren würde“, flüsterte er. „Jedes Mal wenn ich dich in den Armen halte, wird es schwerer, dich wieder loszulassen.“

Susans Herz machte einen Freudensprung. Sie wollte nicht, dass er sie freigab. Nie wieder. Hier gehörte sie hin. Das sagte ihr Gefühl.

Sie wusste nicht, wie lange die Umarmung gedauert hatte. Viel länger als nötig – und doch wieder nicht lange genug. Die Sekunden schienen sich zu Stunden auszudehnen, damit ihr Herz Kraft für den Abschied sammeln konnte.

Erst als sie sich trennten, bemerkte Susan, dass es wieder schneite.

„Und was machen wir jetzt?" fragte Philip besorgt.

Sie wusste, dass sie vorschlagen musste, wieder umzukehren, aber sie zögerte. Von Minute zu Minute wurde es schwerer, das Unvermeidliche zu akzeptieren.

„Wir reiten zurück", beantwortete er seine eigene Frage. „Ich werde es nicht dir und deinem Vater überlassen, die Pferde zurückzubringen. Es ist schlimm genug, dass du dich meinetwegen überhaupt auf dieses Wagnis eingelassen hast." Er schob den Fuß in den Steigbügel und saß auf. „Lass uns aufbrechen, bevor das Wetter noch schlechter wird."

„Aber wir schaffen es bestimmt bis zu den Wilkens."

„Jetzt nicht mehr." Er blickte skeptisch. „Es wird bald dunkel."

Susan blieb nichts anders übrig, als ihm zu folgen. Erst als das Haus wieder in Sichtweite war, sprach er wieder. „Wenn du den Wilkens Bescheid gesagt hast, dass wir nicht kommen, muss ich Margaret anrufen. Ich habe versprochen, mich am Heiligabend zu melden."

Bei der Erwähnung von Margaret zog sich Susans

Herz zusammen. Bisher hatte er nur von seiner Verlobten gesprochen, wenn sie danach gefragt hatte. Jetzt erwähnte er sie zum ersten Mal von sich aus.

„Ich werde selbstverständlich die Telefongebühren bezahlen."

Er schien der Meinung zu sein, dass sie sich wegen der Kosten Sorgen machte und deswegen nicht antwortete.

„Selbstverständlich", wiederholt sie mechanisch.

„Sie ist eine nette Frau."

Susan wusste nicht, wen er damit überzeugen wollte. „Ich glaube nicht, dass du eine Frau lieben würdest, die das nicht ist."

„Ich kenne Margaret schon viele Jahre."

„Ja, natürlich." Und sie, Susan, kannte er erst seit einem Tag. Sie verstand, was er damit sagen wollte. Es schien beinahe, als wollte er sich entschuldigen, dass Margaret den älteren Anspruch hatte. Doch das brauchte er nicht. Susan hatte von Anfang gewusst, dass sein Herz einer anderen gehörte.

„Du kannst zuerst telefonieren." Sie wunderte sich selbst, dass ihre Stimme ganz normal klang. „Ich kümmere mich inzwischen um die Pferde."

„Es wird nicht lange dauern."

„Meinetwegen brauchst du eure Unterhaltung nicht abzukürzen."

Er rieb sich über die Stirn, und sie sah, wie verwirrt er war. „Nein."

Vor dem Stall stieg sie langsam ab. Ohne ihn anzusehen, öffnete sie die Tür und führte die Pferde hinein.

Ihr Herz war schwer, als sie Pokey den Sattel abnahm. Plötzlich bemerkte sie, dass Philip ihr gefolgt war und in der Tür stand. Unwillkürlich krampften sich ihre Finger um das glatte Leder. „Hast du ein Problem?“

„Nein.“

Sie führte Pokey in ihre Box. Als sie wieder herauskam, war Philip fort.

Sie nahm sich besonders viel Zeit bei den Pferden, um die Rückkehr ins Haus hinauszuzögern. Irgendwann gab es nichts mehr zu tun. Als sie ins Wohnzimmer kam, saß Philip vor dem Feuer und sah gedankenverloren in die Flammen. Sie ging zum Telefon und wählte die Nummer der Wilkens.

Connie war erleichtert, dass sie absagte. Nachdem er den ganzen Tag Nachbarn durch den Schnee gefahren hatte, war Ted ziemlich erschöpft und freute sich, nicht noch einmal hinaus zu müssen.

„Ich weiß nicht, wie es dir ergeht“, rief Susan munter, als sie den Hörer aufgelegt hatte, „aber ich habe schrecklichen Hunger.“

Viele Fragen brannten ihr auf der Zunge, doch sie behielt sie für sich. Was hatte Philip Margaret wohl erzählt?

„Was hältst du von Popcorn mit geschmolzener Butter?“

Philip war aufgestanden. Er sah sie amüsiert an. Er hat wunderschöne Augen, dachte Susan – unfähig, den Blick abzuwenden.

„Ich dachte eigentlich eher an ein dreistöckiges Sandwich“, meinte er.

„Weißt du, was dein Problem ist, Philip Garner?“ Es war offensichtlich, dass er keine Ahnung hatte, also sagte sie es ihm: „Du hast keine Fantasie.“

„Weil mir ein Stück Wurst lieber ist als Popcorn?“

Susan schaute in den Kühlschrank und tat, als hätte sie ihn nicht gehört.

Sie nahm eine Scheibe Schinken heraus, teilte sie in zwei Hälften und reichte ihm eine. „Wie wäre es mit einem Kompromiss?“

Er sah sie misstrauisch an. Vermutlich glaubte er, sie würde ihm ein Popcorn-Sandwich vorschlagen. „Lass erst einmal hören.“

„Wie wäre es, wenn du den Baum hereinholst, während ich uns etwas zu essen mache?“

„Das ist ein Angebot, das ich einfach nicht ausschlagen kann.“

Leise vor sich hin singend bereitete Susan eine Mahlzeit zu, die sie beide nicht so schnell vergessen sollten. Sandwiches mit drei verschiedenen Fleischsorten belegt, süßsaure Gurken und saftige Oliven. Als Nachtisch gab es Weihnachtsplätzchen und von ihrem Vater selbst gemachte Karamellbonbons.

Philip brachte den Christbaum herein und befestigte ihn in einem Ständer. „Es hat aufgehört zu schneien“, berichtete er, als Susan mit dem Tablett hereinkam.

„Das sind gute Nachrichten. Ich fürchtete schon, wir müssten bis zum Frühjahr warten.“ Dabei gab es nichts, was sie sich sehnlicher wünschte.

Sie hockten im Schneidersitz vor dem Feuer, benutzten

das Sofa als Rückenlehne und machten sich über die Sandwiches her. Doch Susan stellte fest, dass sie keinen Appetit hatte. Noch nie war sie sich in Gegenwart eines Mannes so deutlich bewusst geworden, dass sie eine Frau war. Sie saßen so eng nebeneinander, dass ihre Arme sich berührten, wenn sie nach einem Häppchen auf dem Teller griffen. Doch keiner von beiden machte Anstalten, zur Seite zu rücken. Am liebsten hätte sie diesen friedlichen Moment für immer festgehalten.

„Ein schöner Tag war das", meinte Philip versonnen und schaute aus dem Fenster.

„Ich würde ihn eher als verrückt bezeichnen."

Er nahm ihre Hand und streichelte sie.

„Ich weiß nicht, wann ich das letzte Mal so viel Spaß gehabt habe." Sein Blick glitt über ihr Gesicht und blieb an ihrem Mund hängen. Plötzlich drehte er sich um und deutete auf das Klavier in der Ecke. „Spielst du?"

Susan seufzte theatralisch. „Ein bisschen. Dad behauptet, dass meine Musik das Haus frei von Mäusen gehalten hat."

Er zog die Brauen zusammen. „Ist es wirklich so schlimm?" fragte er amüsiert.

„Überzeuge dich selbst." Sie stand auf, ging zum Klavier und schlug ein Notenheft auf.

Die Misstöne, die sie dem Instrument entlockte, schreckten sogar Old Dan aus seiner Lethargie auf. Er setzte sich auf und heulte markerschütternd.

„Was habe ich dir gesagt? Mir fehlt einfach das Talent dazu."

Philip war hinter sie getreten und hatte ihr die Hände auf die Schulter gelegt. Jetzt lehnte er sich vor, um die Noten zu studieren.

Susan hatte Mühe, sich das Lachen zu verbeißen. „Was meinst du, ob ich es einmal so herum versuchen sollte?" fragte sie scheinheilig und drehte das Notenblatt um. Dann griff sie wieder in die Tasten, und ein altes Weihnachtslied erklang.

Philip lachte und drückte ihre Schulter fester. Dann beugte er sich hinunter und küsste sie auf die Wange. „Habe ich dir schon gesagt, wie viel Spaß es macht, mir dir zusammen zu sein?"

„Nein, aber ich betrachte das als Kompliment."

„So war es auch gemeint."

Susan spielte weiter. Hin und wieder griff sie daneben, aber das tat ihrem Vergnügen keinen Abbruch. Um die Schnitzer zu überdecken, sang sie laut mit, und bald wurde ihr Sopran von Philips kräftigem Bariton unterstützt.

Erst als sie Don Griffin „Hallo, ihr beiden" sagen hörten, merkten sie, dass sie nicht mehr allein waren.

Susans Vater sah erschöpft aus, und seine Kleider starrten vor Schmutz.

Susan stand auf und gab ihm einen Kuss. „Wie geht's der Stute von Adlers?"

„Sie wird durchkommen."

„Und du?"

„Lass mir eine halbe Stunde Zeit zum Überlegen, dann sage ich es dir."

„Falls du Hunger hast – in der Küche ist noch ein Sandwich."

„Im Augenblick habe ich nur einen Wunsch: ein heißes Bad." Er bückte sich und kraulte Old Dan hinter den Ohren. „Spielt ruhig weiter. Ich werde euch von oben zuhören."

„Und ich dachte, wir wollten die Mäuse aus dem Haus vertreiben", meinte Philip.

Don Griffin kratzte sich am Kopf. „Können Sie das noch mal sagen?"

„Philip bezieht sich auf mein Klavierspiel", erinnerte Susan ihren Vater.

„Ach so. Es stimmt. Susan ist leider keine große Pianistin. Sie spielen nicht zufällig?"

„Doch."

„Tatsächlich?" Susan war verblüfft. „Warum hast du dann nicht schon eher etwas gesagt? Hier." Sie rutschte von der Bank und machte ihm Platz. „Lass mal hören, was du kannst."

Schon nach wenigen Takten wusste Susan, dass sie einem Meister lauschte. Die Virtuosität, mit der Philip die Finger über die Tasten gleiten ließ, zeugte nicht nur von langjähriger Übung, sondern auch von einer ausgeprägten Begabung. Nie hätte sie für möglich gehalten, dass man dem alten Instrument solche Töne entlocken konnte. Als er geendet hatte, standen ihr Tränen in den Augen.

Langsam ließ sie sich in einen Sessel sinken. „Weshalb hast du mir nicht erzählt, dass du ein Künstler bist?"

Ein Lächeln spielte um seinen Mund. „Du hast mich nicht danach gefragt."

Selbst Don Griffin war so beeindruckt, dass er keine Worte fand.

„Du bist so gut, dass du die Musik zu deinem Beruf machen solltest!“ rief Susan.

„Ich habe einmal mit dem Gedanken gespielt.“

„Aber?“

„Jetzt setze ich mich nur noch zum Vergnügen ans Klavier.“ Das Licht in seinen Augen war erloschen, und der raue Unterton in seiner Stimme ließ ahnen, dass ihm die Entscheidung nicht leicht gefallen war. Und er ließ keinen Zweifel daran, dass er nicht darüber sprechen wollte, auch nicht mit ihr.

Don Griffin hatte sich nicht vom Fleck gerührt. „Würden Sie noch etwas für uns spielen?“

Philip schien zu bedauern, so viel von sich preisgegeben zu haben. Musik war seine große Liebe, und er hatte sie geopfert. Wieder daran erinnert zu werden war sehr schmerzlich für ihn. „Vielleicht ein andermal“, antwortete er ausweichend.

Doch es würde für sie kein anderes Mal geben. „Bitte“, flüsterte Susan. Sie merkte gar nicht, dass sie ihm die Hand auf die Schulter gelegt hatte.

Er drehte sich um und sah ihr in die Augen. „Also gut, Susan. Für dich.“

Eine halbe Stunde lang spielte er mit solcher Intensität, dass er hinterher völlig erschöpft war.

„Gott hat Ihnen da eine seltene und nicht mit Geld aufzuwiegende Begabung geschenkt“, sagte Don Griffin bewegt. Er sah an sich hinunter. „Doch jetzt entschuldigt mich bitte. Wenn ich noch länger hier bleibe, ziehe ich Fliegen an."

Susan fand keine Worte, das auszudrücken, was sie fühlte. Als ihr Vater hinausgegangen war, setzte sie sich neben Philip auf die Klavierbank.

Liebevoll zeichnete sie mit dem Finger die Konturen seines Gesichts nach.

Tränen standen ihr in den Augen, und das Atmen fiel ihr schwer.

Philip nahm ihre Hand und küsste die Innenfläche. Susan musste sich auf die Lippe beißen. Sie kämpfte mühsam gegen einen Gefühlsausbruch.

Eine Träne quoll aus ihrem Augenwinkel und rann die Wange hinab. Mit dem Daumen wischte er sie sanft weg. Seine Hand fühlte sich kühl auf ihrer erhitzten Haut an. Er beugte sich hinunter und suchte ihren Mund. Susan begriff, dass er ihr damit danken wollte, dass sie ihn dazu ermutigt hatte, sich so zu geben, wie er war. Er hatte ihr sein Herz geöffnet, und nun war er frei. Er hatte nichts mehr zu verbergen.

Sie schlang die Arme um seinen Nacken und küsste ihn wieder. Eine andere Weise, ihm zu sagen, was ihr dieses Geschenk bedeutete, fand sie nicht.

„Frohe Weihnachten, Krümel", begrüßte Don Griffin seine Tochter.

Susan stand am Fenster, eine Tasse Kaffee in der Hand. Eben ging die Sonne auf und überzog die Schneedecke mit einem goldenen Schimmer. Sie versuchte zu lächeln, als sie sich zu ihrem Vater umwandte, aber es gelang ihr nicht. Sie fühlte sich kalt und leer.

„Wo ist denn Philip?“ fragte er.

„Während der Nacht sind die Schneepflüge gekommen“, antwortete sie tonlos. „Er ist weg.“

„Weg? Ohne sich zu verabschieden?“ fragte Don Griffin ungläubig.

„Er hat eine Nachricht hinterlassen.“ Susan zog ein Blatt Papier aus der Tasche ihres Morgenmantels und reichte es ihrem Vater. Es enthielt nur wenige Zeilen. Philip bedankte sich für ihre Gastfreundschaft und wünschte ihnen alles Gute. Er hatte sich verabschiedet – ohne Bedauern und ohne Zweifel. Von einem Wiedersehen war keine Rede.

Don schaute auf und sah seine Tochter forschend an. „Fehlt dir etwas, Schatz?“

„Nein, mir geht's gut.“

Bedauernd schüttelt er den Kopf. „Noch nie hast du einen Mann so angesehen wie Philip Garner. Du magst ihn gern, nicht wahr?“

Ich liebe ihn! hätte sie gern laut hinausgeschrien, aber sie sagte nur: „Er ist ein wunderbarer Mann. Hoffentlich wissen Margaret und diese Computerfirma zu würdigen, was sie an ihm haben.“

„Das tun sie nicht, und du weißt es auch.“ Don Griffin legte ihr den Arm um die Schultern und zog sie an sich.

„Vielleicht kommt er wieder.“

Doch Susan wusste es besser. „Nein.“ Er hatte seine Wahl getroffen. Seine Zukunft war so präzise vorgezeichnet wie eine Straßenkarte. Philip Garner war ein Mann mit Charakter. Er würde Margaret und alles, was ihm wichtig war, nicht wegen einer Reisebekanntschaft und einiger flüchtiger Küsse aufgeben. Er hatte seine geheimsten Wünsche mit ihr geteilt, ihr sein Herz geöffnet und ihr vertraut.

Mehr hätte sich Susan nicht wünschen können. Doch sie tat es. Sie wollte Philip ganz.

Weihnachten verging wie ein unwirklicher Traum. Schon am folgenden Tag flog Susan nach San Francisco zurück. Sie war vor Kummer und Schmerz wie benommen, aber der Stolz hielt sie aufrecht.

Ihre winzige Wohnung war geschmackvoll und in freundlichen Farben eingerichtet, aber das konnte sie auch nicht aus ihrer trüben Stimmung reißen.

Sie stellte den Koffer ab, zog die Schuhe aus und griff nach dem Telefon.

„Hallo, Dad. Ich bin gut angekommen."

„Wie war der Flug?"

„Bestens. Es hat nicht das geringste Problem gegeben."

Er lachte. „Da bin ich aber froh für dich." Dann wurde er ernst. „Abgeholt hat dich niemand?"

„Nein, Dad." Susan wusste, wonach er fragte. Ihr Vater schien der Überzeugung zu sein, dass Philip in San Francisco auf sie gewartet hatte. Doch sie wusste es besser. Philip wollte nicht einmal an sie denken. Vermutlich hatte er die Erinnerung an sie bereits in den hintersten Winkel seines Gedächtnisses verbannt. Vielleicht schämte er sich auch, dass er ihr gegenüber so viel von sich preisgegeben hatte.

Susan unterhielt sich noch eine Weile mit ihrem Vater, aber im Gegensatz zu sonst wussten sie sich nicht viel zu sagen. Nachher saß sie lange da und starrte ins Leere.

In der nächsten Zeit gab sie sich große Mühe, ihr Leben wieder in den Griff zu bekommen. Sie arbeitete hart und versuchte alles, den Mann zu vergessen, der einen so tiefen Eindruck auf sie gemacht hatte.

Ihr Neujahrsvorsatz war denkbar einfach: Sie wollte einen Mann finden. Zum ersten Mal seit ihrem Umzug nach San Francisco fühlte sie sich einsam. Sie hatte zwar viele Bekannte und einige Freunde und konnte sich über einen Mangel an Einladungen nicht beklagen, aber nichts täuschte sie über die innere Leere hinweg.

Es war zwei Tage vor Neujahr. Es regnete in Strömen, als Susan aus dem Bus stieg. Sie hatte sich eine Blase gelaufen und hatte plötzlich das Bedürfnis, etwas Nettes für sich zu tun. Bei einem Straßenverkäufer erstand sie einen bunten Blumenstrauß. Dann humpelte sie vorsichtig bis zu ihrer Haustür. Dort zog sie erleichtert den rechten Schuh aus und klemmte ihn unter den Arm.

Als der Lift auf ihrem Stockwerk hielt, kam die Nachbarin von gegenüber auf den Flur. „Guten Tag, Mrs. Lester", rief Susan und zog eine rote Nelke aus dem Strauß. „Die ist für Sie."

Die Frau lachte. „Nein, so ein Zufall, Miss Griffin. Ich habe auch Blumen für Sie."

Susan stockte der Atem.

„Ein Bote hat sie bei mir abgegeben." Sie holte eine schmale weiße Schachtel. „Ich glaube, es sind Rosen."

„Rosen?" Susan spürte, wie ihr das Blut aus dem Gesicht wich. Plötzlich hatte sie es schrecklich eilig, in ihre Wohnung zu kommen. Mit dem Fuß stieß sie die Tür hinter sich zu und legte die Schachtel auf den Tisch. Dann öffnete sie sie. Sie enthielt die schönsten Rosen, die sie je gesehen hatte – eine Blüte so makellos wie die andere. Sie mussten ein Vermögen gekostet haben.

Eine Karte fand sie trotz intensiven Suchens nicht. Es war ziemlich unwahrscheinlich, dass Philip sie geschickt hatte. Er wäre nicht so grausam, sich erst von ihr zu verabschieden, nur um sich dann wieder in ihr Leben zu drängen. Außerdem hatte er selbst gesagt, dass Rosen teuer waren.

In diesem Moment klingelte es. Vor der Tür stand ein Bote und reichte ihr eine zweite Schachtel, die der ersten zum Verwechseln ähnlich war. „Würden Sie bitte hier unterschreiben, Miss Griffin?"

Susan kritzelte ihren Namen auf das Formular und trug die Schachtel hinein. Auch sie enthielt ein Dutzend herrliche rote Rosen. Und wieder war keine Karte dabei.

Sie hatte die Blumen gerade in ihrer einzigen großen Vase geordnet, als es wieder läutete. Diesmal war es eine junge Frau in der Uniform von San Franciscos größtem Blumengeschäft, die ihr einen Rosenstrauß entgegenstreckte.

„Sind Sie sicher, dass Sie die richtige Adresse haben?" fragte Susan.

„Susan Griffin?"

„Ja, das bin ich."

„Dann unterschreiben Sie bitte hier."

Auch diesmal suchte Susan vergebens nach einer Karte. Da sie keine Vase mehr hatte, leerte sie den Inhalt eines großen Gurkenglases in eine Schüssel, wusch es aus und stellte die Blumen hinein.

Wer auch immer die Rosen geschickt hatte, er musste entweder sehr reich oder sehr exzentrisch sein.

Sie stemmte die Hände in die Hüften und schaute sich um. Ihre kleine Wohnung sah bereits aus wie ein Blumengeschäft.

Als es zum dritten Mal klingelte, stöhnte sie auf. „Oh nein. Bitte nicht schon wieder."

Vorsichtshalber öffnete sie zuerst nur einen Spalt. Doch diesmal stand sie keinem Boten gegenüber, sondern Philip Garner. Sie hatte vergessen, wie unglaublich gut er aussah.

„Philip!"

„Hallo, Susan." Er sah ihr in die Augen und lächelte. „Darf ich hereinkommen?"

„Ja, natürlich." Sie machte einen Schritt zur Seite.

„Ist dir bewusst, dass du nur einen Schuh anhast?"

Sie sah an sich hinunter. „Das habe ich ganz vergessen. Ich habe nämlich neue Pumps, und der eine drückt so entsetzlich, dass ..." Abrupt brach sie ab. „Philip, warum bist du gekommen?"

„Du hast mir gefehlt."

Sie schloss die Augen. Wie sehr hatte sie sich gewünscht, diese Worte zu hören, doch sie wagte nicht, an ihr Glück zu glauben.

„Wie ist deine Besprechung in Seattle verlaufen?"

„Gut. Viel besser als erwartet."

„Das freut mich." Sie versuchte in seinem Gesicht zu lesen, aber es gelang ihr nicht.

„Ich habe auch eine anständige Prämie dafür bekommen. Allerdings habe ich es mir wohl mit einigen Leuten verscherzt."

„Wieso?"

„Sie hatten damit gerechnet, dass ich die Beförderung annehmen würde."

„Und das hast du nicht?" Susan konnte sich vorstellen, was Margaret dazu sagen würde.

„Nein. Ich habe heute Nachmittag gekündigt."

„Gekündigt? Aber ... was meint denn Margaret dazu?"

„Nun ja ..." Philip machte einen Schritt auf sie zu. Er stand jetzt so nah, dass sie nur die Hand nach ihm auszustrecken brauchte. „Sie spricht nicht mehr mit mir."

„So?" fragte Susan schwach.

„Sie hat nicht besonders positiv auf einige Entscheidungen reagiert, die ich in den letzten Tagen getroffen habe."

Das kann ich mir denken, dachte Susan. „Und was sind das für Entscheidungen?"

„Ich habe die Hochzeit abgesagt."

Susan konnte es seiner Verlobten nicht verdenken, dass

sie darüber verärgert war. „Und wann ist der neue Termin?“

„Es gibt keinen.“

Sie schluckte. „Wieso?“

„Wieso?“ Er lächelte. „Weil Margaret nicht in einem Schuh herumhüpft oder Sauerteigbrot durchs ganze Land schleppt. Sie würde nie laut lachen oder sonst etwas tun, was das Leben lebenswert macht.“

Susan sah ihn schweigend an, aber ihr Blick sprach Bände. „Außerdem glaubt sie nicht, dass aus mir jemals ein ordentlicher Pianist werden kann“, fuhr Philip fort. „Lieber Himmel, ich bin über dreißig! Vielleicht ist es schon jetzt zu spät.“

„Aber ...“

„Aber ...“ Er lächelte und schloss sie in die Arme. „Ich werde es auf alle Fälle versuchen. Einen Hauptgewinn hast du mit mir sicher nicht gezogen, Susan Griffin. Ich habe keine Stelle und weiß nicht, ob das Angebot des Konservatoriums überhaupt noch gilt – aber zum ersten Mal seit Jahren habe ich wieder einen Traum.“

„Oh Philip!“ Sie presste den Kopf gegen seine Brust. „Ich könnte mir keine größere Ehre vorstellen, als Teil dieses Traums zu sein.“

„Das bist du, seit ich dich zum ersten Mal gesehen habe.“ Er küsste sie zärtlich. „Ohne dich gäbe es ihn doch gar nicht.“

– ENDE –

Band-Nr. 25028
7,95 €
ISBN 3-89941-036-X

Nora Roberts

Love Affairs II

Tödlicher Champagner
Sechs Monate lang soll die schöne Pandora mit Michael Donahue, einem überaus sympathischen Drehbuchautor, zusammen wohnen. Gelingt es ihnen, fällt Onkel Jolleys gesamtes Vermögen an sie beide. Trennen sie sich, erben die anderen Verwandten – die neidisch auf das Scheitern des Traumpaars lauern ...

Spiel um Sieg und Liebe
Als Amy drei Jahre nach ihrer Trennung den Tennisprofi Tad auf einem Turnier in Rom wieder sieht, muss sie erkennen, dass sie damals einen großen Fehler gemacht hat: Wie konnte sie diesen Mann, den sie noch immer liebt, nur wegen eines anderen verlassen? Jetzt ist sie geschieden und wieder frei für Tad ...

Bei Tag und bei Nacht
Der unnahbare Grant Campbell, der zurückgezogen am Rande des Dorfes in einem Leuchtturm am Meer lebt, fasziniert die junge Malerin Gennie sofort. Sie schenkt ihm ihr Herz, und wie durch ein Wunder erwidert Grant ihre Gefühle. Doch trotz der sinnlichen Nächte, die sie miteinander verbringen, offenbart er Gennie nicht sein Geheimnis ...

MIRA®

Band-Nr. 25029
6,95 €
ISBN 3-89941-037-8

Nora Roberts

Cordina's Royal Family
„Eine königliche Affäre“

Seit die hübsche Prinzessin Gabriella de Cordina aus der Gewalt von Entführern fliehen konnte und an den Hof zurückgekehrt ist, hat sie ihr Gedächtnis verloren. Sie schwebt in höchster Gefahr, denn die Kidnapper werden aus Angst vor Entdeckung gewiss versuchen, Gabriella für immer zum Schweigen zu bringen! Doch solange Reeve MacGee, ehemaliger Mitarbeiter des Geheimdienstes, für Gabriellas Sicherheit sorgt, ist die fürstliche Familie beruhigt. Und Gabriella und Reeve kommen überein, zum Schein ihre Verlobung bekannt zu geben. Nur so kann Gabriellas Ruf keinen Schaden nehmen, wenn Reeve Tag und Nacht bei ihr ist, sie vor den Augen aller zärtlich küsst und sie unter Einsatz seines Lebens sicher in den Armen hält ...

MIRA®

Band-Nr. 25030
6,95 €
ISBN 3-89941-038-6

Sandra Brown

Palast der Liebe

Kaum ist Caren Blakemore, Sekretärin im Außenministerium, von einem Traumurlaub auf Jamaika zurück in Washington, beginnen die Probleme: Ihr wird vom FBI Spionage mit ihrem Urlaubsflirt, dem gut aussehenden Derek Allen, zur Last gelegt! Und plötzlich betritt Derek, den Caren noch auf Jamaika vermutete, den Raum. Allerdings trägt er jetzt arabische Tracht, und niemand will ihr glauben, dass sie nicht wusste, wer er wirklich ist: Prinz Ali-Al-Tasan, Sohn eines unermesslich reichen Ölscheichs, der gerade diplomatische Gespräche mit der amerikanischen Regierung führt. Eindringlich erklärt Derek, dass er nur einen Ausweg für sie sieht: Caren muss ihn heiraten und mit ihm auf sein herrschaftliches Anwesen ziehen ...

Band-Nr. 25031
6,95 €
ISBN 3-89941-040-8

Heather Graham

Ruf der Leidenschaft

Die Spur führt nach Marrakesch
Die Journalistin Colleen McAllistair wittert eine heiße Story: Der Mord an einem Mann bringt sie auf die Spur eines Diamantenraubes, der vor vierzig Jahren begangen und bei dem die Beute nie gefunden wurde. Ohne ihrem Mann Bret etwas zu sagen, fliegt sie ins faszinierende Marrakesch, wo sie einen der Täter trifft und blind in eine Falle tappt. Bret, trotz der Spannungen in ihrer Beziehung zutiefst um Colleens Sicherheit besorgt, folgt ihr heimlich und kann sie aus Lebensgefahr retten ...

Schneesturm
Was verschweigt Justin Magnasun? Nach einer Nacht voll sinnlicher Erfüllung erzählt er der schönen Kristin endlich, was sich vor fünf Jahren ereignet hat. Seine Frau wurde ermordet, und der Verdacht fiel auf ihn. Zwar sprach man ihn in einem spektakulären Prozess frei – doch noch immer verfolgen misstrauische Blicke ihn im Dorf, weichen die Menschen ihm aus. Kristins Entschluss steht fest. Sie will den wahren Mörder finden, um die dunklen Schatten, die über ihrem Glück mit Justin liegen, für immer zu verbannen ...

MIRA®

Nora Roberts: Nie mehr allein

Zurückgekehrt in seine Heimat, sieht der Schriftsteller Jason seine Geliebte Leonie wieder. Ob sie ihn auch nie vergessen hat? Am Weihnachtsabend offenbart Leonie ihr Geheimnis...

Heather Graham: Wie ein Stern in dunkler Nacht

Nur ihrem Sohn zuliebe nimmt Cary die Einladung ihres Chefs an, mit ihm und seiner Tochter in die Weihnachtsferien zu fahren. Doch kaum in dem Hotel in den Bergen angekommen, muss Cary mit der Erkenntnis fertig werden, dass sie aus einem ganz anderen Grund hier ist: Sie begehrt Jason wie noch keinen Mann zuvor...

Susan Wiggs: Ein Prinz zum Fest

Mit einem geheimnisvollen Fremden tanzt die kühle junge Verlegerin Madeline auf ihrer Weihnachtsparty. Dieser Mann – elegant und unglaublich erotisch – erscheint ihr wie ein Traumprinz. Wenn sie jedoch wüßte, wer er wirklich ist, würde sie ihn niemals zu einer romantischen Liebesnacht in ihr Apartment einladen...

Debbie Macomber: Weiße Weihnacht

Vor dem Schneesturm ist der smarte Philip Garner auf der abgelegenen Farm der Griffins in Sicherheit – vor dem sprühenden Temperament der bezaubernden Susan jedoch nicht...

MIRA®

Der Preis dieses Bandes versteht sich einschließlich
der gesetzlichen Mehrwertsteuer.

Umwelthinweis:
Dieses Buch wurde auf chlor- und säurefreiem Papier gedruckt.